Sandra Lüpkes, geboren 1971, aufgewachsen auf der Nordseeinsel Juist, lebt in Münster und Ostfriesland, wo sie als Autorin und Sängerin arbeitet. Im Rowohlt Verlag erschienen unter anderem ihre Romane «Fischer, wie tief ist das Wasser» (rororo 23416) und «Halbmast» (rororo 23854). Ihre sympathische und tatkräftige Kommissarin Wencke Tydmers ermittelt bereits in fünf Kriminalromanen:

«Die Sanddornkönigin» (rororo 23897)
«Der Brombeerpirat» (rororo 23926)
«Das Hagebutten-Mädchen» (rororo 23599)
«Die Wacholderteufel» (rororo 24212)
«Das Sonnentau-Kind» (rororo 24408)

«Typisch für Lüpkes sind sinnesgewaltige Beschreibungen, so plastisch, dass man gleich mitten im Geschehen ist.» *Westdeutsche Allgemeine*

«Die Mikrokosmonautin!» *taz Hamburg*

Mehr zur Autorin und ihrer Arbeit unter:
www.sandraluepkes.de

Sandra Lüpkes

Die Blütenfrau

Ein Küstenkrimi

Rowohlt Taschenbuch Verlag

4. Auflage März 2010

Originalausgabe
Veröffentlicht im Rowohlt Taschenbuch Verlag,
Reinbek bei Hamburg, April 2008
Copyright © 2008 by Rowohlt Verlag GmbH,
Reinbek bei Hamburg
Umschlaggestaltung any.way, Cathrin Günther
(Foto: mauritius/Photo Alto – és collection)
Satz Minion (InDesign) bei
Pinkuin Satz und Datentechnik, Berlin
Druck und Bindung Druckerei C.H.Beck, Nördlingen
Printed in Germany
ISBN 978 3 499 24618 0

Sandra Lüpkes · **Die Blütenfrau**

1.

Am schönsten sind sie, wenn sie keine Ahnung haben, wie schön sie sind. Wenn sie sich keine Gedanken darüber machen, wie sie aussehen.

Diese schlanken, braunen Beine strumpflos in weißen Stoffschuhen treten in die Pedale, reiben weiter oben über den schwarzen Kunststoff ihres Fahrradsattels. So viel Energie in dieser Bewegung, wunderbar, so ein fließender Rhythmus, auf und ab, der nur dem unschuldigen Zweck dient, vor Einbruch der Dunkelheit zu Hause zu sein. Damit die Eltern sich nicht sorgen.

Wie wunderschön.

Sie trägt ihre Haare offen, halblang und glatt, eine unspektakuläre Farbe, wahrscheinlich verbieten die Eltern, dass sie sich knallige Strähnchen machen lässt. Man sieht ihr an, dass sie wohlbehütet ist. Nichts an ihr wirkt abgeklärt oder frühreif. Sie ist noch ein Kind. Zu süß, wie sie vorhin mit den Kätzchen gespielt hat. Ganz vertieft in den Anblick der tollpatschigen Fellknäuel. Weltversunken. Sicher hat sie dabei die Zeit vergessen. Mir ist es nicht anders ergangen.

Auf einmal hält sie an. Breitbeinig steht sie über dem Rahmen ihres Sportrads – der gelbe Rocksaum liegt auf dem Metallicpink der Mittelstange – und dreht sich um. Sie sieht mich an, lächelt schief, dann greifen ihre schmalen Finger nach dem bunten Helm, der bislang nichtsnutzig in ihrem Fahrradkorb gelegen hat. Ich verstehe. Sie ist gleich zu Hause. Ihren Eltern zuliebe tut sie so, als habe sie die ganze Zeit den Kopfschutz getragen. Doch in Wirklichkeit ist ihr das Ding wahrscheinlich schrecklich peinlich. Alle anderen fahren ohne. Nur sie muss sich damit blamieren und sich das luftige Haar platt drücken. Vielleicht ist sie doch nicht so unschuldig, denke ich.

«Was gibt es da zu gucken?»

«Ich bin von der Polizei. Zivilfahnder. Du weißt schon, dass das Tragen eines Helms Pflicht ist?»

Ihr Gesicht färbt sich tief rot. Sie streicht sich eine Haarsträhne hinter das Ohr und blickt zu Boden. «Mein Vater sagt mir ständig, ich soll ihn aufsetzen. Aber …»

«… der Helm ist uncool», vervollständige ich den Satz. Sie nickt.

«Und wenn ich dich jetzt verhafte?»

Sie traut sich nicht gleich. Erst drei Atemzüge später fragt sie: «Machen Sie Witze?»

Ich weiß, ich sehe nicht gefährlich aus. Das ist mein Vorteil. Wie gut, dass man nicht in die Menschen reingucken kann. Würde sie sehen, was in mir wütet, wäre sie schon längst davongefahren, ohne Helm, das wäre ihr egal gewesen. Aber sie erkennt es nicht. Für ein Mädchen, das noch keine schlechten Erfahrungen gemacht hat, ist ein Lachen immer noch ein Lachen. Also lache ich. «Ja, du hast recht. Ich mache Witze.»

Erleichtert setzt sie den Helm auf und will weiterfahren.

Ich kann sie daran hindern, denn ich schlage meine Jacke zur Seite und zeige, was ich darunter versteckt mit mir herumtrage. «Schau doch mal!»

Sie ist hingerissen von dem süßen Tier und kommt nah an mich heran. Ohne Katze hätte ich sie nie so weit gekriegt.

«Du kannst das Kätzchen haben, wenn du willst. Ich schenke es dir.»

«Ich darf das nicht. Mein Vater ist dagegen.»

«Suchen wir einen Geheimplatz, wo du es verstecken kannst. Wo es niemand findet. Du kannst es dann jeden Tag besuchen, ohne dass jemand davon erfährt. Ich werde es bestimmt niemandem erzählen.»

«Aber ich bekomme Asthma davon.»

«Das redet dein Vater dir nur ein. Weil er dir alles verbieten will. Er ist streng mit dir, oder?»

«Na ja, er meint es nur gut ...»

«Aber er verdirbt dir jeden Spaß, stimmt's?»

Sie nickt.

Wie schön sie ist. Ihr Gesicht wirkt ganz weich und glatt. Ich stelle mir ihre Adern darunter vor, ihre Muskeln, ihr Gewebe, ihre Knochen. Ich merke, dass es sich in mir ausbreitet. Es presst von innen gegen meine Haut. So schlimm war es noch nie. Es will raus. Es will endlich raus.

Weiß sie denn nicht, dass man sich nicht mit fremden Männern unterhalten soll? Hat ihr das niemand gesagt?

Ich fühle das Glas in meiner Jackentasche. Gleich werde ich es öffnen.

2.

Cerato *(Bleiwurz oder Hornkraut)*
❧ Botanischer Name: CERATOSTIGMA WILLMOTTIANA ❧
Die Blüte gegen mangelndes Vertrauen
in die eigene Intuition

Als habe sie es geahnt. Gestern Abend hatte Wencke Tydmers das erste Mal seit Menschengedenken ihren Schreibtisch richtig aufgeräumt, sodass kein einziger Schnipsel mehr herumlag. Sie hatte sich sogar von Meint Britzke eines dieser praktischen Staubtücher ausgeliehen, welches den Dreck der letzten Monate per statischer Aufladung von der Arbeitsfläche eliminiert hatte.

Fast konnte sie ihr Spiegelbild auf der blanken Schreibtischunterlage ausmachen: Ihre kurzen roten Haare, das breite Grinsen (wenn sie denn einen Grund zum Grinsen gehabt hätte), die mädchenhafte Nase.

Im Nachhinein konnte sie nicht mehr nachvollziehen, was sie zu dieser, für sie völlig untypischen Aktion veranlasst hatte. Und heute Morgen kam ihr der Verdacht, dass es vielleicht so etwas wie eine Vorahnung gewesen war. Vielleicht hatte ihr ein Orakel zugeflüstert, dass sie Platz brauchen würde. Platz für zwei Briefe. Zwei Briefe, die so wichtig zu sein schienen, dass es nicht gepasst hätte, sie auf den Kuddelmuddel zu legen, welcher bis gestern noch auf ihrem Schreibtisch angehäuft gewesen war.

Der erste steckte in einem länglichen Umschlag in neutralem Weiß, mit Adressfenster, auf dem man ihren Namen lesen konnte: Kriminalhauptkommissarin Wencke Tydmers – persönlich –, 1. Fachkommissariat Polizeibehörde,

Fischteichweg 1–5, 26603 Aurich. Die Absenderzeile war im Umschlag zu weit nach oben gerutscht, man konnte nichts entziffern, doch die Stempel auf dem Kuvert verrieten, dass der Brief in Hannover seine Reise angetreten hatte. Amtliche Briefe aus der Landeshauptstadt waren immer wichtig.

Aber Wenckes Aufmerksamkeit richtete sich auf den zweiten Brief. Ein Kuvert aus schwerem Papier in Hellblau, mit angerauten Kanten. Handschriftliche Schnörkel bildeten ihren Namen. Sie fand keine Briefmarke, dafür eine silberne Prägung: «Einladung».

Nebenan erschallte Gelächter. Greven machte einen Witz, und Hannah Weigert, die neue Kollegin, die für den pensionierten Strohtmann gekommen war, kreischte übertrieben. Wencke hatte eben beim Hereinkommen gesehen, dass auf jedem Schreibtisch der Abteilung so ein hellblauer Umschlag lag. Sie drehte ihn langsam um. Der Absender war ebenfalls in silberner Schrift:

Kerstin Spangemann & Axel Sanders.

Er hätte es mir persönlich sagen müssen, dachte Wencke. Ein Satz unter vier Augen hätte gereicht. Doch im gleichen Moment fiel ihr auf, dass es schon seit Wochen keine Gelegenheit mehr gegeben hatte, bei der sie mit Axel Sanders allein und ungestört gewesen wäre. Um genau zu sein, seit er vor sechs Monaten die Koffer gepackt hatte und aus ihrer gemeinsamen Zweck-WG gezogen war. Oder hing es damit zusammen, dass sie nun, da ihr Sohn Emil zufrieden und glücklich in den Kindergarten ging, wieder Vollzeit in ihr altes Büro zurückgekehrt und Axels Zeit als ihr Vertreter abgelaufen war? Jetzt wurde Wencke klar, dass er ihr gezielt aus dem Weg gegangen sein musste. Dieser Feigling. Tat so, als wären sie nur Kollegen und mehr nicht. Er hätte es ihr wirklich persönlich sagen können. Nach alledem …

Nebenan war es wieder still. Oder waren sie alle zum

Feiern in die Cafeteria verschwunden, ohne ihr ein Wort zu sagen?

Zaghaft klopfte jemand an der Tür. Das kann nur Axel sein, dachte Wencke, niemand hier klopft sonst zaghaft, und er tut es nur, weil er einen triftigen Grund dazu hat. Schnell schob sie den hellblauen Brief unter den anderen. «Herein.»

Es war Hannah Weigert. Alle nannten die neue Kollegin Pal – die Abkürzung für Palindrom –, weil man ihren Namen vorwärts und rückwärts lesen konnte. Meint Britzke, der immer alles wusste, hatte dieses Wortspiel bemerkt, die anderen hatten den Begriff auf drei pfiffige Buchstaben reduziert. Sehr kreativ für eine Polizeibehörde, fand Wencke. Außerdem passte der Spitzname viel besser zu der Frau mit dem seltsam asymmetrisch geschnittenen Weißhaar, der bunt geflochtenen Strähne und dem Nasenpiercing. «Wencke, die haben das vermisste Mädchen», sagte Pal leiser, als es sonst ihre Art war.

Wencke erinnerte sich: Gestern, nach einer langen Schicht, kurz vor Feierabend hatte sie noch einen Anruf aus der Nachbarstadt Norden hereinbekommen. Es war zwanzig vor acht gewesen. Ein Vater hatte – stotternd und stammelnd vor Aufregung – seine pubertierende Tochter als vermisst melden wollen. Wencke hatte ihm vorgeschlagen, noch ein bisschen zu warten, vielleicht bis neun oder so, schließlich sei das Wetter so schön, und im Juni bliebe es noch lange hell draußen. Gegebenenfalls solle er sich dann nochmal bei den Kollegen in Norden melden. In jedem Fall sei diese Sache aber noch keine Angelegenheit für die Kripo. Zwei Stunden zu spät kommen – das passiere bei Teenagern schon mal.

Vor einem halben Jahr hätte Wencke wahrscheinlich noch anders reagiert, hätte sich vielleicht auch Sorgen gemacht und eine Meldung an die Streife losgeschickt. Aber

seit bekannt geworden war, dass der vor Jahren im Weser-
bergland gefasste Kinderschänder Gernot Huckler wieder
auf freiem Fuß war und sich ausgerechnet im malerischen
Küstenstädtchen Norden niedergelassen hatte, war die
Hysterie groß, wenn einer der Sprösslinge nicht pünktlich
am Abendbrottisch saß. Eine Initiative aufgebrachter Eltern
hatte versucht, diesen «Unmenschen» zu vertreiben. Vergeblich. Gernot Huckler hatte seine Strafe abgesessen und
war von einem Gutachter für gesellschaftstauglich erklärt
worden. Es gab keinen Grund, ihm seinen neuen Wohnsitz
zu verbieten, zumal er inzwischen verheiratet war und sogar
einem geregelten Job nachging. Als Pizzakurier, aber warum
nicht. Dennoch kursierte hier in Ostfriesland seit geraumer
Zeit das «Gernot-Huckler-Phänomen», GHP abgekürzt – irgendwie hatten sie es in der Abteilung momentan mit diesen
Abkürzungen. Die Polizeidienststellen in Norden, Emden
und Aurich, sogar in Leer und Esens hatten vermehrt Anrufe
von überbesorgten Eltern erhalten, die immer wieder Sätze
beinhalteten wie «Normalerweise bin ich ja nicht so ängst-
lich, aber seitdem dieser Huckler …»

Wencke versuchte, sich an den Wortlaut des gestrigen Te-
lefonats zu erinnern. «Allegra war der Name, nicht wahr?»,
fragte sie Pal. «Allegra – die Muntere, die Lebendige. Und?
Ist sie wieder munter und quietschlebendig bei Papa daheim
angekommen?»

«Nein», antwortete Pal einsilbig.

«Vielleicht bei der Mutter? Die Eltern leben doch getrennt,
oder nicht?»

«Ein Rentnerpaar hat sie gefunden.»

«Gefunden?»

«In einem Teich.»

Wencke sagte nichts. Ihr rauschte so einiges durch den
Kopf. In einem Teich? Dann war es doch eine Angelegenheit

für die Kripo … Der Vater. Der arme Vater. Was hatte er am Telefon gesagt? Seine Tochter käme nie zu spät, sie wisse genau, dass er Probleme damit habe, wenn er nicht wusste, wo sie war. Hätte Wencke etwas ahnen können, ahnen müssen? Das Handy des Mädchens war außer Betrieb gewesen. Wo hatte gestern ihre ach-so-viel-gepriesene Intuition gesteckt? Sie erinnerte sich, der Vater hatte nicht ein Wort über Gernot Huckler verloren, er hatte den Kinderschänder mit keiner Silbe erwähnt, seine Angst war also nicht dem GHP entsprungen. Das hätte ihr auffallen müssen! Hatte sie tatsächlich all ihr Bauchgefühl dafür verschwendet, einen verdammten Schreibtisch aufzuräumen, während zur selben Zeit das Kind vielleicht …

«Wencke, soll ich die Truppe zusammentrommeln? Sitzungszimmer?»

«Ja, Pal. In zehn Minuten. Alle Mann. Wir haben keine Zeit zu verschenken.» In Gedanken fügte sie noch hinzu: Ich glaube nämlich, das habe ich gestern bereits getan.

3.

Agrimony *(Odermennig)*

❦ Botanischer Name: AGRIMONIA EUPATORIA ❦

Die Blüte für Menschen, die quälende Gedanken und innere Unruhe
hinter vorgespielter Sorglosigkeit zu verstecken versuchen

Die Blutegel waren jetzt groß genug, fand Esther Vanmeer.
Voll gesogen wirkten sie wie zwei Stücke Rinderleber am
Bein des Patienten. Eines der dicken Tiere löste sich langsam. Doch der Mann kümmerte sich nicht darum, er las
ein Nachrichtenmagazin. Auch als Esther mit dem Handtuch kam, blieb er unbeeindruckt. Es war nunmehr seine
fünfte Sitzung, und er fühlte sich schon viel besser. Der
Hausarzt hatte seine Werte ausdrücklich gelobt, auch wenn
sich der Kollege aus der Schulmedizin weiterhin schwer damit tat, den Erfolg auf die Blutegel zurückzuführen. Alles
Ignoranten, fand Esther, aber sie hatte es aufgegeben, bei
den Studierten noch weiter Überzeugungsarbeit leisten zu
wollen.

«So, kurz stillhalten, Herr Oltmanns.» Esther hatte den
Satz noch nicht zu Ende gesprochen, da löste sich der erste
Blutsauger schon mit leise schmatzendem Geräusch von
der faltigen Haut. Die Wunde blutete stark, im Nu war das
Handtuch rot. Auch der zweite Blutegel hinterließ wenige
Minuten später deutlich sichtbare Spuren auf dem Frottee.
Aber Esther musste ihrem Patienten nicht mehr erklären,
dass dies an der gerinnungshemmenden Substanz lag, die
die Tiere absonderten.

«So, das war's.» Esther ließ die schleimigen Tierchen wieder in ihr kleines Aquarium gleiten, ein ehemaliges Marme-

ladenglas mit Löchern im Schraubdeckel. Morgen schon kämen die beiden Kerlchen wieder in den Wasserbottich zu den anderen Kollegen, die bereits im Einsatz gewesen waren. Diese beiden prallen Exemplare würden erst in einigen Wochen wieder neuen Appetit verspüren. Aber bis dahin würde Esther sie schon längst in irgendeinem Graben oder Teich ausgesetzt haben.

«Wenn Sie ein paar Jahre jünger wären, würde ich Ihnen einen Lolli schenken, weil Sie so tapfer gewesen sind.»

Oltmanns zog sich die Hose an. «Wissen Sie, bevor ich jeden Tag auf geschwollenen Füßen stehen oder ein kleines Pillenarsenal verputzen muss, lasse ich lieber ab und zu mal zwei Mini-Vampire ihren Durst löschen.» Mit lässiger Handbewegung fischte er einen Zwanzigeuroschein aus der Hose und legte ihn neben das Glas mit den Blutegeln. «Sonst bin ich übrigens längst nicht immer so mutig. Meine Frau sagt immer, ich sei ängstlicher als unser Enkelsohn, wenn es um Gespenster und Gruselgeschichten geht.» Er grinste schüchtern. «Jetzt halten Sie mich sicher für ein Weichei.»

«Wir haben alle unsere Ängste …» Esther Vanmeer nahm auf ihrem Beratungsstuhl Platz und fischte ein dickes grünes Buch aus dem Regal hinter sich. «Aber wenn Sie wollen, können wir es gegen Ihre Angst ja mal mit Bachblüten probieren. Fürchten Sie sich im Dunkeln?»

Fast erstaunt nickte der Mann.

«Aber es sind keine konkreten Dinge, vor denen Sie sich gruseln?»

«Genau.»

«Ich könnte mir vorstellen, dass wir mit *Aspen* Ihre Ängste in den Griff bekommen.»

In einem Holzkasten suchte sie nach der passenden Flasche und reichte sie ihrem Patienten. Dann fasste sie nach der anderen Männerhand und ließ ihr goldenes Pendel sprechen.

«Was machen Sie da?»

«Bei der Bachblütentherapie geht man davon aus, dass jedem Unwohlsein eine seelische Gleichgewichtsstörung vorausgeht und dass die Harmonisierung von Gefühlen und Gedanken eine Heilung bewirken kann. Es gibt insgesamt achtunddreißig Bachblüten, die jede einer bestimmten Stimmung oder Charaktereigenschaft zugeordnet ist. Mit diesem Pendel finde ich heraus, ob die Essenz der Zitterpappel – im englischen *Aspen* genannt – Ihnen helfen könnte, wieder in einen Zustand innerer Ausgeglichenheit zu kommen.»

«Sie meinen, ich könnte mir dann mit meiner Familie auch so schreckliche Dinge wie Harry-Potter-Verfilmungen anschauen?»

Esther musste schmunzeln. Oltmanns war ein netter Kerl und einer der wenigen Patienten, die ihr treu geblieben waren, seit Gernot hier lebte.

Das Pendel fiel in eine kleine Kreisbewegung. Gegen den Uhrzeigersinn drehte es seine Runden, die immer breiter wurden. «Sieht so aus, als hätten wir hier einen Volltreffer gelandet. Ich mache Ihnen eine Flasche fertig, dann nehmen Sie viermal täglich vier Tropfen, und in ein paar Wochen können Sie sich sogar ‹Der weiße Hai› Teil eins bis hundert anschauen und danach in der Nordsee baden gehen.»

«Das wäre ja mal was», sagte Oltmanns, doch ihm war anzusehen, dass er der Sache nicht so recht traute.

Esther kannte das. Die Behandlung mit Blutegeln war etwas anderes. Es tat ein bisschen weh, es blutete, es war biochemisch zu erklären. Aber Bachblüten erschienen den meisten Menschen wie der reinste Hokuspokus. Bis sie dann tatsächlich wie durch Zauberei von ihren Problemen befreit wurden. Kleine Kinder gewöhnten sich das Daumennuckeln ab, Schülern fiel es leichter, sich zu konzentrieren, Frauen kamen besser mit den Regelbeschwerden zurecht, und Männer kauten nicht mehr an den Nägeln. Ihr Kundenstamm war groß gewesen. Und die meisten von Esthers Blüten-Patienten waren immer wieder gekommen. Bis vor einem dreiviertel Jahr jedenfalls.

Esther füllte den Blütenextrakt mit der passenden Menge Hochprozentigem in eine braune Flasche, beschriftete ein Etikett und klebte es auf das Glas. «So, da hätten wir Ihren speziellen Flachmann. Sie dürfen die Tropfen nicht mit Metall in Berührung bringen, das würde die Schwingungen kaputt machen. Ich empfehle einen Plastiklöffel oder das Träufeln direkt auf die Zunge.»

«Wenn meine Frau erfährt, dass ich mich wegen meiner Geisterphobie habe auspendeln lassen, dann kriegt sie einen Lachanfall», sagte Oltmanns und ließ das Fläschchen in seiner Jacke verschwinden. «Was bin ich Ihnen schuldig?»

Esther machte eine abwehrende Geste, ging zur Tür und hielt sie für ihren Patienten geöffnet. «Das ist reine Kundenbindung. Wenn es hilft, dann erzählen Sie es weiter, und zwar nicht nur Ihrer Frau. Bachblüten liegen mir am Herzen, müssen Sie wissen. Ich glaube, mit ein bisschen mehr Sensibilität unseren Energieschwingungen gegenüber ginge es uns allen wesentlich besser. Sie werden sehen. Beim nächsten Mal können Sie dann auch bezahlen.»

«Und wenn's nicht hilft?»

«Das wird nicht passieren. Da bin ich mir sicher.»

Sie begleitete den Mann durch den Hausflur, bis sie vor der blauweiß bemalten Holztür standen. Im Vorgarten blühte der Klatschmohn, vom Marktplatz her hörte man das melodische Gebimmel des Ludgeri-Glockenspiels. Ein Uhr, gleich würde Griet nach Hause kommen. Wie wohl ihre

Lateinarbeit verlaufen war? Hoffentlich hatten die Tropfen gegen die Prüfungsangst ihrer Tochter geholfen.

«Bis zur nächsten Raubtierfütterung», scherzte Oltmanns beim Abschied, setzte sich auf sein Rad und fuhr los. Er drehte sich noch einmal kurz um, und Esther bemerkte, wie er plötzlich stutzte. «Haben Sie die Sauerei gesehen?», rief er über die Schulter, schüttelte den Kopf und trat wieder in die Pedale.

Esther folgte seiner Blickrichtung nur zögerlich. Sie ahnte bereits, was Oltmanns gesehen haben musste. Nahm das denn nie ein Ende? Dreimal schon hatte sie ihre weiße Hauswand überpinseln müssen. «Vorsicht, hier lebt ein Kinderschänder» und ähnliche Schmierereien waren aufgesprüht worden. Und tatsächlich machte sich wieder ein blutroter Schriftzug breit.

WIR KRIEGEN DICH DU MÖRDER!!!

Esther war fassungslos. Sie hatte gehofft, die letzten ruhigen Wochen wären ein Indiz dafür gewesen, dass die Meute sich endlich beruhigt hatte. Und nun stand da eine Beschuldigung, die noch wüster und aggressiver war als alle zuvor. Es war eine Drohung und eine Lüge: Gernot war kein Mörder. Natürlich hatte er seine Vergangenheit, das wusste sie, das wusste jeder, aber er hatte niemals jemanden getötet.

Warum waren die Menschen in dieser Stadt so grausam zu ihnen? Sie machten sich alle selbst des Mordes schuldig, des Rufmordes, um genau zu sein.

Gut, den Kern der Sorge konnte Esther begreifen. Sie hatte schon damit gerechnet, dass sich die Menschen schwer damit taten, ihren neuen Ehemann zu akzeptieren. Sie kannten Gernot ja nicht, nein, kein bisschen kannten sie ihn. Sie hatten nur dieses Bild vor Augen, welches vor mehr als sechs Jahren bundesweit durch die Presse gegangen war:

Der neue Rattenfänger von Hameln

Der bereits wegen einschlägiger Delikte vorbestrafte 29-jährige Jugendgruppenleiter Gernot H. hat gestanden, bei mehreren Gelegenheiten sexuelle Übergriffe auf minderjährige Mädchen begangen zu haben. Zwei seiner ihm anvertrauten Schützlinge, Carina W. und Jennifer R. (beide 11 Jahre jung) hatte er mehrmals auf einer gemeinsamen Zeltwanderung in der Nähe der Barsinghauser Kohlegruben missbraucht ...

Das Foto von Gernot war so scheußlich gewesen, dass die Leser der Sensationsblätter sich gefragt haben mussten, welche Eltern überhaupt ihre Kinder bei einem solchen «Monster» in Obhut gäben. Esther kannte auch andere Aufnahmen ihres Mannes, die etwa zur selben Zeit gemacht worden waren. Da sah er freundlich aus, lächelte offen in die Kamera, hatte eine Gitarre in der Hand oder hielt eine Bratwurst über das Lagerfeuer. Die Journalisten mussten lange recherchiert haben, bevor sie dieses misslungene Porträt von Gernot gefunden und zum offiziellen Pressefoto auserwählt hatten. Verschwommen und braunstichig war es. Gernot schaute von unten herauf, sodass man viel vom Weiß in seinen Augen sehen konnte, die Haare standen wirr vom Kopf ab, und die Mundwinkel waren nach unten gezogen. Ja, so sah ein Monster aus. Aber Esther hatte auch von sich solch entstellende Schnappschüsse in der Schublade. Gut, besonders hübsch fand sie sich ohnehin nicht, sie hatte mindestens zehn Kilo zu viel auf den Hüften, und ihre glatten, leicht grauen Haare machten nicht wirklich etwas her, aber auf den schlimmen Fotos sah sie nicht nur graumäusig, sondern direkt hässlich aus. Eines davon – auf dem sie etwas frustriert ins Nichts blickt und noch dazu die Arme verschränkt hielt – hatte vor zwei Jahren auf unerklärliche Weise den Weg in die Öffentlichkeit gefunden. «Heilpraktikerin heiratet Kinderschänder hinter Gittern» lautete die Bildunterschrift. Gernot hatte sich damals einen Witz erlaubt und aus beiden Bildern am PC eine Collage gemacht. Er mit Exorzistenblick und sie mit einer Visage, die auch gut auf die RAF-Fahndungsplakate gepasst hätte. Komisch, dachte Esther jetzt, diese Fotomontage war im Grunde genommen das einzige Bild, das es von ihnen beiden gab. Bei der Hochzeit hatte niemand fotografiert. Und seit Gernot hier bei ihr lebte, waren sie nie dazu gekommen. Es hatte einfach keine Gelegenheiten für Fotos gegeben.

Esther spürte, wie sich ihr Hals verengte. Schlucken war kaum noch möglich, und auch das Luftholen fiel ihr schwer. Sie schaute sich nur halbherzig auf der Straße um, denn sie wusste, die Schmierfinken hatten sich schnellstens aus dem Staub gemacht, da würde sie niemanden mehr erwischen. Von den Nachbarn ließ sich ohnehin keiner mehr blicken, wenn sie aus der Tür trat. Früher einmal hatten sie eine gute Straßengemeinschaft gehabt. Die Rosenthallohne lag malerisch mitten in der Stadt: verwunschene Vorgärten, entzückende Jugendstilvillen, kleine Backsteinhäuschen und eine schmale Straße, die für den Durchgangsverkehr gesperrt war. Doch manchmal kam es Esther vor, als sei inzwischen eine Evakuierungsmaßnahme eingeleitet worden, von der sie als Einzige nichts mitbekommen hatte. Vielleicht, weil sie und ihr Mann der Grund für die Räumung gewesen waren.

Da prangten nun diese Buchstaben an ihrer Hauswand. Gernot würde sie zum Glück nicht zu Gesicht kriegen, er war heute Morgen mit dem Motorrad losgefahren. Das tat er neuerdings manchmal an seinen freien Tagen. Esther hatte Verständnis dafür, obwohl sie wusste, dass das ziellose Herumfahren eine Sache war, die auch ein Risiko darstellte. «Cruisen» nannte der Familientherapeut das, und man solle es auf jeden Fall vermeiden. Zumindest in der Anfangszeit. Aus dem Spazierenfahren konnte schnell etwas anderes werden – so etwas wie eine Suche zum Beispiel. Eine Suche nach jungen Mädchen.

Laut Rückfallvermeidungsplan hätte Esther es verhindern müssen, das war ihr klar. Andererseits wollte sie, dass es Gernot gut ging, dass er seine Freiheit genießen konnte. Es lag ihr nicht, den Freiheitsdrang ihres Mannes durch Verbote einzuschränken. Dazu liebte sie ihn viel zu sehr. Und waren sie nicht auch langsam über die Anfangszeit hinweg? Irgendwann mussten sie doch damit beginnen dürfen, ein eigenes Leben jenseits der Beratungsstellen zu führen. Schließlich war bislang alles gut gelaufen.

Doch gleich würde Griet heimkommen und die Schmiererei lesen. Machten sich die Leute denn überhaupt keine Gedanken, wie es ihrer Tochter bei der ganzen Sache ging? Einmal war Griet eher aus dem Gymnasium nach Hause gekommen, weil ein Mitschüler ganz ungeniert gefragt hatte, wie denn die letzte Nacht mit ihrem Stiefvater gelaufen sei.

Die Menschen sind widerlich geworden, dachte Esther. Oder waren sie es schon immer? Jedenfalls hatte Esther es paradoxerweise erst bemerkt, als sie einen vorbestraften Mann heiratete.

Gerade als sie wieder ins Haus gehen wollte, hörte sie das Scheppern von Griets altem Hollandrad, welches von der unregelmäßig geteerten Straße durchgeschüttelt wurde. Sie blickte sich um und erwischte ihre Tochter dabei, wie sie sich verschämt mit ihrem schwarzen Fledermausärmel ein paar Tränen aus dem Gesicht wischte. Hatte sie etwa schon von der neuen Schmach gehört? Oder war die Schmiererei bereits heute früh da gewesen? Nein, Oltmanns hätte sie nicht übersehen können, die Vandalen mussten ihr Werk in der Stunde vollbracht haben, als sie ihn mit den Blutegeln behandelte. Am helllichten Tag also war es ihnen gelungen, an ihrem Haus herumzuschmieren, ohne dass es jemandem aufgefallen war – oder zumindest, ohne dass jemand versucht hätte, den Anschlag zu verhindern.

Also konnte Griet von alldem hier eigentlich noch keine Ahnung haben. Trotzdem sah sie verheult aus. Ihre schwarze Wimperntusche und das dicke Kajal, das nicht nur ihre Augen, sondern auch ihr Aussehen als Grufti deutlich unterstrich, waren verwischt, durch den totenblassen Gesichtspuder zogen sich rinnsalartige Spuren.

«Grufti» war der richtige Ausdruck für Griets Erscheinung, Todessehnsucht war derzeit der Lebenssinn ihrer Tochter. Natürlich machte Esther sich Sorgen, sie hatte Bücher über Heranwachsende gelesen und sich im Internet über diese «Gothic»-Bewegung informiert. Eine Phase, beruhigten die meisten Experten, man solle nur darauf achten, dass die Teenager keine Suizidabsichten äußerten, sie aber sonst gewähren lassen. Jugendliche bräuchten manchmal die extreme Form, um sich und ihre Gefühle auszudrücken. Toleranz und Gesprächsbereitschaft seien hier die gefragten Eigenschaften, mit denen die Eltern dem Nachwuchs am meisten helfen könnten. Also versuchte Esther stets die finsteren Musikklänge aus Griets Zimmer zu überhören und akzeptierte stillschweigend, wenn dort die vormals hellblauen Wände schwarz und rot gestrichen werden mussten. Auch Gernot ließ das Kind in Ruhe, er zeigte ohnehin viel mehr Gelassenheit in diesen Dingen. Er habe im Knast einiges gesehen und gehört, sagte er, wenn die Situation mal wieder zu eskalieren drohte, dagegen wirke der Spuk im Hause Vanmeer wie ein Kinderkarussell neben der Geisterbahn.

«Was ist los?», fragte Esther ihre sich nähernde Tochter, doch Griet fuhr über den Trampelpfad am Haus vorbei in den Garten, ohne ihre Mutter oder die Schmiererei zu beachten. Esther folgte ihr und konnte ihre Tochter gerade noch abfangen, bevor sie mit der Stofftasche unter dem Arm durch die Hintertür ins Hausinnere schlüpfte. Sie bekam einen Zipfel vom Umhang zu fassen. «Was ist denn los?», versuchte sie es noch einmal.

Griet verzog lediglich den Mund und blickte trotzig in die entgegengesetzte Richtung.

«Die Lateinarbeit? Hat deine Prüfungsangst mal wieder zugeschlagen?» Griet war Klassenbeste, eigentlich hatte sie keinen Grund, derart angespannt zu sein. Was wirklich hinter diesem Problem lag? Das hätte Esther zu gern gewusst, aber ihre Tochter schottete sich neuerdings noch mehr ab. «Komm schon, das ist doch nicht so schlimm. Wir versuchen es mal mit *Genzian*-Essenzen, vielleicht kriegen wir es damit besser in den Griff.»

Nun traf Griets Blick sie wie ein Pfeil. «Erstens: Latein ist ausgefallen. Und zweitens: Der Grund dafür lässt sich mit keinem deiner beschissenen Heile-heile-Welt-Blümchen in den Griff kriegen.»

Immer öfter erschreckte Esther sich, wenn ihre Tochter so schaute und so sprach. Griet hatte sich verändert in letzter Zeit. Sie war zu einem bockigen und verschlossenen Mädchen geworden. Lag das wirklich nur an der Pubertät?

«Ich hatte heute den abgefucktesten Tag meines Lebens. Ich gehe nicht mehr aufs Ulrichsgymnasium, überhaupt in ganz Norden nicht. Ich gehe nie mehr zur Schule! Mama, schick mich meinetwegen auf ein Internat für Schwererziehbare. Aber ich will mit dem ganzen Mist hier nichts mehr zu tun haben!» Sie riss sich los und stampfte mit den schweren Stiefeln ins Haus. Jeder, der sie beide hier beobachtete, würde denken, dass die Idee mit dem Internat vielleicht gar nicht so schlecht wäre. Es musste aussehen, als hätte Esther ihre dreizehnjährige Tochter nicht mehr im Griff. Vielleicht war es auch tatsächlich so. Immerhin musste sie Griet wie eine Bittstellerin hinterherlaufen, damit sie erfuhr, weshalb ihre Tochter verheult aus der Schule kam.

Griet hatte ihre Stiefel von den Füßen gestreift und achtlos im Flur liegenlassen. Ihre Schritte waren bereits auf den obersten Treppenstufen zu hören.

«Du bleibst jetzt mal stehen!», rief Esther, obwohl ihr dieser autoritäre Ton nur widerwillig über die Lippen kam. Tatsächlich wurde das Gepolter langsamer. Schnell setzte Esther hinterher: «Ist es wegen Gernot? Haben sie dich wieder ...»

«Jein.» Griets Antwort war ungewöhnlich. Normalerweise gab es von ihr klare Widerworte oder manchmal auch eindeutige Zustimmung. Dass ein Jein im Sprachschatz ihrer Tochter vorhanden war, hatte Esther bislang nicht gewusst.

Erwartungsvoll schaute sie die Treppe hinauf. Griet hatte sich auf die oberste Stufe gesetzt und die Beine angewinkelt, sodass das ausgefranste Loch in ihrer graugestreiften Wollstrumpfhose erst richtig zur Geltung kam. Ihren Kopf hatte sie in die Hände gestützt. Ein wenig erinnerte der Anblick an das kleine Mädchen, das Griet einmal gewesen war, ein bisschen wild und ein bisschen scheu. Esther setzte sich auf die unterste Stufe. «Was heißt Jein?»

«Es hat etwas mit Gernot zu tun – und irgendwie auch nicht. Glaube ich jedenfalls.»

«Sei mir nicht böse, aber ...»

«Mama, wenn du wieder mit diesem Schleimgelaber anfängst, dann gehe ich auf mein Zimmer und komme nie wieder raus. Mich kotzt das so an!»

«Ist ja gut, ist ja gut.»

«Gar nichts ist gut. Die Alli, also die Allegra Sendhorst aus meiner Klasse ... Kennst du sie?»

Was für eine Frage. Esther kannte niemanden aus Griets

Klasse. Ihre Tochter war schon immer eine Einzelgängerin gewesen. Und wenn sie überhaupt mal etwas aus dem Schulalltag erzählte, so drehte es sich um die Lehrer oder die Inhalte des Unterrichts. «Was ist mit ihr?»

«Du hast es also noch nicht gehört? Sind sie noch nicht bei dir eingefallen? Hat niemand versucht, Gernot mit der Mistgabel aus dem Haus zu holen?»

«Nein, warum? Höchstens die Schmiererei am …»

«Also, heute Morgen sollten wir gerade mit der Lateinarbeit anfangen, und Herr Nettahn hat sich gewundert, weil Alli nicht da war. Die ist bei allen total beliebt und Daddys Schatz, soweit ich weiß. Und eigentlich ist sie auch ganz okay. Jedenfalls klopfte es an der Tür, und zwei Polizisten kamen rein. Sie fragten, ob einer von uns wüsste, wo Alli steckt, die wäre heute Nacht nicht nach Hause gekommen.»

Esthers Herz beschleunigte sich. Ein Mädchen war verschwunden. Gernot war unterwegs. WIR KRIEGEN DICH DU MÖRDER! Sie sagte keinen Ton.

«Na ja, ich hatte gleich das Gefühl, die glotzen alle in meine Richtung. Es war ekelhaft. Alle waren total durch den Wind und haben nur noch von Alli gesprochen. Und Pamela Rohloff, Allis beste Freundin, ist gleich mit den Polizisten raus. Herr Nettahn hat die Arbeit abgeblasen. Und dann, nach der zweiten großen Pause, da …»

Griet schluckte, wieder stiegen ihr Tränen in die Augen. Esther konnte sich denken, was dies zu bedeuten hatte. Am liebsten hätte sie sich die Ohren zugehalten. Sie wollte es nicht hören.

«… also nach der zweiten großen Pause, da ging das Gerücht rum, Alli ist tot. Ermordet.»

Griet schluchzte auf. Wann hatte Esther ihre Tochter das letzte Mal so weinen sehen? Sie wäre gern hinaufgegangen und hätte die Arme um diese schmalen, zuckenden Schultern gelegt. Doch sie wollte keine Abwehr riskieren. Griet hatte die Treppe in ihrer vollen Länge genutzt, um ganz klar auf Distanz zu gehen. Eine von ihnen saß oben, eine saß unten, nur dann wurde gesprochen. Das musste sie respektieren, bei aller Liebe. «Und dann haben dich wieder alle so angestarrt?»

«Eben nicht», stieß Griet fast wütend hervor. «Kein Arsch hat sich um mich geschert. Und weißt du was? Das war das Allerschlimmste, dass keiner mehr geguckt hat. Da war mir klar, alle denken, Gernot hat's getan.»

4.

Elm *(Ulme)*

🌿 Botanischer Name: Ulmus procera 🌿

Die Blüte gegen das vorübergehende Gefühl,
seiner Aufgabe oder Verantwortung nicht
gewachsen zu sein.

«Krüppelwalmdach.»

«Was?» Wencke verstand ihren Kollegen nicht, obwohl Meint Britzke derjenige in der Abteilung war, mit dem sie die meiste Zeit verbrachte. Sie gaben ein gutes Team ab und ergänzten sich wunderbar, denn er füllte akribisch die Akten, während sie ihrer inneren Stimme folgte – und nie einen brauchbaren Kugelschreiber dabei hatte.

«Dieses Haus hier ist ein typisches Krüppelwalmdach-haus. Du erkennst es an dem nur halb abgeschrägten Giebel. Sehr beliebt zurzeit bei den Bauherren.» Britzke war gerade dabei, ein neues Einfamilienhaus zu planen, da seine Frau das dritte Kind erwartete. Doch Wencke Tydmers interessierte sich im Moment nicht die Bohne für Britzkes architektonische Klugfiedelei. Das Haus, in dem Allegra Sendhorst mit ihrem Vater wohnte – gewohnt hatte – war ein typischer roter Backsteinneubau in einer typischen Familiensiedlung mit niedlichen Windmühlen in den Vorgärten und bemalten Garagentoren. In der Auffahrt stand ein schnittiger Mercedes mit Oldenburger Kennzeichen. Neben der Eingangstür hing ein getöpfertes Schild, auf dem ein Knet-Mann und ein Knet-Mädchen Hand in Hand in die Gegend lächelten. Daneben waren Namen in den Ton geritzt worden: *Peter und Allegra Sendhorst.* Darunter wiederum *Das Dreamteam.*

Wencke schluckte. Sie wünschte, dieses Schild übersehen zu haben, es machte den Besuch noch schwerer für sie. Wenn Peter Sendhorst ihr nun direkt ins Gesicht sagen würde, dass sie durch ihre Trägheit gestern Abend das *Dreamteam* auseinandergerissen hatte? Und zwar unwiederbringlich?

Britzke drückte auf die Klingel.

Eine schlanke Frau öffnete die Tür. Sie trug einen Arztkittel, ihre brünetten Haare sahen aus, als seien sie vor einer halben Ewigkeit mal zu einer Hochsteckfrisur zusammengefasst und dann einfach vergessen worden. In der Hand hatte sie eine bis zum Filter gerauchte Zigarette, die sie jetzt achtlos in einen Kugelbusch neben dem Eingang warf. «Kripo?», fragte sie knapp.

«Wir kommen aus Aurich. Mein Name ist Wencke Tydmers, ich werde die Ermittlungen in diesem Fall leiten.» Wencke streckte die Hand aus, doch die Frau mit den geschwollenen Augen reagierte nicht, also nutzte Wencke die begonnene Geste, um auf Britzke zu zeigen und auch seinen Namen zu nennen. Die Frau lehnte im Türrahmen und schwieg.

«Wir hätten ein paar Fragen, Frau … äh …»

«Ute Sendhorst. Geschiedene Sendhorst. Ich bin die Mutter.» Die Worte kamen fast tonlos über die schmalen, ungeschminkten Lippen.

«Es tut uns wirklich leid, was mit Ihrer Tochter passiert ist», sagte Britzke.

Zum Glück war ihm die Beileidsbekundung eingefallen. Wencke hatte sie tatsächlich vergessen, vielleicht, weil sie sich selbst so leid tat. Sie konnte sich nicht daran erinnern, dass ihr ein Angehörigenbesuch je so an die Nieren gegangen wäre. Dies war zwar nicht der erste Teenagermord, in dem sie ermittelte – vor Jahren hatte sie auf Norderney den Tod einer Vierzehnjährigen aufklären müssen –, aber hier und heute wurde sie das Gefühl nicht los, selbst Anteil am Schicksal der Familie zu haben.

Endlich löste die Frau ihre abwehrende Haltung. «Kommen Sie doch rein.»

Sie folgten ihr durch den hell gefliesten Flur. An der Wand hingen bunt gerahmte Bilder: von einem Baby in der Badewanne, einem Kleinkind auf dem Schlitten, einer Geburtstagstorte mit sieben Kerzen und einem grinsenden Gesicht dahinter, von der Konfirmation im schwarzen Kostümchen und roter Rose am Revers. Ja, auf diesem letzten Foto erkannte Wencke das Mädchen wieder, welches sie eben dort am schlammigen Ufer des kleinen Teiches hatte liegen sehen. Es war immer noch ein kindliches Gesicht gewesen, mit dunkelblondem Haar und einer Frisur irgendwo zwischen süßem Mädchen und junger Dame. Der Anblick der toten Allegra hatte Wencke im Grunde genommen nicht so sehr schockiert. Die Leiche wirkte seltsam unbeschädigt, und wäre sie nicht nackt gewesen, hätte man auch von einem Selbstmord oder Unfall ausgehen können. Doch zu sehen, wie sie den Eltern in Erinnerung bleiben würde, als etwas angestrengt lächelnde Tochter, die nicht so recht wusste, wohin mit den Händen, wenn sie fotografiert wurde, legte Wencke einen Stein in den Magen.

Auf dem Esstisch standen neben leeren Teetassen auch einige Medikamente. Davor saß ein bleicher Mann mit Halbglatze, neben ihm ein noch blasseres Mädchen.

«Ich habe beiden etwas zur Beruhigung gegeben. Ich bin Ärztin», erklärte Ute Sendhorst ungefragt. Dann schloss sie die Terrassentür und rieb sich die Arme. Anscheinend war ihr kalt, obwohl draußen 25 Grad herrschten und die Luft in diesem Raum zum Schneiden war. Sie setzte sich neben den Mann und klopfte ihm fast mechanisch den Unterarm. Er ließ seinen Kopf auf ihre Hand sinken und weinte leise.

Das Mädchen, ungefähr im selben Alter wie Allegra, putzte sich die Nase.

Wencke und Britzke standen hilflos mitten im Zimmer. Es war unerträglich. Eine bleierne Stille machte sich breit, bis endlich ein Telefon im Flur klingelte. Ute Sendhorst wollte gleich aufstehen, aber ihr Exmann schüttelte den Kopf und erhob sich. «Ist schon gut. Ich mach das.»

Erst als er hinausgegangen war, fasste Wencke endlich den Mut, ein Wort zu sagen. Sie setzte sich auf den frei gewordenen Stuhl und wandte sich an das Mädchen. «Bist du die Freundin, bei der Allegra gestern gespielt hat?»

Ein Nicken und ein zitterndes Einatmen waren die Antwort.

«Ich bin Wencke Tydmers und arbeite für die Polizei. Es ist gut, dass ich dich hier treffe, denn es ist sehr wichtig, dass du uns alles erzählst, an was du dich erinnern kannst, verstehst du? Je mehr wir wissen, desto größer ist die Chance, dass wir ganz schnell herausfinden, was passiert ist. Und je schneller wir es herausfinden, desto sicherer können wir sein, dass so etwas nicht nochmal passiert.»

«Glauben Sie, es war dieser Triebtäter?», unterbrach Ute Sendhorst mit schneidender Stimme. «Denken Sie, es war Gernot Huckler?»

«Wir denken momentan erst einmal gar nichts. Wir wissen ja noch nicht einmal, ob … nun ja, ob Ihrer Tochter etwas angetan wurde.»

«Etwas angetan wurde?» Sie ließ ein bitteres, verrauchtes Lachen hören. «Immerhin ist meine Tochter ermordet worden, oder nicht? Da ist doch schon mit ziemlicher Sicherheit davon auszugehen, dass ihr etwas angetan wurde!»

«Sie wissen, was ich meine.»

«Klar weiß ich, was Sie meinen. Missbrauch.» Ihre zitternden Finger griffen in die Brusttasche des Arztkittels und zogen eine zerknitterte Zigarette hervor. «Und es war nötig, sie zu ermorden, damit die Alli diesen Huckler, dieses Schwein, nicht verpfeift.»

«Im Moment können wir noch keine eindeutigen Aussagen machen. Mit Verdächtigungen sollten wir alle daher vorsichtig sein.»

Die Frau zog so stark an ihrem Filter, dass sich die Glut fast bis zur Hälfte des Tabaks fraß. Während sie den dicken Rauch wieder ausatmete, sagte sie: «Hören Sie, Frau Kommissarin. Ich kenne zufällig den Kollegen, der die erste Leichenschau unternommen hat. Ich habe ihn sofort angerufen.» Sie saugte wieder an der Zigarette. «Natürlich habe ich das, weil ich wissen wollte, wie meine Tochter ausgesehen hat. Meine kleine Alli. Und er hat gesagt, dass sie nichts anhatte. Splitterfasernackt wurde sie aus dem Schwanenteich gefischt. Keinen Slip und kein Hemdchen. Und da wollen Sie mir erzählen, es gäbe keinen sexuellen Hintergrund?»

«Wenn Sie Ärztin sind, wissen Sie, dass man immer erst die Untersuchungen der Rechtsmedizin abwartet …»

«Auch wenn im selben Ort ein einschlägig vorbestrafter Pädophiler unterwegs ist?»

Britzke kam Wencke zu Hilfe: «Natürlich werden wir bei allen uns bekannten Straftätern in dieser Gegend das Alibi überprüfen.»

«Ich spreche hier ganz konkret von Gernot Huckler. Sehen Sie, ich lebe nicht in Norden, sondern in Oldenburg. Aber selbst dort ist der Name dieses Mannes ein Begriff.»

«Frau Sendhorst, ich kann Ihre Aufregung ja verstehen, aber ich bitte Sie, vorsichtig mit diesen Verdächtigungen umzugehen.»

«Nach dem, was über ihn in den Zeitungen gestanden hat, verdient dieser Mann keinerlei Rücksicht.»

Wencke holte tief Luft. «Soweit ich weiß, hat Gernot

Huckler keines seiner Opfer getötet. Wenn Sie schon so viel von ihm gehört haben, sollte Ihnen diese Tatsache auch geläufig sein.»

«Vielleicht hat er ihnen nicht die Kehle zugedrückt, aber getötet hat er sie doch. Ihre Seelen hat er getötet! Mein Gott, haben Sie damals dieses Interview in der *Zeitlupe* gelesen, als sie ihn vorzeitig entlassen haben? Die Opfer sind inzwischen erwachsen. Und immer noch gezeichnet von dem, was dieses Monster ihnen angetan hat. Wer kleine Mädchen nötigt, perverse Dinge zu tun, der ist für mich auf jeden Fall ein Mörder.»

«Aber es gibt auch so etwas wie ein Schema, nach dem die Täter vorgehen ...»

«Der Kerl hat fast sechs Jahre lang im Knast gesessen für die Sache damals in Hameln. Da hatte er doch genügend Zeit, sich ein neues Schema auszudenken, damit er beim nächsten Mal keine kleine, minderjährige Zeugin hinterlässt.»

Es hatte keinen Sinn, auf diese Unterhaltung einzugehen, entschied Wencke und wandte sich stattdessen wieder an die Freundin. «Wie ist dein Name?»

«Pamela Rohloff.»

«Wart ihr in einer Klasse?»

Sie nickte. «Wir sind beste Freundinnen. Und ich hab echt ein schlechtes Gewissen, weil ich ...» Dann brachte sie kein Wort mehr hervor.

«Du hast doch nichts Schlimmes getan, Pamela. Ihr wart gestern verabredet, ihr habt miteinander gespielt ...»

«Nein.»

«... und dann ist sie nach Hause gefahren, ein bisschen zu spät, aber ...»

«Eben nicht!» Die Stimme des Mädchens war nun lauter.

«Was meinst du damit?», fragte Wencke.

Auf einmal stand Peter Sendhorst wieder am Tisch. Er

legte dem Mädchen beruhigend die Hände auf die Schultern. «Pamela ist zu uns gekommen, weil sie uns sagen wollte, dass Alli gestern gar nicht bei ihr gewesen ist.»

Im Gegensatz zu seiner Exfrau hatte Peter Sendhorst eine weiche, ruhige Stimme, die er noch immer fest im Griff hatte, auch wenn seine Augen in Tränen schwammen.

«Aber als Sie mich gestern Abend in Aurich angerufen haben ...» Tja, nun war es raus, nun wusste Peter Sendhorst, dass er der Person gegenüberstand, die es nicht für nötig gehalten hatte, sich um seine Tochter zu kümmern, obwohl es so wichtig gewesen wäre. Doch er ließ sich nichts anmerken.

Im Gegensatz zu seiner Exfrau, die direkt auf die Barrikaden ging: «Sie waren das? Von Ihnen hat sich Peter einlullen lassen?»

«Ist gut, Ute», wagte Sendhorst einen Schlichtungsversuch.

«Überhaupt nichts ist gut. Du warst mal wieder zu schüchtern oder zu dämlich, entsprechend Druck zu machen. Sonst hast du unserer Tochter immer alles Mögliche untersagt vor lauter Vorsicht, aber wenn es drauf ankommt, dich für sie einzusetzen und mal woanders auf den Tisch zu hauen, dann ziehst du den Schwanz ein.» Sie spuckte beim Reden, und jeder Satz schien ihren Exmann Zentimeter für Zentimeter schrumpfen zu lassen.

«Was hätte ich denn tun sollen?», traute er sich gerade eben noch anzumerken.

«Du hättest dich besser gleich an den Vorgesetzten weiterleiten lassen sollen!»

«Ich bin die Vorgesetzte», mischte Wencke sich wieder ins Gespräch.

«Ach!» Ute Sendhorsts Blick wurde eiskalt. «Dann werde ich alle Hebel in Bewegung setzen, damit bei Ihnen in Zukunft fähigere Leute die Zügel in der Hand halten.»

Die Drohung hallte noch einen Moment im Raum nach. Niemand reagierte darauf. Zwar brannten Wencke einige schlagfertige Widerworte auf der Zunge, aber sie schluckte sie herunter. Diese Frau war im Ausnahmezustand. Es war sinnvoller, mit den Befragungen über den gestrigen Abend fortzufahren.

«Also, Herr Sendhorst, nochmal zu unserem Telefonat, da sagten Sie, Sie hätten bereits mit der Freundin Ihrer Tochter gesprochen und erfahren, dass Alli etwas später losgefahren sei.»

Doch statt des verängstigten Peter Sendhorst meldete sich jetzt Pamela zu Wort.

«Ich habe gelogen», sagte sie mit gesenktem Kopf. «Alli war gestern nicht bei mir, den ganzen Nachmittag nicht. Sie hat mich nur gebeten, es zu sagen, falls ihr Vater bei uns anruft.»

«Und wo war sie dann?», fragte Wencke.

«Das haben wir Pamela auch schon gefragt», erklärte Peter Sendhorst. Ihm war keinerlei Wut anzumerken. «Sie weiß es nicht.»

«Zumindest behauptet sie das», giftete Ute Sendhorst dazwischen.

«Nein, Frau Sendhorst, Sie müssen mir echt glauben. Ich würde es Ihnen sagen, und der Polizei auch!» Dem Mädchen war die Verzweiflung anzusehen. Doch während Peter Sendhorst ihr beruhigend über den Kopf streichelte, setzte seine Exfrau noch einmal nach: «Ihr Mädchen habt immer eure Geheimnisse. Meinst du etwa, ich hätte vergessen, wie es bei mir selbst gewesen ist? Meine beste Freundin hat nie gepetzt, wenn ich mich mit meinem ersten Freund getroffen habe.»

Jetzt war es Wencke zu viel. Wenn das so weiterging, wenn diese Frau – die sicher allen Grund dazu hatte, verzweifelt und außer sich zu sein – sich in Gegenwart des Mädchens weiter so benahm, dann war es nur eine Frage der Zeit, dass die verschüchterte Pamela ganz dichtmachte. Wencke spürte, nur jetzt und hier war eine wirklich gute Gelegenheit, mit der besten Freundin der Toten ins Gespräch zu kommen. Kinder und Jugendliche waren sowieso schwierige Zeugen, sie schwenkten schnell um. Ein paar Stunden später würde Pamela sich bereits viel zu lange den Kopf zerbrochen haben, was sie wohl am besten sagen sollte und was nicht. Sie tat es sicher nicht aus Berechnung, sondern weil sie sich eingeschüchtert fühlte. Es gab in Aurich zwar eine geschulte Kollegin und auch ein Vernehmungszimmer, welches extra für Zeugenaussagen von Kindern eingerichtet war, trotzdem verkrampften schon viele, wenn sie nur unten durch den Eingangsbereich laufen mussten, wo die Kollegen die Notrufe entgegennahmen und man auf Schwarz-Weiß-Bildschirmen jeden Winkel des Polizeigebäudes observieren konnte.

Wencke warf einen eindeutigen Blick zu dem bislang so wortkargen Britzke, der auch prompt reagierte.

«Frau Sendhorst, wären Sie so freundlich und würden mir das Zimmer Ihrer Tochter zeigen?»

Das ehemalige Ehepaar Sendhorst wechselte Blicke.

«Ich bin nicht so oft hier. Eigentlich müsste das mein Exmann ...»

«Ist schon okay, Ute. Du weißt doch, Treppe rauf und dann links die zweite Tür. Es ist ein bisschen chaotisch da drinnen. Alli hat mir versprochen, heute Nachmittag aufzuräumen.» Peter Sendhorst lächelte entschuldigend, dann wurde ihm bewusst, was er gesagt hatte, und er erstarrte. Allegra würde ihr Versprechen nicht einlösen können. Das Zimmer oben zweite Tür links würde noch sehr lange chaotisch aussehen – bis er selbst die Kraft dazu hatte, etwas Ordnung zu schaffen.

Britzke und Ute Sendhorst verschwanden ins Obergeschoss. Wencke hörte noch, wie ihr Kollege begann, die Frau nach den Hobbys der Tochter auszufragen, ihren Vorlieben und Abneigungen. Die Antworten kamen einsilbig und im schneidenden Ton. Dann verschwanden die beiden hinter einer Tür, und es war nichts mehr zu hören.

«Dürfte ich ein Glas Wasser haben?», fragte Wencke, der die verbrauchte und irgendwie nach Verzweiflung riechende Luft zu schaffen machte.

Peter Sendhorst deutete Richtung Küche. «Wenn es Ihnen nichts ausmacht … Gläser finden Sie im Regal, Wasser steht im Kühlschrank.»

Wencke ging in den Nachbarraum und fischte sich gleich drei Gläser, denn es war immer leichter, über so etwas Fassungsloses wie den Mord an einem jungen Mädchen zu reden, wenn alle sich dabei an etwas festhalten konnten. Im Kühlschrank lag jede Menge frisches Gemüse, daneben Tupperdosen mit Aufschnitt. Eine ganze Etage wurde von unterschiedlichen Medikamenten in Beschlag genommen, Tropfen, Cremes und Pillen. *Kochsalzlösung* konnte Wencke entziffern, daneben stand auf einer Packung: *Tavor*. Den Namen kannte Wencke, es war eines der meistverschriebenen Psychopharmaka gegen Schlafstörungen und Angstzustände. Die anderen Medikamente sagten ihr nichts.

Wencke trat wieder ins Wohnzimmer und schloss die Tür zur Küche. Sie stellte die Gläser auf den Tisch und goss das Wasser ein. Schließlich setzte sie sich wortlos und trank einen großen Schluck.

«Ich weiß wirklich nicht, wo Allegra gestern gewesen ist», sagte Pamela ganz von allein. «Aber ich habe einen Verdacht.»

Weder Peter Sendhorst noch Wencke unterbrachen die kurze Stille.

«Ich glaube, sie war bei den kleinen Katzen. Wissen Sie, auf einem Hof in der Westermarsch haben sie einen Wurf ganz süßer Kätzchen, viele rot getigerte, und eine ist pechschwarz. Ich habe Alli davon erzählt. Vielleicht ist sie heimlich da hin …»

«Warum sollte sie das heimlich machen?», hakte Wencke nach.

«Meine Tochter hatte allergisches Asthma, schon seit ihren frühesten Kindertagen. Ich hätte ihr sicher nie erlaubt, den Tieren zu nah zu kommen.» Peter Sendhorst trank einen Schluck.

Nun, das erklärte schon mal das Arzneidepot.

«Und du, Pamela, könntest du dir vorstellen, dass Allegra den ganzen Nachmittag auf diesem Bauernhof gewesen ist?»

«Sie liebt Tiere doch so sehr. Sie will später Tierärztin werden.»

Es schien dem Mädchen nicht aufzufallen, dass sie noch immer im Präsens sprach. Und Wencke korrigierte sie auch nicht, vielleicht war es besser so. Solange die Erinnerung an Allegra noch lebendig war und die Menschen es nicht schafften, in der Vergangenheit über sie zu reden, so lange könnte Pamela vielleicht auch noch etwas einfallen, was mit dem Leben des Mädchens zu tun hatte – und vielleicht helfen würde, deren Tod aufzuklären.

«Könnte es auch sein, dass sie dort auf dem Hof jemanden … kennt? Einen netten Jungen vielleicht?»

Pamela schüttelte den Kopf. «Nein, Alli macht sich doch nichts aus Jungs. Die Bauern haben zwar einen Sohn, soviel ich weiß. Aber der arbeitet in der Woche irgendwo anders und ist nur selten zu Hause. Außerdem hat die Alli sowieso nur Augen für Katzen.»

«Wie heißen die Bauern?»

«Thedinga, glaub ich.»

«Und wo finde ich den Hof?»

«Ist nicht so weit mit dem Fahrrad, einfach die Alleestraße runter und dann der erste Hof nach dem durchgestrichenen Ortsschild. Er liegt ein bisschen abseits der Straße. Sie haben Kühe, es stinkt da ganz schön.»

«Haben die Bauern euch erlaubt, auf ihrem Hof zu sein?»

«Ja. Die sind nett. Aber die meiste Zeit ist da niemand zu sehen. Und wie gesagt, ich weiß nicht, ob Alli gestern da war. Ich könnte es mir nur vorstellen.» Das Mädchen knetete ihre Hände so fest, dass an einigen Stellen die Haut weiß und rot gescheckt war. Für Wencke sah das nicht so aus, als erzählte Pamela hier die ganze Wahrheit.

«Liegt dir noch etwas auf dem Herzen? Glaub mir, je länger man eine unangenehme Sache für sich behält, desto schwieriger wird es, sie doch irgendwann mal zu erzählen.»

Pamela biss sich auf die Lippen und schüttelte den Kopf. Ihr Blick fiel dabei auf Peter Sendhorst, und es war Angst oder Scham darin zu erkennen.

«Ich gehe mal kurz frische Luft schnappen», sagte der Mann geistesgegenwärtig, stand auf und ging auf die Terrasse. Die Tür schob er wieder hinter sich zu.

Nun waren sie allein und ungestört.

«Die Alli, sie …»

«Ja?»

«Sie hasst ihren Vater.»

Das überraschte Wencke. Selten hatte sie einen so freundlichen und angenehm beherrschten Mann erlebt, insbesondere, wenn man die fatale Situation bedachte, in der Peter Sendhorst gerade steckte. Durch das Fenster konnte sie ihn im Garten beobachten. Er war nicht besonders groß und hatte weiche Gesichtszüge. Sein Blick streifte über die Blumenbeete hinweg in den Himmel. Seine Tochter war ermordet worden, die Polizei hatte im Vorfeld den Hilferuf ignoriert, seine Exfrau führte sich auf wie ein Besen, und er musste erfahren, dass seine geliebte Tochter ihn beschwindelt hatte. Dennoch blieb er ruhig. Äußerlich zumindest. Dabei hätte er alle Gründe der Welt gehabt, einen Nervenzusammenbruch zu bekommen. Aus welchem Grund sollte ein nettes Mädchen wie Allegra ihren netten Vater gehasst haben?

«Das ist doch normal, oder nicht? In eurem Alter findet man die Eltern schon mal doof, man meint sie sogar zu hassen. Ich glaube nicht, dass es etwas zu bedeuten hat.»

Pamela nahm das Glas und trank das kalte Wasser in einem Zug aus. Als wolle sie sich Mut antrinken.

«Nein, bei Alli und ihrem Vater ist es anders. Sie hasst ihn wirklich. Abgrundtief.»

«Aber warum?»

«Weil er sie wie eine Gefangene hält. Alles verbietet er ihr.»

«Aber warum tut er das?»

«Keine Ahnung. Er sagt immer, alles ist zu gefährlich, und sie ist noch zu klein und so weiter. Das macht Alli wahnsinnig, echt. Sie will zu ihrer Mutter nach Oldenburg ziehen, sobald sie vierzehn ist. Dann kann sie nämlich vor Gericht selbst bestimmen, bei wem sie leben will. Im August hat sie Geburtstag.»

«Und weiß Allis Vater das?»

«Sie will … Also, sie wollte es ihm gestern Abend sagen.»

5.

Impatiens *(Drüsentragendes Springkraut)*

❦ Botanischer Name: IMPATIENS GLANDULIFERA ❦

Die Blüte gegen Ungeduld, Nervosität und Reizbarkeit

Unverschämt, fand Kerstin Spangemann. Wencke Tydmers war nur kurz am Tatort erschienen, und kaum war die Spurensicherung eingetroffen, hatte sie sich verdrückt.

Kerstin hatte sich Mühe gegeben, nicht allzu offensichtlich hinterherzustieren. Eigentlich war sie auch froh, dass Wencke so schnell von der Bildfläche verschwunden war, denn neben dieser Frau fühlte sie sich immer wie eine Figur der Augsburger Puppenkiste: mit Armen aus Streichhölzern und dem Gang einer betäubten Giraffe. Eigentlich wusste Kerstin, dass sie eine durchaus attraktive Frau war, nur neben Wencke kam sie sich linkisch und schlaksig vor. Dabei gab es dafür wirklich keine plausible Erklärung. Wencke Tydmers war ausgesprochen klein und nicht unbedingt mit einer sportlichen Figur gesegnet. Zudem wäre es mal an der Zeit, über eine neue Frisur nachzudenken. Wer trug in ihrem Alter noch grellrotes, kurzes Haar? Und erst ihre Klamotten! So oft hatte Axel schon betont, wie sehr er diese abgewetzte Jeansjacke hasste, mit der seine Kollegin und ehemalige Mitbewohnerin herumlief.

Vielleicht war es gerade das, was Kerstin so störte und weswegen sie dieses unschöne Gefühl hatte, wenn sie sich mit Wencke verglich: Axel betonte ständig nur die negativen Seiten dieser Frau. Dabei mochte er sie, daran bestand für Kerstin kein Zweifel. Hätte Wencke ihm damals nur ein wenig mehr Hoffnungen gemacht, Axel hätte wahrscheinlich nie auf die Avancen einer Angestellten der Spurensicherung reagiert, auch wenn diese noch so groß und schlank und gepflegt daherkam.

Mit Wencke waren auch all die anderen Kollegen des ersten Fachkommissariats vom Fundort verschwunden. Alle hatten offensichtlich Besseres zu tun. Nur Kerstins Team von der Spurensicherung hielt die Stellung, und Axel war zum Protokollieren des Fundorts abkommandiert worden. Er stand in ihrer Nähe im Schatten eines süßlich riechenden Baumes und wehrte sich gegen die Stechmücken, die sich bei stehenden Gewässern immer so wunderbar vermehrten. Er hatte schlechte Laune, das war nicht zu übersehen. Sicher hätte er lieber einen anderen Job übernommen, als ihr hier bei der Arbeit zuzusehen. Er wäre vermutlich lieber mit Wencke unterwegs gewesen.

Der Bereich des Schwanenteichs war großzügig abgesperrt worden. Er lag in einem kleinen Park inmitten eines Wohngebietes, da war die Aktion nicht so aufwändig gewesen. Nur weiter hinten an der Straße standen ein paar Herrschaften und reckten die Hälse. Die Presse war natürlich dreist durch das Tor marschiert und hatte gefragt, ob man schon etwas gefunden hätte. «Wenn Sie hier weiter so durch unsere Arbeit trampeln, wird es noch ein paar Stunden länger dauern, bis wir eine offizielle Mitteilung rausgeben», hatte Axel geblafft. Normalerweise ging er freundlich mit den Medien um. Aber heute war nicht normalerweise.

Zugegeben, Kerstin und Axel hatten nicht erwartet, dass Wencke sie zu ihrer bevorstehenden Hochzeit beglückwünschte. Aber mit dieser völlig übertriebenen Reaktion war auch nicht zu rechnen gewesen: Wencke hatte beide schon während der kurzen Dienstbesprechung ignoriert, hatte Axel den miesesten Job im ganzen Fall – staubtrockene Schreiberei am Tatort – zugeschoben, und auf seine Anfrage, ob das denn nicht gleich in einem Abwasch mit der Spurensicherung geschehen könne, hatte sie schnippisch geäußert: «Beschwer dich nicht. Auf diese Weise kannst du doch bei der Arbeit ein bisschen mit deiner Verlobten turteln.» Das war absolut daneben, fast pietätlos. Immerhin hatten sie es hier mit einem der schlimmsten Fälle überhaupt zu tun, mit dem Mord an einem Kind, und sie stellte ihre persönliche Kränkung vorne an!

Was war los mit Wencke? Und warum beschäftigte Kerstin das überhaupt?

«Ich wette, den defekten Kugelschreiber hat sie mir aus böser Absicht untergejubelt», fluchte Axel. Zum dritten Mal versuchte er jetzt, die Angaben zum gefundenen Mädchenfahrrad, die ihm ein Kollege auf einem Zettel notiert hatte, halbwegs leserlich ins Protokoll zu schreiben. *Pinkfarbenes Mädchenrad, 26er-Größe, unbeschädigt, steht abgeschlossen vor dem Tor zum Parkgelände.*

«Es geht nicht. So kann ich nicht arbeiten! Der Stift schreibt nur sporadisch und hinterlässt ansonsten blaue, schmierige Klümpchen auf dem Papier.» Axel atmete tief aus, wahrscheinlich hoffte er, auf diese Weise auch die Gereiztheit loszuwerden. Dann kam er ein paar Schritte auf Kerstin zu und hockte sich neben sie ans Ufer des kleinen Schwanenteichs. Kurz berührte er ihren Oberarm, zu kurz für eine zärtliche Geste, aber dafür war hier auch weder der richtige Zeitpunkt noch der richtige Ort. Vor ihnen lag das tote Mädchen, nackt, blass, mit hellgrünen Wassertropfen überall.

«Warum glänzt sie so?», fragte Axel.

Kerstin schabte gerade mit einem Holzspatel über die Haut und hob dann mit einer Pinzette die gewonnene Masse in ein Laborglas. «Weiß ich auch nicht. Sieht aus, als wäre sie eingecremt gewesen. Das Wasser hat der Haut noch nicht so viel anhaben können. Normalerweise müssten da schon viel mehr Runzeln sein.»

Kerstin wusste, viele Menschen würde es irritieren, eine Frau im Zusammenhang mit einer Mädchenleiche so kühl und sachlich reden zu hören. Wahrscheinlich tat sie Tag für Tag etwas, was nicht wirklich zu ihr passte. Sie war nämlich eigentlich sehr emotional, und das weiche Herz machte den Job nicht gerade leicht. Ironie oder Zynismus lagen ihr fern, obwohl derlei Eigenschaften gerade bei der Abteilung für Spurensicherung so etwas wie Einstellungsvoraussetzung waren. Um sich im direkten Kontakt mit dem Verbrechen und seinen Folgen zu distanzieren, brauchte man schon ein dickes Fell. Kerstin hatte sich jedoch immer dagegen gewehrt, hatte sich ihre Dünnhäutigkeit bewahrt und begegnete den manchmal grausamen Details ihrer Arbeit ganz bewusst mit dem gebührenden Respekt. Zum Glück hatte sie in den meisten Fällen nur mit der Sicherung von Spuren zu tun, bei denen es um Fahrerflucht, Sachbeschädigung oder allenfalls Körperverletzung ging. Bremswege ausmessen, Fingerabdrücke suchen oder auch den ausgeschlagenen Zahn eines Betrunkenen – alles nicht der Rede wert.

Aber dieses tote Mädchen war eine völlig andere Liga.

Kerstin kratzte bei der Toten den Schmutz unter den Nägeln heraus und zog ihr eine kleine Wasserschnecke aus dem Ohr. Ein brauner Käfer spazierte über die wächserne Haut, sie schnippte ihn fort. Bei alldem gab sie sich so gelassen, als mache sie sich im Garten über das Unkraut her. Anders ging es nicht. Sonst würde sie wahrscheinlich aus den Schuhen kippen.

«Das ist schon ungewöhnlich mit der Haut. Schreibst du ins Protokoll, dass ich hier bereits Proben nehme? Ist wichtig. Ich glaube, wenn sie erst mal eine Weile an der Luft ist, geht uns was verloren. Die Konsistenz ist von Bedeutung.»

Axel schrieb brav, was sie ihm diktierte.

«Habt ihr inzwischen Informationen, wer sie gefunden und aus dem Wasser gezogen hat?», fragte Kerstin. «Würde mich interessieren, ob eine Art Ölfilm um sie herumgeschwommen ist. Schreib das mal auf, Axel.»

«Soweit ich weiß, wurde sie von einem älteren Ehepaar entdeckt. Heute Morgen um neun. Sie schwamm mit dem Rücken nach oben in der Mitte des Sees.»

«Haben die Rentner sie geborgen?»

«Nein, der Mann sagte, ihnen wäre klar gewesen, dass sie tot ist, weil sie ja mit dem Kopf unter Wasser lag. Die beiden sind über achtzig, sie hätten nicht ohne weiteres in den Teich gehen können. Also sind sie zum nächsten Wohnhaus und haben von dort Alarm geschlagen. Die Feuerwehr hat die Leiche dann aus dem Teich gezogen und hier abgelegt. Wegen des Ölfilms frage ich nochmal nach … Warum willst du das eigentlich wissen?»

«Ich könnte mir vorstellen, dass sie irgendwie einbalsamiert wurde.» Kerstin zog der Toten Plastiktüten über die Gliedmaßen. Die Folie schmierte über die Haut.

«Einbalsamiert?»

Mit der Nase ging Kerstin näher an den leblosen Körper und atmete tief ein.

«Was machst du da?»

«Ich rieche. Wir Spurensicherer arbeiten mit allen Sinnen. Sehen, fühlen, hören und riechen …»

«Aber doch bitte nicht schmecken!?» Axel schauderte.

«Das riecht in erster Linie nach muffigem Teichwasser. Aber ich glaube, einen Hauch von …» Kerstin schnupperte unerbittlich.

«Süßlich. Hustenbonbons oder Lufterfrischer vielleicht, oder … Ja, genau, Zitronenmelisse glaub ich. Ein altes Hausmittel. Der Geruch hält Fliegen und Mücken fern.»

Axel schrieb Kerstins Sinneseindrücke auf und las ihr anschließend den ganzen Text vor. Er hörte sich wie einer dieser Fernsehpathologen an, die mit leiernder Synchronstimme über irgendeinen perversen Serienkiller in den amerikanischen Südstaaten berichteten. Doch das hier war Norden in Ostfriesland und nicht Texas oder South Carolina. In der Mitte des Teiches sprudelte eine Fontäne, ein paar Enten kurvten unbeeindruckt auf dem Wasser, und in einiger Entfernung wieherte ein Pferd. Axel war nur ein Kriminalbeamter und kein Sheriff, Kerstin nur Angestellte im öffentlichen Dienst und kein Special-Agent. Das tote Mädchen dort auf dem Boden sah normal aus, fast brav, ein Ostfriesenmädel eben.

Diese Sache mit der Creme und dem Duft passte nicht hierher.

«Wir haben die Kleidung gefunden», rief Riemer. Er tauchte aus einem Gebüsch am anderen Teichufer auf. «Sanders, wenn Sie bei der Leiche so weit fertig sind, können Sie bei uns protokollieren?»

Kerstin beachtete ihren Chef kaum. Sie hatte eben noch etwas anderes wahrgenommen, einen vertrauten Geruch, den man bei einem offensichtlichen Tötungsdelikt auch eher erwartete als Zitronenmelisse. Sie hatte Blut gerochen.

«Bleibst du noch kurz hier? Ich hab da noch was.» Kerstin spreizte vorsichtig die Oberschenkel der Toten. «Seltsam. Da läuft zwar noch etwas Blut aus den unteren Körperöffnungen, wie auch schon aus dem Mund, aber die äußeren Geschlechtsorgane sind unversehrt. Es sieht nicht nach einem Sexualdelikt aus.»

«Wonach denn dann?»

«Ich meine damit, dass keine Anzeichen von Penetration oder ähnlich aktivem Vorgehen auszumachen sind, zumindest nicht auf den ersten Blick.»

«Aber?»

«Aber ich könnte mir vorstellen, dass wir es trotzdem mit einem Triebtäter zu tun haben. Jedoch mit einem, dem es um etwas anderes geht als um ...» Kerstin hielt inne. Sie hatte einfach so gesprochen, rein beruflich, rein aus der Perspektive einer Expertin für Spurensicherung, und dann war ihr klar geworden, dass es Axel war, mit dem sie sprach. Tatsächlich wurde sie jetzt etwas rot. «Du weißt schon, was ich meine.»

«Ich glaub schon», antwortete er, dann machte er sich auf den Weg um den fast kreisrunden Teich. Kerstin deckte die Folie über den Leichnam. Von irgendwoher wehten Glockentöne herüber. Es war ein Uhr mittags. Sie folgte Axel um den Teich.

Riemer fotografierte die Kleidung, die direkt neben dem Stamm eines üppigen Buschs versteckt gewesen war. Ein gelber Rock, vermutlich Baumwolle, eine weiße Bluse und eine Strickjacke, ebenfalls in Weiß. Genau wie das Paar Stoffschuhe, auf dem sich jedoch etliche rostbraune Flecken befanden. Blut. Daneben lag auch noch ein Fahrradhelm, an dessen Klettverschluss ein paar dunkelblonde Haare hingen, vermutlich vom Opfer. Alles war sehr akkurat zusammengelegt, sodass es problemlos auf die Fläche eines DIN-A4-Blatts gepasst hätte.

«Wie eine Schaufensterauslage», kommentierte Riemer. «Sexualdelikt, denke ich.»

«Kerstin Spangemann sieht das etwas differenzierter.» Axel wiederholte brav, was sie ihm fünfzig Meter weiter eben diktiert hatte.

Erst vor ein paar Tagen hatte Axel ihr gesagt, dass er sie und ihre Kollegen bewunderte. Spurensicherung wäre eine Puzzlearbeit, ein Knochenjob dazu. Erst durch ihr Zusammenleben wäre ihm klar geworden, wie viel Anstrengung es kostete, um an die Indizien zu kommen, mit der die Beamten der Kripo dann arbeiten konnten. Wie vergleichsweise bequem er es doch hatte, bereits fertige Tatortprotokolle am Schreibtisch sitzend studieren zu dürfen. Jetzt war er mit von der Partie. Von seiner Chefin höchstpersönlich zur Drecksarbeit diskreditiert. Nannte man ein solches Vorgehen nicht auch Mobbing?

Riemer stellte sich aufrecht hin und reckte sich. Er war nicht mehr der Jüngste, und das Herumkriechen an Tatorten ging ihm an die Knochen. «Zum Glück ist Wencke Tydmers als Ganztagspolizistin wieder voll einsatzfähig. Das kommt mir hier alles sehr seltsam vor. So viel Ordnung hat man selten, wenn ein Mord geschehen ist.»

«Und was hat das deiner Meinung nach zu bedeuten?», fragte Kerstin. Und warum soll ausgerechnet Wencke Tydmers hier gefragt sein, fügte sie in Gedanken hinzu.

«Wenn du mich fragst, die Kripo sollte keine Zeit mehr verlieren. Sanders, sagen Sie Ihrer Chefin, sie soll ihren berühmten sechsten Sinn gründlich schärfen. Mein Bauchgefühl ist nicht so ausgeprägt wie das von Wencke Tydmers, aber es sagt mir trotzdem, wir müssen uns ranhalten, damit …»

Riemer wollte es bei einem Schulterzucken belassen, aber das reichte Kerstin nicht. «Damit was?»

«Damit wir nicht bald die nächsten Mädchenkleider aus der Botanik fischen müssen.»

6.

Oak *(Eiche)*

🌿 Botanischer Name: Quercus robur 🌿

Die Blüte gegen Unnachgiebigkeit und zu viel Ehrgeiz

«Dr. Erb? Es ist schon wieder diese Journalistin. Mit welcher Geschichte soll ich sie diesmal abwimmeln?» Beatrix war die Anspannung von ihrem hübschen Gesicht abzulesen, trotz Make-up. Sie arbeitete noch nicht lange im Vorzimmer der psychologischen Praxis von Dr. Tillmann Erb und war den Umgang mit der Presse nicht gewohnt.

«Gut, stellen Sie durch. Sagen Sie aber, dass ich in fünf Minuten einen wichtigen Termin habe und – bitte – klopfen Sie dann auch entsprechend laut an meine Tür, ja?»

Beatrix lächelte nett. Das konnte Erbs neue Sekretärin wirklich hervorragend. «Wird gemacht, Chef.»

Zehn Sekunden später klingelte der Apparat. Ohne lang abzuwarten, nahm Erb den Hörer. Gern sprach er nicht mit Katharina Zwolau, der Gerichtsreporterin des Nachrichten-magazins *Zeitlupe*. Aber er wusste, die Frau war hartnäckig wie ein Schluckauf, und man wurde sie auch nur ebenso los – sinngemäß also: Luft anhalten und dreimal trocken schlucken.

«Meine Lieblingsjournalistin», sagte er kühl.

«Ja, ich weiß schon, dass Sie es nicht erwarten können, meine Stimme zu hören, Dr. Erb. Und besonders an diesem Tag werden Sie wahrscheinlich einen Luftsprung machen, mich in der Leitung zu haben, stimmt's?»

«Ich wüsste ehrlich gesagt keinen Grund, warum ich mich ausgerechnet heute ganz besonders über Ihren Anruf freuen sollte. Die Sache mit den Webcams ist doch so weit durch. Alles heiße Luft. Mehr kann ich als Gutachter sowieso nicht dazu sagen, ich bin weder Jurist noch Politiker.»

Er griff sich den silbernen Brieföffner und ritzte mit der Spitze feine Linien auf die Schreibunterlage. Zwolaus Hartnäckigkeit verdutzte ihn. Er hatte fest damit gerechnet, dass es vorbei war mit ihren Nachforschungen. Seit zwei Wochen herrschte Ruhe in der Praxis, bis auf den normalen Patientenalltag natürlich. Davor hatte das Telefon monatelang nicht stillgestanden, weshalb seine alte Vorzimmerdame auch das Weite gesucht hatte. Erb war als Gutachter in einem politischen Schmierentheater eingesetzt worden und hatte ausgerechnet dem vermeintlichen «Bösewicht» ein glasklares Glaubwürdigkeitszeugnis erstellt. Es ging um die große Politik, um Sex und das Spiel mit den Medien. Solche Jobs brachten zwar Publicity und Geld, aber nicht unbedingt öffentliche Sympathien. Die bundesweite Presse hatte sich nämlich auf ihn eingeschossen, allen voran die Dame am anderen Ende der Leitung und ihr sozialdemokratisches Blatt, welches er persönlich allerhöchstens in die Hand nehmen würde, um einen alten Fisch darin einzuwickeln.

«Dann haben Sie noch keine Nachrichten aus Ostfriesland gehört?»

«Nein, wieso auch? Was interessiert mich die Provinz? Ich praktiziere aus gutem Grund in der Landeshauptstadt.» Erbs Gelassenheit war allerdings nur noch gespielt. Sein Puls hatte bereits Tempo aufgenommen.

«Im Küstenstädtchen Norden ist ein Mädchen tot aufgefunden worden. Ermordet. Mehr Infos gibt die Polizei noch nicht heraus. Folgendes ist aber bereits bekannt: Sowohl altersmäßig wie auch vom äußeren Erscheinungsbild passt sie schablonenartig in das Raster eines Mannes, den wir beide gut kennen.»

«Gernot Huckler. Um ihn geht es? Sie kennen meine Meinung zu diesem Mann, schließlich umfasst das von mir erstellte Gutachten über ihn mehr als hundert Seiten, und Sie haben es gelesen, obwohl ich bis heute nicht weiß, wer Ihnen das vertrauliche Material zugespielt hat.»

«Ja, ich habe es gelesen. Auch einige Ihrer werten Kollegen haben es studiert – und für mangelhaft befunden. Die Experten der JVA waren sehr skeptisch, was Hucklers Pläne für den Neustart anging und …»

«Was kümmern mich die Kollegen?», unterbrach Erb die Journalistin. «Das Gericht hat *mich* – hören Sie? – *mich* beauftragt, mit Huckler einen Monat parallel zu seiner Therapie zu reden. Und ich bin eben zu anderen Erkenntnissen gekommen als diese überlasteten Gefängnispsychologen.»

Tillmann Erb verwünschte seinen beschleunigten Herzschlag. Es gab keinen Grund, sich aufzuregen. Diese Person hatte überhaupt keine Ahnung von der Materie, wahrscheinlich hatte sie sich noch nie wirklich mit dem Thema Pädophilie beschäftigt. Sie glaubte mit Sicherheit wie so viele, dass pädophil veranlagte Menschen ausnahmslos eine Gefahr für die Menschheit seien und deshalb grundsätzlich lebenslang hinter besonders dicke Gitter gehörten. Es war also im Grunde genommen null und nichtig, was Katharina Zwolau da zwischen den Zeilen anzudeuten versuchte. Leider hatte sie außer ihrem stumpfen Verstand aber auch diese verdammt spitze Zunge.

Erb wusste, als Gutachter in heiklen Gerichtsverfahren stand man immer auf dünnem Eis.

In Fällen wie dem von Gernot Huckler jedoch konnten die Entscheidungen von existenzieller Bedeutung sein. Für einen selbst, für den Betroffenen, aber auch für Menschen, die in der Vergangenheit oder Zukunft durch ein Ja oder Nein betroffen waren oder betroffen sein würden.

Ganz davon abgesehen gab es zahlreiche Patienten, mit denen er wesentlich lieber sprach als mit einem Mann, der schon seit seiner Jugend darauf fixiert war, Begegnungen und körperlichen Kontakt mit unreifen Mädchen zu seiner Befriedigung zu nutzen. Tillmann Erb war selbst Vater einer zehnjährigen Tochter, und er war wirklich nicht scharf darauf, seine Zeit mit Männern wie Gernot Huckler zu verbringen. Deswegen hatte er damals auch gezögert, bevor er den Auftrag des Landgerichts angenommen hatte. Damals, vor anderthalb Jahren, als der wegen Kindesmissbrauchs inhaftierte Mann den Antrag auf vorzeitige Entlassung stellte. Schließlich hatte er den Fall dann aber doch übernommen und einen ganz anderen Menschen kennengelernt, als er erwartet hatte: Gernot Huckler war in den vergangenen vier Jahren durchgehend therapiert worden, er schluckte Tabletten, die seinen Hormonspiegel regulierten, er hatte soziale Kontakte auch außerhalb der JVA geknüpft und sogar geheiratet. Und was ein noch wesentlicherer Aspekt war: Er hatte seine Taten zutiefst bereut. Die Wunden bei seinen beiden Opfern würden zwar nie ganz heilen, doch das Leben ging weiter. Für alle, für den Täter und die Opfer.

Als Erb dem Antrag nach eindringlicher Begutachtung schließlich zugestimmt hatte, war die Öffentlichkeit über ihn hergefallen. Sein Urteil und die Entscheidung des Gerichtes wurden infrage gestellt. Die Titelseite der *Zeitlupe* hatte damals ein Porträt von ihm gezeigt und übel über das ganze Verfahren hergezogen. Und schon damals hatte er sich gewünscht, mit Katharina Zwolau nichts mehr zu tun haben zu müssen. Sie hatte ein – zugegebenermaßen recht eindrucksvolles – Interview mit einem von Hucklers Opfern zum Thema vorzeitige Haftentlassung geführt, seitdem spielte sie sich auf.

Und nun suchten diese Frau und die Geschichte von damals ihn wieder heim.

Hatte es tatsächlich einen Mord in Ostfriesland gegeben? In der Stadt, in der Gernot Huckler nun mit Frau und Stieftochter seit geraumer Zeit lebte? War er tatsächlich rückfällig geworden? Tillmann Erb räusperte sich.

«Ich bin mir sicher, dass von dem Mann, den ich bei meiner Arbeit kennenlernen konnte, keine Gefahr für die Gesellschaft mehr ausgeht. Sonst hätte ich niemals dem Antrag auf vorzeitige Entlassung zugestimmt.»

«Sie wissen genau, dass niemand an Ihrer Einschätzung gezweifelt hat, die Hucklers Zustand in der Zeit seiner Gefangenschaft anging», bohrte Zwolau gnadenlos weiter. «Doch die meisten hatten Bedenken, ob dieser Mann es auch schaffen würde, im normalen Alltag weiter straffrei zu bleiben. Sie kennen die Rückfallquote bei Kindesmissbrauch, sie ist so hoch wie bei keiner anderen Verbrechensart. Wer es einmal getan hat, der ...»

«Verschonen Sie mich mit Ihrem Halbwissen», unterbrach Erb. «Die Rückfallquote ist ebenso hoch wie bei Straßenverkehrsdelikten und Drogenmissbrauch. Und bei heterosexuellen Übergriffen auf Kinder – wie im Fall Gernot Huckler – bleiben sogar ungefähr zwei Drittel nach der Haft sauber. Was wollen Sie mir also erzählen?»

«Ich würde mich an Ihrer Stelle nicht zu weit aus dem Fenster lehnen, Herr Dr. Erb. Ein Fehlgutachten im Fall Gernot Huckler wäre Ihre Bauchlandung», giftete es aus dem Hörer. Zwolau war bekannt für ihre wenig diplomatische Art. Sie nannte sich selbst eine Vollblutjournalistin, aber in Wirklichkeit war sie einfach nur schrecklich verbissen und verschraubt. Sie konnte keine andere Meinung ertragen und glaubte deshalb, die ganze Welt von ihrer Wahrheit überzeugen zu müssen. Erb hätte diese Frau zu gern mal auf seiner Couch gehabt, rein therapeutisch natürlich. Er war sich sicher, sie musste in ihrer Kindheit einige Kränkungen eingesteckt haben, um so unangenehm zu werden, wie sie heute war.

«Was wollen Sie jetzt eigentlich von mir? Wenn Ihnen nur daran liegt, mich am Telefon zu beleidigen, dann muss ich Sie enttäuschen. Da habe ich wirklich Besseres zu tun.»

«Ich will eine Stellungnahme!»

«Zu was denn bitte schön? Sagten Sie nicht am Anfang unseres unerfreulichen Gesprächs, dass es überhaupt nur wenige Informationen zu diesem angeblichen Mordfall in Ostfriesland gibt? Und solange keine triftigen Beweise vorliegen, dass Gernot Huckler etwas mit der Sache zu tun hat – was ich übrigens nicht im Entferntesten glaube –, werde ich keine Silbe dazu sagen. Und nun entschuldigen Sie mich.» Tillmann Erb legte auf.

Im selben Moment klopfte es heftig an seiner Tür. Er zuckte kurz zusammen, dann hörte er die Stimme von Beatrix: «Ihr Termin, Dr. Erb. Nicht dass Sie ihn vergessen …»

7.

Aspen *(Espe oder Zitterpappel)*

❦ Botanischer Name: POPULUS TREMULA ❦

Die Blüte gegen unerklärliche, vage Ängstlichkeiten
und Vorahnungen vor drohendem Unheil

Ganz früher einmal hatte Wencke einen pechschwarzen Kater gehabt. Lange vor ihrem Sohn Emil, lange vor Axel, ach, einfach vor Ewigkeiten. Als sie ihn vor über vier Jahren einschläfern musste, hatte Wencke geschworen, sich nie wieder so einen Vierbeiner anzuschaffen, denn keiner würde je ihr Herz im Sturm erobern wie der faule, verfressene und unglaublich verschmuste Mitbewohner, der ihr schon in den Tagen der Polizeiausbildung um die Beine gestreift war.

Doch jetzt – im Heuschuppen auf dem Thedinga-Hof in der Westermarsch am Stadtrand von Norden – kam sie ernsthaft in Versuchung, ihren Schwur zu brechen. Fünf bezaubernd maunzende Kätzchen tapsten übereinander, purzelten herum und schienen extra für sie eine kleine, überzeugende Show eingeübt zu haben, deren Sieger Wenckes neues Haustier werden könnte. Eine kleine, getigerte legte das Köpfchen schief und blickte die fremde Kriminalkommissarin treuherzig an. Es würde Wencke nicht wundern, wenn Allegra Sendhorst tatsächlich trotz lauernder Allergene ein paar heimliche Nachmittage hier gewesen war. Hatte Allis Freundin nicht gesagt, es sei auch ein schwarzes Baby dabei? Sie konnte es nicht entdecken. Zum Glück nicht, sonst wäre sie wohl endgültig schwach geworden.

«Jau, die war hier. Nicht zum ersten Mal. Nettes Mädchen überhaupt.» Bauer Thedinga sprach richtig breit und platt.

Er erfüllte das Klischee eines friesischen Landwirtes: grau-blaue Latzhose, kariertes Hemd (Ärmel hochgekrempelt), merkwürdig zerbeulter Hut – aber immerhin trug er keine Mistforke in der Hand, so weit ging es dann doch nicht. Die Nachricht, dass das Mädchen, welches gestern noch die Kätzchen gestreichelt hatte, ermordet worden war, entlockte ihm zwar einen betroffenen Gesichtsausdruck und ein «Och», aber sonst keine weitere Reaktion.

«Die mochte Katzen. Hätte eine haben können. War aber wohl verboten. Vom Papa.»

«Sie hatte Asthma und war eigentlich allergisch dagegen.»

«Allergisch?», fragte Thedinga, als hörte er diesen Begriff zum ersten Mal. «Sechs neue Katzen. Was soll ich damit?»

«Es sind nur fünf», korrigierte Wencke.

«Sechs», widersprach Thedinga, und obwohl Wencke die Tierchen wieder an einer Hand abzählen konnte, verzichtete sie auf weitere Haarspalterei. Sie hatte es hier offensichtlich mit einem Typ Mann zu tun, der wahrscheinlich auch dann noch darauf beharrte, die Erde sei eine Scheibe, wenn sie mit ihm gemeinsam einmal den Äquator abgelaufen wäre. Wencke folgte ihm aus dem Schuppen bis zum Gatter, von dem aus man in die ostfriesische Weite blicken konnte.

«War sie allein hier? Gestern, meine ich.»

«Jau.»

«Und haben Sie sonst vielleicht noch jemanden gesehen? Vielleicht ist Allegra beobachtet worden.»

«Keinen Schimmer. War auf der Weide. Viel zu tun.»

«Haben Sie eine Ahnung, wann das Mädchen wieder gefahren ist?»

«Da fragen Sie was.»

Er schien nachzudenken. Dazu brauchte es eine Zigarette. Thedinga kramte seinen Tabak hervor und begann mit angenehmer Gelassenheit zwischen seinen erdigen Händen eine Zigarette zu drehen. Auf der vorderen Weide fuhr die Bäuerin mit dem Traktor herum. Sie wirkte genauso groß wie ihr Mann, und klamottentechnisch sah es so aus, als bedienten sich die Eheleute aus einem gemeinsamen Kleiderschrank.

Wencke schabte ihren Schuh über den Pflasterstein. Auf der Suche nach den Thedingas hatte sie eine Strecke über die feuchte Wiese laufen müssen. Die von Grashalmen durchzogenen Lehmklumpen erwiesen sich als hartnäckig. Der Bauer reichte ihr die Seite einer alten Zeitung, die er aus einer Nische neben der Scheunentür gefischt hatte. Viel sauberer als die Schuhe war das Papier eigentlich auch nicht, aber zur Not ging es. Wencke war ja eigentlich keine penible Person, ein bisschen Dreck an den Sohlen war keine Katastrophe, und die Jeansjacke, die durch die Berührung mit einem Holzgatter braungrüne Moosstreifen erhalten hatte, war sowieso langsam reif für den Rotekreuzsack.

«Hanno hat gesagt, so gegen sechs.»

«Hanno? Ihr Sohn?»

«Jau.» Thedinga leckte das Zigarettenpapier und zupfte den überstehenden Tabak weg.

«Könnte ich mit Hanno sprechen?»

«Ist nicht da.»

«Hm. Wann kommt er denn wieder?»

«Keinen Schimmer. Wohnt ja nicht hier.»

Es war wirklich nicht so, dass Bauer Thedinga unfreundlich war. Seine Mundwinkel zeigten nach oben, während er die wenigen Silben beim Rauchen mit entweichen ließ, und seine Augen lächelten. Er war eben nur sehr ostfriesisch.

«Aber gestern war er noch da?»

«Hatte ein paar Tage frei. Ist ja kein Bauer.»

«Ist Hanno Ihr einziger Sohn?»

«Jau.»

«Oh, dann gibt es womöglich keinen Erben ... Das ist sicher traurig für Sie und Ihre Frau. Sie machen den Eindruck, dass Sie so verwachsen sind mit Ihrem Hof.»

Thedinga zuckte die Schultern und fummelte sich einen braunen Krümel von der Unterlippe. Die Mundwinkel waren auf einmal nach unten gerutscht. «Besser so. Hanno hat's nicht so mit Tieren.»

«Und was macht er?»

«Er kellnert. Hotel auf der Insel.»

«Woher weiß er denn, wann Allegra von hier aufgebrochen ist? Hat er sie wegfahren sehen?»

«Jau.»

«Woher wissen Sie das so genau? Haben Sie mit Ihrem Sohn darüber gesprochen? Ich meine, haben Sie mit ihm darüber gesprochen, dass Allegra Sendhorst hier war und wann genau sie gefahren ist?»

«Hanno hat's erzählt. Einfach so. Hat ihn wohl gefragt, wie spät. Hatte keine Uhr, das Kind.»

Wencke wusste, der letzte Satz entsprach nicht der Wahrheit. Laut Aussage des Vaters hatte Allegra immer ein Handy dabei, sie hätte also nur auf das Display schauen müssen, wenn sie pünktlich sein wollte. «Sind Sie sicher, dass Hanno das gesagt hat?»

«Was?»

«Das mit der Frage nach der Uhrzeit meine ich.»

«Hm. Doch.»

Nun, manchmal waren Fragen wie «Kannst du mir sagen, wie spät es ist?» auch nur ein schüchterner Annäherungsversuch. Vielleicht irrte die Freundin sich, und Allegra kam doch nicht nur wegen der Katzen. Wencke behielt ihre Gedanken für sich. «Können Sie mir die Telefonnummer von Hanno geben? Ich würde ihn gern selbst nochmal genauer befragen.

Wer weiß, vielleicht hat er eine Kleinigkeit bemerkt, die ihm gestern noch absolut nebensächlich erschien, aber heute, nach den tragischen Entwicklungen, immens wichtig sein kann.»

«Jau.» Thedinga ging Richtung Wohnhaus, seine dunkelgrauen Gummistiefel schlurften über den Boden, in den das Reifenprofil des Traktors ein kleines Gebirge gedrückt hatte. Ein Hofhund kam schwanzwedelnd angerannt und schnupperte an Wenckes Hose. «Ab!», raunte Thedinga, und das Tier kuschte sich. Wencke bemerkte, dass das Fell am Hinterteil im Gegensatz zu dem struppigen Rest seltsam schwarz und glatt war.

«Was ist mit dem Hund passiert?», fragte sie.

«Brandverletzung. Unfall.» Thedinga stieß die Tür auf und zog sich zu Wenckes Verblüffung im Flur die Stiefel aus, um in ausgetretene Pantoffeln zu schlüpfen. «Warten Sie! Kein Dreck im Haus, Gesetz Nummer eins!»

«Von Ihrer Frau?»

«Jau.»

Er ging bis ans Ende des langen, schnurgeraden Flurs und kam recht bald darauf wieder. «Hier», sagte er und reichte Wencke eine schmucke Visitenkarte.

Hanno Thedinga, Restaurantfachmann, Hotel Inselnest, Spiekeroog, darunter eine Handynummer und eine Grafik, die die Silhouette eines eleganten Kellners mit Tablett und langer Schürze darstellte.

«Ganz schön professionell, so eine Visitenkarte. Macht richtig was her.»

Thedinga sagte nichts.

Wencke tippte auf die Skizze. «Sieht Hanno auch so aus?»

«Fast», brummte Thedinga, und ihm war ein wenig Verachtung anzumerken. Für einen Menschen seines Schlages steckte sogar eine ganze Menge Missbilligung darin.

Wencke hatte das sichere Gefühl, dass Vater und Sohn Thedinga sich alles andere als nah standen.

«Ich danke Ihnen, dass Sie sich die Zeit genommen haben. Es kann sein, dass wir nochmal ein paar Fragen an Sie oder Ihre Frau haben. Sie verreisen nicht zufällig in nächster Zeit?»

Er schnaubte. «Jau, mit fast hundert Kühen im Handgepäck, oder was?» Dies war sein bislang längster Satz gewesen.

Wencke hob den Arm zum Abschied und ging Richtung Auto. Hanno Thedinga würde sie später vom Büro aus anrufen. Eine weltbewegende Information versprach sie sich ohnehin nicht davon.

Als sie vom Hof rollte, mussten die Stoßdämpfer des Dienstwagens alles geben. Dieser Weg hatte den Charme und Komfort des vorletzten Jahrhunderts, und Wencke war froh, nach kurzer Zeit auf die geteerte Alleestraße zu gelangen.

An der Ecke stand ein windschiefer Postkasten, unter dem das Namensschild der Familie hing, daneben waren eine altmodische Hundewarnung («Warnung vor dem bissigen Hunde!») und ein selbst geschriebenes, in einer Plastikfolie geschütztes Plakat zu lesen: «6 Maikätzchen zu verschenken».

«Es waren fünf!», sagte Wencke, doch gerade als sie den Blinker setzte und Richtung Norden abbiegen wollte, sah sie im Postkasten etwas Merkwürdiges liegen. Sie zog die Handbremse an, ließ den Motor laufen und stieg aus dem Wagen. Sie hatte sich nicht getäuscht: Aus der röhrenförmigen Postbox hing ein kleiner, dünner, schwarzer Katzenschwanz. Wencke holte eine Tüte aus dem Handschuhfach und griff damit nach dem versteckten Kadaver. Kein Zweifel, das Tier war überrollt worden. Es war so flach und trocken wie ein Stück Pappe. Wencke nahm es mit.

Klar, Katzen wurden überfahren. Aber dieses Tier hätte allein nie den weiten Weg von seinem Lager im Heu bis zur befahrenen Straße geschafft. Wie also war es dort hingekommen? Außerdem würden nur die wenigsten Menschen auf die Idee kommen, ein versehentlich überfahrenes Tier in einen Briefkasten zu stecken.

So etwas machten nur – hm – Verrückte?

8.

Willow *(Gelbe Weide)*

❦ Botanischer Name: SALIX VITELLINA ❦

Die Blüte für Menschen, die sich als Opfer

der Umstände fühlen

Im Café lief ein Radio, laut genug, dass es auch auf der kleinen Terrasse zu hören war. Die Nachrichten zur vollen Stunde brachten es als erste Meldung: In Norden war ein Mädchen tot aufgefunden worden, Allegra S., dreizehn Jahre alt, die Polizei ging von einem Gewaltverbrechen aus.

Gernot Vanmeer war klar, zu Hause suchten sie ihn jetzt wahrscheinlich. Es lag doch auf der Hand. Ein dreizehnjähriges Mädchen – da musste die Kripo schnell auf seine Spur kommen. Heute Morgen, als er losgefahren war, hatten sie noch von einem Vermisstenfall gesprochen. Jetzt benutzte der Moderator das Wort Mord. Dann hatten sie das Kind also gefunden. Es war sinnlos zu flüchten.

Niemand sonst schien den Nachrichten zu lauschen. Die beiden Kellnerinnen vor der Tür redeten lieber über das Wetter und darüber, dass es ein Jahrtausendsommer werden solle und ob dies wohl an der Klimaerwärmung läge.

Gernot war egal, woran es lag. Er wollte den Sommer genießen. In diesem Jahr ganz besonders. Er beobachtete zwei Möwen, die im Blau tanzten, als wären sie vom Tourismusverband dafür bezahlt worden. Der Himmel war so groß hier in Ostfriesland. Ein Mädchen kaufte an der Durchreiche ein Eis in der Waffel, einmal Sahne-Kirsch, einmal Zitrone. Sie trug einen sehr kurzen Jeansrock, und ihr T-Shirt endete über dem Nabel.

Gernot bezahlte seinen Milchkaffee und ging. Das ist nicht mein Ding, sie zeigt zu viel Haut, dachte er. Aber wenn ich sehe, wie sie an ihrem Eis schleckt, das finde ich schön.

Ihre Freundin wartete ein Stückchen weiter.

Sie gefiel ihm wesentlich besser, war nicht so affektiert und trug eine rosa Hose, die nur bis zur Mitte der schlanken Waden reichte. Dazu ein geblümtes T-Shirt. Am Oberarm hatte sie eine Pigmentstörung. Einen sogenannten Milchkaffeefleck. Die hellbraune Stelle hatte die Form von Sumatra. Das konnte er deutlich erkennen. So nah kam Gernot an sie heran, als er an ihr vorbeiging.

Das Motorrad hatte er auf dem Parkplatz abgestellt. Am Altglascontainer blieb er stehen. Sein Blick folgte den Mädchen Richtung Supermarkt. Neben dem Eingang klebte ein großes Plakat mit Bierwerbung, ein schicker Mann schob seinen Mund in den Schaum und schaute dabei einer Frau im roten Minikleid hinterher. «Nur gucken – nicht anfassen!» stand darunter. Blöde Werbung, fand Gernot. Aber den Satz hatte er sich auch schon oft selbst zugeflüstert.

Er wusste, es gab einen Fachausdruck dafür, was er hier gerade durchmachte. Die Diagnose lautete: Paraphilie. Und es gab sogar mehrere Kataloge, in denen das Ganze klassifiziert war. Den verschiedenen Formen hatte man Zeichen gegeben, ICD-10 Code F65.4 oder DSM-IV/ 302.2. Wissenschaftler sprachen von einer Störung der Sexualpräferenz. Nach vorsichtigen Schätzungen gab es bis zu 200 000 Pädophile in Deutschland. Die meisten davon heimlich, im Verborgenen, versteckt und verschämt. Wer rennt schon freiwillig zum Arzt, wenn er feststellt, dass sein Herz zu rasen beginnt, sobald ein hübsches Kind in der Nähe ist? So gut wie niemand. Und das, obwohl es doch Hilfe gab. Therapien. Medikamente. Aber Gernot hatte inzwischen auch gelernt, dass er am

Ende selbst die letzte Instanz war. Da stand er dann ganz allein vor diesem Chaos, welches in ihm herrschte.

Jetzt gerade war es schlimm. Jetzt, in diesem Augenblick, hier am Altglascontainer, in den gerade eine eifrige Mutter klebrige Breigläschen warf, was die wilden Wespen ringsherum zu freuen schien.

Er hatte gedacht, dieses Gefühl wäre weg. Gernot Vanmeer hatte tatsächlich geglaubt, er hätte es überlistet. Aber da hatte er sich getäuscht. Es war offensichtlich nicht so, dass er die Sache jemals im Griff haben würde, immer würde es umgekehrt sein: Sie hatte ihn im Griff. Fest und ausweglos. Da konnte man reden und Pillen schlucken und hypnotisiert werden und heiraten, so viel man wollte. Es brachte nichts: Diese Sehnsucht würde ihm immer das allernächste Gefühl sein.

Er suchte in seiner Jackentasche die kleine Dose, die Esther ihm einmal eingesteckt hatte. Eine Pillendose, gefüllt mit sogenannten Notfall-Drops, irgendwas mit Bachblüten, so viel wusste er. Und seine Frau behauptete steif und fest, sie würden helfen und beruhigen. Gernot wusste nur, sie schmeckten nach Honig und richteten keinen Schaden an. Also nahm er eine der Pillen und wartete ab.

Die Mädchen erschienen nicht allein in der Schiebetür. Eine Frau war dabei. Sie trug eine dottergelbe Schürze mit dem Emblem der Bäckerfiliale. Alle drei schleppten Plastiktüten über den Parkplatz und lachten. Die Affektierte beugte sich zu einem struppigen Dackel herunter, der an den Fahrradständern festgebunden war und schon eine Weile gekläfft hatte. Gernot hörte es erst jetzt, vorher hatte er das Gebell nicht wahrgenommen. Er konnte nicht so viele Sinne auf einmal benutzen. Das lag an den Psychopharmaka; die drosselten den Strom, der die Nervenenden reizt. Und wenn schon die ganze Energie auf das Sehen konzentriert war, auf das «Den-Supermarkteingang-Anstarren», dann reichte nichts mehr für die Ohren, die Nase oder die Haut.

Das andere Mädchen fürchtete sich vor dem kleinen Hund, das merkte man ihr an. Sie versuchte die Angst zu verbergen, aber ihre Hände waren im seltsamen Winkel an den Oberkörper gezogen, und sie trat angespannt von einem Fuß auf den anderen. Gernot fühlte eine warme Zärtlichkeit in sich aufsteigen. Schließlich hörte er sie fragen: «Können wir weiter? Ich muss noch Hausaufgaben machen.»

Ob die beiden Mädchen Schwestern waren?

Meine ist jedenfalls die jüngere, dachte er.

Nein, sie ist nicht deine, kam es aus einer anderen Ecke seines Bewusstseins.

Lass mich doch schwärmen. Aus der Entfernung. Nur gucken. Nicht anfassen. Ist doch nicht verboten.

Es ist zu gefährlich. Beobachte dich lieber selbst. Du bist es, den du im Auge behalten musst. Pass auf dich auf.

Die beiden Mädchen folgten der Frau zu einem der hinteren Parkplätze und stiegen in einen rostigen Volkswagen.

Auf dem Weg zum Motorrad, als er sich schon den Helm auf den Kopf schob, stockte Gernot plötzlich, blieb auf der Stelle stehen und ließ die kleine Familie in ihrem Wagen an sich vorbeiziehen. Ein paar Mal musste er tief atmen.

Was mache ich hier eigentlich, fragte er sich.

Es gibt immer eine Alternative, hatte sein Therapeut gesagt. Er konnte sich immer gegen den Trieb entscheiden. Und wenn er in einer Situation steckte, in der er sich bewusst wurde, dass sich die Verhältnisse veränderten, dass sein Begehren die Oberhand gewann, dann sollte er stehen bleiben, tief atmen und sich selbst fragen, was er eigentlich gerade machte. Und dann sollte er sich bewusst gegen das entscheiden, was er bis zu diesem Moment vorgehabt hatte. Er sollte den nächsten «Notausgang» suchen und die Situation verlassen. Er musste konsequent nein dazu sagen, am besten laut und deutlich.

«Nein!»

Stattdessen sollte er etwas unternehmen, die Gedanken auf etwas anderes lenken und eine Herausforderung suchen. Am allerbesten wäre es, so hatte sein Therapeut gesagt, wenn er etwas wirklich Sinnvolles machte, jemandem half. Eine gute Tat vollbringen, um eine schlechte zu vermeiden, so lautete der Slogan. Statt auf nackte Mädchenbeine zu schielen, sollte er zum Beispiel alten Damen über die Straße helfen. So bekommt man ein gutes Selbstwertgefühl, Anerkennung von den Mitmenschen – und bleibt sauber.

Und diese Macht besitzen Sie, hatte sein Therapeut gesagt. Rückfallvermeidungstaktik hatte er es genannt. Doch als der Psychologe in der JVA Meppen ihm all diese Ratschläge erteilte, hatte es so furchtbar abstrakt geklungen. Aber jetzt erkannte Gernot, dass der Mann genau so einen Augenblick wie diesen hier gemeint hatte.

Also ging er in den Supermarkt, kaufte sich zwei grüne Äpfel und eine Plastikflasche stilles Wasser. Als er dann wieder draußen war, fehlte von dem Mädchen, das ihm gefallen hatte, jede Spur. Gernot fühlte sich leer.

Und irgendwie gut.

Er konnte es. Er konnte einfach so sagen: Nein, ich will es nicht. Ich nehme Abstand.

Dann hatte auch dieser Dr. Erb mit seinem Gutachten vielleicht recht gehabt. Man konnte ihn wieder unter die Menschen lassen. Er stand da und trank die Flasche Wasser fast in einem Zug aus, wischte sich den Mund ab und schaute sich um. Diese Freiheit machte ihn aber auch unsicher. Seine Sehnsucht war immer die treibende Kraft gewesen. Sie führte ihn auf die Straße und zu den Menschen. Sie öffnete seine Wahrnehmung für die Welt. Wenn er jetzt sagte: Ich möchte das nicht mehr, ich will keine Mädchen mehr beobachten, nie wieder ihre Nähe suchen, um etwas von ihrem Dasein in mir aufzusaugen – dann hatte er keinen Grund mehr, überhaupt irgendetwas zu tun. Er würde es wahrscheinlich vermissen. Es war ein Teil von ihm, und zwar ein wesentlicher.

Gernot strengte sich an, die Gegend schön zu finden. Viel war er im letzten dreiviertel Jahr noch nicht herumgekommen, trotz des Motorrads, das eine seiner ersten Anschaffungen in der Freiheit gewesen war. Ein symbolischer Akt. Aber für Freiheit brauchte man eben auch Mut, und daran hatte es ihm in den ersten Monaten noch gemangelt. Bislang reichte es ihm schon, die alte, nicht wirklich schöne Maschine einfach nur anzuschauen und alle Touren vorerst mit dem Finger auf der Landkarte zu unternehmen. Erst seit das Wetter durchgehend sonnig war, hatte er tatsächlich Gas gegeben.

Und heute Morgen war er das erste Mal mit einem bestimmten Ziel losgefahren. Das zuckersüße Dörfchen mit den roten Häusern lag direkt an der Küste. Der grüne Deich säumte es am nördlichen Ende und bildete ungefähr in der Mitte des Ortes eine Schlaufe, in der das Meer wie eine nasse Zunge in Erscheinung trat. Während er ein wenig herumspazierte, überlegte Gernot, ob diese kunterbunten Holzschiffe im Hafen wirklich noch zum Fischen hinausfuhren oder nur Requisiten der Küstenromantik waren. Der leichte Fischgeruch ließ vermuten, dass hier vor nicht allzu langer Zeit Unmengen von Miesmuscheln und Nordseekrabben auf den Planken gelegen hatten. In den Netzen baumelten noch silbriggraue Kadaver und Seesterne.

Auf den Bürgersteigen standen Werbetafeln. Fröhliche Kapitäne waren abgebildet. Überall gab es Matjes, paniertes Fischfilet mit hausgemachtem Kartoffelsalat oder Kutterscholle Finkenwerder Art. Auch Kännchen mit Original

Ostfriesentee auf dem Stövchen inklusive einem Stück Butterkuchen wurden zum Schlemmer-Schnäppchen-Preis angeboten. Gernot hatte jedoch überhaupt keinen Appetit, zumindest nicht auf diese Dinge.

Der malerische Fischerhafen mündete in eine wesentlich farblosere Mole, wo am Kai eine weiße Fähre wartete. Autos fuhren im Schritttempo dicht an ihm vorbei, Gepäck wurde hektisch in fast würfelförmige Metallcontainer verladen. Auf einer Anzeigentafel stand: Nächste Fähre 16:30 Uhr.

Gernot wusste jetzt, was er mit seiner Freiheit anzufangen hatte. Es konnte kein Zufall sein, dass er sich heute Morgen genau diesen Ort gesucht hatte. Sein Unterbewusstsein – vielleicht war es das gewesen – hatte sich als zielsicherer Navigator erwiesen. Er würde etwas Gutes tun. Etwas Sinnvolles. Er würde einen Menschen retten. Und dann, vielleicht, hätte er endlich genug Mut, den Rest der Welt zu erobern. Und mit dem richtigen Leben zu beginnen.

Das Motorrad würde vielleicht abgeschleppt werden, wenn er es einfach so über Nacht auf dem Supermarkt-parkplatz stehen ließ. Aber das war ihm in diesem Moment ziemlich egal.

Er war aufgeregt. Er war noch nie auf einer Insel gewesen.

9.

Wild Oat *(Waldtrespe)*

❧ Botanischer Name: Bromus ramosus ❧

Blüte gegen die Unbestimmtheit der Ambitionen

Die Radiomeldung hatte dem ganzen Kommissariat die Laune verdorben. Sie hatten sich um vier Uhr verabredet, um alles Relevante im Fall «Schwanenteich» zusammenzutragen und an die große Pinnwand am Kopfende des tristen Sitzungssaals zu heften. Es waren Digitalaufnahmen vom Tatort sowie Axel Sanders' Protokoll, in dem von einem seltsamen Fettfilm auf der Haut der Toten und akkurat zusammengelegter Kleidung die Rede war.

Aus dem rechtsmedizinischen Institut musste im Laufe des späten Nachmittags ein Fax mit ersten Angaben zur Todesursache kommen. Bislang tappte man hier nämlich noch ganz schön im Dunkeln. Direkte Gewaltanwendung schied aus, es gab keine Würgemale, keine Stichverletzungen, keine Hämatome. Aber auch keine Bläschen auf den Lippen, was auf einen Tod durch Ertrinken hätte schließen lassen. Allegra Sendhorst schien einfach nur ganz leise vom Leben verlassen worden zu sein.

Gerade hatte Wencke von ihrem Besuch auf dem Bauernhof und ihrem scheußlichen Fund im Postkasten berichten wollen, da stürzte ein Kollege des 2. Kommissariats herein, stellte das Radio in der Ecke an und sagte: «Das müsst ihr hören! Die Mutter ist an die Presse gegangen. Jetzt sind wir dran, Leute!» Er drehte den Lautstärkeregler auf.

«… sucht die Kripo Aurich bereits fieberhaft nach Hinweisen, die zum Mörder des dreizehnjährigen Mädchens führen könnten. Denn dass die Gymnasiastin, die von ihren Mitschülern als freundliches und lebensfrohes Kind beschrieben wird, Opfer eines Gewaltverbrechens geworden ist, scheint inzwischen außer Frage zu stehen ...»

«Da wissen die aber schon wieder mehr als wir!», brummte Britzke dazwischen.

«Psst!», machte der Rest der Mannschaft.

«... Schwere Vorwürfe gegen die Polizei erhebt indes die Mutter des toten Mädchens. Angeblich war ihre Tochter schon am Vorabend als vermisst gemeldet worden, doch die Kripo Aurich hatte die Eltern auf einen späteren Zeitpunkt vertröstet. Ob eine zeitige Suchaktion das Leben des Teenagers hätte retten können, ist bislang noch ungeklärt. Die Polizei Aurich nimmt zu den Vorwürfen derzeit keine Stellung ...»

«Wie denn auch, wenn uns keiner darüber informiert und wir die Sache aus dem Radio erfahren müssen.» Wenckes Puls galoppierte.

«... Hannover – Im sogenannten Webcam-Skandal hat sich der niedersächsische Ministerpräsident Ulferts zu den Bildern im Internet nicht weiter geäußert ...»

«Schalt den Kasten aus», blaffte Wencke den Kollegen am Radio an, und im selben Moment bereute sie ihren Tonfall.

«Ich hab mir so was schon gedacht», gab Britzke zu verstehen und zupfte an seinem Oberlippenbart. «Ich war mit Frau Sendhorst im Zimmer ihrer Tochter. Da hat sie sich schrecklich aufgeregt über uns. Wenn wir gestern gleich gehandelt hätten, meint sie, dann wäre nichts passiert.»

«Vielleicht hat sie ja auch recht», gab Wencke zu bedenken, erntete dafür aber nur einhelliges Kopfschütteln.

«Die Sendhorst ist sich auch absolut sicher, den Mörder bereits zu kennen. Dreimal dürft ihr raten, wen ...»

Die Anwesenden rollten mit den Augen und stöhnten laut auf.

«Ihr Wortlaut: Das kann ja jeder Kindergarten-Detektivclub besser als Sie.»

«Ganz schön zynisch für eine Mutter, die erst wenige Stunden weiß, dass ihre Tochter nicht mehr lebt», fand Pal. «Finde ich irgendwie merkwürdig …»

«Was Allegras Mutter zu wenig hat, hat der Vater dafür anscheinend zu viel.» Wencke schilderte ihren Eindruck vom Vater und berichtete anschließend von ihrem Gespräch mit der Mitschülerin Pamela Rohloff.

Britzke hatte im Mädchenzimmer ein fliederfarbenes Tagebuch gefunden, in dem das pubertierende Mädchen ihrem Groll gegen die permanente Kontrolle ihres Erzeugers Luft machte. Jetzt las er daraus einen Eintrag von letzter Woche vor:

«Daddy glaubt, ich bin immer noch ein Kleinkind und falle bei der kleinsten Gefahr tot um. Er folgt mir wie ein Schatten, das macht mich krank. Kein Wunder, dass Mum ihn verlassen hat. Ich werde das auch tun, sobald ich alt genug dafür bin. Soll er doch an seiner ‹Fürsorglichkeit› ersticken.»

Britzke hatte die Seite mit der schnörkeligen Schrift bereits kopiert und hängte den Abzug jetzt an die Pinnwand direkt neben das Konfirmationsbild der Toten.

Pal spielte mit ihrer bunten Strähne. «Macht das den Vater nicht auch ein wenig verdächtig? Wenn er so an seiner Tochter gehangen hat …»

Einige nickten. Auch Wencke war dieser Gedanke schon im Kopf herumgespukt. Es gab immer wieder Fälle, bei denen verzweifelte Väter oder Mütter ihren Nachwuchs lieber umbrachten, als ihn der Erziehung des anderen Elternteils zu überlassen. Aber zu Peter Sendhorst würde das beim besten Willen nicht passen. Zumindest war dies die Meinung von Wenckes Bauch.

«Kann ich mir nicht vorstellen. Er ist nicht der Typ.»

Britzke schnaubte. «Klingt ja nach einer sehr fundierten Feststellung. Lass mich raten, woher du dieses Wissen nimmst ...»

Normalerweise war Britzke nicht so giftig, eigentlich war Wenckes intuitives Vorgehen von ihm immer freundlich bedacht worden. «Warum fährst du mich so an, Britzke? Wenn du glaubst, ich habe gestern am Telefon unverantwortlich gehandelt, dann ...»

«Hey, Wencke, mach mal halblang. Du kriegst heute aber wirklich alles in den falschen Hals. Niemand macht dir hier einen Vorwurf.» Britzke schaute sich um. Die meisten nickten zustimmend.

«Ich wollte deine Intuition nur mit Fakten untermauern, die ich von Ute Sendhorst habe und die auch dafür sprechen, dass ihr Exmann so was wie ein Softie ist. Früher hat er als Sanitäter bei der Bundeswehr gearbeitet, einen Jugoslawieneinsatz für drei Monate hat er mitgemacht, mehr nicht. Den Stellenabbau bei der Truppe hat er genutzt, in den bezahlten Erziehungsurlaub zu gehen. Anschließend wurde er krankgeschrieben. Er sei psychisch nicht belastbar, hieß es. In seinem Schrank stehen entsprechende Medikamente, und er hat schon oft auf der berühmten Couch gelegen.»

«Was hat er denn überhaupt getan den lieben langen Tag?», fragte Pal.

«Na, sich um seine Tochter gekümmert. Und das ihrer Meinung nach vielleicht ein bisschen zu fürsorglich.»

Diese Erklärung reichte, um das Thema Peter Sendhorst zumindest zu vertagen.

«Was ist denn mit den einschlägig Vorbestraften? Ich meine, das Mädchen war nackt, das spricht doch eher für ein Sexualdelikt», gab Greven zu bedenken.

Pal schnipste wohl mehr unbewusst mit den Fingern. «Es sei denn, der Täter wollte uns damit auf eine falsche Fährte locken.» Es gefiel Wencke, wenn die neue Kollegin so scharfsinnig um die Ecke dachte.

«Eine Vergewaltigung oder Ähnliches lag höchstwahrscheinlich nicht vor», wusste Sanders. «Keine deutlichen Verletzungen zu erkennen. Die Blutspuren an ihren Schuhen stammen jedenfalls nicht von dem Mädchen, so viel steht schon mal fest. Aber trotz allem, die Kollegen von der Spurensicherung vermuten, dass ein Triebtäter dahinterstecken könnte. Riemer meint, wir sollen Gas geben.»

Britzke brachte wie auf Kommando diverse Papiere zum Vorschein. Er heftete sie an die Wand, und alle schauten ihm konzentriert dabei zu, als vollbringe er gerade eine sportliche Höchstleistung. Es hatte den Anschein, dass sich die ganze Abteilung zusammenrottete; den Vorwurf aus dem Radio wollte keiner auf sich sitzen lassen. Wencke war fast gerührt von dieser Solidarität, denn im Prinzip galt die Kritik der Ute Sendhorst ihr allein.

Britzke zeigte mit seinem silbernen Kugelschreiber auf die DIN-A4-Blätter. «In Norden und Umgebung stehen zwölf Personen wegen ähnlicher, wenn auch nicht übermäßig gewalttätiger Übergriffe an Minderjährigen in den Akten. Neun davon kommen nicht in Frage, weil sie zum Zeitpunkt der Tat bei der Arbeit, im Urlaub, im Krankenhaus oder sonst wie in der Öffentlichkeit unterwegs gewesen sind und dafür glaubwürdige Zeugen haben.»

Da soll nochmal einer sagen, wir machten unsere Arbeit nicht, dachte Wencke. Zwölf Personenüberprüfungen an einem halben Tag waren beachtlich. Sie nickte Britzke anerkennend zu.

«Einzig einen älteren Mann, der sich schon seit Jahren nichts mehr hat zuschulden kommen lassen und der zudem gehbehindert ist, haben wir bislang nicht erreicht. Oder, Pal, bist du inzwischen …?»

Die Kollegin nickte eifrig und fuhr sich mit den Fingern durch den wasserstoffblonden Schopf. «Ich war vorhin noch kurz da. Auch eine Fehlanzeige. Er schiebt einen Rollator vor sich her und bewegt sich in etwa so schnell wie meine achtzigjährige Oma. Der kann es nicht gewesen sein, dem wäre Allegra in null Komma nix davongerannt.»

«Ein anderer Vorbestrafter will zur Tatzeit allein vor dem Fernseher gesessen haben. Rüdiger Wesselmann – vielleicht kennt ihn der eine oder andere hier ja noch.»

«Dünnes Alibi», fand Wencke. «Was hat er denn geguckt?»

«Gute Zeiten, schlechte Zeiten.» Endlich mal ein paar Lacher im Raum. «Und er weiß auch noch, dass in der Folge herausgekommen ist, dass der Junge mit den schlimmen Alkoholproblemen der heimliche Sohn vom inhaftierten katholischen Priester sein soll.»

«Immer noch ein dünnes Alibi. Dieser Handlungsstrang kommt in so ziemlich jeder Folge vor.» Die Lacher wurden lauter. Das tat gut.

«Wesselmann ist aber zudem eher auf kleine Jungs spezialisiert. Übrig geblieben ist also nur noch ausgerechnet Gernot Vanmeer.»

«Wer?»

«Gernot Vanmeer, geborener Huckler – er hat inzwischen den Namen seiner Gattin angenommen. Und die gibt ihm kein wirkliches Alibi für gestern Abend. Zwar hat sie am Telefon behauptet, er wäre zur Arbeit gegangen – er ist Fahrer bei einem Pizzaservice –, doch sein Chef hat dies nicht bestätigt. Laut seiner Aussage ist Gernot Vanmeer schon seit ein paar Tagen nicht mehr zum Dienst erschienen. Eine Krankmeldung liegt vor.»

«Hm», machte Wencke.

Pal, die schon die ganze Zeit mit halber Pobacke auf der Tischkante gesessen hatte, sprang nun auf und ging im Raum hin und her. Sie war sechsundzwanzig, dies war ihr erster Job bei der Kripo, und dies war der erste Mord hier in der Gegend, seit sie im Team war. Es war nicht zu übersehen: Sie strotzte vor Tatendrang. Wie ich früher, dachte Wencke und bemerkte im selben Moment, dass sie noch nie so einen Satz gedacht hatte.

Pal räusperte sich. «Greven und ich wollten diesem Widerspruch auf den Grund gehen, also sind wir zu Gernot Hucklers Frau gefahren. Sie hat eine eigene Praxis für Naturheilkunde in der Stadtmitte. Und Achtung: Die Hauswand war mit einer unschönen Schmähschrift versehen. *Wir kriegen den Mörder* oder so ähnlich.»

Greven ergänzte: «Aufgemacht hat niemand. Die Nachbarn sagten, Mutter und Tochter seien so gegen zwei Uhr mittags mit dem Auto weg, den Mann hätten sie seit gestern Abend nicht mehr gesehen.»

«Wenn ihr mich fragt», kam Pal zum Schluss, «so wie die Nachbarn das gesagt haben, der Tonfall, mit dem sie ihre Beobachtungen zu Protokoll brachten, ich wette, das Haus von den Vanmeers hat nicht erst seit gestern unter ständiger Observation gestanden. Da wäre ich auch geflüchtet.»

«Aber der Familie muss schon klar sein, dass sie es uns auf diese Weise nicht gerade leicht macht, seine eventuelle Unschuld zu belegen. Hat jemand die Handynummer von Frau Vanmeer? Ich würde gern mal mit ihr sprechen und ihr gut zureden.» Wencke schaute auf die Uhr, zwanzig vor fünf. «Mist, das muss jemand für mich übernehmen, ich sollte Emil abholen, der Kindergarten schließt um fünf.»

Alle starrten sie an. Wencke wünschte manchmal, sie könnte ein, zwei Stunden Zeit aus dem Hut zaubern. Dies war nicht das erste Mal, dass sie mitten in einer wichtigen Besprechung aufbrach, weil ihr Sohn abgeholt werden musste. Die Arbeit bei der Polizei ist wirklich nicht ideal für berufstätige Alleinerziehende, dachte sie und griff nach ihrer Jacke.

«Ich rufe da an. Ich bleib eh noch ein paar Stunden hier», sagte Axel Sanders in die plötzliche Stille hinein. «Vielleicht kommen ja noch andere wichtige Hinweise rein, oder die Vanmeers besinnen sich und tauchen direkt hier auf. Es ist vielleicht nicht das Schlechteste, wenn einer von uns die Stellung hält. Sollte was sein …», er machte eine kurze Pause und starrte Wencke an. Es war das erste Mal heute, dass sie Blickkontakt hatten. «Also, … ich hab ja deine Nummer.»

Wencke fuhr sich mit den Fingern durch das kurze Haar. Es war eine verlegene Geste. Sie war dankbar, dass die Kollegen sich so engagierten, aber sie würde heute kein Lob über die Lippen bringen. Besonders nicht in Axels Richtung.

10.

Honeysuckle *(Geißblatt)*

❧ Botanischer Name: Lonicera caprifolium ❧

Die Blüte für Menschen, die sich nicht
von der Vergangenheit lösen können

Den ganzen Tag waren sie bereits in der Gegend herumgefahren. Mit einem einzigen Ziel: nicht zu Hause sein.

Esther hatte durch einen Anruf bei Gernots Chef erfahren, dass ihr Mann schon seit einer Woche nicht mehr zur Arbeit ging. Diese Tatsache hatte einen Fluchtreflex bei ihr ausgelöst.

Es war, als zerfiele alles um sie herum in kleine Scherben. Ein Mädchen in Griets Alter war ermordet worden. Gernot hatte sie belogen und sich zudem heute Morgen aus dem Staub gemacht. Er war entweder geflohen oder fuhr ziellos durch die Gegend, beides war nicht gut. Sein Handy lag nach wie vor zu Hause, es gab also keine Möglichkeit, mit ihm in Kontakt zu treten.

Jedes Mal, wenn das Telefon seit Mittag geklingelt hatte, war Esther an den Apparat gehastet. Einmal waren es anonyme Verwünschungen, einmal sagte ein Patient seine Termine bis auf weiteres ab, das letzte Mal wagte sich eine Journalistin in die Leitung. Eine Frau aus Hannover, dreist und über alle Maßen neugierig.

Gernot hatte nicht angerufen. War sie ihm so egal?

Esther war sich zunächst ganz sicher gewesen, dass ihr Mann den Mord nicht begangen hatte. Schließlich hatte er heute Nacht ganz ruhig neben ihr geschlafen. Nichts an ihm war auffällig gewesen.

Aber war er nicht auch in den letzten Tagen immer pünktlich zu Antonio gefahren? Und hatte er nicht gestern noch von einer Kundin erzählt, die sich den Durchmesser der Pizza von ihm hatte ausmessen lassen? Seine Lügen bewiesen einen langen Atem. Und das entzog ihr jetzt langsam die Sicherheit und das Vertrauen. Wie sollte sie den Menschen hier noch begegnen, wenn sie selbst nicht mehr wirklich daran glaubte, dass Gernot unschuldig war?

Ehrlichkeit, Offenheit, dies waren die Voraussetzungen gewesen, unter denen Gernot überhaupt bei ihr und Griet hatte einziehen dürfen. Das waren nicht ihre Kriterien, sondern die der Therapeuten gewesen, mit denen Gernot die letzten Monate seines Gefängnisaufenthaltes sehr intensiv gearbeitet hatte. Denn so einfach war es für einen wegen Kindesmissbrauchs Inhaftierten nicht, nach der Entlassung zu einer Frau mit minderjähriger Tochter zu ziehen. Gernot und sie hatten allerhand Fragen und Gespräche über sich ergehen lassen müssen. Und auch Griet war in diese Familienberatung eingebunden, hatte an fast allen Sitzungen teilnehmen müssen. Sie wurden über sämtliche Details Gernots damaliger Straftaten informiert, damit es keine Heimlichkeiten zwischen ihnen gab, die als Nährboden für neue Vertrauensbrüche dienen könnten. Eine verdammt harte Schule, durch die sie hatten gehen müssen, nur damit Gernot bei ihnen leben durfte. Und auch heute noch, ein Dreivierteljahr nach seiner Entlassung, mussten sie einmal wöchentlich die Beratungsstelle in der Bahnhofstraße aufsuchen und berichten, was in ihren vier Wänden vor sich ging. Ein Leben wie auf dem Präsentierteller, so kam es Esther manchmal vor. Ihr war ein Rückfallvermeidungsplan ausgehändigt worden, in dem auch von Anzeichen die Rede war, die einen eventuellen Rückfall ankündigen könnten. Zielloses Herumstreunern, strategische Lügen und Distanzierung waren dort genannt. Was also hatte Gernots Verhalten der letzten Tage zu bedeuten?

Esther war verzweifelt. Nichts hielt sie in der Rosenthallohne. Auch wenn es vielleicht verdächtig erscheinen würde, es war ihr egal. Griet war sofort zu ihr in den Wagen gestiegen. Auch sie wollte nur weg. Die Schrift am Haus ignorierten beide.

Nach einer Kreuz-und-quer-Fahrt im Auto über das platte Land – Greetsiel, Pewsum, Rysumer Nacken – fanden Esther und Griet Vanmeer sich schließlich vor der Emder Kunsthalle wieder. Es war ein moderner, aber nicht protziger Backsteinbau in der Nähe des Bahnhofs, der mit seinen wechselnden Ausstellungen und den namhaften Bildern der bestehenden Sammlung nicht nur der ostfriesischen Kunstszene als Magnet diente. Griet hatte sich schon als kleines Mädchen für Malerei interessiert. Doch wie lange waren sie nun schon nicht mehr hier gewesen? Esther vermochte es nicht zu sagen.

Die Ausstellung war so gut wie menschenleer, kein Wunder, bei dem Wetter saßen normale Menschen lieber in einem Straßencafé, am Deich oder sonst wie unter freiem Himmel. Aber Esther Vanmeer und ihre Tochter waren nicht normal. Vielleicht waren sie es auch noch nie gewesen. In den hellen Räumen fanden sich nicht nur beruhigende Bilder, sondern auch Erinnerungen an die Zeit, als sie beide noch zu zweit waren, ohne Mann, ohne Gernot. Da hatten sie oft am Wochenende einen Ausflug nach Emden gemacht, bei schönem Wetter sogar mit den Fahrrädern. Sie hatten Stunden zwischen den Werken von Emil Nolde und Paula Modersohn-Becker verbracht oder in der angegliederten Kunstschule selbst zu Leinwand und Pinsel gegriffen. Es waren schöne Erinnerungen. Esther war sicher, ihre Tochter empfand es genauso.

Nun saßen sie schon eine halbe Stunde vor dem gewaltigsten Bild der Emder Ausstellung: «Norddeutsche Landschaft» von Heiner Altmeppen. Die 1,50 mal 2 Meter große Acrylmalerei zeigte eine täuschend echte Vision von Ostfriesland, nur dass das Grün der Wiesen eine Spur zu grün, das Blau des Himmels eine Spur zu blau und die Wolken eine Spur zu bauschig waren. Am Horizont konnten sie eine futuristische Skyline ausmachen. Als vertraut und fremd zugleich hatte die Kunstpädagogin dieses Kunstwerk einmal beschrieben.

Vertraut und fremd – Esther vermutete, sie und ihre Tochter hatten sich dieses Bild nicht ganz zufällig ausgesucht. Irgendwann legte Griet den Kopf in Esthers Schoß und seufzte müde: «Ach Mama.»

Sie streichelte den Unterarm ihrer Tochter. Griets Haut wirkte schneeweiß, weil sie sich in letzter Zeit von oben bis unten in schwarzen Gewändern versteckte, die einen starken Kontrast zu ihrem hellen Teint bildeten. Nur ein paar hellrosa Striche bemerkte Esther. Narben? Man konnte sie auch für Kratzer halten, vielleicht von einer Katze.

«Was hast du da?», fragte sie.

Griet strich ein wenig zu schnell die Ärmel nach unten. «Vom Sport.»

«Was macht ihr gerade in Sport? Kämpft ihr mit Raubtieren?» Der Versuch, die bange Frage hinter einem Witz zu verstecken, schlug fehl. Mit Griet konnte man keine Spielchen mehr machen. Ihre Tochter guckte wütend und wollte sich aufrichten. «Mama!»

«Ist ja schon gut, ich lass dich in Ruhe.» Griet ließ sich wieder sinken.

Esther spürte die Knochen, Elle und Speiche, mein Gott, war das Kind dünn geworden. Wie ein Skelett. Doch sie traute sich nicht mehr, ein Wort darüber zu verlieren.

Früher hatte Esther eher darauf achten müssen, dass ihre

Tochter nicht ein paar Pfunde zu viel auf die Waage brachte. Ein Wonneproppen war Griet gewesen, ein wahres Energiebündel, immer hungrig, aber auch immer in Bewegung. Kein Baum im Garten, auf den sie nicht geklettert wäre. Und jeden Tag neue Grasflecken auf der Jeanshose.

Wieso war sie selber damals eigentlich nicht glücklich gewesen? Was hatte sie vermisst?

Von der Beziehung zu Gernot hatte sie sich Frieden, Erfüllung und Liebe versprochen. Aber Esther Vanmeer war sich nicht mehr sicher, ob ihre Ehe nicht genau diese drei Dinge zwischen ihr und Griet zerstört hatte.

Heute spürte sie zum ersten Mal so etwas wie Reue, weil sie vor Jahren diesen Brief an die JVA Meppen geschrieben hatte. Sie hatte sich die Sätze so reiflich überlegt, so oft formuliert und wieder verworfen, dass sie sich auch jetzt noch Wort für Wort an die Zeilen von damals erinnern konnte:

Lieber Gernot Huckler!

Warum ich Ihnen schreibe? Ich weiß es nicht. Ich weiß nur, dass ich Ihr Bild bei mir trage, seit ich das erste Mal von Ihnen gehört habe. Und damit meine ich nicht das Bild, welches die Öffentlichkeit von Ihnen gezeichnet hat. Ich bin eine sehr spirituelle Frau, ich glaube an Verbindungen zwischen Menschen, die über den Spuk der heutigen Zeit hinausgehen. Und wenn Sie verstehen, was ich meine, dann wissen Sie auch, dass diese Synergie eine starke Wirkung haben kann, selbst wenn der eine hinter Gittern und der andere in Freiheit lebt.

Warum ich Ihnen schreibe? Ich glaube, ich weiß es doch. Ich schreibe Ihnen, weil ich muss, weil ich sonst das unbezwingbare Gefühl hätte, die wichtigste Sache in meinem Leben verpasst zu haben.

Ihre Esther Vanmeer

Seine Antwort war nur eine Woche später angekommen. Esther hatte den Umschlag vor Ungeduld zerrissen.

Liebe Esther Vanmeer!

Ich habe mich immer schon gefragt, was das eigentlich für Frauen sind, die Briefe an Inhaftierte schreiben. Insbesondere bei Sexualstraftätern, wie ich einer bin, kann ich nicht nachvollziehen, was jemanden dazu bewegt. Zugegeben, ich habe hier in den letzten Jahren schon einen recht beachtlichen Poststapel gesammelt; es sind sehr viele Beschimpfungen darunter, aber eben auch Sympathiebekundungen und (drei !!!) Heiratsanträge. Ich habe noch nie einen dieser Briefe beantwortet. Es machte für mich keinen Sinn. Ich bin – und da will ich ehrlich sein – nicht sonderlich an erwachsenen Frauen interessiert, zudem habe ich noch eine ganze Weile hier in der JVA abzusitzen, warum also irgendwelche Kontakte knüpfen, die sowieso keine Zukunft haben?

Bei Ihnen ist es aber anders. Ich weiß nicht, woran es liegt. Vielleicht fand ich es reizvoll, dass Sie Ihren Brief auf das Wesentliche beschränkten und nicht – wie die anderen Frauen – gleich seitenweise aus Ihrem Leben geplaudert und dann noch einen ganzen Packen verwackelter Fotografien mitgeschickt haben.

Kurz: Ich würde gern mit Ihnen eine Brieffreundschaft aufbauen. Wenn Sie auch Interesse daran haben, wenn Sie sich keine falschen Hoffnungen machen, wenn Sie geduldig sind (und mir niemals verwackelte Fotos mitschicken) – dann würde ich mich über einen Antwortbrief freuen!

Gernot Huckler

Selbstverständlich hatte sie geantwortet – auch wenn sie seine Bedingungen nicht wirklich erfüllte, denn Hoffnungen hatte Esther sich schon gemacht. Worauf genau, konnte sie heute nicht mehr erklären, aber so falsch waren diese Wunschvorstellungen schließlich gar nicht gewesen.

Wöchentlich, manchmal täglich gingen die Briefe hin und her. Und mit der Zeit erzählte sie alles über sich: dass sie eigentlich gelernte Bauzeichnerin war, aber irgendwann die Nase voll davon gehabt hatte, allein vor dem Reißbrett zu sitzen und für ihren Mann, einen Architekten, Garagen an Einfamilienhäusern zu skizzieren. Als sich der Vater von Griet dann unerwartet von ihr trennte, nutzte sie diesen Zusammenbruch der Verhältnisse, um sich und ihr Leben zu ändern. Finanziell war es ihr dank der tapfer erkämpften Scheidungsabfindung ohne weiteres möglich, eine Fernschule für Heilpraktiker zu besuchen, und so eröffnete sie wenige Jahre später ihre eigene Praxis in dem Haus, welches ohne den Exmann ohnehin zu groß geworden war.

Von Griet hatte sie Gernot erst nach einem Dreivierteljahr geschrieben, als sie wusste, sein Interesse an einer Freundschaft war echt und beständig. Der Grund lag auf der Hand: Auch Esther wusste, dass Pädophile sich gern allein erziehende Frauen angeln, um so unbemerkt in die intime Nähe ihrer Kinder zu gelangen. Als er von Griet erfuhr, hatte Gernot daraufhin erst den Kontakt abbrechen wollen. Es hatte Esther zehn Seiten – eng beschrieben – gekostet, ihn davon abzubringen. Zu dieser Zeit war seine Entlassung noch Zukunftsmusik.

Doch die Tatsache, dass Esther Mutter war, hatte ihr Verhältnis verändert. Gernot begann, mehr über sich zu schreiben. Zuvor hatte er meistens aus dem Alltag hinter Gittern berichtet: Er war zur Arbeit in der Gärtnerei eingeteilt, besuchte regelmäßig die Bücherei und spielte Tischtennis. Aus seinem vorherigen Leben wusste Esther nur, dass er in Hameln als Einzelkind groß geworden war, nach dem Abitur in

Bielefeld Sozialpädagogik studiert hatte und dort auch seine erste Anstellung in einem Heim für Schwererziehbare fand. Danach klaffte ein Loch in seiner Biografie. Bis zu dem Tag, als Esther ihm von ihrer Tochter schrieb.

Irgendwann hatte sich dann zwischen ihnen auch ein neues Gefühl eingeschlichen. Als Esther ihn das erste Mal in Meppen besuchte, war sie aufgeregt gewesen wie ein Kleinkind vor Weihnachten. Gernot hatte sich als durchaus attraktiver Mann erwiesen, mit dunkelblonden Locken und dank des Sportangebotes im Knast nicht gänzlich untrainiert, zudem war er ganze zehn Jahre jünger als sie. Wäre er ein freier Mann gewesen, er hätte ihr wohl kaum je einen Blick gegönnt. Nein, hässlich war Esther Vanmeer nicht, aber sie war eben auch kein Hingucker. Die Briefe machten es möglich, dass er ihre inneren Werte kannte, bevor sie sich das erste Mal begegneten. Und dass Esther ein guter Mensch war, ein freundliches Wesen, warmherzig, weiblich und nicht ohne Humor, davon war selbst sie überzeugt.

Nur vier Monate später machte Gernot ihr einen Heiratsantrag. Und obwohl sie nie allein sein konnten – selbst in ihrer Hochzeitsnacht schlief jeder in seinem eigenen Bett –, hatte Esther sich noch nie einem Mann näher gefühlt. Trotz der Leibesvisitationen, der ständigen Präsenz der Wachmänner und der eingeschränkten Besuchszeit – es war das Romantischste, was Esther je erlebt hatte.

Irgendwann beantragte Gernot dann die vorzeitige Entlassung, ohne großen Optimismus natürlich, aber die Gutachten und seine Fortschritte in der Therapie waren durchweg positiv. Seine pädophile Neigung beruhe in erster Linie auf einem tiefen Minderwertigkeitskomplex, insbesondere gegenüber dominanten Frauen, urteilte sein betreuender Psychologe. Da sich die Beziehung zwischen ihnen allerdings anders zu gestalten schien, attestierte ein hinzugezogener Gutachter Esther eine für die Bewährungszeit unterstützende Wirkung. Das tat gut, wirklich gut. Sie wollte ihm die Frau, die Mutter und die Freundin sein, die er nie gehabt hatte.

Bis Gernot eines Tages, und es war trotz der Einwände der Gefängnisleitung dann alles irgendwie schrecklich schnell gegangen, tatsächlich auf freien Fuß kam.

Sie holte ihn vor dem Gefängnis ab, packte seinen bescheidenen Koffer ins Auto und fuhr mit ihrem Mann – jetzt war diese Bezeichnung auch endlich der Rede wert – nach Hause. Und plötzlich war er tatsächlich da, schlief neben ihr und teilte sich mit ihr das Badezimmer, den Frühstückstisch, das gesamte Leben. Sie verstanden sich gut, lachten zusammen und stritten so gut wie nie. Und wie war es dann weitergegangen? Wie lange hatte es gedauert, bis dieser Zauber, diese romantischen Gefühle verflogen waren? Unglücklich waren sie zwar nicht, im Gegenteil. Aber sie waren kein Paar.

Esther wollte ihm Zeit lassen und kämpfte trotzdem mit ihrer Ungeduld. Warum nahm er sie abends nie in den Arm? Warum küsste er nur ihre Wangen?

Nun, sie musste einfach warten, bis er so weit war. Und solange sie daran glauben konnte, dass dies alles nur eine Übergangsphase war und es eine liebevolle Zukunft für Gernot und sie gab, ja gut, so lange würde sie durchhalten. Aber in letzter Zeit erwischte sie sich immer öfter dabei, dass diese Hoffnung sie verließ.

Sie waren einander vertraut und fremd zugleich. Esther betrachtete das Bild vor ihr und blickte dann auf ihre Tochter. Griet war in ihrem Schoß eingeschlafen wie ein kleines Mädchen.

«Entschuldigen Sie, wir schließen bald», riss ein Mann sie aus den Gedanken. Er trug die dunkelblaue Uniform des

Aufsichtspersonals und zeigte auf die Uhr über dem Durch-
gang, es war kurz vor fünf.

Griet richtete sich benommen auf. «Ich habe Hunger,
Mama. Gehen wir etwas essen?»

11.

Hornbeam (*Weißbuche oder Hainbuche*)

❧ Botanischer Name: CARPINUS BETULUS ❧

Die Blüte gegen Schwäche und Erschöpfung

«Moordörper Nüst» stand über der bunt beklebten Tür. Davor hatte Emil es sich bereits auf einer Stufe bequem gemacht. «Mama, ich hab so lang gewartet», war sein einziger Kommentar, als Wencke aus dem Auto stieg. Dann ließ er sich von seiner Mutter auf den Arm nehmen und zum Wagen schleppen. In seinem dunkelblonden Igelhaar klebte Knetgummi, und er roch nach Früchtetee und Fingerfarben.

«Wie war dein Tag?», fragte Wencke. Doch Emil sagte nichts. Auf diese Frage blieb er ihr stets eine Antwort schuldig. Nicht, weil es ihm nicht gefiel im Kindergarten, im Gegenteil, die Erzieherinnen bescheinigten ihm einen großen Freundeskreis und jede Menge Feuereifer. Doch nach acht Stunden war er einfach k. o. und wollte nur noch nach Hause. Wencke lud ihn auf den Kindersitz.

Die Tüte mit dem Tierkadaver hatte sie noch schnell ins Labor gebracht, auch wenn ihre Aufforderung «Untersucht das Tier, ich will wissen, wer es getötet hat» dort auf sehr taube Ohren gestoßen war. Der ungeplante Umweg hatte Wencke wieder einmal eine Viertelstunde zu spät am Kindergarten auftauchen lassen, eine entnervte Erzieherin wünschte knapp «Feierabend» und stieg auf ihr Hollandrad.

«Gleichfalls», murmelte Wencke. Sie war völlig erledigt. Am liebsten wäre sie jetzt einen Moment einfach nur hier im Auto sitzen geblieben. Doch Emil brauchte sein Abendessen, außerdem spielten sie immer noch eine halbe Stunde

mit Legosteinen vor dem Schlafengehen, die Gutenacht-
geschichte nicht zu vergessen. Also los.

«Die haben eine tot gemacht», sagte Emil plötzlich, als sie
hinter dem Lenkrad Platz genommen und den Zündschlüs-
sel umgedreht hatte.

«Was? Wer sagt so was?»

«Melanie. Die Polizei soll den Totmacher schnell kriegen,
hat sie gesagt. Ich hab gesagt, meine Mama ist die Polizei.»

Wencke musste lachen, zum ersten Mal an diesem Tag.

«Mama, kriegst du ihn denn? Den bösen Mann aus Norden?»

«Hat die Melanie das auch gesagt? Dass es ein Mann aus
Norden war?»

«Ja.»

«Wenn die Melanie das schon alles weiß, warum arbeitet
sie denn dann im Kindergarten und nicht auch bei der Polizei?»

Emil zuckte die Achseln. «Die spielt lieber mit uns.»

«Das würde ich auch viel lieber, mein Schatz.» Wencke
fuhr auf die Bundesstraße. Zum Glück herrschte ausnahmsweise mal kein stockender Verkehr. Auch wenn das Plappern
ihres Sohnes Wenckes Laune ein wenig verbesserte, von
einem beschwingten Feierabendgefühl war sie immer noch
Meilen entfernt.

Wencke musste würgen bei dem Gedanken, dass die Auf-
klärung dieses Falles sich bereits so glasklar abzuzeichnen
schien. Alles sah irgendwie danach aus, als habe Gernot Vanmeer alias Gernot Huckler etwas mit der Sache zu tun. Ausgerechnet. Denn das würde bedeuten, dass Wencke gestern
Abend mit ein bisschen mehr Engagement und ein bisschen
weniger Abgebrühtheit dem Hilferuf des Vaters hätte folgen
sollen. Ute Sendhorsts Vorwürfe waren nicht unberechtigt.
Der Mord wäre vielleicht zu vermeiden gewesen, wenn diese

verdammte Massenhysterie, dieses Gernot-Huckler-Syndrom Wencke nicht taub und blind gemacht hätte für die Gefahr, die tatsächlich bestanden haben mochte. Jetzt lag es an ihr und am Vorgehen ihrer Leute, dass man den Tod von Allegra Sendhorst – wenn man ihn schon nicht hatte verhindern können – so schnell wie möglich aufklärte.

«Mama, was ist ‹tot›?», fragte Emil von der Rückbank.

«Das ist, wenn man nicht mehr da ist. Wenn man nicht mehr atmet, nicht mehr denkt, nichts mehr sieht und hört.» Wencke dachte über ihre eigene Definition nach. War es dann nicht so, dass sie selbst auch schon ein bisschen tot war? Abgenutzt? Sie erinnerte sich an Pal, die Neue im Team, ja, die war lebendig, die bekam alles mit. Aber sie selbst – immerhin zehn Jahre älter, immerhin Mutter eines dreijährigen Sohns, immerhin Leiterin der Mordkommission in Aurich –, sie war doch schon halbtot. Ein erschreckender Gedanke.

Zum Glück war Emil bereits ganz woanders. «Wann kommt Axel wieder?», fragte er, als sie in die heimische Garagenauffahrt fuhren.

Er zeigte nicht oft, dass er ihren ehemaligen Mitbewohner vermisste, aber Wencke wusste, es war so. Immerhin hatte Emil die ersten zweieinhalb Jahre seines Lebens mit Axel Sanders zusammengelebt, sie hatten ihre freien Tage gemeinsam verbracht und sich während der Arbeitswoche manches Mal die Kinderbetreuung geteilt. Axel war zwar nie für das Windelwechseln zuständig gewesen, dafür hatte Wencke ein tüchtiges Au-pair-Mädchen gehabt, aber er hatte Emil die Nase geputzt, wenn es sein musste, und ihm Kinderbücher vorgelesen, wenn er krank war. Das war mehr, als Emils Erzeuger je getan hatte. Im Grunde genommen war Axel sein männliches Vorbild, sein Vaterersatz.

Jetzt lebten Mutter und Sohn wieder allein in dem kleinen

Landhäuschen in Aurich-Walle. Sie hatten viel Platz und viel Ruhe. Manchmal zu viel von beidem.

Wencke stieg aus dem Wagen und schnallte Emil vom Kindersitz los. «Axel hat wahrscheinlich gerade wenig Zeit, mein Schatz. Weißt du, er heiratet bald.»

«Oh», sagte Emil, und Wencke hätte zu gern gewusst, was der Dreijährige gerade dachte. Wahrscheinlich wusste er gar nicht, was «heiraten» überhaupt ist, aber er schien zu ahnen, dass es nichts Gutes bedeuten konnte.

«Wir haben heute die Einladung bekommen. Schau mal.» Wencke zog das Kuvert aus der Tasche; geöffnet hatte sie den schmucken Umschlag allerdings noch nicht. Auch der andere Brief aus Hannover steckte noch ungelesen in ihrer Jacke. Der Tod des Mädchens hatte einfach alles durcheinandergewirbelt. Vor Emils neugierigen Augen zupfte Wencke eine obere Ecke des edlen, hellblauen Papiers ab, steckte den Zeigefinger hinein und riss den Umschlag auf, wobei die silberne Absenderzeile bis zur Unleserlichkeit zerstört wurde.

Axel und Kerstin grinsten sie von einem Hochglanzfoto an. Sie trugen Sträflingsklamotten und hatten beide Armgelenke durch Handschellen miteinander verbunden. Darunter stand ein Text, den Wencke nun nuschelnd vorlas: «Wir haben den Fall gelöst und uns gegenseitig zu lebenslänglich verdonnert. Es wäre schön, wenn du als Zeuge mit dabei sein könntest. Tatzeit, Tatort, Tatwaffe …» Wencke musste husten. «Wie albern!», sagte sie mehr zu sich selbst als zu ihrem Sohn. Wie hatte Kerstin ihren zukünftigen Mann nur zu so etwas überreden können? Axel Sanders im Gauner-Kostüm, das war so passend wie Mister Tagesthemen in roter Reizwäsche.

Im Haus klingelte das Telefon. Wencke drückte Emil die Papiere in die Hand und angelte in den Tiefen ihrer Tasche nach dem Haustürschlüssel. Es dauerte die übliche Ewigkeit, bevor sie es in den Flur schaffte, und Wencke befürchtete schon, dass der Anrufer sein Vorhaben aufgeben würde. Doch als sie sich etwas atemlos meldete, war die Leitung noch nicht tot.

«Hast wohl deinen Schlüssel mal wieder nicht so schnell gefunden …» Es war Axel. Er kannte sie einfach zu gut und wusste, wie lange sie für den Heimweg brauchte und wie chaotisch es in ihrer Handtasche aussah. Sie hasste ihn dafür. Andererseits fand sie es auch schön, dass er es nach sechs Monaten mit Kerstin noch nicht vergessen hatte. Trotzdem legte sie eine erkennbare Portion Gereiztheit in ihre Stimme. «Was gibt's denn noch?»

«Ich habe hier einen Anruf für dich.»

«Emil und ich sind gerade zu Hause angekommen. Hungrig, durstig und müde nach diesem unerfreulichen Tag, und …»

«Das ist mir alles klar, Wencke, und ich hätte euch auch bestimmt nicht behelligt. Aber der Mann hat sich mit mir nicht abgeben wollen. Er verlangte ausdrücklich die Leitung der Mordkommission, und das bist nun mal du.»

«Wer ist es denn?», fragte Wencke nach einem Seufzen.

«Ein Psychologe aus Hannover. Warte kurz, ich hab's notiert, äh, ein gewisser Dr. Erb. Es geht um Gernot Huckler, ich glaube, er kennt ihn persönlich.»

«Okay, stell durch.»

«Mach ich. Und …» Axel zögerte.

«Ja?»

«Grüß den kleinen Mann von mir. Sag ihm, ich werde euch bald mal besuchen. Das wollte ich sowieso die ganze Zeit schon mal machen.»

«Stellst du jetzt bitte durch?»

Nach zwei Sekunden frostiger Stille knackte es im Hörer. «Herr Dr. Erb? Hier ist Wencke Tydmers, Sie wollten mich sprechen?»

«Ja, wie schön, dass ich Sie endlich erwische. Die Presse läuft mir hier die Bude ein und stellt mir Fragen zu Gernot Huckler. Da wollte ich nicht mit Informationen aus zweiter Hand ausgestattet sein und Sie daher höchstpersönlich fragen, ob gegen meinen ehemaligen Patienten ein konkreter Verdacht besteht.»

«Sie sind Hucklers Therapeut?»

«Nicht im engeren Sinne. Therapiert wurde er ja in der JVA Meppen. Dort sitzen Kollegen, die sich speziell mit den Sexualstraftätern beschäftigen. Ich habe jedoch ein Gutachten über Huckler verfasst und ihm damit zur vorzeitigen Entlassung verholfen.»

«Ach, ich verstehe. Deswegen stehen Sie jetzt im Kreuzfeuer, falls es sich um ein Fehlurteil gehandelt haben sollte.»

«So sieht es aus. Ich bin mir zwar ziemlich sicher, dass Huckler mit der Sache nichts zu tun hat, aber so eine Meinung wirkt ziemlich dünn, wenn sich der allwissende Mob auf einen stürzt.»

Wem sagen Sie das, dachte Wencke. «Sie werden sicher verstehen, dass ich nicht so ohne weiteres am Telefon Auskunft geben darf.»

«Ich könnte auch zu Ihnen kommen, wenn Sie wollen.»

Wencke zögerte. Das war ungewöhnlich viel Engagement für einen Menschen, der im Grunde genommen mit der ganzen Sache nichts zu tun hatte – es sei denn, er zweifelte selbst ein wenig an seinem eigenen Gutachten und hielt es für möglich, dass Huckler erneut straffällig geworden sein könnte. «Bieten Sie uns so etwas wie eine Zusammenarbeit an?»

«Wenn es Gernot Huckler betrifft – ja. Ich kenne ihn gut, ich kann sein Verhaltensmuster genau sezieren. Ich habe eine fundierte Ausbildung zum Fallanalytiker. Wer weiß, vielleicht kann ich Ihnen sagen, ob der Fall Hucklers Handschrift trägt oder nicht. Dafür müsste ich aber natürlich zunächst mehr über den Mord erfahren. Versprechen kann ich Ihnen allerdings nichts.»

«Wann könnten Sie hier sein?»

«Morgen Vormittag.»

«Okay, gut. Wir haben hier in Ostfriesland keine Experten auf dem Gebiet der Kriminalpsychologie. Und so viel kann ich Ihnen schon verraten: Der Fall Allegra Sendhorst sieht nicht nur meiner Meinung nach wie das Werk eines psychisch Gestörten aus.»

«Dann sollten Sie keine Zeit verlieren.»

«Das sollte man nie.»

«In diesem Sinne: Ich bin morgen in Aurich. Danke für das Gespräch, Frau Tydmers.»

«Ich danke Ihnen.» Wencke legte auf, als Emil gerade in den Flur geschlendert kam. In der kurzen unbeaufsichtigten Zeit hatte er sich über die Einladungskarte hergemacht und das blaue Papier in viele winzige Schnipsel verwandelt. Er schien mit dem Ergebnis zufrieden zu sein. Wencke wollte erst schimpfen, doch dann merkte sie, dass ihr der blaue Brief in dieser Form eigentlich auch viel besser gefiel.

12.

Water Violet *(Sumpfwasserfeder)*
❦ Botanischer Name: HOTTONIA PALUSTRIS ❦
Die Blüte gegen innere Reserviertheit,
stolze Zurückhaltung und
isoliertes Überlegenheitsgefühl

Die Beine auf dem Sofa, ein Glas Wein in der Hand, einen
zufriedenen Mann an der Seite und die Tagesschau im Ersten – dies alles war vor vielen Jahren einmal in Kerstins Zu-
kunftsvisionen von einem glücklichen Familienleben aufgetaucht. Und nun fand es wirklich statt. Vergessen waren
die ersten drei Jahre als Alleinerziehende. Verheilt waren die
Wunden, die Kerstins Exmann hinterlassen hatte, als er sie
und die gerade neugeborene Tochter in einer Nacht-und-
Nebel-Aktion verließ. Nein, mit Axel Sanders würde ihr das
nicht passieren. Er war ein Mann wie ein Fels. Sie wusste, er
würde ihr so etwas nicht antun. Sicher genoss auch er die gemeinsamen Feierabende. Sie waren Entspannung pur. Und
die hatten beide heute bitter nötig.

Ricarda maulte noch in ihrem Kinderbett. «Jetzt nicht!»,
rief Kerstin streng und richtete sich dann mit ausgewechsel-
ter Samtstimme an Axel: «Meinst du, sie bringen es in den
Nachrichten?»

«Vorstellen könnte ich es mir. Unser Pressesprecher hat ja
eine kurze Mitteilung rausgegeben, als er erfahren musste,
dass Frau Sendhorst schon die privaten Sender bei sich auf's
Grundstück gelassen hat. Das war so gegen 18 Uhr. Und die
sind ja schnell mit solchen Sachen.»

«Im Teletext stand es auch schon», wusste Kerstin. «Aber

es könnte doch sein, dass der Fall nur eine Fußnote bei den weiteren Nachrichten des Tages ist.»

Der 8-Uhr-Gong ertönte, und der etwas aufgeschwemmte Moderator, bei dem Kerstin immer zuerst einfiel, dass er mal eine Affäre mit einer Schlagersängerin gehabt haben soll, wünschte einen guten Abend. Dann folgten die Themen des Tages: «Hannover: Die Schlammschlacht um den Ministerpräsidenten scheint beendet. Für Ulferts geht es in der Beliebtheitsskala wieder bergauf» – «Washington: Der Präsident der Vereinigten Staaten stellt ein neues Einsatzkonzept für die US-Truppen in Nahost vor» – «Norden/Ostfriesland: Der Tod einer Schülerin wirft Fragen zur Polizeiarbeit und zum Umgang mit Sexualstraftätern auf». Dazu zeigten sie das Konfirmationsfoto von Allegra Sendhorst und eine Aufnahme, die ein Kamerateam heute Mittag aus sicherer Entfernung vom Fundort der Leiche gemacht haben musste, während Axel und sie gerade den seltsamen Fettfilm auf der Mädchenhaut in Augenschein nahmen.

«Immerhin Platz drei», kommentierte Axel bissig die Reihenfolge der Nachrichten und nahm einen Schluck Bier. Die Wut auf die Medien machte ihm scheinbar einen trockenen Hals, er hatte schon seine zweite Flasche geöffnet. Kerstin wusste, er fühlte sich persönlich angegriffen von den haltlosen Vorwürfen. Welche Polizeidienststelle schickte gleich eine Hundertschaft raus, wenn ein Teenager abends nicht pünktlich zum Essen heimkam? Den anderen Kollegen des ersten Fachdezernates ging es wahrscheinlich nicht anders.

«Am meisten leidet doch Wencke unter den Vorwürfen, oder nicht?», hakte Kerstin vorsichtig nach. Irgendwie gelang es ihr immer noch nicht, mit Axel unbefangen über diese Frau zu sprechen.

«Sie hat es sich zumindest nicht anmerken lassen.»

«Vorhin war sie noch bei mir. Hat mir eine tote Katze auf den Tisch gelegt.»

«Manchmal macht sie komische Sachen.»

«Sie hat die ganze Zeit an den Knöpfen ihrer alten Jeansjacke gespielt und ist sich mit den Händen permanent durch die Haare gefahren. Wenn du mich fragst, sie war ganz schön angespannt und ...»

«Mein Gott, nimmt dieses Theater denn nie ein Ende?», fragte Axel in ihre Ausführungen hinein.

Er bezog sich jedoch auf den ersten ausführlichen Fernsehbericht. Seit Wochen schon sicherte sich der sogenannte «Webcam-Skandal» in jeder Nachrichtensendung die Pole-Position. Die Landtagswahlen im Herbst warfen ihre hässlichen Schatten voraus. Sozialdemokratisch orientierte Medien versuchten dem amtierenden Ministerpräsidenten schmutzige Geschichten nachzuweisen. Es ging um Sex und Drogen und eine zufällig installierte Kamera im Hotelzimmer. Kerstin hatte dieses Thema schon seit einigen Tagen satt. Es war wie immer bei politischen Skandalen: Erst empfand man Empörung, Ungläubigkeit oder auch ein bisschen Schadenfreude. Aber dann stellte man irgendwann den Ton leiser, wenn der Nachrichtenmoderator nur die betreffenden Schlagworte nannte.

Der Sender blendete jetzt eine Umfragestatistik ein. «Das Gutachten des renommierten Psychologen Dr. Tillmann Erb hat Wolfgang Ulferts zu einem sehr deutlichen Anstieg auf der Beliebtheitsskala verholfen», kommentierte eine Stimme aus dem Off.

Axel schnellte hoch. «Dr. Tillmann Erb? Mit dem habe ich eben noch telefoniert. Er hat auch ein Gutachten über Gernot Huckler erstellt.»

Ricarda begann wieder zu plärren. Kerstin stand seufzend auf und ging Richtung Kinderzimmer. «Dann scheint er ja eine Koryphäe auf dem Gebiet der Sexualpsychologie zu sein», sagte sie im Vorbeigehen. Sie wusste, Wencke hätte wahrscheinlich einen originelleren Spruch auf Lager gehabt. So etwas in der Art von: «Wenn einer so gern über schmutzige Themen spricht, dann hat er wahrscheinlich selber Dreck am Stecken.» Das hätte sie vermutlich gesagt.

Kerstin fühlte sich oft überrumpelt von Wenckes Schlagfertigkeit. Sie erinnerte sich noch gut an den Kommentar, mit dem ihr die Kommissarin vorhin das überfahrene Tier zur Untersuchung ins Labor brachte: «Wenn ihr immer nur das unter die Lupe nehmt, was euch die Verbrecher quasi auf dem Tablett serviert, und behauptet, ihr hättet alle Indizien in einem Fall registriert – dann könnt ihr genauso gut ein Sandkorn fotografieren und behaupten, ihr hättet die Sahara abgelichtet.» Obwohl Kerstin dieser Spruch keineswegs davon überzeugen konnte, dass dieses platte Tier etwas mit dem Mordfall zu tun hatte, war ihr leider keine knackige Antwort eingefallen.

Ricarda verlangte noch einen Schluck Wasser, noch ein Küsschen und eine zweite Gute-Nacht-Geschichte. Dann schien sie endlich Ruhe zu geben.

Wenig später ließ Kerstin sich neben Axel aufs Sofa fallen. Inzwischen lief der Bericht über den US-Präsidenten und seine neuesten Pläne.

«Was hat sie eigentlich gesagt?»

«Wer?», fragte Axel, obwohl er bestimmt wusste, dass Kerstin an das unterbrochene Gespräch von vorhin anknüpfte. Immer stellte er sich so merkwürdig dumm, wenn es um *sie* ging. Statt einer überflüssigen Antwort nahm Kerstin lieber einen Schluck aus ihrem Glas.

Axel tat so, als verfolge er interessiert, was der amerikanische Verteidigungsminister von sich gab. «Nichts hat sie gesagt.»

«Oh, dann ist es schlimm.»

«Wie, dann ist es schlimm?» Sie schauten sich nicht an beim Sprechen, sondern starrten beide auf die Mattscheibe und verzogen keine Miene.

«Wenn Wencke mal ausnahmsweise keinen Spruch loslässt, dann ist sie schwer getroffen.» Kerstin gab sich keine Mühe, die Gehässigkeit in ihrer Stimme zu verbergen.

«Ich bitte dich. Geht das jetzt schon wieder los? Ich dachte, wir hätten dieses Thema endgültig durch. Schau, wir wohnen zusammen, wir schlafen zusammen, und wir werden in drei Monaten heiraten», er legte den Arm um ihre schmalen Schultern und zog sie an sich. «Worüber regst du dich also auf?»

«Es ist doch klar: Wenn für Wencke das Thema so abgehakt wäre wie für dich, dann hätte sie dir heute Vormittag gratuliert oder einen ihrer Kommentare abgelassen. Aber sie hat geschwiegen, also ist ihr unsere Beziehung höchstwahrscheinlich gar nicht so gleichgültig. Ich möchte wetten, sie liebt dich noch immer.»

«Quatsch!»

Der Nachrichtensprecher machte ein ernstes Gesicht, und das Konfirmationsbild von Allegra Sendhorst erschien im Hintergrund.

«Kein Quatsch!», sagte Kerstin.

«Psst!», machte Axel Sanders, zog den Arm zurück und lehnte sich nach vorn.

13.

Ich möchte wetten, sie ist nicht älter als dreizehn. Sie sieht wie ein Inselkind aus, bewegt sich so, als kenne sie hier jeden Stein. Sie wirkt so sorgenfrei und ungezwungen, als wäre ihr noch nie im Leben Schaden zugefügt worden.

Sie muss im Watt gewesen sein. Die Hosenbeine ihrer Jeans sind aufgekrempelt, und bis zu den Knöcheln sieht es aus, als trage sie graue Socken. Auf ihrem grellgrünen T-Shirt zeichnen schlammige Streifen ein ungewöhnliches Muster. Erst wenn man genauer hinschaut, erkennt man, es ist Schlick, getrock-neter Meeresschlamm, der an ihr haftet. Als sie näher kommt, nehme ich den salzigen Geruch wahr.

Mein Herz ist heute wieder so gemein zu mir. Es pumpt und pumpt; ich habe das Gefühl, es pumpt mich auf wie einen Bal-lon. Alles an mir schwillt an, bis es fast schon wehtut.

Ich dachte, nun wäre es erst einmal gut, aber da habe ich mich wohl getäuscht. Ich habe mir selbst etwas vorgemacht. Es kommt mir beinahe so vor, als sei es sogar noch schlimmer geworden seit gestern. Und schon da war es unerträglich ge-wesen.

Ich höre, wie sie lacht. Ganz allein lacht sie vor sich hin, als habe sie sich soeben einen Witz erzählt.

«Was ist so lustig?», frage ich sie.

«Ich hab nur gerade an etwas gedacht.»

«Und an was, wenn ich fragen darf?»

«Sag ich nicht!»

Es wird nicht so leicht sein wie gestern, als ich die kleine schwarze Katze dabei hatte. Nun habe ich nur dieses Glas in meiner Jackentasche, und mit dessen Inhalt kann man wohl kaum kleine hübsche Mädchen ins Gebüsch locken.

Doch es gibt auch einen Vorteil. Die heile Welt dieser idyllischen Insel. Ein Ferienparadies für Jung und Alt, gefahrlose Freiheit zwischen Dünen und Deich – so wurde der Ort im Urlaubskatalog beschrieben.

Hier rechnet niemand mit etwas wirklich Bösem.

Und dieses Mädchen am allerwenigsten.

«Was hast du in deinem Eimer?»

«Jede Menge Krebse.»

«Darf ich mal sehen?»

«Nee, ich muss los. Bin schon spät dran.»

«Schade. Na dann …»

Ich muss sie vielleicht gar nicht erst weglocken. Vielleicht kann ich sie gleich jetzt schnappen. Wer sollte uns hier sehen? Wir sind mehr als einen Kilometer vom Hauptbadestrand entfernt, an der Stelle, wo das graue, schlickige Watt in den feinen Sandstrand übergeht. Der Weg bis zum Spülsaum ist menschenleer, die Strandkörbe sind verwaist, die Liegestühle zusammengeklappt, die Sonnenschirme gefaltet. Sie sehen aus wie kleine dünne Wächter, sind aber keine. Hier ist niemand. Keiner wird ihre Stimme hören, wenn sie um Hilfe schreit.

Das ist doch der Reiz an der Sache.

Diese Angst.

Meine Angst wird ihre Angst. Meine Qual wird ihre Qual.

Und ihre Erleichterung wird die meine.

Eigentlich doch ein Geben und Nehmen.

Ist das überhaupt böse?

Gerade ist sie an mir vorbeigehüpft, ich höre die Krebse in ihrem Plastikeimer klappern. Sie summt ein Lied.

Ich renne los.

Sie verstummt.

14.

Crab Apple *(Holzapfel)*

❦ Botanischer Name: MALUS SYLVESTRIS ❦

Die Blüte gegen Ekelgefühle und den übermäßigen
Drang zur Reinigung

Wovor ekelte sich Wencke Tydmers?

Vor abgeschnittenen Fußnägeln fremder Leute (und von
Männern, mit denen sie nur eine Nacht verbracht hatte),
vor kohlensäurehaltigen Getränken und vor Parasiten – im
übertragenen Sinne auch vor Menschen, die sich parasitär
verhielten –, aber doch in erster Linie vor Würmern, Zecken,
Läusen und diesem ganzen Getier. Sie hatte einmal versehentlich in eine Fernseh-Reportage gezappt, wo kernige
Weltenbummler davon berichteten, wie sich Fliegenlarven
in ihren Körpern zu flugfähigen Insekten entwickelt hatten.
Da hatte sie sich fast übergeben müssen.

Als ihr nun heute Morgen ausgerechnet Kerstin Spangemann mit ihrer glatten, liebmädchenhaften Art das endlich
vorliegende Gutachten der Rechtsmedizin Oldenburg zu
erklären versuchte, da machte sich Wenckes Magen wieder
einmal bemerkbar.

Sie hatte gerade erst gefrühstückt und erwartete in ungefähr einer Stunde den Besuch eines eifrigen Psychologen,
und nun erklärte ihr die zukünftige Frau ihres ehemaligen
Mitbewohners, woher die dünnen Blutflüsse und die bleiche
Gesichtsfarbe des toten Mädchens stammten.

«Wir haben so etwas noch nie gesehen, verstehst du? Als
die Pathologie alle Blutwerte vorliegen hatte, ist ihnen schon
aufgefallen, dass Allegra Sendhorst extrem viel Gerinnungs-

hemmer in den Adern hatte. Genauer gesagt handelt es sich um die Stoffe Heparin und Hirudin. Ihr Blut war so flüssig, als hätte sie sich in den letzten Tagen ausschließlich von Aspirin ernährt. Zugleich aber war viel zu wenig von dem roten Saft in ihr zu finden.»

«Was meinst du damit?», fragte Wencke müde nach.

«Ein Mädchen in diesem Alter, bei dieser Größe und dem Gewicht müsste normalerweise mindestens vier Liter Blut im Körper haben.»

«Aber?»

«Bei Allegra Sendhorst waren es nur zweieinhalb.»

«Willst du damit sagen, sie ist verblutet?»

«Das ist die Todesursache, ja.»

«Aber sie hatte doch keine Verletzungen.»

«Äußerlich nicht. Deswegen konnte der Rechtsmediziner auch meine These bestätigen, dass keine Vergewaltigung oder etwas in der Art stattgefunden hat. Das Mädchen war äußerlich unverletzt.»

«Aber?» Nun lass dir doch nicht alles so elendig aus deiner adrett gepuderten Nase ziehen, dachte Wencke.

«Sie ist an inneren Blutungen gestorben.»

«Wie bitte? Also, ein bisschen Ahnung habe ich auch von der Materie. Und wenn jemand an inneren Blutungen stirbt, dann sieht man es auch von außen. Bei Prügeleien oder Stürzen ist der Körper mit Hämatomen verziert, dass es keinem Blinden entgehen würde. Das Mädchen hat aber nackt im Teich gelegen und war gleichmäßig wachsweiß.»

«Blutegel», sagte Kerstin.

Wencke blickte sie scharf an, doch auf dem Gesicht der Kollegin war kein Grinsen zu erkennen. Sonst hätte sich ihr eine ideale Gelegenheit geboten, Axels Zukünftige kaltschnäuzig oder geschmacklos zu finden. Doch Kerstin Spangemann sagte nur einfach «Blutegel». Dann band sie sich das glattbraune Haar zurück, damit die seidigen Strähnen nicht mehr in ihr ebenmäßiges Gesicht fielen, und brütete weiter über dem Bericht der Rechtsmedizin.

«*Hirudo medicinalis* ist der korrekte Fachausdruck. Medizinische Blutegel. Meine Güte, da müssen die Kollegen in Oldenburg aber ganz schön recherchiert haben bei der Obduktion, bis sie alle Informationen zusammenhatten. Kein Wunder, dass das Ergebnis bis heute früh gedauert hat.»

«Sind das diese Viecher, die von den Naturheilern eingesetzt werden?»

«Ja. Hier heißt es, die kann man sich ziemlich problemlos im Internet bestellen.»

Wenckes Mund war trocken. Ihre Zunge haftete am Gaumen wie ein Klettverschluss. «Ich hole mir einen Schluck Wasser. Willst du auch was?»

«Nein danke, nicht nötig.» Kerstins Singsang klang fast fröhlich.

Als Wencke wieder ins Büro kam, fühlte sie sich nicht wirklich erfrischt vom kalten Leitungswasser, welches sie im Waschraum direkt aus dem Hahn getrunken hatte. Kerstin schien ihre unappetitliche Lektüre bereits beendet zu haben und aufbrechen zu wollen.

Doch Wencke waren noch einige Fragen eingefallen, die Kerstin wohl am besten beantworten konnte, schließlich war sie es, die der Leiche am Tatort am nächsten gekommen war.

«Gibt es im Schwanenteich vielleicht auch solche Blutegel? Frei lebend? Kann doch sein, dass es sich in unserem Fall dann doch irgendwie um einen seltsamen Unfall handelt.»

«Das glaube ich nicht. Also weder, dass es dort Blutegel gibt, noch dass diese Tiere sich die Mühe machen, ihren Wirt von innen auszusaugen.»

«Die Tiere waren im Körper?»

«Ja, die haben insgesamt sechs Exemplare gefunden, die oral, vaginal und rektal in den Mädchenkörper gekrochen sein müssen.»

«O Gott!» Mehr Wasser …

«Im Obduktionspapier steht, dass sechs Egel auf der Haut zwar auch eine starke Blutung hätten auslösen können, diese wäre aber wohl kaum tödlich gewesen. An den besser durchbluteten inneren Organen richteten die Viecher jedoch einen so großen Schaden an, dass das Mädchen ziemlich schnell …»

«Ist gut, Kerstin, ich kann's mir denken.» Wencke ließ sich auf ihren Schreibtischstuhl sinken. Da dachte sie nun, sie hätte in den Jahren bei der Kripo schon alles gesehen und gehört, und dann kam so etwas. «Aber wieso sind die Tiere denn dann … na ja, da überhaupt rein?»

«Das erklärt sich durch diesen Fettfilm auf der Haut», antwortete Kerstin. Bei ihr schien dieses rechtsmedizinische Gutachten in etwa das Gefühl auszulösen, welches einen überwältigt, wenn man erfolgreich ein 1000-Teile-Puzzle zusammensetzt. «Ich hatte gestern schon so eine Vermutung. Habe ich auch unserem lieben Axel …» Achtung, dachte Wencke, Kerstin hat soeben einen kleinen, fiesen Giftpfeil verschossen! «… fürs Protokoll mitgeteilt. Der Fettfilm auf der Haut roch nach Zitronenmelisse. Und dieses Aroma benutzt man auch, um Stechmücken und andere Insekten fernzuhalten.»

«Du glaubst, der Täter hat die Haut geschützt, damit die Tiere … den Weg nach innen suchen?»

«Ja, das glaube ich.»

«Wurde das Mädchen denn betäubt? Also, bevor sie eingecremt wurde, meine ich …»

Kerstin blätterte nur kurz in den Unterlagen. «Wie ich schon am Tatort festgestellt habe, gab es keine Spuren, die darauf schließen lassen, dass sie sich gewehrt hat. Die Rechtsmediziner gehen davon aus, dass Allegra nicht bei Bewusstsein gewesen ist. Doch im Blut waren keine Betäubungsmittel zu finden.»

«Aber wie dann …?»

«Eventuell Sauerstoffmangel.»

«Sie könnte also eine Plastiktüte über den Kopf gezogen bekommen haben, bis sie ohnmächtig wurde?»

«Könnte sein.»

«Und dann hat der Typ sie mit Zitronenmelisse … Ich glaub es einfach nicht. Hat der denn gar keine Gefühle gehabt?»

«Der Täter handelte auf jeden Fall ziemlich kaltblütig», bestätigte Kerstin.

«Ein Unmensch. Und dann muss unser Mörder jemand sein, der sich mit diesen Heilmitteln auskennt. Allegras Mutter ist Ärztin, ihr Vater hat die Küche voller Medikamente …»

«Ich will mich ja nicht in deine Ermittlungsarbeit einmischen, liebe Wencke, aber du solltest besser jenseits der Schulmedizin suchen.»

«Sowohl als auch, liebe Kerstin.» Meine Güte, welchen albernen Hexentanz führten sie hier eigentlich gerade auf? «Hucklers Ehefrau hat eine Naturheilpraxis, haben Pal und Greven erzählt. Ich denke, ich werde Esther Vanmeer heute einmal persönlich besuchen und sie bei der Gelegenheit zum Thema Blutegel befragen.»

«Tu, was du nicht lassen kannst», erwiderte Kerstin beinahe schnippisch.

«Ach ja, und unseren lieben Axel …» Was du kannst, kann ich schon lange! «… nehme ich mit.»

Kerstin packte demonstrativ gelassen die Unterlagen zusammen und ging Richtung Tür. «Ich hänge das Ergebnis dann mal ins Sitzungszimmer, okay? Wenn noch Fragen sind, ihr wisst ja, wo ihr mich finden könnt.»

Sie war schon fast zur Tür. «Halt, Kerstin, warte noch!»

Täuschte Wencke sich, oder war in der Bewegung, mit der sich diese Frau jetzt umdrehte, so eine ungute Mischung aus Genugtuung und Gereiztheit auszumachen?

«Was gibt's noch?»

«Ich hab doch gestern eine Katze zu euch ins Labor gebracht …»

«Meine Güte, Wencke, als hätten wir nicht genug zu tun. Das süße Ding ist überfahren worden, ja, schade. Aber ich würde trotzdem lieber erst den perversen Mörder von Allegra Sendhorst finden, bevor ich mich mit diesem Unglücksfall beschäftige.»

Wencke versuchte, mit keiner Wimper zu zucken. «Ich habe aber das Gefühl, dass die beiden Sachen etwas miteinander zu tun haben.»

«Intuition?» Es war nicht zu übersehen: Axel Sanders Verlobte glaubte ihr kein Wort. Aber das war ihr im Grunde genommen auch egal. Schließlich war sie es, die hier die Ermittlungen leitete. Da konnte Kerstin Spangemann noch so wichtig gucken.

«Ich möchte das Untersuchungsergebnis dieser toten Katze. Und zwar bis heute Mittag um zwölf!»

15.

White Chestnut
(Rosskastanie oder weiße Kastanie)
🌿 Botanischer Name: AESCULUS HIPPOCASTANUM 🌿
Die Blüte für Menschen, denen immer
dieselben Gedanken im Kopf kreisen und die zu Selbst-
gesprächen neigen

An diesem Morgen hatte Gernot Vanmeer einen langen
Spaziergang gemacht. Er brauchte Ruhe und Bewegung, um
seine kreisenden Gedanken in einem halbwegs gleichmäßi-
gen Tempo zu halten. Einerseits war er stolz auf sich selbst,
dass er gestern so konsequent gehandelt und den Weg hier
auf diese Insel gefunden hatte. Andererseits hatte er Angst;
Angst vor diesem Tag, der ihn mit seiner Vergangenheit kon-
frontieren würde. Oder mit seiner Zukunft.

Auf seinem Weg Richtung Inseldorf kam er an einem Tor
vorbei. Dahinter konnte man ein kleines Stück vom Dünen-
friedhof erspähen. Die wenigen Grabsteine in fünf oder
sechs Reihen hatten etwas Rührendes, dachte Gernot. Es
sterben anscheinend nur wenige Menschen auf Spiekeroog,
aber es leben wahrscheinlich auch nicht allzu viele hier.

Die Hauptsaison begann erst in einer Woche, weshalb er
gestern Abend noch problemlos ein Zimmer bekommen
hatte. Ein Einzelbett mit Aquarellbild über dem Schreibtisch
und ein Schrank mit zwei Schubladen, in die er nichts packen konnte, weil er schließlich ganz ohne Gepäck zur Insel
gefahren war. Nur das Nötigste – Zahnbürste und Zahnpasta,
einen Kamm –, mehr hatte er in der kleinen Drogerie in der
Nähe der Inselkirche nicht gekauft. Dann war er früh schla-

fen gegangen. Der gestrige Tag, dieser Kampf mit dem freien Willen, er hatte ihm zugesetzt. Und hier auf Spiekeroog war es wunderbar still. Sicher, er hatte etwas Wichtiges vor auf der Insel, aber gestern hätte er nicht die Kraft dazu gehabt. Heute, nach zehn Stunden Schlaf, fühlte er sich stärker.

Das Haus, in dem er untergebracht war, hieß wie die freundliche Vermieterin «Michaelis» und lag etwas weiter außerhalb in der Nähe des Kurparks. Die Straße hatte einen klangvollen Namen: Wittdün – weiße Düne. Auch wenn in Wirklichkeit die Dünen ringsherum eher grün oder beige waren. Zum Frühstück gab es warme Brötchen, Tee oder Kaffee, selbst gemachte Brombeer- und Sanddornmarmelade, dazu auf Wunsch ein hart gekochtes Ei. Eigentlich hatte er sich anschließend ein Fahrrad mieten wollen – wann war er eigentlich das letzte Mal Fahrrad gefahren? –, aber so etwas gab es hier nicht. Alle Fremden auf der Insel liefen zu Fuß. Wahrscheinlich, weil die Zeit hier im Überfluss vorhanden war. Und weil man sich beim Spazierengehen wunderbar erholte. Alles war so hübsch hier. Wie in einem Bilderbuch über ostfriesische Inseln. Ein Souvenirladen neben dem anderen. Es gab gewaltige Muscheln, die mit Sicherheit eher aus dem Pazifik als aus der Nordsee gefischt wurden. Unzählige Leuchttürme, groß und blau oder klein und rot, mit Kabel und Lampe, mit Platz für ein Teelicht, aus Holz oder Porzellan. Gernot überlegte, etwas für Griet und Esther zu kaufen. Mitbringsel für …, ja, für wen eigentlich? Für seine neue Familie? Konnte oder durfte er die beiden überhaupt so nennen? Gernot seufzte. Er hätte doch nichts dagegen, wenn es so wäre, wenn er einfach in den Krimskramsladen gehen und ein paar niedliche Dinge für die Lieben daheim kaufen könnte. Doch so weit waren sie alle noch nicht. Es fehlte noch etwas. Vielleicht war es genau dieser heutige Tag, der noch fehlte. Wenn geschafft war, was er sich vorgenommen hatte, dann wäre das ein Neubeginn. Dann würde er gleich morgen früh Geschenke für Esther und Griet kaufen. Oder besser noch: Er würde anrufen und sie bitten, ihm hinterherzureisen. Sie würden dann gemeinsam durch die Inselstraßen schlendern, vielleicht ein Fischbrötchen essen oder ein Eis. Hier auf Spiekeroog würde es sicher einfach sein, Arm in Arm mit Esther spazieren zu gehen. Hier lief man herum und hatte schnell das Gefühl, dazuzugehören, einer von vielen und doch Teil des Miteinanders zu sein. So ein Gefühl hatte Gernot seit seiner Haftentlassung nicht mehr gehabt.

In einer kleinen Buchhandlung kaufte er sich einen Inselkrimi. Die Verkäuferin mit der Lesebrille wünschte spannende Unterhaltung. Er sagte schüchtern, er wolle sich lieber *ent*-spannen. Da lachte die Frau und versicherte, hier auf Spiekeroog ginge beides zugleich.

Sie hatte ja keine Ahnung, dass Gernot das Buch brauchte, um sich daran festzuhalten.

Er setzte sich in das Hotel-Café Inselnest. Das war das Einzige gewesen, was er gestern Abend noch unternommen hatte: nachschauen, wo das Hotel Inselnest lag.

Seinen Platz suchte Gernot nicht draußen, denn auf die Inselsonne reagierte er empfindlich. Schon jetzt spannte die Haut auf seinem Gesicht. Während also alle anderen Gäste auf der Terrasse hockten, war er im Innenraum der einzige Gast. Er merkte, wie aufgeregt er war, und suchte seine kleine Dose mit den Notfall-Bonbons. Schaden konnte es nicht. Doch seine Hände zitterten, und er kippte aus Versehen den Inhalt direkt in seine Jackentasche. Schnell steckte er sich ein Dragee in den Mund, die restlichen hellbraunen Drops landeten wieder in der Dose. Er war mit seinen Nerven am Ende.

Bedient wurde er von einem blassen Mädchen, das sonst

hinter dem Tresen werkelte. Der junge Kellner hatte draußen genug zu tun, doch trotz der vielen Arbeit wirkte er sehr galant, tat fast ein bisschen zu viel des Guten, immerhin gab es hier keine französische Küche, sondern Hausmannskost à la Nordseeküste. Matjes auf Schwarzbrot, bitte sehr ... Gestatten Sie, Seelachsfilet mit Bratkartoffeln ... Ist mir eine Ehre – das passte nicht wirklich hierher. Aber der Mann war freundlich, auffällig gepflegt, die hellblonden Haare sehr kurz geschnitten und die Haut so braun, als gönnte er sich ab und zu ein Bad unter der künstlichen Sonne. Er hastete an Gernot vorbei, immer das nächste Tablett im Auge und die neue Bestellung im Hinterkopf. An seinem Handgelenk entdeckte Gernot die kleinen Narben. Die, die man auf den ersten Blick sehen konnte, waren hell und glatt. Manchmal rutschte der weiße Hemdsärmel nach oben, und dann sah man auch frische Schnitte, klein und dünn wie ein Haar. Jeder, dem der Makel auffiel, würde sich die Frage stellen, warum dieser junge, nette Kerl wohl dazu fähig war, an sich selbst herumzuschneiden.

Gernot kannte die Antwort.

Das Telefon im Gastraum klingelte. Das Mädchen hinter dem Tresen rief nach dem Kellner. «Hanno? Ist für dich!»

Der Mann schaute kurz zur Tür herein. «Keine Zeit, du siehst doch, dass die alle was von mir wollen.»

«Es ist ein gewisser Axel Sanders oder so. Von der Polizei Aurich», wisperte das Mädchen und zog eine Grimasse, als sie bemerkte, dass Gernot die Szene interessiert beobachtete.

Der Kellner ging zum Telefon. Ganz souverän. Er wirkte nicht, als hätte er ein schlechtes Gewissen. Dann wäre er anders gelaufen.

Und doch war Gernot sich sicher, dass dieser Kerl allen Grund dazu hatte.

Leider verschwand er mit dem Telefon nach hinten in die Küche, und Gernot konnte kein Wort des Gesprächs verstehen. Doch es dauerte nicht lange, höchstens eine Minute, dann war er wieder im Einsatz und balancierte auf dem Tablett drei große Tassen Kaffee.

Ganz dicht lief er an ihm vorbei, grüßte kurz, blieb dann abrupt stehen und machte einen Schritt zurück. «Was zum Teufel machen Sie denn hier?»

16.

Clematis *(Weiße Waldrebe – Greisenbart)*
❦ Botanischer Name: CLEMATIS VITALBA ❦
Die Blüte gegen Gleichgültigkeit und Flucht vor der Realität

Neulich hatte Wencke gelesen, dass «Kleinod» zu den vom
Aussterben bedrohten Wörtern gehörte und – wenn überhaupt – weniger im ursprünglichen Sinne für ein Schmuck-
stück als vielmehr als Synonym für unverhoffte Schönheit
inmitten von Tristesse verwandt wurde. Das Haus der Heilpraktikerin Esther Vanmeer bot allen Grund, sich des ver-
gessenen Wortes zu erinnern. Die Küstenstadt Norden war
keineswegs hässlich, selbst die stillgelegte Schnapsbrennerei
hatte ihren gewissen Charme, und links und rechts der von
Inselurlaubern stark frequentierten Durchgangsstraße standen geschmackvoll renovierte Jugendstilvillen. Doch diese
Straße mit dem hübschen Namen Rosenthallohne war nochmal ein ganzes Stück lieblicher und das verwunschene Häus-
chen mit dem Messingschild «Esther Vanmeer – Heilpraktikerin» geradezu entzückend. Eine Schande, dass da diese
roten Buchstaben an die Wand geschmiert worden waren.

Wencke und Axel hatten den Wagen ein Stück abseits
stehen gelassen und liefen den Rest zu Fuß. Schon von weitem konnten sie eine Frau ausmachen, die ein altes T-Shirt
trug und ihre dicke Pinselrolle in einen Farbeimer tauchte. Sonst war niemand zu sehen. Axel telefonierte. Er hatte
schon mehrfach versucht, den Sohn der Bauernfamilie auf
Spiekeroog zu erwischen, um seine Angabe, wann Allegra
vorgestern vom Hof aufgebrochen war, bestätigt zu wissen.
Bislang vergeblich.

«Frau Vanmeer?»

Die Frau unterbrach die Arbeit, richtete sich auf und wischte den Schweiß von der Stirn. «Ja bitte?»

«Ich bin Wencke Tydmers von der Kripo Aurich, und der Mann am Telefon ist mein Kollege Axel Sanders.»

«Ich dachte mir, dass sie von der Polizei sind. Paare wie Sie laufen normalerweise nicht durch unsere versteckte Straße. Und heute hat sich hier sowieso noch niemand blicken lassen. Die haben alle Scheu, mir zu begegnen.»

«Das tut mir leid. Eine unschöne Wandbemalung, wirklich.»

«Wissen Sie, wie teuer diese verdammte Fassadenfarbe ist? Da bleibt kein Cent mehr für einen professionellen Maler übrig.» Sie setzte den Pinsel an, tupfte über die roten Buchstaben und versuchte zuallererst, das Wort MÖRDER zu eliminieren. Ein etwas zynisches Lächeln machte sich auf ihrem Gesicht breit. «Aber auf diese Weise halte ich wenigstens die lieben Nachbarn davon ab, sich auf der Straße das Maul über mich und meinen Mann zu zerreißen.»

Esther Vanmeer war nicht viel größer als Wencke, aber sicher einige Kilo schwerer. Der glatte Pagenkopf machte sie älter, als sie wahrscheinlich war. Diese quadratisch-praktisch-gute Frau war also mit dem Schreckgespenst Gernot Huckler verheiratet. Schwer vorstellbar, fand Wencke.

«Wir hätten noch ein paar Fragen an Sie. Wollen wir nicht lieber reingehen?»

Esther Vanmeer schüttelte den Kopf. «Es ist mir ganz recht, wenn wir hier stehen bleiben. Dann wissen die Leute wenigstens, dass ich nichts zu verheimlichen habe. Aber ich muss Sie enttäuschen: Von meinem Mann habe ich noch immer nichts gehört und gesehen.»

«Es geht um etwas anderes. Um Blutegel.»

«Blutegel? Wollen Sie sich etwa behandeln lassen?»

Wencke schauderte. «Nein, bloß nicht. Wir würden nur gern wissen, ob Sie welche haben, und wenn ja, wo sie gelagert sind.»

«… und ob Ihnen eventuell ein paar Exemplare fehlen», ergänzte Axel, der eben sein Handy zusammenklappte und näher herantrat.

Esther Vanmeer lachte. «Das würde ich beim besten Willen nicht merken. In meinem Aquarium sind ungefähr vierzig Tiere. Und ich zähle sie nicht abends vor dem Zubettgehen.» Doch dann stockte sie. Anscheinend wurde ihr erst jetzt die Merkwürdigkeit dieser Fragen richtig bewusst. «Was hat das tote Mädchen …»

«Verwenden Sie …? Moment mal …» Wencke kramte einen zerknitterten Zettel aus ihrer Jeansjacke. «Verwenden Sie *Hirudo medicinalis*?»

«Ja, natürlich. Das sind die Besten, sie produzieren die meisten entzündungshemmenden Stoffe.»

«Und wo bewahren Sie die Tiere auf?»

«Das kann ich Ihnen zeigen.» Esther Vanmeer legte den Pinsel auf das Abrollgitter und wies auf einen schmalen, ziemlich verwachsenen Steinweg, der hinter das Haus führte. Zwei schmucklose Aquarien standen im Fahrradschuppen. Auf den ersten Blick sahen sie leer aus, doch dann erkannte Wencke im rechten Bassin etliche schmale, längliche Würmer. Die meisten Egel lagen auf dem Glasboden, nur ein paar schwammen herum, zogen ihre glatten, dunkelbraunen Körper in die Länge oder schlängelten sich von links nach rechts. Zwei auffällig dicke Exemplare im linken Glaskasten krochen träge vorwärts.

«Die beiden Riesen hatten gestern eine große Portion. Die anderen sind wahrscheinlich hungrig. Meine Patientenkartei wird immer übersichtlicher, da gibt es nicht mehr genug zu saugen für die Egel.»

«Warum haben Sie zwei Becken?»

«Aus hygienischen Gründen dürfen die Tiere nur einmal zum Einsatz kommen. Danach sortiere ich sie aus.»

«Und dann?»

«Schenke ich ihnen die Freiheit, wenn Sie so wollen.»

«Sie setzen sie aus? Vielleicht auch im Schwanenteich?»

Esther Vanmeer lachte kurz. «Natürlich nicht. Meistens fahre ich raus aufs Land, in der Westermarsch gibt es einige Gräben ... Ich habe auch einen Patienten aus der Gegend. Er nimmt die Tiere manchmal mit und bringt sie zu einem Graben oder Teich.»

«Wozu setzen Sie die Tiere denn überhaupt ein?», fragte Wencke und versuchte mit aller Macht, ihre Abscheu nicht offensichtlich werden zu lassen.

«Bluthochdruck, Gicht, Tinnitus, Thrombose ...»

Zum Glück litt Wencke an keiner dieser Krankheiten. «Und hier kann im Grunde genommen jeder ran und sich ein paar Tiere herausholen?»

«Ich habe mir bislang noch keine Sorgen gemacht, dass jemand meine Blutegel stehlen könnte. Die meisten Menschen ekeln sich davor, so wie Sie es – wenn ich mir Ihren Gesichtsausdruck anschaue – auch tun.»

«Und Ihr Mann?», fragte Axel.

«Ich wusste, Sie würden früher oder später doch wieder auf Gernot zu sprechen kommen. Von wegen, Sie interessieren sich für Blutegel ...»

Wencke klärte auf: «Wir haben sechs Blutegel im Körper des Mädchens gefunden. Es handelt sich um *Hirudo medicinalis*. So wie bei Ihnen.»

«Ich kann mich nicht erinnern, dass ich meinen Tieren ein Halsband umgelegt hätte ...»

«Ja, das stimmt schon, natürlich können die Würmer auch woandersher stammen. Aber nicht jeder kommt auf den Gedanken, mit Blutegeln zu hantieren, es sei denn, man hat diese Tiere quasi vor der Haustür.» Wencke entschied sich, diese Frau ein wenig ins Gebet zu nehmen. Warum sollten sie die Zeit mit Nettigkeiten vertrödeln? Esther Vanmeer wusste, dass Gernot Huckler unter Verdacht stand, und sie begegnete ihnen ganz offensichtlich mit einer Mischung aus Misstrauen und Ablehnung, schien aber dennoch nicht gänzlich unkooperativ zu sein. Sie wollte ihren Mann verständlicherweise schützen. Im Moment konnte Wencke noch nicht erkennen, ob dieses Verhalten daraus resultierte, dass sie ihn tatsächlich für unschuldig hielt – oder nur halten wollte. «Wir haben alle einschlägig Vorbestraften in der Region überprüft, Frau Vanmeer, und bei Ihrem Mann treffen einige ziemlich eindeutige Faktoren zu.»

Axel mischte sich ein: «Noch dazu hat Ihr Mann Ihnen nicht die Wahrheit gesagt, was sein Alibi angeht. Und dann fährt er auf und davon, ist angeblich nicht zu erreichen …»

«Er hat es nicht so mit Handys. Sein Apparat liegt drinnen auf dem Küchentisch.» Sie verschränkte die Arme vor der Brust.

«Vielleicht will er ja gar nicht erreichbar sein», drängte Wencke.

«Er hätte keinen Grund, sich zu verstecken.» Richtig überzeugt klang der letzte Satz bei weitem nicht mehr.

Wencke ging einen Schritt auf Esther Vanmeer zu, diese zog die Arme enger um den Leib. «Der Mord steht heute in jeder Zeitung. Alle Medien berichten davon. Ausnahmslos. Wenn Ihr Mann nicht zwischenzeitlich ans Ende der Welt gereist ist, wird er also vom Mord erfahren haben. Und dann muss ihm klar sein, dass sein Verhalten nach Flucht aussieht.»

Esther Vanmeer seufzte. «Sie haben ja recht. Und auch wieder nicht: Mein Mann ist kein Mörder!»

«Können Sie mir erklären, warum Sie da so sicher sind?»

«Also gut.» Esther Vanmeer führte sie in den hübschen Garten, wo ein paar verrostete Gartenmöbel auf der Blumenwiese standen. Sie verschwand im Haus und kam kurz darauf mit einem Krug Wasser und drei Gläsern wieder heraus. Bedächtig setzte sie sich zwischen Wencke und Axel.

«Gernot hat damals in Hameln diese Sachen gemacht. Sie haben sich da ja sicher schon erkundigt. Aber er kannte die Mädchen aus seiner Jugendgruppe, sie hatten Vertrauen zu ihm, ja, sie mochten ihn. Und sie haben ihn freiwillig auf diese Zelttour begleitet, wahrscheinlich haben sie sogar von sich aus den Körperkontakt gesucht …»

Axel gab sich keine Mühe, seine Abscheu zu verbergen. «Frau Vanmeer, es stimmt, wir kennen die Akte Ihres Mannes. Und daher wissen wir auch, es war nicht sein erster Übergriff dieser Art. Diese Mädchen waren zudem gerade mal elf Jahre alt!»

«Aber … sie kamen aus schwierigen Familien. Die eine von ihnen war ja noch nicht einmal mehr Jungfrau …» Esther Vanmeer benutzte für ihre Rechtfertigung beide Arme, sogar ihr Fuß wippte unterstützend mit. Wahrscheinlich war ihr klar, wie faul die Ausreden in den Ohren anderer klingen mussten. «Und man hat Gernot nicht nachweisen können, dass er ihnen Gewalt angetan hat.»

«Wer mit minderjährigen, vorpubertären Kindern – noch dazu Schutzbefohlenen! – sexuellen Verkehr hat, ist gewalttätig!» Axel wurde wütend. Es geschah selten, dass er so aus sich herausging. «Ihr Mann hat den Mädchen damals gedroht, sie allein im Wald zurückzulassen, sollten sie je auch nur ein Sterbenswörtchen von der Sache verraten. Wer so etwas tut, ist brutal. Das ist die Wahrheit. Da gibt es nichts zu verdrehen!»

Esther Vanmeer zuckte zusammen, als meinten Axels Vorwürfe sie persönlich. «Aber er hat sich geändert, er wurde therapiert. Er hat sich mit seinen Taten auseinandergesetzt. Empathietraining nennt man das. Sein Therapeut hat ihm Wege gezeigt, wie er sich besser in die Lage der Opfer hineinversetzen kann. Darum würde er so etwas nie wieder tun. Zudem nimmt Gernot regelmäßig Medikamente.»

Axel schnaubte. «Echte? Oder die alternativen Wässerchen aus Ihrem Bestand? Ein bisschen Homöopathie schadet schließlich nie. Vielleicht mischen Sie ihm ja ein Kräutersüppchen, damit er die Finger von kleinen Mädchen lässt?»

«Axel!», zischte Wencke mahnend, doch natürlich bekam Frau Vanmeer es trotzdem mit.

«Ja, ich behandle ihn zusätzlich mit Bachblüten. Cherry-Plum, also Kirschpflaume, wenn Sie es genau wissen wollen. Es hilft meinem Mann, die Angst vor der Unbeherrschbarkeit seiner Triebe zu bewältigen. Dazu gebe ich ihm immer noch ein paar Dragees für den Notfall mit, Rescue-Blüten.»

«Hokuspokusfidibus», feixte Axel.

Wencke musste ihn stoppen, bevor Esther Vanmeer komplett dichtmachte. «Axel, kannst du bitte mal meine Jacke aus dem Auto holen? Mir ist kalt.»

«Dir ist kalt? Die Sonne scheint, das Thermometer zeigt dreiundzwanzig Grad, der Wind ist eingeschlafen …» Es dauerte einen Moment, bis Axel schaltete, dann nickte er kurz. «Ich wollte sowieso nochmal auf Spiekeroog anrufen. Inzwischen müsste das Café geöffnet sein.» Er trottete Richtung Straße.

Wencke schaute hinterher und seufzte. «Entschuldigen Sie sein Verhalten, Frau Vanmeer, er ist manchmal etwas unsensibel.»

«Er ist ein Rockwater-Typ.»

«Wie bitte?» Wencke hatte sich für Axel schon zahlreiche Bezeichnungen ausgedacht: Besserwisser, Spießer, Seitenscheitelträger – aber der Begriff Rockwater-Typ war ihr vollkommen fremd.

«Ich beschäftige mich doch mit Bachblüten. Und es passiert mir oft, dass ich einen Menschen das erste Mal sehe, und schon fällt mir die passende Blüte ein.»

«Und was bedeutet das im Fall meines Kollegen?»

«Ich glaube, er ist ein Mensch, der sehr streng mit sich ist, der hohe Ansprüche stellt und diese auch gegen die eigenen Gefühle zu erfüllen versucht. Er ist ein bisschen erhaben, ein bisschen hochmütig, meistens ziemlich humorlos. Im Grunde genommen würde er gern anders sein, kann es aber nicht, denn dann müsste er das Korsett der Konventionen sprengen.»

Interessant, wie treffsicher diese Frau gerade einen Mann beschreibt, aus dem ich schon seit Jahren versuche schlau zu werden, dachte Wencke.

«Sie beide ergeben übrigens eine gefährliche Mischung.»

Na, das war ja noch interessanter. «Inwiefern? Was bin ich denn für ein … für eine Blüte?»

«Lerche, denke ich. Larch-Typen haben einen unbewussten Minderwertigkeitskomplex, der sich schon in frühester Kindheit manifestiert hat, oft weil die Eltern dem kleinen Kind nichts zutrauen. Larch-Typen denken von sich, dass sie weniger drauf haben als andere.»

Mensch nochmal, dachte Wencke, woher weiß die das?

«Dabei ist der Larch-Typ den anderen oft sogar meilenweit voraus.» Esther Vanmeer lächelte und trank einen Schluck Wasser.

Wahrscheinlich ist das so ein Kristallwasser, dachte Wencke, links herum gerührt bei Vollmond und dabei nicht an ein Nilpferd denken … Irgend so ein Ritual wird dieses Wasser hinter sich haben. Trotzdem war sie durstig. Die Morgenhitze und diese etwas unheimliche Charakteranalyse waren schuld daran. «Und was meinen Sie mit der gefährlichen Mischung, die mein Kollege und ich abgeben?» Klang das beiläufig genug?, fragte sie sich und griff nach ihrem Glas.

«Ein Rockwater-Typ meint, die Welt erklären zu können, ist aber in Wirklichkeit so eingeschränkt, dass er noch nicht einmal über den eigenen Tellerrand hinausblicken kann. Und dieser Mensch trifft dann einen Larch-Typen, dessen Vielseitigkeit aus lauter Selbstzweifel versteckt wird … Ich denke, Sie beide würden voneinander profitieren, wenn Sie es nur zulassen könnten. Aber da ist so viel zwischen Ihnen …»

«Ach Quatsch, wir sind nur Kollegen.»

«Ich habe jedenfalls Spannungen ausmachen können, Konkurrenz, Misstrauen und – wenn ich mich nicht total getäuscht habe – auch Erotik.»

Nun zog Wencke lieber die Notbremse. War sie nicht hier, um etwas über Gernot Huckler in Erfahrung zu bringen? Stattdessen hörte sie etwas von Axel und sich.

«Sagen Sie, Frau Vanmeer …» Wencke wandte sich nun ganz offen und ungeniert an ihr Gegenüber, schließlich hatte sich in den letzten Minuten schon eine gewisse Vertrautheit ergeben. «Ich habe mich schon immer gefragt, was das für Frauen sind, die Inhaftierte heiraten.»

Sofort rückte ihre Gesprächspartnerin ein Stück ab. «Was meinen Sie damit?»

«Sie sind doch eine Frau, die mitten im Leben steht, die eine halb erwachsene Tochter und einen guten Job hat. Warum nimmt jemand wie Sie ausgerechnet einen Sexualstraftäter zum Mann?»

«Schon mal was von Liebe gehört?», gab Esther Vanmeer schnippisch zurück.

«Haben Sie denn eine normale Liebesbeziehung?» Wencke wartete vergeblich auf eine Antwort, also formulierte sie um: «Was macht das Verhältnis zwischen Ihnen und Ihrem Mann aus?»

«Sie denken bestimmt, ich habe ein Helfersyndrom.»

«Und? Habe ich recht?»

«Ja.» Esther Vanmeer zog ihre Füße an den Körper und schlang die Arme um die Beine. «Anfangs war das auch die Basis unserer Beziehung, das muss ich zugeben. Doch es hat sich alles verändert, seit er aus dem Gefängnis ist.»

«Würden Sie sagen, Sie führen eine gut funktionierende Ehe?»

«Nein, dann müsste ich lügen. Wir verstehen uns gut, wir lachen zusammen. Gernot geht auch wunderbar mit meiner Tochter Griet um, und die ist gerade alles andere als einfach. Pubertät, wissen Sie.» Sie stoppte an dieser Stelle.

«Aber?», hakte Wencke nach.

«Aber wir haben, also, nun …, wir haben zum Beispiel keinen ehelichen Verkehr. Gernot nimmt diese Tabletten, wissen Sie. Escitalopram, falls Ihnen das was sagt.»

«Zur Verminderung der Libido?»

«Ja, und gegen seine Depressionen.»

«Ihr Mann ist depressiv?»

«Wären Sie das nicht, wenn Sie Ihr ganzes Leben lang Ihre sexuellen Neigungen verleugnen müssten? Die meisten Menschen denken doch, Pädophile sind automatisch Monster, Kinderschänder ohne Gewissen. Aber das stimmt nicht. Niemand sucht sich seine sexuelle Orientierung aus. Wenn man nun mal so gestrickt ist, dann lässt sich nicht mehr viel daran ändern. Es ist wie bei Homosexualität.»

«Sie können doch nicht ernsthaft Homosexuelle mit Pädophilen in einen Topf schmeißen? Immerhin besteht eine gleichgeschlechtliche Partnerschaft auf Freiwilligkeit zweier ebenbürtiger Personen. Da wird niemand zum Opfer gemacht.»

«Sie missverstehen mich. Meine Güte, ob jemand schwul oder lesbisch ist, danach kräht ja heute zum Glück kein Hahn mehr. Aber wenn jemand öffentlich sagen würde: Ich bin pädophil, dann könnte er sich genauso gut vom Hochhaus stürzen. Er wäre gesellschaftlich erledigt, selbst wenn er niemals einem Kind zu nahe gekommen ist.»

Da musste Wencke ihr ohne Bedenken recht geben. «Zum Schutz der Kinder ist es auch sicher besser so …»

«Quatsch!», fuhr Esther Vanmeer ihr ins Wort. «Diese Menschen sind nun mal so veranlagt, egal, ob sie es öffentlich machen oder nicht. Aber die Gesellschaft erschwert es ihnen, damit umzugehen.»

«Was heißt: damit umgehen? Wollen Sie die Kinderehe wieder salonfähig machen?»

«Nein. Aber Pädophile müssen lernen, mit ihrer Veranlagung zu leben, ohne ihr je nachzugehen. Sie träumen von einer glücklichen Liebesbeziehung zu einem Kind und wissen genau, dass es immer nur bei einer Phantasie bleiben darf. Aber sie können lernen, damit umzugehen.»

«Das wusste ich nicht», musste Wencke zugeben.

«Die meisten wissen das nicht. Und wenn diese Pädophilen doch einmal schwach geworden sind, so wie Gernot damals, leiden sie unter entsetzlichen Schuldgefühlen und halten sich für minderwertig.»

Wencke schüttelte den Kopf. «Tut mir leid, wenn ich das sage, aber Ihre Sätze klingen für mich zu sehr nach Mitleidsgetue. Sie vergessen, wer die eigentlichen Opfer sind! Ich habe dieses tote Mädchen gesehen, Allegra, dreizehn Jahre jung, nackt und kaltblütig ermordet, die Eltern sind fast verrückt vor Trauer. Und während meiner Ausbildung in Bremen habe ich einige Kinder vernommen, die Opfer von Missbrauch geworden sind. Ich kann und will hier keine Entschuldigungen für Menschen hören, die so etwas getan haben. Nicht zuletzt, weil ich selbst Mutter bin und nicht daran denken mag, dass meinem Sohn so etwas ...» Sie ließ den Satz unvollendet.

«An dieser Stelle kommen immer alle ins Stocken», sagte Esther Vanmeer fast traurig. «Selbst die vernünftigsten Menschen schalten hier ab. Ich hätte es vor fünf Jahren wahrscheinlich noch genauso getan.»

«Das Thema ist widerlich, es ist beängstigend. Auch wenn ich bei meiner Arbeit bereits damit konfrontiert werde, ich will mir das noch nicht mal vorstellen müssen...»

«Aber es ist nun mal die Realität. Es gibt Menschen, die auf Kinder als Sexualpartner fixiert sind. Wer sich hier blind stellt, macht es genau denen leicht, die sich in der Heimlichkeit verstecken und dann tatsächlich ihre Triebe ausleben.»

Wencke erinnerte sich: In der Polizeischule war der Umgang mit Sexualstraftätern einige Wochen lang Thema gewesen. Sie hatten sich in der Theorie mit den abscheulichsten Verbrechen auseinandersetzen müssen, hatten grauenhafte Protokolle gelesen und schreckliche Fotografien angeschaut. Und obwohl sie sich als Polizistin um die Einhaltung der gegebenen Gesetze kümmerte, hatte sie mehr als einmal gedacht: Man sollte diese Schweine alle lebenslang hinter Gitter bringen, man sollte sie kastrieren und die Todesstrafe wieder einführen.

Das war eine sehr emotionale Reaktion gewesen, das wusste Wencke. Die rationale Sichtweise machte natürlich auch ihr deutlich, dass es niemandem half, mit Hass, Wut und Rache auf Sexualstraftäter zu reagieren. Doch Verständnis aufzubringen, so wie es Esther Vanmeer hier indirekt forderte, das war für Wencke zu viel des Guten.

Die Frau ließ allerdings nicht locker. «Schauen Sie, ich erkläre es gern so: Eine pädophile Neigung ist im Prinzip die Voraussetzung für ein Verbrechen. Da stimmen Sie mir sicher zu. Genau wie Schulden. Sagen wir, ein Mann ist durch unglückliche Umstände zu sehr hohen Schulden gekommen, die ihm das Leben unerträglich erscheinen lassen. Nun kann er Folgendes tun: Entweder er geht zur Schuldnerberatung, nimmt einen zusätzlichen Job an, hält sich an drastische Sparmaßnahmen und gönnt sich nicht den kleinsten Luxus. Dann ist er mit viel Glück und nach endlosen Jahren schuldenfrei. Oder er überfällt eine Bank, mischt in lukrativen, aber unseriösen Geschäften mit oder beutet andere aus. Dann ist er schneller aus den roten Zahlen und kann sich vielleicht auch zwischendurch mal ein neues Auto oder einen Urlaub leisten …»

Wencke verstand. «Sie meinen, nicht jeder Pädophile stellt automatisch eine Bedrohung dar? Und wenn die Gesellschaft jeden Pädophilen hinter Schloss und Riegel sehen will, dann könnte sie genauso gut jeden Schuldner festnehmen?»

«Nicht jeder Gärtner ist immer auch ein Mörder.»

Sie schwiegen eine Weile. Wencke trank ihr Glas leer. Was diese Blütenfrau ihr eben erzählt hatte, warf ein anderes Licht auf den Mordfall Allegra Sendhorst. Würde ein Pädophiler, wie Gernot Huckler es war, einen Mord begehen? Wenn er Kinder wirklich so sehr liebte – und wahrscheinlich liebte er sie mehr, als ihm lieb war –, würde er dann so etwas Grausames tun? Würde er ein halbes Dutzend hungriger Blutegel auf den unversehrten Körper eines Mädchens loslassen? Es war Wenckes Kopf, der die Fragen stellte. Wenckes Bauch antwortete mit Nein.

Hinter dem Mord musste etwas anderes stecken.

Axel kam um die Ecke. Er hatte die Jeansjacke über den Arm gelegt, machte aber keine Anstalten, das Kleidungsstück an Wencke zu übergeben. Es war offensichtlich, dass er nur für ein paar Minuten fortgeschickt worden war. «Ich störe ja nur ungern, aber die Kollegen aus Aurich haben gerade angerufen. Ein Besucher wartet auf dich in deinem Büro.»

«Oh, ja, das wird der Psychologe sein. Sag ihnen, wir sind hier so weit fertig. Ich bin so bald wie möglich da.» Wencke stand auf und klopfte sich ein paar Blütenblätter von der Hose, die sich im Laufe des Gesprächs auf ihr niedergelassen hatten. Sie sah aus, als habe sie stundenlang mit Esther Vanmeer im Garten gesessen. «Hast du den Bauernsohn inzwischen erreicht?»

«Ja, auf der Arbeit. Hanno Thedinga hat ...»

«Hanno Thedinga?», unterbrach Esther Vanmeer.

«Kennen Sie ihn?»

«Warum wollen Sie ihn erreichen?» Die Gegenfrage kam wie aus der Pistole geschossen.

«Es ist nichts Wichtiges. Wir gehen davon aus, dass er der Letzte war, der Allegra Sendhorst lebend gesehen hat. Das Mädchen war auf dem Hof seiner Eltern und hat dort mit den jungen Katzen gespielt.»

Die Blütenfrau war blass geworden. «Er ist ein Patient von mir.»

«Hanno Thedinga? Warum kommt er zu Ihnen?»

«Auch wenn ich keine Ärztin bin, ich habe ebenfalls so etwas wie eine Schweigepflicht.» Man sah Esther Vanmeer an, dass ihr die Einhaltung dieser Verpflichtung jedoch schwerfiel.

«Können Sie uns vielleicht verraten, was Sie ihm verordnet haben?»

«Nein, das kann ich auch nicht.» Sie atmete tief durch. «Aber warten Sie einen Moment ...»

Sie verschwand im Haus.

«Was hat dieser Hanno denn gesagt?», fragte Wencke.

Axel, der ebenfalls verwundert war über die auffällige Reaktion der Frau, brauchte ein paar Sekunden für die Antwort. «Äh … Er hat die Aussage seines Vaters bestätigt: Allegra Sendhorst ist kurz nach sechs mit ihrem Fahrrad vom Hof gefahren.»

Als Esther Vanmeer wieder zu ihnen in den Garten trat, reichte sie Wencke ein dickes, grünes Buch. «Seite 72», sagte sie nur. «Sie können es sich ausleihen, bis der Fall beendet ist und Sie endlich wissen, dass mein Mann nicht das Ungeheuer ist, für das die Menschen ihn halten.»

Wencke und Axel verabschiedeten sich knapp, und schon während sie zum Wagen liefen, schlug Wencke die angegebene Seite auf.

«Cherry-Plum, Kirschpflaume. Genau dieselbe Blüte, mit der sie ihren Mann zu therapieren versucht.»

Axel schüttelte den Kopf. «So ein Schwachsinn.»

«Soll ich vorlesen?»

17.

Ich fühle mich verfolgt.

Könnte ich doch wenigstens sagen: Was ich getan habe, habe ich nicht gewollt. Aber das wäre gelogen. Ich habe es gewollt. Mit jeder Faser meines verdammten Körpers.

Wie sie mich angesehen hat. Wie sie gebettelt hat, nein, ich will das nicht, es tut weh, es ist ekelhaft ... Aber ich war stärker. Nicht nur stärker als sie, sondern auch stärker als der andere Teil von mir, der mitleidige Teil, der so gern aufgehört hätte. Aber ich habe über diesen Schwächling triumphiert und ihm gezeigt, wer nun der Stärkere ist. Endlich besitze ich die Macht und die Kraft und die Gewalt, um diesem Druck nachzugeben.

Dieser andere Teil sagt, es ist schwach, wenn ich das tue. Dem Trieb zu widerstehen wäre tatsächlich stark. Aber dieser Teil von mir ist ein Jammerlappen, ein Häufchen Elend. Was weiß er schon über diese Dinge?

Doch nun wird es eng. Sie kommen immer näher. Sie wollen mir das Handwerk legen.

Sollte die Erfüllung meiner Sehnsüchte nur so kurz gedauert haben? Ich warte immerhin schon mein ganzes Leben darauf. Ich habe es mir verdient. Und wer mir in die Quere kommt, den werde ich vernichten.

Das macht mir nichts mehr aus. Ich bin jetzt so stark wie nie zuvor.

Wehe dem, der mich aufhalten will.

Ich habe keine Angst mehr.

18.

Sclerantus *(Einjähriger Knäuel)*
❦ Botanischer Name: Scleranthus annuus ❦
Die Blüte für Menschen, die sprunghaft
und unentschlossen sind

Dr. Erb gehörte nicht zu der Sorte Mann, mit der Wencke gern auf einer einsamen Insel gestrandet wäre. Was sie genau an ihm störte, ließ sich nur schwer ausmachen. Rein optisch war er durchaus akzeptabel, nicht zu dick und relativ groß, volles Haar, wenngleich auch schon recht grau. Sein Alter schätzte sie auf Mitte fünfzig. Wenn er las, so wie jetzt im Protokoll der Spurensicherung, dann brauchte er eine Sehhilfe in Form einer silbernen, feinen Brille.

Im Laufe ihres Berufs- und Privatlebens hatte Wencke zwei Sorten Psychologen kennengelernt. Den, der so verhuscht und armselig daherkam, dass man einen Rollentausch in Erwägung zog und ihn gern selbst auf die Couch gelegt hätte. Oder den geschäftsmäßig Unterkühlten, der besser in die Chefetage eines Wirtschaftsunternehmens als in das Seelenleben eines anderen Menschen vorstoßen sollte. Dr. Tillmann Erb gehörte zu keiner der beiden Gruppen. Er wirkte selbstbewusst, aber nicht selbstverliebt. Er sprach fachmännisch, aber nicht fachchinesisch. Sein Auftreten war es also nicht, was Wencke abstieß. Vielleicht war es einfach nur sein Gesicht. Zu wenig Mimik. Kaum Falten oder Grübchen. Das wirkte unheimlich. So, als hätte das, was dieser Mann bislang erlebt hatte, keinerlei Spuren bei ihm hinterlassen.

Pal, die den Besucher vor einer knappen Stunde begrüßt und in das Sitzungszimmer geführt hatte, nahm jetzt am anderen Ende des langen Tisches Platz. Wencke hatte sie gebeten, sich vorerst nicht in das Gespräch einzumischen, damit sie sich selbst ein Bild von Dr. Tillmann Erb machen konnte. Schließlich war es etwas ungewöhnlich, Außenstehende in die Polizeiarbeit zu involvieren.

Wencke hatte beschlossen, ihm ordentlich auf den Zahn zu fühlen, bevor sie ihm Einblick in den Fall gewährte. Sicher war sicher. Bis auf die Beschreibung der Leiche und des Fundortes wollte sie ihm vorerst keine Informationen zuteilwerden lassen. Die Pinnwand im Sitzungszimmer hatte Pal vorsorglich von den scheußlichen Bildern und den bisherigen Notizen befreit. Erb wusste also nicht allzu viel über den konkreten Fall. Mal sehen, was er daraus machte.

Er saß ihr gegenüber, und Wencke schaute ihn direkt an. «Wo sind Sie eigentlich ausgebildet worden?»

«Ich?» Erb zog die Augenbrauen ziemlich weit hoch. «FBI. Sagt Ihnen die Academy in Quantico, Virginia, etwas?»

Wencke wollte nicht unwissend dastehen, außerdem hatte sie auch schon mal irgendwann davon gehört. Sie kramte in ihrem Gedächtnis. «Diese Kaderschmiede für Special Agents?»

«Wer dort in die Lehre gegangen ist, zählt zur Creme der Kriminalisten», erläuterte Erb. «Die deutschsprachigen Absolventen können Sie an einer Hand abzählen. Und einer davon …»

«… sind Sie!» Ganz schön angeberisch, fand Wencke. Sie fragte nicht weiter nach, um ihm keine neue Gelegenheit zu bieten, sich aufzuplustern.

«Also, was meinen Sie? Passt das Vorgehen zu Gernot Huckler?»

«Nun, ich könnte mir vorstellen, dass wir es hier mit einem Menschen zu tun haben, der sich Frauen nicht so gern nähert.»

«Frauen? Ich bitte Sie, Allegra ist dreizehn Jahre alt.»

«Genau. Ihr Täter hat Angst vor dem anderen Geschlecht. Deswegen muss er sich Mädchen suchen, die ihm körperlich unterlegen sind. Aber sie sollten schon weibliche Merkmale haben. Kleine Brüste, lange Haare und so weiter.»

Da wäre ich ja nie draufgekommen, dachte Wencke. Wenn dieser Typ nicht gleich mit etwas aufwartet, was sich von Binsenweisheiten wohltuend absetzt, schicke ich den Superpsychologen noch vor dem Mittagessen wieder nach Hannover.

«Wir Spezialisten unterscheiden zwei verschiedene Arten von Pädophilie», erklärte Erb nach einem irritierten Blick auf Wencke. Das klang ja zum Glück wieder etwas interessanter. «Die primäre Ausrichtung eines Erwachsenen auf Kinder – sowohl auf sexueller wie emotionaler Ebene – ist psychoanalytisch gesehen oft die Folge einer Kindheit, die von Mangelerscheinungen geprägt war. Mangel an Liebe, an Bezugspersonen, an sozialen Kontakten und vertrauter Aufmerksamkeit. Diese Menschen hatten nie die Möglichkeit, sich als Kind in den Reaktionen anderer Menschen widerzuspiegeln. Sie haben das Gefühl, niemals ein Junge oder niemals ein Mädchen gewesen zu sein. So entwickelt sich aus diesem Defizit im Erwachsenenalter eine unnatürlich starke Beziehung zu Kindern. Sie begegnen sich quasi noch einmal selbst. Sie wollen sich selbst etwas Liebe geben.»

«Und diese Liebe endet dann im Missbrauch.»

«Nicht zwangsläufig, Gott sei Dank. Und den meisten pädophilen Männern und Frauen geht es zudem auch nicht in erster Linie um Sex. Sie sind schon froh, wenn ein Kind Vertrauen zu ihnen fasst, wenn sie ihm etwas beibringen, es trösten oder ihm helfen können.»

«Meinen Sie denn, dass wir es hier vielleicht auch mit einer Mörderin zu tun haben? Einer Frau, die – wie Sie sich gerade so plakativ ausdrückten – ihrem kindlichen Alter Ego begegnet ist – und es getötet hat?»

Dr. Erb wiegte den Kopf und machte ein seltsam quakiges Geräusch. «Nein, nein. Eher nicht. Weibliche Pädophilie als primäre Sexualorientierung gibt es so gut wie gar nicht.» Mehr fiel ihm dazu wohl nicht ein.

«Ich dachte immer, die meisten Kinderschänder wurden selbst in ihrer Vergangenheit missbraucht.»

«Ja, das ist nicht von der Hand zu weisen. Aber ich vertrete die Meinung, dass vielmehr der Mangel an sonstiger Zuwendung ein Auslöser für diese Neigung sein kann. Sollte die einzige Nähe dann tatsächlich sexueller Natur gewesen sein, wirkt sich das natürlich ganz besonders fatal aus.»

«Und die zweite Variante?», hakte Wencke nach.

«Wie bitte?»

«Sie sagten, die Experten unterscheiden zwei Erscheinungsformen von Pädophilie.»

Erb nahm den Steg seiner Lesebrille zwischen die Lippen, als bemühe er sich um einen sehr gelehrten Eindruck. «Die zweite Ausrichtung auf Kinder als Sexualpartner ist eher sekundärer Natur. Die Betroffenen würden auch – oder meist sogar noch viel lieber – mit Erwachsenen eine sexuelle Beziehung eingehen. Aber sie haben schlechte Erfahrungen gemacht, sind beispielsweise von den Eltern oder anderen Erziehungspersonen geschlagen oder beschimpft, oft auch missbraucht worden. Sie wurden in einem Milieu groß, in dem die Stärkeren immer ihre Macht dazu benutzten, die Unterlegenen zu quälen. Manche haben auch schon Beziehungen mit Gleichaltrigen hinter sich, in denen sie ebenfalls massiv unterdrückt wurden und sich nicht zur Wehr setzen konnten.»

«Und so haben sie gelernt, vor Menschen Angst zu haben, die ihnen überlegen oder gleichgestellt sind?»

«So ist es. Sie können sich nur sicher fühlen, wenn sie in der Position des Stärkeren sind. Und leider wenden sie dann auch genau die Gewalt an, die ihnen selbst widerfahren ist. Auch nichtpädophile Vergewaltiger verbinden meist Liebe mit Macht und Übermacht.»

«Und zu welcher Kategorie zählt Gernot Huckler?»

«Zur zweiten.»

«Aber Sie haben ihn in Ihrem Gutachten für nicht mehr gefährlich erklärt.»

«Seine *Art*», Erb setzte das letzte Wort in hörbare Anführungsstriche, «ist besser therapierbar als die erste. Im Prinzip muss man ihn behandeln wie einen Angstpatienten. Wenn er seine Furcht vor erwachsenen Frauen überwindet, kann er vielleicht ein ganz normales Leben führen. Vorausgesetzt, er sucht sich keine dominante Partnerin.»

«Ich habe seine Ehefrau kennengelernt. Sie scheint mir das glatte Gegenteil zu sein.»

«O ja.» Er nickte salbungsvoll. «Ich mag Esther Vanmeer sehr. Sie ist eine wunderbare Person. An ihrer Seite hat Gernot Huckler beste Chancen für die Zukunft. Aus diesem Grund bin ich ja auch hierhergekommen.»

Erb stand auf und ging zum Fenster. Ein bisschen wirkte er wie der engagierte Anwalt einer US-Serie, der nun in seinem hellgrauen Zweireiher mit blauer Krawatte ein brillantes Plädoyer zum Besten geben würde. «Es wäre schrecklich, wenn der furchtbare Mord an diesem Mädchen nun ausgerechnet einem Mann in die Schuhe geschoben wird, der wie kein anderer darum kämpft, sich nie wieder etwas Derartiges zuschulden kommen zu lassen. Ich würde mir nie verzeihen, wenn eine so mutige Familie wie die Vanmeers durch eine vorschnelle Verurteilung und die Hysterie der Bevölkerung auseinandergerissen würde, ohne dass ich etwas dagegen unternommen hätte.»

Wencke musste sich beherrschen, um nicht Beifall zu klatschen. Dieser Mann hatte ganz klar Angst, durch ein Fehlurteil seinen guten Ruf zu verlieren. Eine tolle Show lieferte dieser Dr. Erb hier ab. Blieb nur zu hoffen, dass auch mehr dahintersteckte als ein Haufen aufgeblähter Worte.

«Gut, wenn es aber Huckler nicht war, wer dann? Wenn Sie schon für das FBI gearbeitet haben, dann sind Sie ja so etwas wie ein Profiler, richtig?»

«Verschonen Sie mich mit diesem Ausdruck, den findet man eigentlich nur in den Drehbüchern phantasiebegabter Serienautoren. Wir sprechen hier von der operativen Fallanalyse.»

«Mir ist egal, wie Sie es nennen. Ich wüsste nur gern, welche Schlüsse Sie aus den bisherigen Informationen ziehen. Wer hat Allegra Sendhorst ermordet?»

«Heißt das, Sie binden mich in den Fall ein?»

Wencke war skeptisch, dennoch konnte man nicht ohne weiteres auf ein derartiges Hilfsangebot verzichten. Schließlich gab es hier in Ostfriesland weit und breit keinen Experten auf dem Gebiet der Kriminalpsychologie, und Erb kannte noch dazu das Verhaltensmuster von Pädophilen, insbesondere von Gernot Huckler. Ihre unergründliche Abneigung gegen diesen Mann war eine Sache. Der Umstand, dass in diesem Fall Eile geboten war, eine andere. Zudem war Erb gekommen, um den Verdacht gegen Gernot Huckler zu entkräften, und das war es, was Wencke von Stunde zu Stunde inniger hoffte: dass endlich irgendein Beweis vom Himmel fiel, der die Unschuld dieses Mannes beweisen würde. Zugegeben, sie hatte dafür ganz egoistische Motive, denn nur so wäre ihr Verhalten von vorgestern zu entschuldigen, als sie den besorgten Peter Sendhorst abgewimmelt hatte.

«Sie zögern noch immer, Frau Kommissarin. Darf ich fragen, warum?»

«In den USA mag es inzwischen Normalität sein, dass ein externer Fallanalytiker eingeschaltet wird. Aber wir hier in der norddeutschen Provinz gehen eher auf die althergebrachte Weise vor.»

«Sie machen mir aber beide keinen konservativen Eindruck», sagte Erb und schaute von Wencke zu Pal und wieder zurück. «Zwei moderne Frauen wie Sie ...»

«Sparen Sie sich die Schmeicheleinheiten. Damit machen Sie alles nur noch schlimmer», unterbrach Wencke. Pal musste sich ein Grinsen verkneifen. «Einigen wir uns in der Mitte, Dr. Erb. Ich entscheide, wie viel Einblick Sie in die Aktenlage bekommen. Und Sie beweisen uns, dass es sich lohnt, einen Kriminalfall auch auf diese Weise auszuleuchten. Okay?»

«Okay», bestätigte Erb. «Fangen wir also gleich an. Was war Allegra Sendhorst für ein Mädchen?»

«Dreizehn Jahre alt, gute Schülerin, bei Mitschülern beliebt. Die Eltern sind geschieden. Ein braves Kind, würde ich sagen, aber auf dem Weg, sich auch mal gegen den etwas überfürsorglichen Vater durchzusetzen, bei dem sie seit der Trennung lebte.»

«Könnte ich den Autopsiebericht lesen?»

«Es ist bislang nur ein vorläufiges Ergebnis. Die gründliche Untersuchung dauert eine knappe Woche.» Wencke fischte die entsprechenden Papiere aus einem Stapel und reichte sie ihm. Ein wenig gespannt war sie nun schon, was Dr. Erb darin erkennen würde. Viel Zeit gab sie ihm trotzdem nicht. «Und? Was glauben Sie uns sagen zu können, was wir nicht schon selbst wissen?»

Doch ihr forsches Vorgehen und der neugierige Blick blieben wirkungslos. Dr. Erb zuckte noch nicht einmal zusammen. Ruhig wie ein buddhistischer Mönch blätterte er weiter in den Akten. «Es ist nicht Gernot Huckler, nach dem

Sie hier suchen. So viel kann ich Ihnen schon auf den ersten Blick verraten.» Dann schob er das Protokoll von sich wie einen noch halbvollen Teller nach einem üppigen Mahl.

«Was macht Sie da so sicher?»

«Blutegel? Ich bitte Sie, Frau Kommissarin. Warum sollte ein pädophil veranlagter Mann Vergnügen daran finden, solche Tiere auf den Körper eines Mädchens loszulassen? Er würde sich doch lieber selbst daran zu schaffen machen.» Er räusperte sich. «Entschuldigen Sie den respektlosen Ton, den habe ich mir leider so angewöhnt. Wissen Sie, ich beschäftige mich viel zu oft mit solchen Fällen.»

Er zog erneut das Tatortprotokoll zu sich heran und blätterte willkürlich darin herum. «Der Mörder hat das Opfer gekannt. Sie waren sich in irgendeiner Weise vertraut, denn sonst wäre das Kind nicht einfach so mit ihm gegangen. Es gibt ja keine äußeren Verletzungen, die auf eine gewaltsame Verschleppung hindeuten würden.»

«Richtig, die gibt es nicht.»

Erb kratzte sich am Kinn. «Sie sagten doch, der Vater des Mädchens sei ein übervorsichtiger Mann. Dann hätte Allegra nicht einfach so das Fahrrad abgestellt, ordentlich abgeschlossen, und wäre einem Wildfremden in diesen abgelegenen Park gefolgt. Auch wenn sie noch so wütend auf ihren Vater war, das hätte sie beim besten Willen nicht getan. Ich denke, sie fand ihren späteren Mörder sogar sympathisch.»

«Ach ja?»

«Frau Tydmers, ich habe den Eindruck, Sie machen sich über mich lustig.»

«Wie kommen Sie denn darauf?»

«Ich bin Psychologe, ich merke so etwas.»

«Dann kann ich ja auch ganz direkt sagen, was ich denke.»

«Ich bitte sogar darum.»

«Zugegeben, Ihr Vortrag über die Erscheinungsformen

und vermuteten Ursachen für Pädophilie war interessant und hat mir neue Erkenntnisse gebracht. Aber für so etwas kann ich auch ein Weiterbildungsseminar des BKA besuchen, wenn ich mal sehr viel Zeit habe. Und gerade daran hapert es hier im Moment. Wir müssen Tempo machen, denn die ganze Abteilung hat eine Heidenangst, dass ein weiterer Mord passiert. Ich erwarte also, dass Sie unsere Arbeit hier ergänzen und Ergebnisse liefern.»

Dr. Erb sagte nichts. Er schaute Wencke auch nicht an, sondern blickte aus dem Fenster. War er beleidigt?

«Dafür müsste ich einen Blick in die Akten werfen.» Er lächelte dünn. «Zudem wüsste ich gern, wen Sie außer Huckler noch verdächtigen.»

Dummerweise griff Pal etwas voreilig zu dem entsprechenden Ordner, der nur eine Armlänge von ihr entfernt neben dem Tageslichtprojektor stand. Wencke hielt sie mit einem fast unmerklichen Kopfschütteln davon ab. Dann wandte sie sich an Erb. «Wir können Ihnen diese Informationen nicht geben. Das wäre ein Verstoß gegen den Datenschutz. Sie sind kein offizieller Mitarbeiter der Polizei.»

«Aber Sie haben noch andere einschlägig Vorbestrafte im Visier?»

«Ja, natürlich, doch bis auf zwei haben alle ein Alibi. Einer davon ist Gernot Huckler, so viel kann ich Ihnen verraten. Und bei dem anderen passt die Tat nicht zu seinen sonstigen … hm, Vorlieben.»

«Der andere hatte was mit kleinen Jungs?»

«Kann sein. Wie gesagt, das geht mir hier ein bisschen zu weit.»

«Pädophile können sich auch für beide Geschlechter interessieren. Wenn ich nur einen kurzen Blick hineinwerfen könnte, ich glaube, ich kann das ganz schnell …» Erb erhob sich kurz und reckte seinen Arm Richtung Akte.

«Vergessen Sie es.» Gern hätte Wencke ihm auf die Finger geklopft. «Sie sagten, Sie brauchen nur die Falldetails, dann könnten Sie Rückschlüsse auf den Täter ziehen. Diese Details bekommen Sie von uns. Mehr nicht.»

«Aber wenn ich …»

Meine Güte, war der hartnäckig, dachte Wencke. «Sie haben den vorläufigen Bericht der Rechtsmedizin, Sie haben das Tatortprotokoll, Sie haben eine fundierte Ausbildung als Fallanalytiker. Das sollte doch eigentlich reichen. Oder nicht?»

Erb lehnte sich zurück. Endlich schien er verstanden zu haben.

«Also, denken Sie nochmal über alles nach. Ich hole uns inzwischen einen Kaffee.»

Pal, die in den letzten Minuten offensichtlich interessiert dem Wortgefecht gelauscht hatte, folgte Wencke auf den Flur.

«Was ist?», fragte Wencke leicht gereizt.

«Ich muss sagen, du nimmst ihn ins Gebet, als sei er ein Zeuge, der verhört werden muss.»

Sie stellten sich beide vor den Kaffeeautomaten und zapften den ersten Becher.

«Was hast du gegen ihn?»

«Ich habe ein komisches Gefühl.»

Pal nickte. «Ich habe schon davon gehört, dass du so etwas wie einen sechsten Sinn in Sachen Verbrecherjagd haben sollst.»

Als Wencke ihren Kaffee hervorholte, kam ihr eine Idee.

«Ich traue ihm irgendwie nicht. Aber vielleicht … Pass mal auf, wir könnten da was probieren.»

Pal zog die linke ihrer schmal gezupften Augenbrauen hoch.

«Du gehst jetzt zum Sitzungszimmer zurück, machst ohne

zu klopfen die Tür auf und fragst, ob er Milch oder Zucker in seinen Kaffee möchte.»

«Toll. Kaffeeholen war bereits ausgiebiger Bestandteil in meinem ersten Ausbildungsjahr.»

Sie ging los.

Wencke fragte sich, was es mit ihrem unergründlichen Misstrauen gegen Tillmann Erb auf sich hatte. Wie war es um ihre Intuition bestellt? Wie oft hatte sie ihr eigentlich tatsächlich genutzt – und wie viel öfter hatte sie sie in die Bredouille gebracht? Wahrscheinlich würden sich andere Kollegen die Finger danach lecken, wenn ein Experte wie Erb auftauchte und seine Hilfe anbot. Warum also tat sie sich so schwer damit, eine Zusammenarbeit in die Wege zu leiten? Nur wegen eines komischen Gefühls?

Kurz darauf kehrte Pal zurück. «Er will keinen Kaffee.»

«Das war klar», sagte Wencke. «Und sonst?»

«Nun, er ist ganz schön zusammengezuckt. Ich habe die Tür auch mit ordentlich Schmackes aufgerissen. Es hat eine ganze Weile gedauert, bis er mir sagen konnte, er wolle überhaupt keinen Kaffee.»

«Siehst du, das habe ich mir gedacht. Er fühlte sich ertappt. Vielleicht hat er irgendwas Verbotenes gemacht. Der so korrekte Dr. Erb könnte unsere Abwesenheit genutzt haben, um herumzuschnüffeln.»

«Könnte sein. Aber wie willst du ihm das nachweisen?»

«Ich habe keine Ahnung. Vielleicht sollten wir nur ein bisschen genauer hingucken.»

«Ich versteh gar nichts mehr. Was hast du vor?»

«Kennst du noch das Spiel aus Kindertagen: Man legt zehn Gegenstände auf den Tisch, dann geht einer kurz raus, und die anderen nehmen eine Sache weg. Bei seiner Rückkehr muss der Spieler dann sagen, welche Sache verschwunden ist.»

«Klar, kenne ich. Aber … Wencke, du glaubst doch nicht im Ernst, dass Erb so dreist ist, eine Akte verschwinden zu lassen.»

«Nein, das nicht. Aber er könnte einen Blick hineinwerfen, eine Seite abfotografieren, was weiß ich.»

«Warum sollte er das tun? Er ist doch hier, um uns zu helfen.»

«Ich denke, er macht sich Sorgen, dass er Huckler damals zu früh aus dem Knast geholt hat. So ein Fehlurteil würde seinem tadellosen Ruf als Gutachter ja enorm schaden.»

«Glaubst du denn, dass jemand anders Allegra ermordet hat?»

«Nein, wenn ich ehrlich bin, denke ich das nicht wirklich. Ach, ich weiß es nicht, verdammt nochmal.»

«Aber?»

Wencke entschied sich für die Wahrheit: «Ich habe ein schlechtes Gewissen. Dieser Anruf von Allegras Vater … Ich hätte gleich was unternehmen müssen!»

«Das ist doch Quatsch. Da war es doch wahrscheinlich eh schon zu spät. Der Todeszeitpunkt liegt schätzungsweise zwischen sieben und neun Uhr. So schnell hätte nicht mal Superman handeln können.»

«Doch. Wenn es tatsächlich Gernot Huckler war und wenn wir sofort reagiert und gezielt nach diesem Mann gesucht hätten, dann wäre es doch möglich, dass …»

«… dass Allegra überlebt hätte? Ganz schön viele *Wenns* in deinem letzten Satz.»

«Sollte er es aber tatsächlich gewesen sein, dann werde ich mein ganzes Leben diese *Wenns* mit mir herumschleppen. Und ich glaube, das würde mich kaputt machen.»

Pal trat näher an sie heran und legte ihre Hand auf Wenckes Schulter. «Wenn jemand ein Kind ermordet hat, dann bist du doch nicht daran schuld.»

Wencke nickte. «Ich weiß. Aber du kannst dir tausendmal so vernünftige, sachliche und absolut schlüssige Erkenntnisse anhören. Wenn man so gestrickt ist wie ich, kommen die Selbstzweifel trotzdem immer wieder. Das ist der Nachteil, wenn man so gefühlsbetont durch die Weltgeschichte läuft. Man bewegt sich total nah am Abgrund. Und wenn Gernot Huckler der Mörder ist, werde ich ganz schön tief fallen.»

Pal sagte nichts mehr, sondern trank ihren Kaffee und kaute an einem Keks, der von irgendeiner Geburtstagsfeier übrig geblieben sein musste und wahrscheinlich schon etliche Wochen in der Teeküche der Abteilung lag.

«Also los, Pal, zurück zu unserem Psycho-Doktor.»

Sie gingen mit ihren Plastikbechern ins Sitzungszimmer. Diesmal klopften sie an.

«Jetzt versuche ich es mal mit Intuition», flüsterte Pal. «Er wird erwartungsfroh am Tisch sitzen und die Akte aufgeschlagen vor sich liegen haben.»

Sie traten ein, und tatsächlich, Pal hatte soeben ihr Talent unter Beweis gestellt. Wie ein Musterschüler saß Dr. Erb da und lächelte, als wolle er ihnen eine Versicherung aufschwatzen. «Ich denke, ich kann Ihnen die Informationen geben, die Sie so dringend benötigen, Frau Tydmers.»

Pal und Wencke nahmen ihm gegenüber Platz und spiegelten seinen Gesichtsausdruck wider.

Erb holte tief Luft, als wolle er einen Ballon aufblasen. «Also, ich habe die kleine Ruhepause genutzt, um mir meine Gedanken zu machen.»

«Dann schießen Sie mal los», forderte Wencke ihn auf, und als er mit wichtiger Miene in seinen Unterlagen wühlte, nutzte sie den Augenblick, um Pal mit einem Kopfnicken auf etwas aufmerksam zu machen: Der Ordner mit den Nachweisen über die Alibis lehnte weiterhin neben dem Projektor, der Aktenrücken jedoch zeigte Richtung Wand. Vorhin, als Pal kurz danach greifen wollte, hatte er anders herum gestanden. Hundertprozentig. Ab jetzt aufgepasst!, formten Wenckes Lippen. Pal nickte. Sie hatte verstanden.

Erb räusperte sich. «Meines Erachtens dürfte der Täter eher sadistische als pädophile Züge aufweisen. Die Opfer sind ihm im Grunde genommen egal. Er ist nicht auf das weibliche Geschlecht fixiert, er würde sich auch an kleinen Jungen vergreifen, wenn nichts anderes zur Verfügung steht. Das Alter schätze ich auf Mitte zwanzig bis Mitte dreißig, die Schulbildung ist vermutlich eher überdurchschnittlich, er hat jedoch wenig Erfolg in Beruf und Privatleben aufgrund seiner psychischen Probleme. Und ich bin mir ziemlich sicher, dass der Gesuchte schon einmal wegen eines ähnlichen Deliktes in Erscheinung getreten ist. Sehr gut möglich wäre eine Straftat wie Tierquälerei oder Ähnliches.» Er klappte den Ordner wieder zu.

«Tierquälerei, meinen Sie?»

Wencke schossen Bilder durch den Kopf. Das verbrannte Hinterteil des Hofhundes ... Die kleine Katze ... Die Katze? Wencke schaute auf die Uhr. Viertel vor eins. Hatte die freundliche Kollegin der Spurensicherung mal wieder nicht Wort gehalten?

«Ich muss mal kurz telefonieren», sagte Wencke beinahe hektisch und verließ das Sitzungszimmer.

19.

Holly *(Stechpalme)*

🌿 Botanischer Name: Ilex aquifolium 🌿
Blüte gegen Eifersucht und Neid

Viertel vor eins, und sie hatte noch einen Haufen Arbeit, verteilt auf Büro, Labor und Kühlraum. Vor allem das Blut auf den Schuhen des Opfers bereitete Kerstin Kopfzerbrechen. Es war kein menschliches Blut. Und mit diesen Flecken, die vor ungefähr zwei Tagen auf den weißen Stoff der modischen Treter gespritzt waren, wäre kein Mensch herumgelaufen. Sie mussten also etwas mit dem Tathergang zu tun haben.

Am Rad des Mädchens waren bislang die meisten gesicherten Spuren zuzuordnen gewesen, sie passten zu Allegra Sendhorst, ihren Familienmitgliedern oder Freundinnen. Kerstin und ihre Kollegen hatten zwar noch nicht alle Fingerabdrücke zum Abgleichen aus dem Bekanntenkreis der Toten, aber sie arbeiteten daran. So etwas dauerte immer elend lang. Und meistens waren die Erkenntnisse, die sich aus der mühseligen Sammelei ergaben, auch eher ohne Belang. Nur manchmal entpuppte sich etwas, was sich bislang scheinbar nebensächlich in die endlose Serie der nummerierten Spuren eingereiht hatte, als entscheidender Beweis, als entlarvendes Indiz. Nur für diesen einen Treffer nahm man stundenlange Fehlschläge in Kauf. Aber das war es allemal wert. Kerstin mochte die Arbeit im Labor, mehr noch, sie ging ihr mit wahrer Leidenschaft nach.

Nur Zeitdruck hasste sie.

«Die Tydmers fragt nach der Katze», hörte sie plötzlich eine Stimme hinter sich.

Kerstin schreckte hoch. Sie hatte sich als letztes Detail am Fahrrad das Reifenprofil vorgenommen, gerade wollte sie die verschiedenen Stein- und Staubspuren und sonstige Hinterlassenschaften der Straße herauskratzen und sortieren. Vielleicht würde ihr das verraten, ob Allegra vorgestern auf direktem Wege vom Thedinga-Hof nach Hause gefahren war. Vielleicht würde sich das Ganze aber auch mal wieder als Zeitverschwendung entpuppen.

«Meine Güte, wie kann man nur so hartnäckig und ignorant zugleich sein», fluchte Kerstin fast unhörbar.

«Was haben Sie gesagt?» Es war der Praktikant, der heute Morgen hier aufgetaucht war mit einem Papier der Landespolizei in der Hand, dass er ein paar Tage zur Weiterbildung in der Abteilung mitarbeiten sollte. Manchmal entschieden die Herren in Hannover das so kurzfristig, und dann blieb nur zu hoffen, dass sie einem nicht in der schlimmsten Stresszeit einen blutigen Anfänger unterjubelten. Dieser hier hatte aber offenbar schon einige Erfahrung und stellte sich zum Glück ganz ordentlich an, auch wenn er nur die eher unwichtigen Spuren bearbeitete. Kerstin hatte sich seinen Namen gar nicht erst gemerkt und wusste nur, er kam von einer Polizeidienststelle im Harz. Also konnte er nicht wissen, was es bedeutete, wenn Wencke Tydmers sich ihr gegenüber derart aufspielte. Jeder andere in dieser Abteilung hätte sich ein süffisantes Lächeln oder Augenrollen nicht verkneifen können.

«Sagen Sie ihr, sie muss sich noch eine halbe Stunde gedulden.»

«Klingt nicht so, als würde sie das zufriedenstellen.» Der Praktikant guckte leicht überfordert.

Kerstin sprang auf, schleuderte die Handschuhe auf den Tisch und ging zum Telefon, welches im Flur an der Wand hing. «Liebe Wencke. Wenn du mit dem Sekundenzeiger im Visier darauf wartest, dass wir hier unsere Arbeit nach deinen Vorstellungen abliefern, dann bist du eindeutig unterfordert.» Zum Glück war ihr dieser Satz, der für Kerstins Verhältnisse ziemlich bissig und schlagfertig war, flüssig und glockenhell über die Lippen gekommen. Ohne eine Antwort abzuwarten, legte sie auf. Es fühlte sich an wie ein kleiner Triumph.

Der Praktikant stand in der Tür und staunte.

«Seien Sie so nett und nehmen sich schnell den Tierkadaver vor. Er ist im Kühlfach, Nummer AS247, eine überfahrene Katze.»

«So etwas machen Sie auch hier? Als mein Hund damals von einem LKW überfahren wurde, hat das die Polizei nicht die Bohne interessiert.»

«Alle diesbezüglichen Nachfragen können Sie postwendend an die Frau richten, mit der Sie gerade telefoniert haben.»

«Nee, lieber nicht. Soll mir ja auch egal sein.» Schulterzuckend ging er Richtung Kühlraum und machte sich an die Arbeit.

Kerstin ging zurück zum Fahrrad, streifte sich die Handschuhe über und griff nach einem kleinen Spatel, um sich den Vorderreifen vorzunehmen. Das Ergebnis: Torferde, genau wie unter den Schuhen. Sie stammte eindeutig vom Bauernhof, Heufasern klebten im Dreck. Viel war es nicht mehr, also musste Allegra bereits eine ganze Strecke auf dem Fahrrad zurückgelegt und dabei den Dreck auf den Norder Wegen verteilt haben. Kerstin schrieb das Ergebnis flüchtig auf den bereitgelegten Zettel. Dann suchte sie nach weiteren Indizien. An einem alten Kaugummi klebten ein paar Steinchen, wohl von dem feinen Kies, den man rings um den Schwanenteich fand. Eine Sauerei war das. Und daneben entdeckte sie ein Stück Fell und Blut ... Was? Kerstin stieß mit dem Werkzeug tief ins Profil. Tatsache, schwarze, kurze Haare, Hautpartikel und Blut. Nur wenig Kiessand steckte dazwischen. Das konnte doch nicht wahr sein. Ein Zufall?

«Holger, kannst du nochmal die Blutspritzer auf den Schuhen in Augenschein nehmen?», rief sie aufgeregt dem Kollegen im Nebenzimmer zu. Keine Reaktion. Er hörte oft über Kopfhörer Musik bei der Arbeit. «Holger!», brüllte sie.

Augenblicklich erschien er im Zimmer. Kerstin war sonst nie dermaßen laut, er musste sich erschreckt haben. «Um Himmels willen, was ist denn los?»

«Dieses Blut auf den Schuhen, könnte es Katzenblut sein?»

«AS307?»

«Ja. Schau bitte sofort nach!»

Der Praktikant kam herein, mit seinem üblichen ratlosen Blick. «Komisch, dieses Tier …»

«Was ist damit?»

«Ich meine, ihr seid ja die Experten, aber ich glaube, die Mietze ist von einem Fahrrad überrollt worden. Habe extra nochmal zum Vergleich Bilder von anderen Straßenunfällen daneben gehalten, aber so schmale Quetschungen … ne, so ein Auto gibt's nicht.»

Kerstin spürte, dies war wieder so ein Moment. Ein Moment, für den sich der ganze Mist lohnte. Normalerweise stellte sich dann ein Hochgefühl ein. Heute blieb es aber aus. Es war zu ärgerlich, dass Wencke Tydmers – wie auch immer sie das machte – schon viel eher geahnt hatte, dass Spur Nummer AS247 ein Knaller war.

Sie kannte die Durchwahl von Wenckes Telefon auswendig. «Ich bin es, Kerstin.» Sie würde es kurz und schmerzlos machen. Sie würde dieser Frau keine Gelegenheit bieten, ihre Genugtuung via Telefonleitung kundzutun. Auf keinen Fall.

«Und?»

«Alles sieht danach aus, als habe Allegra Sendhorst die kleine Katze mit dem Fahrrad überrollt. Und zwar nicht auf dem Hof der Thedingas, sondern in der Nähe des Schwanenteichs. Das ausführlichere Protokoll bekommst du so bald wie möglich.»

So, es war gesagt.

«Danke, Kerstin. Gute Arbeit.»

20.

Vervain *(Eisenkraut)*

❦ Botanischer Name: Verbena officinalis ❦

Blüte für Menschen, die sich keine ruhige Minute gönnen können
und sich stets von Feuereifer getrieben fühlen

Normalerweise hätte ein ganzes Gebirge, wahrscheinlich
der gesamte Himalaja plus die anderen Achttausendergip-
fel dieser Welt, mit Riesengetöse von Wenckes Herz fallen
müssen.

Aber alles blieb still.

Nur dreißig Stunden nach Auffinden der toten Allegra
Sendhorst schien der Verdacht so konkret auszufallen wie
aus einem Lehrbuch für Detektive, wenn es denn so eines
gäbe.

Polizeiarbeit war im Grunde genommen die Vorleistung
für den Staatsanwalt. Man lieferte der Justiz eine möglichst
nahtlose Indizienkette, damit die Bösewichte umgehend
hinter Schloss und Riegel verschwinden konnten. Und eine
solche nahtlose Indizienkette schien sich nun um ein Uhr
mittags vor ihnen auszubreiten.

Schlag auf Schlag waren ihre Glieder zusammengefügt
worden.

Das Kätzchen vom Thedinga-Hof war im direkten Um-
feld des Schwanenteiches von Allegra Sendhorsts Fahrrad
überrollt worden. Die Blutspritzer auf ihren Schuhen verrieten, dass sie selbst auf dem Sattel gesessen haben musste. Da
jedem bekannt war, wie sehr das Mädchen für kleine Tiere
geschwärmt hatte – so heftig, dass sie sogar ihre Gesundheit
und den häuslichen Frieden aufs Spiel gesetzt hatte –, war

klar, sie musste zu dieser Tat gezwungen worden sein. Schnell war Wencke der Bauernsohn in den Sinn gekommen. Nicht zuletzt da dieser Dr. Erb vorhin erwähnt hatte, dass der Täter auch schon durch Tierquälerei in Erscheinung getreten sein könnte, hatte sie an Bauer Thedinga gedacht, vor allem an seinen Satz: «Hanno hat es nicht so mit Tieren.»

Gut, vielleicht hatte das Mädchen heimlich ein Tier mitgenommen, aus lauter Vernarrtheit, das konnte sein. Aber die tote Katze, von Allegra überrollt, war im Postkasten abgelegt worden. Jemand hatte den Kadaver also wieder mit zurück zum Hof gebracht und sich dann diesen abartigen Scherz geleistet. Und wer – außer Hanno Thedinga – sollte sonst diesen Weg genommen haben und wissen, woher die kleine Katze stammte?

Axel Sanders hatte sich schnell um die entsprechenden Daten bemüht. Wencke las das Ergebnis, welches auf ihrem immer noch aufgeräumten Schreibtisch lag, gerade zum zweiten Mal durch:

Hanno Thedinga wurde geboren als Hanno Freeken. Bis er fünf Jahre alt war, lebte er bei seinen leiblichen Eltern im Emsland. Das Jugendamt Aschendorf holte ihn wegen schwerer körperlicher und seelischer Misshandlung zu seinem eigenen Schutz aus der Familie. Nach kurzem Aufenthalt in einem Heim wurde er zur Pflegefamilie Thedinga vermittelt, die ihn drei Jahre später adoptierte. Einige Jahre blieb H.T. verhaltensunauffällig, auch wenn das Verhältnis zu seinen Adoptiveltern nicht unproblematisch war. Mit sechzehn wurde er von einem Nachbarn angezeigt, weil er dessen Hühner bei lebendigem Leib gerupft hatte. Zwei Jahre später folgte eine Klage vom Tierschutzverein wegen Misshandlung des Hofhundes – die entsprechende Anzeige blieb jedoch ohne Folgen, da die Adoptiveltern keine Aussage gegen ihren Jungen machten. Im Protokoll ist vermerkt, dass H.T. einige Monate eine jugendpsycho-

logische Therapie gemacht hat, da man ihn für suizidgefährdet hielt. Seitdem gibt es keine Vermerke mehr in den Akten.

«Wollen wir deinen Psychologen mal interviewen, was er zu diesen Erkenntnissen sagt?», schlug Axel vor.

«Dr. Erb sollte nichts von alledem erfahren.»

«Aber er hat uns doch seine Mithilfe angeboten. Er scheint mir ein hervorragender Experte zu sein. Wusstest du, dass er auch im Webcam-Skandal als Experte herangezogen wurde? Er hat unseren amtierenden Ministerpräsidenten begutachtet ...»

«Das mag sein. Aber ich traue ihm nicht. Ich bin mir ziemlich sicher, dass er hier ungefragt herumschnüffelt, deswegen hab ich ihm bis auf weiteres Pal an die Seite gestellt.»

«Und was willst du dann noch von ihm, wenn du dir so sicher bist, dass er *herumschnüffelt*?»

«Sein Job ist es, Gernot Huckler zu entlasten, dafür ist er schließlich auch hierhergereist. Den Rest soll er uns überlassen.»

«Aber Wencke ...» Axel stoppte und schien kurz nachzudenken, dann ließ er den Satz unvollendet.

Wencke griff zum Telefon und ließ sich mit den Kollegen auf Spiekeroog verbinden. Die übliche Warteschleifenmusik begann zu spielen.

«Es tut mir übrigens leid, dass ich dir die Sache mit Kerstin und mir nicht unter anderen Umständen erzählt habe. Ich hatte irgendwie nicht den Mumm. Warum weiß ich auch nicht.»

Was für ein saublöder Moment für eine derartige Unterhaltung, dachte Wencke.

Es knackte im Hörer, dann begann Mozarts kleine Nachtmusik wieder von vorn.

«Kommst du denn zur Hochzeit?», fragte Axel vorsichtig.

«Weiß der Henker.» Wencke war jetzt wirklich nicht danach, über so etwas nachzudenken. In der Leitung knackte es erneut.

«Polizeidienststelle Spiekeroog, Brockelsen am Apparat.»

«Wencke Tydmers hier, Kripo Aurich. Wir bearbeiten den Mordfall Allegra Sendhorst. Haben Sie davon gehört?»

«Tut mir leid, Frau Kollegin, seit gestern Nacht steht mir der Kopf woanders. Wir haben einen Vermisstenfall auf der Insel.»

«Ein Mädchen?»

«Ja, Marina Kobitzki, zwölf Jahre alt, Schülerin im Hermann-Lietz-Internat. War gestern angeblich im Watt spazieren und ist nicht nach Hause gekommen. Die ganze Insel ist seit heute Mittag auf der Suche.»

Wencke begriff sofort. «Es könnte da einen Zusammenhang geben. Hätten Sie etwas dagegen, wenn wir zu Ihnen kämen?»

«Sie sind von der Kripo Aurich? Aber Sie wissen schon, dass Wittmund für diese Insel zuständig ist.»

«Wir kommen nur zu zweit. Mein Kollege Axel Sanders und ich.»

Axel schaute sie an und deutete mit fragendem Blick von ihr zu ihm und zurück. Seine Lippen formten ein erstauntes «Du und ich?»

«Tja, wenn es so ist, werte Kollegin: Um 16 Uhr geht das nächste Schiff. Oder soll ich die Wasserschutzpolizei für den Transport bemühen?»

«Keinen Aufwand, bitte. Sie haben wahrscheinlich genug zu tun.»

Sie verabredeten sich am Spiekerooger Hafen, um Viertel vor fünf, dann legte Wencke auf. In kurzen Sätzen klärte sie Axel über den neuen Sachverhalt auf und begann ohne Umschweife, einige Sachen zusammenzutragen.

Bloß nichts vergessen! Es blieb nicht viel Zeit, um alles zu organisieren. Früher hatte es Wencke nichts ausgemacht, so spontan umzudisponieren. Sie stopfte alles rein in den Rucksack und los.

Axel war noch immer perplex. «Aber dann werden wir ja wahrscheinlich über Nacht bleiben müssen.»

«Was dagegen?»

«Ich meine, was machst du mit Emil?»

«Britzkes Frau wird ihn sicher nehmen. Das hat sie schon mal gemacht, als ich spätabends noch wegen diesem Überfall nach Großheide musste.»

«Hat Emil schon mal allein dort übernachtet?»

«Nein, aber er ist damals bei ihr eingeschlafen, und ich hab ihn dann mitten in der Nacht wieder abgeholt. War wirklich keine Katastrophe.» Wencke verstand Axel nicht so richtig. «Ist Emil deine einzige Sorge?»

«Du weißt genau, wie sehr ich an dem Knirps hänge.»

Wencke schnaubte. «Ich glaube ja eher, du hast Schiss, dass Kerstin mit diesem Ausflug nicht einverstanden ist.»

Axel wollte etwas erwidern, das war nicht zu übersehen, aber er beließ es bei einem schweren Seufzer. «Also dann sollten wir packen.» Er stand auf, ohne dabei einen besonders tatkräftigen Eindruck zu machen. Aber immerhin ging er Richtung Tür.

«Keine Angst wegen deiner Liebsten. Ich habe vor, sie mit unserem freundlichen Besucher zu verkuppeln, damit sie uns beide auf der Insel in Ruhe lassen.»

«Bitte?» Axel blieb sehr abrupt stehen, und Wencke musste lachen.

«Du scheinst deinen Humor aber auch beim Juwelier verscherbelt zu haben, als du die Verlobungsringe gekauft hast.»

«Was soll denn das, Wencke? Ich habe dir eben gesagt, es

tut mir leid. Sicher, ich hätte es dir vor allen anderen Kollegen erzählen müssen, sollen, können …, was weiß ich denn. Aber was du hier seit gestern abziehst, grenzt an Mobbing.»

«Wer mobbt hier wen?»

Axel schaute sie jetzt direkt an, und tatsächlich, er machte nicht den Eindruck, dass er zu Scherzen aufgelegt war. Hatte Wencke es tatsächlich übertrieben?

«Du schikanierst Kerstin vor ihren Kollegen.»

«Sie sollte die Katze bis Mittag untersucht haben, und wie sich herausgestellt hat, machte meine Tempovorgabe ja auch Sinn.»

«Du gibst mir die miesesten Jobs …»

«Hey, mit mir nach Spiekeroog zu fahren hätte dich vor nicht allzu langer Zeit aber noch sehr glücklich gemacht.»

«Ich meine das Protokollieren am Schwanenteich, und das weißt du auch.»

Wencke beließ es beim Schulterzucken. Doch Axel holte erneut aus.

«Du fährst mit mir allein auf die Insel und verdonnerst Kerstin dazu, mit diesem Psychomann zum x-ten Mal die Spuren durchzugehen. Ich nenne das Schikane!»

«Ach ja?» Wencke räumte weiter ihre Tasche ein. Ganz langsam, ganz gelassen. «Ich nenne das: Arbeitsteilung in einem verdammt wichtigen Fall. Ich platziere meine besten Leute an den anspruchsvollen Stellen.»

«Was ist denn so anspruchsvoll daran, mit diesem Dr. Erb die Akten zu sezieren? Kerstin ist eine brillante Laborantin, eine akribische Fachfrau vor Ort.»

«Und sie ist die Einzige, der ich zutraue, mit Dr. Tillmann Erb umzugehen. Ich habe dir eben schon gesagt, er soll nichts erfahren von der toten Katze und auch nicht von Hanno Thedingas Vorstrafenregister. Kerstin soll ihm nur die Indizien vorlegen, die wir bis gestern Abend hatten.»

«Nur staubtrockene Zeugenaussagen, kleinen Firlefanz vom Schwanenteich und so? Aber warum?»

«Er ist völlig überzeugt davon, sich allein durch Indizien in das Psychogramm eines Täters hineindenken zu können. Ganz der hochgelobte Experte auf dem Gebiet der Sexualpathologie mit Ausbildung in dieser amerikanischen Dingsbums-Academy …»

«Quantico? Dr. Erb ist beim FBI in die Lehre gegangen? Alle Achtung!»

«Na also. Aber er soll sich auf Gernot Huckler konzentrieren und helfen, den Verdacht gegen ihn endgültig aus dem Weg zu räumen. Dann hätte nicht nur die Familie Vanmeer ihre Ruhe, sondern auch wir würden in Zukunft vielleicht vom GHP verschont bleiben.»

«Aber Dr. Erb kann sicher noch viel mehr für uns tun. In den USA arbeitet die Kripo ganz eng mit den Fallanalytikern zusammen. Warum sollen wir das nicht auch tun?»

«Weil ich bei ihm ein ungutes Gefühl habe. Aber vielleicht führen ihn die Spuren vom Tatort auf dieselbe Fährte, der wir schon längst nachgehen. Dann würden wir ja quasi zusammenarbeiten und wären so etwas wie ein Team.»

«Und bis dahin?»

«Auf zur Insel.»

21.

Cherry-Plum *(Kirsch-Pflaume)*
❦ Botanischer Name: PRUNUS CERASIFERA ❦
Blüte für Menschen, die Angst haben, verrückt
oder gewalttätig zu werden.

«Warum sind Sie hierhergekommen?», fragte Hanno Thedinga.

Gernot hatte darauf bestanden, in der Mittagspause einen gemeinsamen Spaziergang zu machen. Erst um fünf musste der junge Mann wieder Kaffee und Tee servieren. Komisch war, dass er nicht wirklich gezögert hatte, diese Einladung anzunehmen. Gernot wertete dies als Zeichen, dass auch von seiner Seite Gesprächsbedarf bestand. Vielleicht hatte Hanno Thedinga etwas auf dem Herzen? Denn dass er ein Herz hatte, trotz allem, was in seinem Kopf vorging, da war sich Gernot sicher. Hanno musste es vielleicht nur erst selbst wieder entdecken. Und dabei wollte er ihm helfen.

Es war geradezu drückend heiß, zumindest kam es Gernot so vor. Er schwitzte aus allen Poren und hatte sich die Sommerjacke um die Hüften gebunden. Sie hatten sich für einen Fußweg durch die westlichen Dünen entschieden, hier waren sie weitestgehend ungestört. Hinter den sanften Hügeln sah man die roten Dächer des Inseldorfes, dahinter gähnte irgendwo das Watt. Von der Strandseite wehte nur wenig Meeresrauschen herüber. Spiekeroog war zwar klein und eingegrenzt, aber dennoch groß genug für zwei Männer, die ein Gespräch unter vier Augen führen wollten – oder führen mussten.

«Ich habe nicht geplant, hierherzukommen. Aber gestern

Abend fand ich mich auf einmal vor der Fähre nach Spiekeroog wieder. Vielleicht war es höhere Gewalt.»

«An so etwas glaube ich nicht, Herr Vanmeer. Höhere Gewalt und so. Hört sich an wie das esoterische Gerede Ihrer Frau.»

«Lassen Sie meine Frau aus dem Spiel, Hanno.»

«Weiß sie, dass Sie hier sind? War es ihre Idee, mich hier aufzusuchen?»

«Sie weiß von nichts. Ich bin auf eigene Faust unterwegs.»

«Und warum spionieren Sie mir nach?» Hanno kickte eine Muschelschale fort, die auf dem Weg gelegen hatte. Er war wütend. Hanno war schon immer ein zorniger junger Mann gewesen.

«Vielleicht spioniere ich Ihnen nach. Vielleicht versuche ich aber auch nur, Sie zu schützen.»

«Wovor, wenn ich fragen darf?»

«Vor sich selbst.»

Hanno rollte die Augen. Er sah gut aus. Schlank und muskulös, mit einer perfekt geschnittenen Frisur, die er mit Gel oder Haarspray zu einem Kamm aufgestellt hatte. Seine Haut war auffallend glatt und rein, keine Aknespuren und kaum Bartwuchs. Einziger Makel waren nur diese scheußlichen Schnitte an den Armen, dachte Gernot. Er wirkte wie ein Achtzehnjähriger, dabei war er schon Mitte zwanzig. Die Mädchen im Hotel schwärmten sicher für ihn, und ab und zu nahm er wahrscheinlich auch eine mit ins Bett. Aber an einer festen Beziehung hatte er mit Sicherheit kein Interesse. Nach allem, was Gernot heute Morgen in der Zeitung gelesen hatte, war er sicher, dieser junge Mann suchte etwas anderes als zärtliches Händchenhalten.

Hanno schaute weiter unbeirrt auf den sandigen Weg.

«Also, raus mit der Sprache. Was wollen Sie von mir? Was ist los, Kollege?»

«Nennen Sie mich nicht so!»

«Aber wir sind doch so etwas wie Kollegen, oder nicht? Beide ein bisschen abgedreht. Beide spielen wir ganz gern mit kleinen Kindern ...»

«In Norden ist ein Mädchen ermordet worden.»

«Echt?» Hanno riss die Augen auf, blieb kurz stehen und fasste sich demonstrativ mit den Fingern an die Lippen. Es war eine Darbietung, wie sie jeder Laienschauspieler im Heimattheater gebracht hätte, wenn in der Regieanweisung *erschrocken* stand. Er beherrschte die Rolle aus dem Effeff, genau wie man ihm seine Show als galanter Kellner gern abnahm. Aber wer genau hinschaute, dem blieb nicht verborgen, dass alles ein wenig übertrieben und zu dick aufgetragen wirkte.

«Eine Dreizehnjährige, bildhübsch.»

«Woher wissen Sie das?»

«Aus den Medien. Gestern Morgen, als ich aufstand, da galt sie noch als vermisst. Inzwischen hat man sie gefunden. Tot.»

«Waren Sie es?» Hanno machte einen fast belustigten Eindruck.

«Was soll das?»

«Aber jetzt ist man auf der Suche nach Ihnen, oder nicht?»

«Davon gehe ich aus.»

«Einmal Kinderschänder, immer Kinderschänder ...»

Gernot schwieg und schaute Hanno von der Seite an. Die beiden Männer hatten eine seltsame, undefinierbare Beziehung zueinander. Es war beileibe keine Freundschaft, dafür war der Grund ihrer Gemeinsamkeiten zu unerfreulich. Auch nicht Fürsorge, denn da ließ das gegenseitige Vertrauen zu wünschen übrig. Aber hatte Hanno ihn nicht eben ganz lapidar Kollege genannt? Seltsamerweise traf das die Sache wohl am ehesten. Trotzdem wollte Gernot nicht so genannt werden. Er war da jetzt raus. Zumindest hoffte er es.

«Und Sie glauben also, ich hätte etwas damit zu tun?» Warum wurde Hanno nicht wütend und wehrte sich gegen dieses Gespräch?, dachte Gernot. Stattdessen setzte er sein süffisantes Lächeln auf. Es konnte beides bedeuten: Entweder hatte er tatsächlich nichts damit zu tun und interessierte sich auch kein bisschen dafür. Oder er, na ja, er hatte eben doch …

Der Gedanke verursachte ihm Übelkeit.

«Sie sind immerhin diese Woche in Norden gewesen. Ich habe Sie in der Praxis gesehen.»

«Ja, ich hatte frei, das letzte Mal vor der Hochsaison auf Spiekeroog. Und da habe ich meinen Eltern mal wieder einen Besuch abgestattet und mir bei Esther neue Tropfen geholt. Sie ist dicker geworden, finden Sie nicht? Wie kann man nur mit einer solchen Qualle ins Bett gehen?»

Gernot ignorierte die Unverschämtheit. «Waren Sie da auch bei *ihr*?»

«Bei unserer gemeinsamen Bekannten, meinen Sie? Höre ich da ein bisschen Eifersucht in Ihrer Stimme?»

«Lassen Sie den Mist, Hanno. Ob Sie bei ihr waren, will ich wissen.»

«Ich wüsste zwar nicht, was Sie das angeht, aber: Ja, ich war da. Und sie war ganz lieb zu mir.» Er lachte, und Gernots Magen verkrampfte sich. Er wollte es sich nicht vorstellen. Dieser Mann und … Nein! Warum hatte er es bloß nicht mitgekriegt? Er hatte sich doch fest vorgenommen, diese Treffen zu verhindern.

«Erzählen Sie mir doch mehr über dieses tote Mädchen», forderte Hanno in einem Ton, als würden sie gerade die neuesten Fußballergebnisse besprechen.

«Im Radio hieß es, sie wäre zum letzten Mal auf einem

Bauernhof gesehen worden. Hanno, Ihre Eltern sind doch Landwirte, oder nicht?»

«Und?»

«Kannten Sie dieses Mädchen? Diese Allegra?»

«Was spielt das denn für eine Rolle?»

Gernot hatte vergessen, dass es Hanno im Grund genommen egal war, wen er zu seinem Opfer machte. Bei Hanno war es anders als bei ihm.

Er selbst spürte immer erst diese Liebe, diese Zärtlichkeit. Dann flatterte es leicht in seinem Körper, die Gefühle kitzelten. So wie gestern, als er das Mädchen vor dem Supermarkt beobachtete. Seine Seele hätte er hergegeben für dieses unbekannte Geschöpf. Und irgendwie hatte er das ja auch getan, denn gerade diese tiefe Zuneigung ermöglichte es ihm, sie gehen zu lassen und auf ihre Nähe zu verzichten.

Bei Hanno dagegen war es etwas anderes. Vielleicht, weil er noch so jung war und so verzweifelt. Vielleicht hatte er deswegen diesen Drang, alles in seinen Besitz zu bekommen, was ihm gefiel. Und es zu zerstören.

Was Gernot in seiner Therapie gelernt hatte – und nun im wahren Leben anzuwenden versuchte –, war die Fähigkeit, sich in die Kinder hineinzuversetzen, ihnen nachzufühlen, echtes Mitleid für sie zu empfinden. Ob Hanno diese Methode auch helfen konnte? Zwar kannte Gernot ihn kaum, aber er hatte im Knast einige Männer mit sadistischen Zügen kennengelernt. Und er wusste, ein Sadist beherrschte die Fähigkeit, die Qualen eines Opfers nachzuempfinden. Oder sie beherrschte ihn. Menschen wie Hanno waren Meister der Folter, und die Genugtuung schöpften sie daraus, dass ihre Opfer genau die Schmerzen erleiden mussten, für die sie selbst viel zu feige wären.

Zugegeben, viel wusste Gernot nicht über Hanno Thedinga. Aber das Wenige, was er bereits in Erfahrung hatte bringen können, verriet eindeutig, dass dieser so vorlaut wirkende junge Mann unter krankhaften Selbstzweifeln litt. Deswegen hatte Hanno es wahrscheinlich auch nur auf blutjunge Mädchen abgesehen: Sie waren ihm unterlegen, und man konnte sie leicht beeindrucken.

An diesem Punkt waren sie sich eben doch ähnlich, dachte Gernot. Sie suchten beide die Nähe von Kindern, weil sie der Stärkere sein wollten. Aus keinem anderen Grund. Obwohl Gernot diesen jungen Mann neben sich für sein glattes Gegenstück hielt, fühlte er sich ihm dennoch näher als vielen anderen Menschen.

Sie waren am Ende des Fußweges angelangt. Die Hügellandschaft hatte sich verändert, war flacher geworden. Zwei Kaninchen hoppelten davon. Eine Jugendgruppe kam gerade über einen Dünenkamm. Wahrscheinlich hatten sie eine naturkundliche Führung durch den Nationalpark gemacht und nach Wattwürmern und Miesmuscheln gesucht. Besonders unterhaltsam schien die Exkursion aber nicht gewesen zu sein, die Jungen und Mädchen ließen die Köpfe hängen, und man hörte sie weder lachen noch besonders aufgeweckt reden.

Ein älterer Mann, der die Gruppe anführte, wedelte ihnen mit einem Inselplan in der Hand aufgeregt zu. Vielleicht hatte sich die Gruppe verirrt.

«Drehen wir um, ich habe keinen Bock, den Fremdenführer zu spielen.» Hanno machte kehrt und ging mit zügigem Schritt in die Richtung, aus der sie gekommen waren. Gernot wollte ihm folgen.

«He, Sie da, einen Augenblick bitte, wir suchen ein Kind!» Der Mann rannte auf ihn zu.

«Ich bin nicht von hier», sagte Gernot und zuckte die Schultern. Doch natürlich tat er nur so beiläufig, in Wirklichkeit war er kein Fünkchen gelassen. Sie suchten ein Kind … Ein Mädchen? Bitte nicht!

Mit fragendem Blick schob ihm der Mann eine Fotografie unter die Nase.

Mein Gott, es war tatsächlich ein Mädchen. Sie hatte blonde, glatte Haare, Sommersprossen auf der Stupsnase, und unter dem T-Shirt zeichnete sich bereits eine kleine Brust ab. Sie war vielleicht zwölf oder dreizehn Jahre alt, nicht älter. Sie gefiel Gernot.

«Was ist mit ihr?»

«Sie heißt Marina, trägt vermutlich halblange Jeans und ein grünes T-Shirt. Sie war gestern im Watt unterwegs und ist nicht mehr nach Hause gekommen.» Der Mann nahm das Foto wieder an sich und legte es in den Inselplan.

«Ist sie vielleicht ertrunken?»

«Das haben wir auch erst gedacht. Der Strand hat ja seine Tücken, Treibsand und Strömungen und so.» Er war verschwitzt und atemlos. Ob er Marinas Vater war? «Aber wir haben heute Morgen hier in der Nähe ihren Eimer gefunden. Einige Krebse waren noch drin. Sie muss also bereits wieder auf dem Rückweg gewesen sein.»

«Vielleicht ist sie weggelaufen?»

Er schnaubte kurz. «Auf einer Insel läuft keiner weg.»

Gernot fühlte sich hilflos. Hanno war bereits außer Rufweite. Er war geflüchtet. Es gab keine andere Erklärung für sein Verhalten. Hanno musste geahnt haben, dass diese Menschen einen Suchtrupp bildeten. Und diese Ahnung konnte er nur gehabt haben, weil er wusste, wonach sie suchten – verzweifelt suchten.

«Tut mir leid. Ich werde Augen und Ohren offen halten. Viel Glück jedenfalls.»

«Wenn Sie etwas bemerken, irgendetwas, egal wie nebensächlich es erscheint, melden Sie sich dann bitte bei der

Polizei oder in der Hermann-Lietz-Schule? Ich bin dort Direktor, und Marina ist eine meiner Schülerinnen. Bitte, helfen Sie uns!»

«Ja, natürlich, wie gesagt ...»

Der Mann ging zur Gruppe zurück.

Gernot schaute sich um. Von Hanno war lange schon nichts mehr zu sehen, er war hinter einem der sandigen Hügel verschwunden. Gernot wäre ihm gern hinterhergerannt, doch seine Beine schienen plötzlich aus Brei zu sein. Hanno ..., dachte er. Das darf nicht wahr sein!

Endlos wirkte der Weg vor ihm, als blicke er verkehrt herum durch ein Fernglas. Und dort, ganz am Ende, saß Hanno auf der Lehne einer Bank und rauchte in aller Seelenruhe eine Zigarette.

Ich sollte zur Polizei gehen, dachte Gernot. Das hätte ich schon gestern Morgen tun sollen, gleich, nachdem ich von dem vermissten Mädchen gehört habe. Ich wusste doch, dass er dahintersteckt. Er hat mir von Anfang an nichts vorspielen können. Schon damals nicht, als ich ihn das erste Mal beobachtet habe. Mit dem Mädchen, das mir viel wichtiger ist als alle anderen Mädchen zuvor. Ich habe sie schützen wollen, ich will sie noch immer schützen. Das ist meine Aufgabe. Warum also gehe ich nicht augenblicklich zur Polizei und erzähle, was ich weiß?

Gernot kannte die Antwort. Er tat es nicht, weil er sich an der Seite von Hanno Thedinga das erste Mal in seinem Leben als guter Mensch fühlte. Das machte ihn stark. Und gleichzeitig war es widerlich, weil er ahnte, was in diesem Mann vorgehen musste. Und weil er die Hoffnung hatte, die vielleicht irrsinnige Hoffnung hatte, Hanno dazu zu bringen, sich selbst zu stellen. Denn eines hatte er in der JVA verstanden. In der Gruppentherapie, wo jeder den anderen Sexualstraftätern erzählen musste, was passiert war und wie es sich angefühlt hatte, da hatte Gernot verstanden: Der einzige Weg aus der verbotenen Sehnsucht war die Erkenntnis, dass es ein fürchterliches Unrecht war. Und diese Erkenntnis konnte man nur in sich selbst finden. Er musste Hanno dazu bringen, das zu begreifen. Und wenn er es nicht schaffte, dann würde ihn sein nächster Weg zur Polizei führen, so viel stand fest.

Als Gernot bereits den Qualm von Hannos Zigarette in der Nase hatte, kamen ihm die letzten Schritte bis zur Bank noch immer wie eine Weltreise vor. Er wusste, warum es ihm so schwerfiel. Es war die Angst. Er hatte Angst, den nächsten Satz auszusprechen. Wie würde Hanno reagieren?

«Sie müssen sich stellen.»

«Pff.» Hanno blies dicken Rauch aus und bot ihm eine Zigarette an. «Entspannen Sie sich.»

«Wenn Sie es nicht tun, dann werde ich es machen.»

«Wovon sprechen Sie eigentlich?»

«Gleich zwei Kinder in zwei Tagen …! Die Leute da eben suchten ein Mädchen. Zwölf Jahre. Marina.»

«Seit wann genau sind *Sie* denn eigentlich auf Spiekeroog?»

Nein, auf ein solches Spiel würde er sich nicht einlassen! Irgendwie musste er Hanno doch zu packen kriegen. «Was ist mit dem Mädchen? Was hast du mit ihr gemacht? Lebt sie noch?»

«Sind wir auf einmal per Du?»

«Ob Marina noch lebt, habe ich dich gefragt!»

«Du weißt genau, wenn ich damit etwas zu tun hätte, dann wäre deine letzte Frage ziemlich überflüssig.»

«Ich werde der Polizei sagen, was ich über dich weiß.»

«Tu dir keinen Zwang an.»

«Mein Gott, gestern Abend, da … Ich hätte es vielleicht verhindern können, wenn ich …» Gernot schloss die Augen.

Ich habe geschlafen und meinen Einsatz verpennt. Im Knast habe ich so oft die Visionen gehabt, dass ich ein Mädchen treffe, ein hübsches Mädchen mit blonden oder roten Haaren, und dass ich dieses Mädchen rette. Vor einem Monster wie Hanno. In meinen Träumen handelte ich mutig und entschlossen und habe so das Schlimmste verhindert. Und damit war alles, was ich jemals getan habe, fortgewischt, wieder gut geworden. Mein Bild stand wieder in den Zeitungen, aber aus der Bestie war ein Held geworden, ein verwandelter Ritter, an Kraft und Kühnheit nicht zu übertreffen. Ja, solche Gedanken kommen einem im Knast, denn man hat genug Zeit und Gelegenheit, darüber nachzusinnen. Doch in der Realität habe ich kläglich versagt und mein Gesicht in das weiche Daunenkissen der Pension Michaelis gedrückt, statt der gestrigen Nacht die Stirn zu bieten.

«Wo ist sie?» Gernots Stimme zitterte.

«Ach, daher weht der Wind. Du bist spitz wie Nachbars Lumpi, stimmt's? Du denkst, sie ist genau dein Typ. Und jetzt hast du Schiss, dass ich eine große süße Torte hatte und du nicht mal einen Krümel davon abbekommen hast …»

«Wie kannst du nur!»

«Nun mach dir mal nicht in die Hose, Kollege. Ich hab dich verarscht. Natürlich lebt die Kleine noch.»

Konnte das wahr sein? Gernot hielt die Luft an.

«Soll ich dich zu ihr bringen?»

«Ja, natürlich, sofort!»

Hanno rutschte von der Lehne, warf die Zigarette ins Dünengras und grinste breit. Wie kann ein solcher Sadist nur mit einem derartigen Lächeln ausgestattet sein?, dachte Gernot. Dieser Mann hatte zwei Gesichter, lebte zwei Leben. Da waren der smarte Kellner und der abgründige Peiniger. Aber Gernot schöpfte Hoffnung. Auch wenn er hier und jetzt gerade einen schauerlichen Helden abgab: Wenn die

Kleine noch am Leben war, konnte er sie vielleicht retten. Und wenn Hanno von ihm dachte, es ging ihm hier um etwas anderes, nun, das sollte ihm egal sein. Hauptsache, er fand das Kind, diese Marina.

Er folgte Hanno zu einem versteckten Weg, der von den Dünen in ein kleines Wäldchen führte.

«Ich hatte sowieso vor, ihr in meiner Mittagspause einen kleinen Besuch abzustatten, aber du wolltest ja unbedingt spazieren gehen.»

«Was hast du mit ihr gemacht? Warum ist sie noch am Leben?»

«Du tust ja gerade so, als wäre es ein Verbrechen, sie nicht gleich zu töten.» Hanno lachte laut.

Der Weg in die Dünen wurde enger. Scharfe Gräser schnitten in die Beine, der Ast einer Inselrose ragte über den Trampelpfad. Sie passierten ein Schild, auf dem der Bereich als Wasserschutzgebiet ausgewiesen wurde. Betreten der Dünen verboten. Aber was sollte ihn das jetzt kümmern, in diesem Moment?, dachte Gernot und stolperte Hanno hinterher.

«Ich habe mir dieses Mal ein bisschen mehr Zeit gelassen, weißt du? Bei dem Mädchen in Norden ging es viel zu schnell. Zack, und schon war sie tot. Da hatte ich nicht richtig Spaß dran. Deswegen mache ich es dieses Mal ganz langsam.»

«Ich glaube dir kein Wort. Es gibt hier auf der Insel keinen Platz, um ein verängstigtes Mädchen unbemerkt gefangen zu halten.»

«Da hast du natürlich recht, auf der Insel nicht. Aber darunter schon!» Hanno blieb plötzlich stehen und zeigte auf eine Betonplatte am Boden. Darauf befand sich ein runder Stein, ein breites Metallrohr und eine gewaltige Schraube, mit dem sich das Ganze öffnen ließ.

«Sie ist in diesem Brunnen?»

Hanno schaffte es, seine Mundwinkel noch weiter auseinanderzuziehen. «Willst du sie nicht besuchen? Ich könnte euch beide da unten ein bisschen alleine lassen. Viel Platz ist nicht, aber für deine Zwecke wird es reichen ...»

«Halt endlich die Klappe! Du weißt, dass es mir um etwas anderes geht.»

Hanno klimperte mit seinen Augenlidern. «Der süße Unschuldsengel Gernot Huckler ...»

Er drehte am Schraubverschluss mit einer gelenkigen Bewegung, die keinen Zweifel ließ, dass er schon öfter damit hantiert hatte. Der runde Steindeckel gab ein Ächzen von sich, als Hanno ihn zur Seite schob. Darunter klaffte ein dunkles Loch, so dunkel, dass man die rostroten Sprossen der nach unten führenden Leiter nur knapp zwei Meter weit erkennen konnte.

Gernot trat näher heran. «Marina?», rief er hinunter. Mit seinem Schuh schob er versehentlich ein kleines Steinchen über den Brunnenrand. Erst einige Augenblicke später vernahm er ein Platschen auf nassem Grund. Der Brunnen war tief.

«Marina? Bist du da unten?»

Tatsächlich hörte Gernot ein Wimmern. Ein dünnes, singendes Wimmern. Es klang nicht nach einem menschlichen Wesen. Aber wie klang man schon nach endlosen Stunden in einem solchen Verlies?

«So, dann mal runter mit dir. Ich mach das nicht, ich habe nämlich Schiss im Dunkeln ...» Hanno fand sich amüsant. Die Geste, mit der er Gernot den Weg nach unten wies, mochte identisch sein mit der Bewegung, die er machte, wenn er Restaurantgäste an ihren Tisch führte. Galant und selbstsicher. Er war ein Teufel.

«Und dann? Dann machst du den Deckel drauf und haust ab!»

«Ich mache euch lediglich miteinander bekannt, schließe das Séparée ab und gönne mir danach selbst noch einen leckeren Imbiss, bevor ich wieder meine Kellnerschürze umlege.»

«Hanno, denk doch mal nach. Noch kannst du das Schlimmste verhindern. Noch bist du kein Doppelmörder. Ist dir denn alles egal?»

«Ich hatte eine schwere Kindheit», antwortete er lapidar.

Es war hoffnungslos. Hanno Thedinga war glatt wie ein Aal, weder Appelle an seine Vernunft noch Gewissensfragen würden ihn jetzt zu irgendetwas bewegen. Gernot hätte es sich denken können. Er kannte Hanno besser, als ihm lieb war. Sein Versuch, ihn zur Vernunft zu bringen, würde vergeblich bleiben. Am besten machte er sofort kehrt, die Polizeistation konnte nicht allzu weit von hier entfernt sein. Er drehte sich um.

Im selben Moment spürte er eine harte Hand an seiner Schulter. Hanno riss ihn herum und schob ihn Richtung Brunnenloch. Die Erkenntnis, dass er in einer Falle saß, traf Gernot wie ein Schlag. Wenn es tatsächlich so war, wenn Hanno in den letzten zwei Tagen zum Mörder und Kindesentführer geworden war, dann war hier Endstation.

Gernot holte Luft. «Hilfe!», rief er. Er hatte noch nie um Hilfe geschrien, und es klang so künstlich, so übertrieben in seinen eigenen Ohren. Doch er musste es tun. Hanno war ihm körperlich überlegen, außerdem hatte er nichts, aber auch gar nichts zu verlieren.

«Du hast es endlich kapiert, du Idiot. Hat ja ganz schön lange gedauert.» Hanno drängte ihn weiter, seine Bewegungen waren noch nicht einmal schnell, eher träge wie eine Gewitterfront, die sich bedrohlich am Himmel aufbaut. Gernot blieb genug Zeit, die Katastrophe herannahen zu sehen, aber es war zu spät, um davor zu fliehen. Hannos kräftige Hände umfassten von hinten Gernots Armgelenke und drückten zu.

«Steig runter, du Arsch. Neben die Kleine. Richtig schön eng wird es da für euch.» Er stieß ihn auf das Loch zu. Es hatte einen Durchmesser von einem Meter, zu breit, um sich erfolgreich dagegen zu sperren.

«Hilfe!»

«Wenn du freiwillig runterkrabbelst, ersparst du dir einige blaue Flecken und brichst dir vielleicht nicht das Genick.»

Gernot stotterte. «Äh, ich habe mit Esther telefoniert. Sie weiß, dass ich mich mit dir treffe. Wenn ich mich in einer Stunde nicht bei ihr gemeldet habe, wird sie … äh, die Polizei informieren.» Er wünschte verzweifelt, der letzte Satz wäre nicht bloß diese viel zu offenkundige Lüge, die er war. Warum hatte er sich Esther nicht anvertraut? Sie hätte ihn verstanden und unterstützt, sie hätte ihm wahrscheinlich den guten Ratschlag gegeben, sich nicht allein mit Hanno Thedinga zu treffen. Sie hätte ihn vor diesem Abgrund bewahrt.

«Erzähl keinen Scheiß! Vorhin hast du gesagt, sie weiß nichts davon. Und so wie ich eure verkorkste Ehe einschätze …» Er lachte. «Du hast doch eigentlich die niedliche, kleine Griet geheiratet, oder nicht?»

«Das ist nicht wahr!», schrie Gernot. Ihm war speiübel.

«Süße, du bekommst Besuch», rief Hanno in das Loch, und seine Stimme rieb sich an den runden Wänden, die in die Unterwelt der Insel führten. Plötzlich griff er mit einer Hand um Gernots Hüfte und versuchte, ihn aus dem Gleichgewicht zu bringen. Gernots Fuß knickte schmerzhaft nach innen. Er jaulte auf. Tief unten aus dem Loch erhielt er eine Antwort. Oder war es sein eigenes Echo?

«Stell dich nicht so an. Wer kleine Mädchen befingert, der darf nicht heulen, wenn …»

Hannos Faust traf Gernot in die Nieren. Er stolperte nach vorn und rutschte mit einem Bein über den Brunnenrand, wobei seine Wade über den rauen Beton schrappte. Instinktiv hielt er sich an seinem Gegner fest, als wolle er ihn mit sich reißen. Seine Fingernägel bohrten sich in Hannos Arm wie Widerhaken. Und er spürte, wie die Haut nachgab, einriss und zu bluten begann. Doch ein gezielter Handkantenschlag ließ ihn erschlaffen. Der Schmerz raubte ihm den Verstand. Waren seine Arme gebrochen? Sie schmerzten heftig. Verdammt, er hing noch immer über diesem Loch, doch schon jetzt tat ihm alles so weh, als sei er von einem Bulldozer überrollt worden. Gernot wusste, er hatte keine Chance. Ihm fehlte die Kraft, ihm fehlte die Kondition, ihm fehlte vor allem der Wahnsinn, den Hanno an den Tag legte.

«Hilfe!» Gernot versuchte es ein letztes Mal. Aber es war klar, niemand würde ihn hören, niemand würde kommen, um ihn zu retten. Es war aus.

Dann knickten seine Knie ein, und er sank nach unten. Sein Bein blutete, er fand mit den Zehen eine Sprosse und rutschte in kleinen Rucken ins Loch. Hanno trat ihm von hinten in den Rücken, sodass er ein ganzes Stück nach unten fiel, sich verhakte und unglücklich verknotet, schon halb im Loch verschwunden, hängen blieb. Seine Jacke war ihm von der Hüfte gerutscht, sie lag nun über dem Brunnenrand. Hanno schleuderte sie im hohen Bogen von sich. Dann spürte Gernot eine Schuhsohle auf seinem Scheitel, erbarmungslos drückte sie ihn nach unten. Die Schultern knackten, etwas schien gerissen zu sein, Sehnen oder Muskeln. Jedenfalls funktionierten seine Arme nicht mehr, sie erschlafften von einer Sekunde auf die andere. Nur seine schmerzenden Beine hielten ihn noch, er musste sich konzentrieren, er musste sich gegen die Wand stemmen, um nicht abzurutschen.

Irgendwann hatte er sich sortiert und neuen Halt gewonnen, und erst da registrierte er, wie stockdunkel es um ihn herum geworden war. Hanno hatte den Deckel zugeschoben.

Stück für Stück rutschte Gernot tiefer. Sein Atem bekam einen neuen Klang. Die Luft war dick und warm, sie roch salzig und sandig wie das Wattenmeer.

Er hatte Angst. Vor der Dunkelheit, vor der Enge, vor der Ausweglosigkeit. Doch am meisten fürchtete er sich vor dem, was er vorfinden würde, sobald er am Grunde des Bodens angekommen war.

22.

Mimulus (Gefleckte Gauklerblume)
❧ Botanischer Name: MIMULUS GUTTATUS ❧
Blüte gegen Ängste, Schüchternheit
und innere Anspannung

Lateinprüfung. Es war der zweite Versuch. Sie sollten irgendeine Rede von irgendeinem Feldherrn übersetzen. Ihr Lehrer
war in Ordnung, fand Griet. Er versuchte immer, das Interesse der Schüler zu wecken. Aber wer wollte wirklich wissen,
was so ein militantes Arschloch vor zweitausend Jahren zum
Thema Krieg und Frieden gesagt hat?

Griet bereitete der Text keine Schwierigkeiten. Sie war gut
in Latein. Sie war auch gut in Mathe. In Deutsch. In Englisch.
In den Naturwissenschaften. Sie war in allem gut, außer
vielleicht in Musik und Kunst, da stand sie zwischen zwei
und drei. Ihren Mitschülern erschien es unheimlich, dass sie
nicht lernen musste und trotzdem alles verstand. Griet fand
es normal. Sie kannte es nicht anders. Früher hätte sie auf
diese bescheuerte Begabung lieber verzichtet, die sie vom
Rest der Klasse abgrenzte. Heute war es ihr egal.

«Ich weiß, euch ist nicht danach, einen Test zu schreiben.
Es ist schrecklich, was mit Allegra passiert ist. Aber wir ste-
hen kurz vor den Zeugniskonferenzen, ich brauche diesen
Leistungsnachweis. Sollte die Arbeit von überdurchschnitt-
lich vielen in den Sand gesetzt werden, kann ich immer noch
beantragen, dass sie nicht in die Wertung einfließt.» Herr
Nettahn grinste hilflos und sammelte die Arbeitszettel ein.
Zu Beginn der Stunde hatte er jeden eindringlich ermahnt:
«Wenn ihr irgendetwas wisst, wenn Alli irgendwas Unge-

wöhnliches gesagt oder getan hat, dann müsst ihr das der Polizei sagen, okay?»

Griet fiel dazu nichts ein. Sie hatte mit Allegra kaum etwas zu tun gehabt. Sie hatten völlig unterschiedliche Interessen. Was kümmerten Griet Katzen, Musicals, Fernsehserien oder Jungs? Den Kopf zerbrach sie sich lieber über andere Dinge. Und seitdem sie sich durch ihre schwarze Kleidung auch nach außen hin ganz bewusst abgrenzte, ließen die anderen sie in Ruhe.

Griet packte ihren Kram in die Tasche und verließ den Raum, in dem sie die letzten sechzig Minuten über lateinischen Vokabeln gebrütet hatte. Sie ging langsam, denn sie hatte es nicht eilig, nach Hause zu kommen. Zwar war es inzwischen schon fast vier Uhr, der Tag also so gut wie gelaufen, dennoch hatte Griet keinen Bock, ihrer Mutter zu begegnen. Immer wieder dieses Gelaber zu Hause. Und diese Scheinheiligkeit. Das kotzte sie an.

Einige Schüler der Unterstufe schlängelten sich rechts und links an ihr vorbei und sagten kurz «Sorry», wenn sie ihr zu nahe kamen. Die Kleinen hatten Respekt vor ihr. Denn obwohl das Gymnasium mit über eintausenddreihundert Schülern relativ groß war, wusste jeder, wer sie war. Griet Vanmeer – die Hochbegabte. Die Grufti-Tante. Die, bei der der Kinderschänder lebt.

Das Gewimmel auf dem Schulhof glich einem Durcheinander von Insekten, die im Unterholz ihren verschiedenen Aufgaben im Ökosystem nachgingen. Die dicken, schwerfälligen Schüler (die Käfer) schafften sich Platz in der Enge der Fahrradständer. Die agilen (die Ameisen) kümmerten sich um ihre Verabredungen, Liebesbeziehungen, Wochenendpartys. Die schüchternen, unscheinbaren (die Asseln) passten auf, dass niemand ihnen zu nahe kam und sie möglichst immer im Schatten standen. Griet überlegte, was für ein Insekt Allegra Sendhorst gewesen war. Eine Köcherfliege vielleicht? So eine filigrane, empfindliche Mücke, nicht so schön wie ein Schmetterling, nicht so spektakulär wie eine Wespe, aber eben doch flugtauglich.

Und was war sie selber? Eine Libelle? Gefährlich aussehend, aber weder giftig noch im Besitz eines Stachels. Oder eine Gottesanbeterin – nur ohne Gott?

Endlich bei ihrem Fahrrad angekommen, waren die meisten Schüler bereits verschwunden und unterwegs in Richtung Einfamilienhaus, in deren Zimmer ihre Bravo-Poster von gecasteten Bands hingen.

Gestern hatte ihre Mutter mal wieder diese Anwandlung gehabt und gemeint, sich um ihre Tochter kümmern zu müssen. Kunsthalle, gemeinsames Essen, das volle Programm. Sie hatten über alles Mögliche gelabert, was nicht wehtat. Denn darin war Griets Mutter echt die Königin, im Viel-Reden-und-nichts-Sagen. «Was wollen wir eigentlich in den Sommerferien unternehmen? … Sag mal, was hältst du davon, wenn wir im Garten ein paar neue Blumen pflanzen, du kennst dich doch so gut aus in Biologie. … Ich finde ja, deine natürliche Haarfarbe steht dir besser, aber wenn du meinst, dich auf diese Weise ausdrücken zu müssen …» Zum Kotzen.

Griet klemmte die Tasche auf den Gepäckträger und fuhr los. Die Fußgängerampel war schon rot, aber sie trat noch schnell in die Pedale und überquerte die Norddeicher Straße Richtung Ludgerikirche. Dies war der schönste Ort in Norden, fand Griet. Abgeschieden, geschützt, zeitlos, obwohl man sich mitten in der Stadt befand. Riesige Bäume standen neben dem Fahrradweg, und man musste aufpassen, nicht auf einem der Scheinwerfer im Boden auszurutschen oder einen der Penner zu überrollen, die sich hier häufig zum Ausnüchtern hinlegten. Aber wirklich anziehend fand Griet die uralten, verwitterten Grabsteine auf dem Hügel, der sich hinter der roten Mauer erhob. Manchmal fuhr sie dorthin, wenn sie allein sein wollte, wenn sie die Schnauze voll hatte von allem, dann lehnte sie sich an eines dieser grauen, bemoosten Denkmale und erinnerte sich an die Versprechungen, die ihr Samael gemacht hatte. Samael, der Mann, den sie liebte und auf den sie jetzt wartete. Natürlich war das nicht sein richtiger Name – Samael war ein Dämon aus dem jüdischen Talmud, der den Menschen beibringt, wie man sich schmückt –, aber Griet wäre nie auf den Gedanken gekommen, ihn bei seinem weltlichen Namen zu nennen. Denn wenn sie ihn traf, hatte sie das Gefühl, ein kleines Stück in einen anderen Kosmos einzutauchen. Er hatte ihr versprochen, sie ganz mitzunehmen, wenn es so weit war. In diese andere Welt, nach der sie sich so sehnte. Eine Welt, die besser war als diese spießige Kleinstadt, in der nur Menschen lebten, die einen Scheißdreck verstanden.

«Halt! Griet, bleib stehen!»

Sie zog die Handbremse und schaute sich um. Wer hatte da nach ihr gerufen? Fast wäre sie gefallen, weil sich das Vorderrad in einer Pflasterfuge verhakte. Doch dann fanden ihre beiden Füße den Boden, und sie stand sicher, das Fahrrad zwischen den Beinen und die Hände fest am Lenker.

«Ja?» War da eben eine Gestalt hinter dem dicken Baumstamm verschwunden? «Was ist denn? Wo steckst du?»

Es ist Samael, dachte sie. Hatte er bereits auf sie gewartet? Oder hatte sie sich getäuscht, und es war nicht seine Stimme gewesen? Aber wer kannte sonst ihren Namen? Und wer würde hier – ausgerechnet hier – auf sie warten?

«Nun zeig dich endlich, oder ich fahre weiter …» Sie lachte und versuchte unbeschwert und fröhlich zu klingen, so als ob sie sich auf sein Versteckspiel einließ. «Ich habe dich sowieso schon gesehen. Da hinter dem Baum.» Aber nichts rührte sich. «Wenn du dich nicht traust, dann werde ich eben kommen.» Sie stieg vom Fahrrad, stellte es auf den Ständer und ging auf den Baum zu. Der Stamm hatte einen Durchmesser von über einem Meter, wurzelte direkt vor ihr im festen Boden und endete weit oben in einem Dach aus Ästen.

Es war seltsam, sie hörte nichts, kein Atmen und kein Knacken von Zweigen. Hatte sie sich die Stimme vielleicht nur eingebildet? Griet schaute sich kurz um. Es war kein Mensch zu sehen, nicht einmal die Penner, die sonst immer in der Nähe der Apotheke saßen und Dosenbier tranken. Auch keine Oma mit Hund oder Gehhilfe und kein Oberspießer mit Rad auf dem Weg in den frühen Feierabend. Niemand. Nur der Bulli, der zwanzig Meter weiter auf der Straße stand, fiel Griet jetzt ins Auge. Er parkte entgegen der Fahrtrichtung und war kaum zu erkennen durch das dichte Buschwerk, aber zu hören. Der Motor lief.

«Griet?»

Sie hatte sich nicht getäuscht, jemand rief ihren Namen. Aber die Stimme kam nicht aus der Richtung des Baumes. Gott, wie lächerlich sie aussehen musste. Griet begutachtete den Stamm und schaute verstohlen herum, doch hier war tatsächlich keine Menschenseele. Samael musste sich hinter dem Rhododendronstrauch versteckt haben. Ja, jetzt sah sie den Stoff eines weißen Hemdes oder T-Shirts durch die dunkelgrünen, dichten Blätter schimmern.

«Was soll denn das Theater? Vergiss es!» Nein, sie würde nicht dorthin gehen, das war zu albern. Dann würde er sicher wieder irgendeinen Scherz machen und sie erneut albern aussehen lassen.

«Das ist ein blödes Spiel. Ich fahre jetzt weiter. Meine Mutter wartet mit dem Essen.»

Trotzdem machte sie einen Schritt zum Busch und kniff

die Augen zusammen, um etwas zu erkennen. Warum machte er so einen Scheiß? Das passte gar nicht zu ihm. Auf dem
Radweg kam jetzt eine Frau im Sommerkleid mit ihrem
kleinen Sohn im Kindersitz auf sie zu. Sie klingelte zweimal,
und Griet wich nach vorn aus.

«Entschuldigung.»

Dann trat sie näher an die Hecke heran. Das war kein
Stoff dort im Gebüsch. Jetzt erkannte sie es. Es war Plastik, eine weiße Tüte, so eine, die man kostenlos beim Ein-
kaufen in kleineren Läden bekam, raschelig, dünn und ohne
Werbelogo. Die Tüte blähte sich auf, als wäre sie von einer
plötzlichen Sturmböe erfasst worden. Doch sie bewegte
sich verkehrt herum, kam mit der Öffnung auf sie zu. Griet
blickte in das Innere dieses kleinen Ballons. Dann ging alles sehr schnell, viel zu schnell. Als sie erkannte, dass nicht
der Wind, sondern eine Männerhand die Tüte steuerte,
blieb keine Sekunde mehr, um davonzurennen. Sie konnte
noch nicht einmal ein Gesicht oder eine Gestalt hinter dem
Plastik erkennen. Aber wenn sie sich nicht völlig täuschte,
trug der Mann etwas über dem Gesicht und hatte sich eine
Schirmmütze tief über die Augen gezogen. Es konnte Samael
sein, aber auch so ziemlich jeder andere Mann auf der Welt.
Und eines wusste Griet sofort, denn da gab es definitiv
nichts misszuverstehen: Das hier war kein Spiel mehr. Das
hier hatte überhaupt nichts zu tun mit dem, was sie sonst
erlebte, wenn sie sich am alten Friedhof mit ihm traf. Das
hier war ernst. Todernst.

«Hör auf! Verdammt nochmal, hör auf damit!»

Sie versuchte, einen Arm zu fassen zu kriegen und sich
diese Tüte vom Kopf zu reißen. Gleichzeitig trat sie um sich,
kickte ihre schweren Stiefel in alle Richtungen, mit voller
Wucht, doch sie traf nichts, sondern stampfte ins Leere.
Durch ihre Zappelei wurde sie nur wehrloser.

«Bitte nicht, lass mich gehen. Ich will das nicht …» Bei jedem Wort, das sie sprach, sammelte sich ihr feuchter Atem vor den Lippen. Wenn sie Luft holte, war es, als sauge sie ihre eigenen Sätze wieder ein. Ihr wurde schwindelig. Man darf Tüten nicht über den Kopf ziehen!, wusste Griet. Das ist etwas, was man schon als ganz kleines Kind lernt. Man kann daran sterben!

War es das, was er gemeint hatte, als er ihr versprach, er wolle sie holen, sobald die Zeit dafür gekommen war?

Sie schwankte. Irgendwie roch es auch komisch in dieser Tüte. Nach Chemie. Klebstoff oder Farbe oder so. Aber ihr Kopf war bereits zu schwer, um etwas zu erkennen, ihr Gehirn funktionierte nur noch in Zeitlupe.

Sie spürte, wie sich ein Arm um ihren Nacken legte, ein anderer schob sich in die Kniekehlen. Ihr Körper gab nach, und sie legte sich einfach hin. Oder fing er sie auf?

Geh nie mit Fremden mit, mein Kind, hörte sie die Stimme ihrer Mutter.

Ich gehe doch nicht, ich werde getragen.

Brachte Samael sie nun in diese andere Welt, nach der sie sich so sehr gesehnt hatte?

23.

Chestnut Bud (Rosskastanie)
❦ Botanischer Name: Aesculus hippocastanum ❦
Blüte für die Lernfähigkeit

Wencke kannte inzwischen fast alle ostfriesischen Inseln. Sogar die Reihenfolge von Ost nach West hatte sie sich mit Hilfe eines Merksatzes endlich richtig eingeprägt: Welcher Seemann Liegt Bei Nanni Jm Bett – Wangerooge, Spiekeroog, Langeoog, Baltrum, Norderney, Juist, Borkum.

Auf Spiekeroog war sie noch nie gewesen. Doch man hatte ihr bereits erzählt, die zweitöstlichste Insel sei die hübscheste. Auf den ersten Blick, der sich Wencke nun vom Schiffsanleger aus bot, war das nicht unbedingt zu bestätigen, denn nichts unterschied sich wesentlich von den anderen sandigen Eilanden am linksoberen Zipfel der Republik. Vieles erinnerte Wencke an Juist: Der Bootshafen mit den privaten Segelbooten zur Rechten, das gedrungene Dorf – ein bisschen verdeckt vom Deich – geradeaus.

Erst die Schritte ins Inselinnere ließen das Besondere erkennen: Es gab kaum mehrgeschossige Häuser, dafür viele Holzgiebel und noch mehr Bäume. Auf ihrem Weg zur Polizeistation passierten Axel und sie eine entzückende Inselkirche im Ortskern und jede Menge Teestuben. Doch Wencke hatte keine Gelegenheit, dies alles auf sich wirken zu lassen.

Polizeiobermeister Brockelsen hatte mit dem obligatorischen Handkarren am Hafen gestanden. Und schon während Axel und Wencke ihr spärliches Gepäck auf den Bollerwagen luden, wurden sie von ihrem Kollegen über die wesentlichen Details des Falles informiert.

Brockelsen war ein dicker, freundlicher Mann mit Vollbart und Brille. Pflichtbewusst und vielleicht auch ein bisschen stolz trug er die grüne Uniform, die man in fast allen anderen niedersächsischen Dienststellen schon längst ausgemustert hatte. Er zeigte ihnen Fotos des verschwundenen Mädchens und seine bisherigen Notizen. Und immer wieder betonte er, dass so etwas hier auf Spiekeroog noch nie passiert sei und dass er sich das alles nicht erklären könne. Als fühlte er sich persönlich verantwortlich, wenn die heile Welt ins Wanken geriet.

«Marina Kobitzki lebt seit einem Jahr bei uns im Internat. Sie besucht die sechste Klasse der Hermann-Lietz-Schule. Laut Schuldirektor ist sie ein ruhiges Mädchen und spielt gern für sich allein. Deswegen wurde sie zugegebenermaßen auch erst relativ spät vermisst. Erst nach dem Abendessen.»

«Was ist mit ihren Eltern?»

«Die sind beruflich ständig unterwegs, derzeit in der Ukraine. Wir haben sie auch erst heute Vormittag informieren können.»

«Hatte Marina vielleicht Heimweh und ist deswegen abgehauen?», fragte Axel.

«Das glaubt niemand. Ihre Mitschüler sagen, Marina sei in den letzten zwölf Monaten zu einem richtigen Inselkind geworden. Alle hatten den Eindruck, dass sie froh war, endlich mal an einem Ort bleiben zu dürfen. Die Grundschuljahre musste das Mädchen ständig umziehen. Nein. Marina ist nicht abgehauen.» Ein tiefes Seufzen. «Wir glauben leider, dass ihr etwas anderes zugestoßen sein muss.»

Wencke kam nicht umhin, Parallelen zwischen Allegra Sendhorst und diesem Mädchen hier zu ziehen. Beide hatten ein instabiles oder konfliktgeladenes Elternhaus. Waren sie dadurch besonders gefährdet gewesen? Zu vertrauensselig, weil sie Kontakt suchten? Zu eingeschüchtert, um sich gegen einen Angriff zu schützen? Wencke wusste, es gab tatsächlich einen Zusammenhang zwischen dem Auftreten eines Menschen und der Anfälligkeit, Opfer eines Verbrechens zu werden.

Sie betraten die kleine Polizeistation. Alles wirkte eng und sehr zweckmäßig, wie diese Diensträume in kleinen Gemeinden so waren. Brockelsen bot ihr und Axel einen Platz an. Nun packte Wencke die mitgebrachten Papiere aus. «Also, wir haben den dringenden Verdacht, dass unser Mordfall in Norden und die Geschichte hier auf Spiekeroog zusammenhängen. Deswegen sind wir gekommen.»

Brockelsen blickte ernsthaft erstaunt von Wencke zu Axel. «Bislang hatte ich immer noch die Hoffnung, dass unsere Marina zumindest noch am Leben ist ...»

«In Norden wurde gestern ein dreizehnjähriges Mädchen ermordet aufgefunden.»

«Ja, ich hab im Radio gehört, wie die Mutter des Kindes euch da in Aurich die Hölle heiß macht. Stimmt doch, oder?»

Wencke nickte. «Wir wissen, dass Allegra Sendhorst kurz vor ihrem Tod Kontakt zu einem jungen Mann hatte, der normalerweise hier auf der Insel lebt. Soweit wir informiert sind, war er gestern Abend bereits wieder auf Spiekeroog. Er ist einschlägig vorbestraft wegen Tierquälerei, und wir vermuten, dass er eine psychische Störung hat, die sich auch in sexueller Hinsicht bemerkbar machen könnte.»

«Solche Menschen haben wir hier auf Spiekeroog nicht», erklärte Brockelsen daraufhin. Wencke und Axel trauten ihren Ohren nicht. Wahrscheinlich reagierten sie mit identischem Gesichtsausdruck auf diesen Satz, denn schnell fügte der Insel-Sheriff hinzu: «Zumindest nicht, dass ich wüsste.»

«Kennen Sie Hanno Thedinga?»

«Nein, nie gehört.»

«Er arbeitet als Kellner im Hotel Inselnest.»

«Ach, ein Angestellter. Na dann ...»

«Was wollen Sie damit sagen?»

«Wissen Sie, ich mache seit zwanzig Jahren hier meinen Dienst. Und wenn es mal Ärger gibt, so ein bisschen Drogensachen oder Diebstahl oder kleine Kneipenschlägereien, dann sind das meistens die jungen Leute vom Festland, die von März bis Oktober zum Arbeiten nach Spiekeroog kommen. Viel Stress, wenig Freizeit und noch weniger Platz, um sich aus dem Weg zu gehen. So ist das hier.» Er rieb sich diensteifrig die Hände. «Und wenn dann einer dabei ist, der schon von Haus aus eine kleine Klatsche hat ...»

Wencke setzte sich aufrecht hin. «Wir haben nicht genug in der Hand, um ihn sofort festzunehmen. Aber wir könnten Thedinga unter dem Vorwand vernehmen, ihn in unserem Mordfall befragen zu wollen.»

«Hm», machte Brockelsen. Er schien wenig überzeugt. «Eigentlich wollte ich ja weiter nach Marina suchen.»

Axel schaute auf die Uhr. «Es ist schon halb sechs.»

Klar, dachte Wencke, Axel drängte auf Tempo, um in zwei Stunden die letzte Fähre zum Festland nehmen zu können. War seine Sehnsucht nach Kerstin denn wirklich so groß?

Wencke beugte sich vor und schaute Brockelsen in die Augen. «Wir gehen jetzt gemeinsam zum Hotel Inselnest und sprechen mit Hanno Thedinga. Falls wir recht haben und die beiden Fälle etwas miteinander zu tun haben, dann werden Sie ja bald erfahren, wo Ihre vermisste Schülerin steckt.»

«Und wenn nicht?»

«Sollten wir tatsächlich mit unserem Verdacht danebenliegen und die falsche Spur verfolgt haben, verspreche ich Ihnen, wir suchen mit nach Marina. Wenn es sein muss, die ganze Nacht.»

Axel hustete, doch Wencke nahm davon keine Notiz. «Ist es weit bis zum Hotel?»

«Hier gibt es keine weiten Wege», antwortete Brockelsen, erhob sich und hielt die Tür auf.

Tatsächlich befand sich das Hotel Inselnest nur zwei Ecken weiter. Sie waren auf dem Hinweg schon an dem roten Giebelhaus mit der grün-weißen Holzveranda vorbeigekommen, im Vorgarten standen Stühle und Tische, alle Plätze waren besetzt, aber kein Kellner zu sehen.

«Soll ich Meyerhoff holen? Den Hotelbesitzer? Ich kenne ihn, wir sind per Du.»

Wencke wusste, dass dies nicht viel zu bedeuten hatte. Auf den Inseln nannten sich alle beim Vornamen. Genau wie jeder von jedem alles wusste. Umso erstaunlicher fand sie es, dass der Dorfpolizist noch nicht über den Namen Hanno Thedinga gestolpert war. Hatte sich der Mann bislang trotz seiner Triebe unsichtbar gemacht?

Brockelsen handelte schneller, als Wencke verantworten konnte. Er ging durch eine offene Seitentür ins Lokal und tauchte Sekunden später mit gewichtigem Gesichtsausdruck wieder vor ihnen auf. «Meyerhoff sagt, dieser Thedinga arbeitet normalerweise im Service, aber heute habe er sich nach seiner Mittagspause plötzlich krank gemeldet. Wegen einer Verletzung am Handgelenk. Er kann sich allerdings nicht vorstellen, dass sein Oberkellner etwas mit den beiden Fällen zu tun hat.»

So lief das hier also, dachte Wencke. Diskretion war anscheinend ein Fremdwort auf der Insel. Das grenzte bereits haarscharf an eine Verletzung der Persönlichkeitsrechte. Sollten sie Hanno Thedinga zu Unrecht verdächtigen, dann wäre hier wahrscheinlich schon zu viel gesagt worden. Wencke schob den Gedanken zur Seite. Nein, sie lagen richtig, sie waren nicht ohne guten Grund hier. Alles passte zusammen, und der Mann mit dem verletzten Handgelenk war der, den sie suchten.

«Aber der Chef des Hauses will mal bei den Personalräumen nachschauen, ob Thedinga dort ist. Er wusste bereits, dass sich die Kripo für ihn interessiert. Heute Morgen hat wohl schon mal jemand von der Polizei angerufen …»

«Das war ich», sagte Axel. «Wir wollten eine Aussage abgleichen. Da wussten wir aber noch nichts von seinen Vorstrafen.»

«So, und nun fühlen Sie sich schlauer, oder was?» Brockelsens Frage klang beinahe provozierend. Auf den ersten Blick mochte er ein freundlicher, gemütlicher Typ sein, ja, aber wenn man es wagte, seine kleine Inselidylle infrage zu stellen, änderte sich seine Laune anscheinend schlagartig.

Wie viel schlauer waren sie jetzt eigentlich wirklich?, fragte sich Wencke. Auch Axel schaute verunsichert in der Gegend herum. Die Katze, das Fell im Reifenprofil, das Psychogramm – das konnte kein Zufall sein. Und sie hatten keine Zeit zu verlieren. Nicht eine Sekunde. Wer weiß, vielleicht hatte Hanno Thedinga sich krank gemeldet, weil er dabei war, ein weiteres Verbrechen zu begehen, oder – Gott bewahre – ein bereits begangenes Verbrechen zu vertuschen.

Wenckes Handy klingelte im selben Moment, als ein junger Mann in der Seitentür erschien. Es war ein attraktiver Bursche mit vollkommener Unschuldsmiene. Und der sollte Hühner bei lebendigem Leib …? Es schien unmöglich.

«Sie haben nach mir gefragt?» Die zur Begrüßung ausgestreckte Hand war am Gelenk mit einer Mullbinde umwickelt. «Es ist wegen des Mädchens aus Norden, stimmt's? Hab ich doch schon gesagt, die ist um sechs los.»

«Wir nehmen an, dass Sie der Letzte waren, der sie lebend gesehen hat.»

«Na, das war doch wohl eher der Mörder, oder nicht?» Die

Gegenfrage kam wie aus der Hüfte geschossen, als hätte er den Satz bereits parat gehabt. Genau wie den nächsten: «Ich glaub ja, dieser Kinderschänder hat was damit zu tun, dieser Huckler.»

Das Handyklingeln dauerte an.

«Du entschuldigst kurz?», sagte Wencke in Axels Richtung. Dann wandte sie sich ab. Pal war am Apparat. Sie klang aufgeregt.

«Die Kollegen aus Wittmund haben angerufen.»

«Wegen Allegra Sendhorst?»

«Indirekt ja. Es ging aber eigentlich um ein Verkehrsdelikt.»

«Schieß schon los, Pal!»

«Die haben gestern Abend ein Motorrad abgeschleppt. Stand im Hafenbereich in Neuharlingersiel.»

«Und?»

«Als sich bis heute Mittag keiner gemeldet hat, haben sie das Kennzeichen überprüft. Die Maschine gehört … aber nein, rate mal, du kannst das doch immer so gut.»

Wenckes Hirn hatte bereits die Fäden verknüpft. Sie kannte nur einen, der zurzeit mit dem Motorrad unterwegs war. «Gernot Huckler ist hier auf Spiekeroog!»

«Das könnte es bedeuten. Zumindest hat er das Motorrad ungefähr zu der Zeit dort geparkt, als die letzte Fähre zur Insel ging, so viel steht schon mal fest. Die Parkplätze werden nämlich stündlich kontrolliert, weil sich viele Inselbesucher die Gebühr der entsprechenden Langzeitstellflächen sparen wollen.»

«Danke, Pal!» Wencke beendete das Telefonat. Sie konnte es nicht fassen. Sollte Gernot Huckler tatsächlich auf der Insel sein?

Brockelsen hatte das Gespräch mit angehört, und ihm war Wenckes heftige Reaktion anscheinend nicht entgangen.

«Wer ist denn dieser Gernot Huckler?», flüsterte er nicht ohne Neugierde.

Wencke schaute ihn mit großen Augen an. Sie konnte sich nicht erinnern, jemals derart aus dem Konzept geworfen worden zu sein. Gernot Huckler, der Mann, den sie für ein paar Stunden bereits entlastet geglaubt hatte, warf sich mit voller Wucht in den Fall zurück. Sie legte einen Finger auf die Lippen und versuchte dem Polizisten klarzumachen, dass diese Neuigkeit wirklich nicht für alle Ohren bestimmt war. «Brockelsen, würden Sie sich kurz um Thedinga kümmern? Ich habe etwas mit meinem Kollegen zu besprechen.»

«Was soll ich ihn denn fragen?»

«Meine Güte. Sagten Sie nicht, Sie tun seit zwanzig Jahren Dienst hier? Fragen Sie, was Sie wollen, meinetwegen, ob er schon mal unerlaubterweise im Naturschutzgebiet unterwegs war.»

«Aber das fällt nicht in meinen Zuständigkeitsbereich, das ist Sache des Landesbetriebes für Küstenschutz …»

Wencke ließ ihn stehen, fasste Axel am Ärmel und zog ihn fünf Schritte weiter in eine kleine Seitengasse.

«Gernot Huckler is back! Er befindet sich höchstwahrscheinlich ebenfalls auf Spiekeroog.»

Axel brauchte ein paar Atemzüge, bis er begriff. «Das kann doch kein Zufall sein.»

«Recht hast du. Vielleicht suchen wir ja gar nicht nach *einem* Mann …»

«Du glaubst, die beiden sind Komplizen?»

War es das? Glaubte Wencke das wirklich? «Es wäre doch immerhin möglich, … nein, es ist sogar mehr als wahrscheinlich, dass die beiden sich kennen. Immerhin empfängt Esther Vanmeer ihre Patienten in ihrem Privathaus, und Hanno Thedinga war bei ihr in Behandlung.»

Axel nickte schwach. «Und was hat das dann zu bedeuten?» Er schaute wieder auf die Uhr. Ihm musste soeben klar geworden sein, dass er sich die Rückfahrt heute abschminken konnte. «Macht das die Sache jetzt einfacher? Oder verzwickter?»

Wencke schaute zu Hanno Thedinga. Er schien Brockelsen gerade zu erklären, woher die Verletzung stammte. «Ich weiß es nicht, Axel. Wahrscheinlich macht es nur alles … irgendwie anders.»

24.

Rock Water

❧ Mit Sonnenkraft aufgeladenes Wasser aus heilkräftigen Quellen ❧
Für Menschen, die zu Perfektionismus und übersteigerter Selbst-
disziplin neigen und darunter leiden, ihren hohen Ansprüchen
nie zu genügen

«Ich könnte schwören, dass diese Fasern heute Vormittag
noch nicht am Sattel hingen.» Kerstin hatte keine Lust, sich
zu rechtfertigen. Erstens war es inzwischen bereits halb sieben, und ihre Mutter hatte schon angerufen, wann Ricarda
endlich abgeholt würde, sie wolle doch heute Abend noch
zum Kirchenchor. Und zweitens war dieser Dr. Erb ein an-
strengender Sonderling. Alles wollte er genauestens wissen,
überall mischte er mit, als sei er bereits Teil des Teams. Gerade
lehnte er an ihrem Schreibtisch, die Hände vor dem Brust-
korb verschränkt, und sein aufgesetztes Lächeln galt immer
dem, der gerade sprach. Egal ob Riemer über seine Arbeit
redete, oder ob der Praktikant fragte, wer aus dem benach-
barten Einkaufscenter Kuchen mitgebracht haben wollte.
Immer war Dr. Tillmann Erb ganz Ohr. Und das war mehr als
unangenehm. Gut, Kerstin hätte ihm natürlich auch sämtliche Ergebnisse schriftlich geben und ihn dann wegschicken
können, aber sie musste aufpassen. Axel hatte ihr gesagt, sie
solle nur über die Spuren im Fall Allegra Sendhorst reden.
Erb durfte das Fahrrad sehen, die Kleidung des Opfers, das
medizinische Gutachten, die Tagebucheintragungen. Aber
sie sollte kein Wort verlieren über den Verdacht, dass der
Bauernjunge hinter dem Mord stecken könnte. Sie hatte
klare Anweisungen erhalten. Der Psychologe sollte Beweise

finden, die Gernot Huckler endgültig entlasteten. Das wäre seine Aufgabe und mehr nicht.

Aber der dritte Grund für Kerstins Gereiztheit fiel am meisten ins Gewicht: Wencke Tydmers. Was soll man dazu noch sagen? Die Kommissarin hätte auch mit jedem anderen Kollegen zur Insel fahren können. Mit Britzke war sie doch meistens unterwegs. Auch Pal hatte mehrfach Interesse bekundet, sowieso schien sie Wencke regelrecht anzuhimmeln. Und dann war da noch Greven. Aber nein, Wencke hatte sich Axel aussuchen müssen, um auf Spiekeroog zu ermitteln.

«Kerstin, kann es sein, dass du überarbeitet bist?» Riemer ließ nicht locker. Hatte er denn kein Zuhause?

«Als ich mir heute Morgen das Rad von oben bis unten vorgenommen habe, waren am Sattel nur die gelben Fasern vom Rock und ein paar Jeansflusen. Aber keine Spuren einer olivgrünen Cordhose, das weiß ich genau.»

«Aber jetzt sind sie da, und ich glaube nicht, dass einer von uns zwischenzeitlich Lust auf eine Fahrradtour verspürt hat. Und kein Mensch trägt hier Cordhosen. Was ist denn los mit dir?» Dieser besorgte Ton gefiel Kerstin gar nicht. Sie hatte das Gefühl, dass sich ihr Vorgesetzter gerade Gedanken um die Kompetenz seiner Mitarbeiterin machte.

Das war unfair. Sie hatte sich so gut wie noch nie einen Fauxpas geleistet. Und oft genug hatte sie mit ihren Untersuchungen sogar entscheidende Beweise zur Lösung eines Falls beibringen können. Aber es gab einfach keine Erklärung, wie diese olivgrünen Baumwollfädchen an das von ihr akribisch untersuchte Beweisstück gelangen konnten.

Genauso schleierhaft war ihr, warum Riemer überhaupt noch einmal darauf bestanden hatte, das Mädchenrad unter die Lupe zu nehmen. Soweit sie wusste, war es lediglich die Idee von diesem Dr. Erb, der sich etwas davon zu versprechen schien. Warum, wieso, weshalb, das würde Kerstin nie begreifen.

«Auch wenn ich mich in aktuellen Modefragen nicht so auskenne, wage ich zu behaupten, dass Mädchen von vierzehn Jahren keine olivgrünen Cordhosen im Kleiderschrank haben», mischte sich Dr. Erb jetzt in die Diskussion ein. «Ich will ja nicht Ihren Job übernehmen, aber diese neuen Spuren könnten doch vom Täter stammen, oder nicht?»

«Natürlich», sagte Kerstin knapp. Er machte es ihr mit seinen Mutmaßungen nicht gerade leichter.

«Wäre es dann nicht der schnellste und einfachste Weg, direkt bei Gernot Huckler in den Kleiderschrank zu schauen?»

«Nur, wenn seine Ehefrau uns freiwillig die Tür öffnet. Für einen Durchsuchungsbeschluss reicht es wohl kaum.»

«Das wird kein Problem sein. Frau Vanmeer ist mir bekannt, ja, ich würde sogar behaupten: fast schon vertraut. Und wenn sie ihren Mann entlasten kann, weil er kein entsprechendes Kleidungsstück besitzt, dann wird sie es sicher gerne tun.»

Selbst Riemer war da skeptisch: «Die Hose könnte er genauso gut am Leib oder in seinem Reisegepäck tragen. Wenn wir in seinem Haus nichts finden, beweist das gar nichts.»

«Aber wenn wir etwas finden …», begann der Praktikant, für den der Tag heute sicher einer der aufregendsten in seinem noch jungen Berufsleben in der Abteilung für Spurensicherung bedeuten mochte.

«Ich bin mir ja nahezu sicher, dass dem nicht so ist», Dr. Erb rutschte von der Tischkante und kramte einen Autoschlüssel aus der Jackentasche. «Aber ich stelle gerne meinen Wagen zur Verfügung. Wer kommt mit?»

Eine überflüssige Frage. Kerstin packte resigniert ihre Tasche, denn es war ohnehin klar, dass nur sie für diesen Auftrag in Frage kam. Wencke hatte vor ihrer Abreise konkrete Anweisungen gegeben. «Aber ich möchte danach direkt nach Hause fahren dürfen.»

Riemer nickte, woraufhin Dr. Erb eine einladende Geste machte. Und der Praktikant hob eine Hand, um irgendetwas zwischen Daumendrücken und Hals- und Beinbruch zum Ausdruck zu bringen. Lauter gönnerhafte Kollegen.

Eine knappe halbe Stunde fuhren sie in Erbs hochklassigem Mercedes durch ostfriesische Orte. Dummerweise hatte Kerstin den Fehler begangen, Erb nach seinem Einsatz beim Webcam-Skandal zu fragen. Nicht wirklich aus Interesse, schließlich erschlug einen das Thema seit Wochen in der Presse. Sie fragte mehr aus Verlegenheit, außerdem war sie es leid, andauernd aufpassen zu müssen, was sie dem Psychologen erzählte und was nicht. Doch es war ein Trugschluss, denn was Kerstin nun zu hören bekam, war nicht weniger anstrengend. Der Redeschwall dauerte nun schon bis Georgsheil und handelte nur davon, was für ein tadelloser Politiker und hingebungsvoller Landesvater dieser Wolfgang Ulferts doch in jeder Hinsicht sei.

«Aber die Sache mit diesen Callgirls ...», versuchte Kerstin ihn zu provozieren.

«Ich halte die Fotos für eine Fälschung, und noch nicht einmal eine besonders gute, wenn Sie mich fragen. Der Mann auf den Bildern hat eine ganz andere Körperhaltung, das war überhaupt nicht zu übersehen.» Kleine Pausen in seinem Vortrag gab es nur, wenn Erb Luft holen musste. «Ulferts ist ein aufrichtiger Mann in jeder Beziehung, und dieser Typ auf den Fotos hatte geradezu einen Buckel. Ich würde meine Hand ins Feuer legen für diesen Mann, er ...»

Die Lobeshymnen – sie umfassten alle Themen von A wie Arbeitslosigkeit bis Z wie Zentralabitur und wie gut Ulferts das doch während seiner Legislaturperiode in den Griff bekommen hätte – dauerten bis hinter Marienhafe. Nein, er glaube nicht, dass ein so anständiger Mann und seriöser Politiker auf Staatsbesuchen leichte Mädchen in seine Hotelsuiten schmuggelte. Niemals. Alles Verleumdungen, um seine Wiederwahl zu verhindern, das wäre doch wohl glasklar. Dann schwieg Erb zum Glück bis zur Ortseinfahrt Norden. Kerstin war auf die glorreiche Idee gekommen, ein paar SMS zu verschicken, an ihre Mutter, an Axel und an eine gute Bekannte. Während sie tippte, war Erb tatsächlich verstummt, deswegen machte sie weiter, bis sich sein Navigator zu Wort meldete und das Auto durch die kleine Stadt lotste. Sie parkten in der Nähe der Rosenthallohne und stiegen aus. Erb ging schnellen Schrittes voran, drückte die Klingel und richtete seinen Hemdkragen im Spiegelbild der gläsernen Haustür.

«Frau Vanmeer?», begrüßte er die Frau, die ihnen kurz darauf die Tür öffnete. Erb strahlte sie mit einem Lächeln an, welches auch gut zu einem Strauß roter Rosen gepasst hätte. «Erinnern Sie sich an mich? Gut sehen Sie aus, sehr gut!»

Die Gestalt in der Tür sah eigentlich überhaupt nicht gut aus, fand Kerstin. Eher krank und unausgeschlafen. Wie unsensibel dieser Mann mit Komplimenten um sich warf. Frau Vanmeer schien auch nicht im Geringsten geschmeichelt, stattdessen blickte sie von Erb zu Kerstin und wieder zurück. «Dr. Erb? Was machen Sie denn hier? Ist etwas mit Gernot? Haben Sie ihn gefunden?»

«Äh, nein, aber als ich hörte, dass er mit diesem Mädchenmord in Verbindung gebracht wird, bin ich so schnell wie möglich hierhergekommen. Schließlich fühle ich mich doch irgendwie involviert in diese Geschichte. Und ich möchte Ihnen versichern, dass ich nicht einen Moment lang geglaubt habe, dass Ihr Mann sich etwas Derartiges zuschulden hat kommen lassen.»

«Aber Gernot ist nicht da. Und ich habe keine Ahnung, wo er steckt ...» Frau Vanmeer machte keinerlei Anstalten, sie hereinzubitten.

«Wir wissen das», sagte Kerstin und stellte sich und ihr Anliegen vor. «Sie sind nicht dazu verpflichtet, uns Auskunft über den Kleiderfundus Ihrer Familie zu geben. Aber Sie würden uns einen Gefallen damit tun und die Ermittlungen beschleunigen.»

«Olivgrüner Cord, sagten Sie?» Es war der Frau anzusehen, dass das Nachdenken derzeit für sie eine anstrengende Angelegenheit war. «Ich glaube nicht, dass er so etwas anzieht. Aber ob ich das schwören kann ... Ich würde Sie ja reinbitten, aber es ist im Augenblick wirklich sehr ungünstig. Muss das jetzt gleich sein?»

«Sie wollen doch auch, dass Ihr Mann nicht weiter verdächtigt wird.»

«Ich weiß überhaupt nicht mehr, was ich will. Meine Tochter ist nicht von der Schule nach Hause gekommen, und ich zerbreche mir den Kopf darüber, was mit ihr passiert sein könnte.»

«Griet ist verschwunden?», platzte Erb etwas zu schnell und zu laut für Kerstins Geschmack heraus.

Die Frau zuckte nur schwach mit den Schultern. «Ich nehme an, sie ist abgehauen und treibt sich irgendwo herum. Für ein Mädchen in ihrem Alter ist es viel zu viel, was in unserem Haus gerade passiert.»

«Und wenn ihr etwas zugestoßen ist?», malte Erb den Teufel an die Wand. «Wie alt ist Griet jetzt? Vierzehn? Mmh, genau das Alter ...»

Wie konnte ein Psychologe nur so unsensibel sein? Kerstin war es unbegreiflich.

«Seit wann vermissen Sie sie denn?», machte Erb weiter.

«Um vier Uhr hatte Griet schulfrei.»

«Mein Gott, schon mehr als drei Stunden. Ich kann Ihre Sorge verstehen, Frau Vanmeer. Warum haben Sie uns nicht viel eher Bescheid gegeben?» Er wandte sich an Kerstin. «Wir sollten sofort Nachforschungen anstellen, Frau Spangemann, finden Sie nicht?»

Wir?, dachte Kerstin. Dennoch griff sie zum Handy und rief die Dienststelle an. Sie ließ sich zu Meint Britzke durchstellen und sagte: «Ich glaube, wir haben hier schon das dritte vermisste Mädchen.»

Erb horchte auf. «Das dritte?»

«Äh, das zweite, meinte ich.» Es war Zeit, dass Kerstin Feierabend machte. Allerhöchste Zeit.

25.

Mustard (Wilder Senf)
🌿 Botanischer Name: SINAPIS ARVENSIS 🌿
Die Blüte gegen Schwermut und Verzweiflung

Griet befand sich in einem dunklen Raum. Dem Geruch nach war es ein Keller, in dem kühle Feuchtigkeit in den Mauern saß. Bis sich die Augen einigermaßen an die Dunkelheit ringsherum gewöhnt hatten, hatte sie zuerst die hinter ihr liegende Wand abgetastet. Raue Steine, verputzt und schlecht gestrichen – die Farbe war unter ihren Fingern in Schichten abgeblättert. Das war nun schon eine Weile her, eine halbe Stunde, vielleicht auch länger. Jegliches Zeitgefühl war ihr völlig abhanden gekommen. Noch immer konnte sie nicht viel erkennen im Raum: leere Regale, und in der Ecke die Schemen eines Fahrrads. Griet saß auf dem Boden an die Wand gelehnt, unter ihr eine Teppichfliese, die den Hintern notdürftig warm hielt. Seit sie aus ihrer Betäubung erwacht war, hatte sie es noch nicht auf die Beine geschafft. Sie war einfach noch zu schwach. Der Schreck und vermutlich auch dieses Zeug, welches man sie hatte einatmen lassen, lähmten jede Bewegung.

Hatte sie Angst? Oder war ihr nur kalt? Jedenfalls zitterte sie, und ihre Oberarme fühlten sich pelzig an unter dem Stoff ihres Umhangs.

Über sich hörte sie Schritte. Langsame und ruhige Schritte, denen nicht anzumerken war, ob es sich um einen Mann, eine Frau oder ein Monster handelte.

Griet glaubte nicht, dass es Samael war. Obwohl sie kein Gesicht und keine Stimme erkannt hatte, verriet ihr irgendetwas, dass er mit dieser Entführung nichts zu tun hatte. Warum sollte er das tun? Er wusste doch, sie würde auch freiwillig mit ihm gehen. Diese Sache hier hatte einen anderen Hintergrund.

Ob Gernot, ihr Stiefvater, dahintersteckte? Der Mann ihrer Mutter hatte jedoch nicht ein einziges Mal Interesse an ihr gezeigt, welches über ein normales Eltern-Kind-Verhältnis hinausgegangen wäre. Bei der ständigen Beobachtung durch die Beratungsstelle wäre das ja ohnehin kaum möglich, immerhin musste Griet alle zwei Wochen über ihr Familienleben berichten, und das wusste Gernot. Und ihm musste auch klar sein, sie war nicht der Typ, der sich irgendwelche komischen Sachen und Heimlichkeiten gefallen lassen würde. Okay, er sagte ihr, dass sie die Füße vom Wohnzimmertisch nehmen musste oder beim Essen nicht den Kopf auf die Hand stützen sollte. Doch stets war er auf Distanz geblieben, ja, er hatte sogar so viel Abstand zu Griet gehalten, dass ihr Verhältnis auch sechs Monate nach seinem Einzug nicht viel vertrauter war als das Verhältnis, welches sie beispielsweise zu ihrem Lateinlehrer hatte.

Aber wessen Gefangene war sie dann?

War sie etwa in dieselben Hände geraten, in denen Allegra Sendhorst vor zwei Tagen die letzten Minuten ihres Lebens verbracht hatte? War sie einem Kindermörder ausgeliefert? Nein, das konnte nicht sein. Jemand, der auf Alli scharf war, würde Griet keines Blickes würdigen. Alli war ein braves Mädchen mit naiver Ausstrahlung gewesen. Aber Griet signalisierte allein schon mit ihren Klamotten, dass sie alles Kindliche und Unschuldige bereits hinter sich gelassen hatte. Das war zumindest bisher ihre Absicht gewesen.

Aber jetzt fühlte sie sich klein und schutzlos. Wie lange war sie schon hier? Und was würde mit ihr passieren? Wann würde ihrer Mutter auffallen, dass sie nicht nur zu spät, sondern gar nicht von der Schule nach Hause kam? Esther hatte zurzeit weiß Gott selbst genug Probleme an den Hacken.

Sollte sie heulen? Oder losschreien? Vielleicht war das hier alles ein riesengroßes Missverständnis, und eigentlich wollte dieser Kerl jemand anderen entführen. Eine Verwechslung. Gleich würde er kommen, sich entschuldigen und sie frei lassen.

Aber Griet war klar, das würde nicht passieren. Sie war kein Mensch, der so leicht verwechselt wurde.

Und wenn es doch Samael gewesen war? Wenn er einfach mehr Spaß daran hatte, sie ohne ihr Einverständnis zu quälen?

Samael war anders als alle anderen. Er hatte nichts gemeinsam mit diesen gesichtslosen Mitschülern, die selbst nicht genau wussten, was sie wollten. Nicht nur, weil er älter war und meilenweit interessanter. Sondern weil er so viel kapierte von dem, was Griet bewegte. Wonach sie sich sehnte, was ihr wehtat und was sie fürchtete. Er war der Erste, der verstanden hatte, dass diese drei Empfindungen bei Griet ein- und dasselbe waren.

«Du glaubst, du musst innerlich zerplatzen», hatte er bei einem der ersten Gespräche zu ihr gesagt. «Es ist so viel Gefühl in dir, so viel Gutes und Böses, und das kann nicht raus. Es sei denn, du machst ihm den Weg frei. Öffnest deinen Panzer, die Haut, den Körper, dann kann es entweichen. Dann erlöst du dich selbst.»

Am alten Friedhof waren sie sich das erste Mal begegnet. Griet hatte sich die Fingernägel blutig gekaut, und er war dabei gewesen, mit einem Messer die Maserung an der Innenseite seiner Arme nachzuzeichnen. Ein komisches Treffen. Zehn Meter hatten sie auseinandergesessen und sich gegenseitig beobachtet. Sie hatten sich in die Augen geschaut und gewusst: Die Welt ist verrückt, und wir beide sind die Einzigen, die es erkannt haben.

Samael war schließlich zu ihr gekommen und hatte sein Messer, an dem noch ein dünner Film von seinem Blut klebte, über ihre Fingerkuppen gleiten lassen. Der Schmerz hatte gutgetan.

Es war kein Zufall, dass sie sich von dem Tag an immer wieder dort trafen. Und es war Griet egal gewesen, dass er zwölf Jahre älter war als sie. Total unwichtig. Zwischen ihnen gab es keine Zwänge, keine Verbote. Er hatte manchmal Alkohol getrunken oder gekifft, da hatte sie aber nie mitgemacht. Sie brauchte keine Betäubung, sie wollte lieber richtig denken und fühlen können, besonders wenn es wehtat. Er hatte sie nicht ein einziges Mal dazu aufgefordert. Samael respektierte ihren Willen, wie es noch nie ein Erwachsener getan hatte. Deswegen fieberte sie den Begegnungen entgegen. Aber leider sahen sie sich nicht allzu oft, denn sie konnte sich nicht immer von zu Hause fortschleichen. Bis er auf die Idee kam, sie zu besuchen. Nicht durch das Fenster, nicht durch die Hintertür, sondern ganz offiziell durch den Vordereingang. Als Patient ihrer Mutter.

Es war schon fast komisch gewesen, dass er, der so etwas wie der heimliche Geliebte für Griet geworden war, nun bei ihrer Mutter ein und aus ging und von Problemen erzählte, die denen von Griet gar nicht so unähnlich waren. Anschließend, wenn er sich durch die Vordertür verabschiedet und durch die Hintertür wieder hineingeschlichen hatte, wiederholte er jedes Wort aus der Sitzung. «Deine Mutter sagt, meine Eltern hätten mich zu wenig angenommen. Ich hätte keine Liebe, keinen Körperkontakt erfahren, es sei denn durch Schläge. Dadurch hätte ich gelernt, dass Gewalt die einfachste Methode ist, um wahrgenommen zu werden.»

Griet war zwar nie geschlagen worden. Weder vom Vater

noch von der Mutter. Doch auch sie fühlte sich missachtet. Damals bei der Scheidung hatten sich erst beide um sie geprügelt bis zum Wahnsinn. Aber als das Gericht dann entschied, dass Griet bei ihrer Mutter bleiben sollte, ließ das Interesse bei beiden schlagartig nach. Der Vater zog sich völlig zurück, weil er die ständigen Abschiede einfach nicht verkraften konnte – aber das war alles Blabla, fand Griet –, und die Mutter widmete sich nach dem ganzen Theater, welches sie für ihre Tochter hatte aushalten müssen, erst einmal sich selbst. Griet hatte allein dagestanden. Als wäre sie unsichtbar geworden.

Seit fünf Monaten schlitzte sie schon an sich herum, doch ihre Mutter schaute nie so genau hin, dass sie es bemerkt hätte. Nur die abgekauten Fingernägel hatte sie bemerkt («Mein Kind, da hab ich was, nimm Mimulus!»). Auch für Griets Schlaflosigkeit hatte sie eine einfache Erklärung («Jaja, da steckt Schulangst dahinter, versuchen wir es mit Larch!»).

Ja, Mum hat für alle Probleme eine blöde Blüte parat, dachte Griet. Ihre einzige Waffe ist dieses alberne Pendel, und sie meint, damit sei alles getan. Auch ihren Patienten gegenüber hat sie immer viel Verständnis. Sie versteht Gott und die Welt und wahrscheinlich noch viel mehr. Aber sie hat nie gemerkt, was in *mir* vorgeht. Es hat sie nie interessiert. Ich hasse sie dafür.

Auch Gernots Einzug hatte nicht viel daran geändert. Bis zu dem Tag vor zwei Wochen, an dem ihr neuer, immer so zurückhaltender Stiefvater sie auf dem alten Friedhof mit Samael beobachtet hatte. Rein zufällig, wie er behauptete.

«Was will der Typ von dir? Pass auf, Griet, der ist gefährlich.» Gernot hielt ihr eine ellenlange Predigt über Männer, die auf kleine Kinder abfuhren, und dass er auch dazu gehöre, aber nun verstanden habe, dass es total falsch sei. Und so weiter und so weiter …

Das wisse sie doch alles schon längst, hatte Griet gesagt.

Gernot war außer sich gewesen. Er habe im Knast solche Typen zur Genüge kennengelernt. In der Gruppentherapie wäre sogar einer gewesen, der sadistische Züge gehabt hätte, und der sei auch im normalen Leben nett und freundlich dahergekommen – die Harmlosigkeit in Person. Damit würde er sich das Vertrauen der Kinder erschleichen, um sie dann, sobald sich die Gelegenheit ergab, zu missbrauchen.

Ab diesem Satz hatte Griet nicht mehr zugehört. Es lief doch immer auf dasselbe hinaus. Die Menschen rafften es einfach nicht, wenn sich zwei über alle Grenzen hinweg zueinander hingezogen fühlten. Leben, Tod, Schmerz und Hoffnung – das alles verschmolz zu einem wunderbaren Ganzen, und da spielte es keine Rolle, wie alt jemand war. So etwas verstanden die anderen nicht. Es war sinnlos, Gernot irgendetwas zu erklären. Also schwieg Griet und ging ihrem Stiefvater aus dem Weg.

Erst hatte sie sich gewundert, warum Gernot nicht ihre Mutter ins Spiel brachte. Wenn er sich wirklich so tierisch Sorgen machte, dann wäre sie doch die richtige Ansprechpartnerin. Eigentlich. Doch dann war Griet darauf gekommen, dass es zwischen den beiden wohl auch nicht zum Besten stand. Klar, wenn ihr Stiefvater anfing, Tacheles zu reden und unangenehme Themen auf den Tisch brachte, würde ihre Mutter wahrscheinlich gleich die ganz große Verdrängungskiste aufmachen. Wie sie es immer tat. Nicht richtig zuhören, alles schönreden und dann vielleicht noch im schlauen grünen Buch eine passende Blüte suchen. Mehr würde Gernot bei ihr auch nicht erreicht haben. Aber irgendwie hatte er sich in den Kopf gesetzt, zwischen ihr und Samael alles kaputt zu machen.

Bei einem ihrer letzten Treffen sagte Samael dann, dass er sich von Griets Stiefvater verfolgt fühle. Gernot behielte ihn dermaßen im Auge, er fühle sich wie ein Verbrecher. Wahrscheinlich stecke Eifersucht dahinter, na klar, Griets Stiefvater war ja ein Kinderschänder, er war also neidisch, weil seine Stieftochter überhaupt kein Interesse an ihm zeigte. Und darum wolle er alles zerstören, was zwischen ihnen war.

Samael hatte ihre Hand gehalten. «Ich habe noch keine Kraft, mich gegen ihn zu wehren. Jetzt noch nicht. Aber ich werde sie finden. Ich werde wiederkommen, meine wunderschöne schwarze Braut. Und ich werde dich holen und mitnehmen in eine Welt, in der wir beide endlich ungestört sind und unseren Träumen und Wünschen nachgehen können.»

«Wann wird das sein?»

«Du wirst es merken, wenn es so weit ist. Vielleicht wirst du Angst haben, dich fürchten und an mir zweifeln. Aber ich verspreche dir, ich werde dich befreien von deinen Schmerzen und diesem höllischen Druck, der sich in dir ausbreitet.» Dann hatte er sie das erste Mal geküsst. Auf den Mund. Sein Atem war zu ihrem geworden. Und schon da hatte sie geahnt, was er meinte, wenn er von einer anderen Welt sprach, in die er sie bringen würde.

Aber nun saß sie in diesem dunklen und feuchten Keller. Das konnte, das durfte nicht sein. Samael hätte etwas anderes ausgesucht, um ungestört zu sein.

Griet hörte über sich jetzt keine Schritte mehr. Und auch wenn das Trappeln beunruhigend gewesen war, die plötzliche Stille war noch viel schlimmer.

«Hallo?», fragte Griet viel zu leise. Das Betäubungsmittel war ihr auf die Stimmbänder geschlagen. Mehr als ein heiseres Flüstern brachte sie nicht zustande. Griet versuchte aufzustehen, doch ihre Beine fühlten sich an wie Babybrei. Aber die Arme kriegten ein Rohr zu packen, ein Heizungsrohr wahrscheinlich, stabil genug, um sich hochzuziehen.

Vielleicht finde ich eine Tür, die sich öffnen lässt, dachte Griet. Konnte doch sein, dass sie überhaupt keine Gefangene war, sondern einfach die Klinke nach unten drücken musste, um die Tür aufzustoßen und die Treppe nach oben zu gehen. In die Freiheit. Ins Licht.

Endlich kam sie auf die Beine. Ihr Kreislauf spielte verrückt, das ganze Blut schien in ihrem Unterleib zu lagern, der Kopf fühlte sich entsetzlich leer an, schmerzte höllisch und war nicht wirklich einsatzbereit. Der erste freie Schritt in den Raum hinein war wenig vielversprechend, sie taumelte zurück und bekam nur knapp das Regal zu fassen. Dann musste sie eben an der Wand entlangschleichen. Stück für Stück.

Nach fünf lahmen Schritten erreichte sie endlich die Tür. Sie war aus Metall, mit einem abgerundeten Plastikgriff. Verschlossen. Aber Griet durfte und wollte sich dadurch nicht entmutigen lassen. Irgendwann musste sie ja auch mal mit Essen und Trinken versorgt werden. Ihr Mund war pelzig, die Zunge geschwollen. Sie sehnte sich nach einem Schluck Wasser. Wenn ihr Entführer vielleicht gleich etwas bringen würde, dann könnte sie direkt hier warten, und sobald sich der Schlüssel im Loch gedreht hatte, würde sie lospreschen. Würde ihn einfach überrumpeln.

Aber vielleicht waren es auch mehrere? Griet versuchte sich daran zu erinnern, wie sie hier heruntergekommen war. Man musste sie getragen haben. Konnte ein einzelner Mensch das überhaupt schaffen, ohne dabei bemerkt zu werden? Man hatte sie am helllichten Tag mitten in Norden betäubt und in einen Wagen gesteckt. Dahinter konnte unmöglich nur eine Person stecken, oder?

Oben waren wieder Schritte zu hören. Ganz lahm, schlurfend. Es hörte sich nicht danach an, als bereite gerade jemand ihr Abendessen vor. Man hatte also nicht vor, sie hier mit dem Nötigsten zu versorgen. Oder war sie einfach vergessen worden? Zugegeben, ihre Fluchtpläne waren ohnehin lächerlich. Niemals hätte sie in ihrem Zustand schnell und effektiv handeln können. Wahrscheinlich wäre sie der Länge nach hingeknallt bei ihrem Versuch, in die Freiheit zu rennen.

Griet ließ sich wieder auf den Boden sinken. Ihr war so kalt. Der Durst schmerzte im Hals. Sie war in einer beschissenen Lage. Aber Angst wollte sie nicht haben. Nein. Nur das nicht. Keine Angst! Was würde Samael denken, wenn er sie nun so sehen könnte? Er würde sie verachten.

Also suchte sie den Mut in sich. Irgendwo musste er doch zu finden sein.

Nein. Sie war leer.

«Mama!», heulte sie plötzlich. Sie hätte so gern etwas anderes gerufen in ihrer Verzweiflung, aber ihre zitternden Lippen formten immer wieder denselben, fast lautlosen Schrei. «Mama, hol mich hier raus!»

26.

Chicory *(Wegwarte)*
🌿 Botanischer Name: Cᴉᴄʜᴏʀɪᴜᴍ ɪɴᴛʏʙᴜs 🌿
Blüte für Menschen,
die durch ihre Fürsorglichkeit
andere an sich binden wollen

Wenn die Insel Spiekeroog eine Auszeichnung verleihen würde für treue Gäste, eine silberne Anstecknadel oder eine goldgerahmte Urkunde, Else Martineck hätte sie längst. Seit mehr als dreißig Jahren fuhr sie im Juni oder Juli auf ihre Lieblingsinsel. Früher gemeinsam mit ihrem Mann Gerhard. Seit ein paar Jahren allein. Sie wohnte immer in derselben Pension. Immer im selben Zimmer. Es brachte etwas Abwechslung in ihr Leben, welches normalerweise im Teutoburger Wald stattfand.

Jeder Urlaubstag hatte nach einem speziellen Muster abzulaufen, damit er auch richtig erholsam war. Morgens frühstückte sie um halb acht, da legte sie sich immer heimlich ein Brötchen zur Seite, ein normales ohne Mohn oder Sonnenblumenkerne. Am Vormittag ging sie im Hallenbad schwimmen, das Meer war ihr schon immer zu wild gewesen. Danach folgte eine Salzwasserinhalation im Kurmittelhaus. Als kleines Mädchen hatte Else Martineck ein Lungenleiden gehabt, und man konnte ja nie wissen, ob so ein Gebrechen nicht eines Tages wieder aus der Versenkung auftauchte. Anschließend gönnte sie sich einen Ostfriesentee mit einem Stück Torte, inzwischen leider die diabetikergeeignete Variante – da musste sie aufpassen wie ein Luchs, hatte die Hausärztin zu Hause in Bad Meinberg gemahnt.

Das Mittagsstündchen verbrachte sie im Bett, so viel Sonne und frische Luft machten müde.

Aber das, was Else Martineck am meisten liebte hier auf der Insel, sozusagen ihr Höhepunkt eines vollendeten Urlaubstages, ausgerechnet das war seit ein paar Jahren strengstens verboten: Enten füttern im Kurpark. Normalerweise war Else die Gesetzestreue in Person, aber sie sah einfach nicht ein, warum sie sich auf ihre späten Jahre noch den allergrößten Spaß verderben lassen sollte. Viel blieb einer Witwe doch nicht vom Leben. Und so ein Brötchen, also wirklich, so schlimm konnte das doch nicht sein.

Wie eine Geheimagentin fühlte sie sich, eine Mata Hari auf Spiekeroog, und sie schaute sich auch heute einige Male um, bevor sie zur Tat schritt. Der Kurpark hatte tausend versteckte Winkel, Nischen und Gebüsche, wo sich die Gesetzeshüter verstecken konnten, um dann wie aus dem Nichts neben ihr aufzutauchen und sie auf frischer Tat zu ertappen. Zweimal war das schon passiert, schrecklich unangenehm ist ihr das gewesen. «Wir denken uns solche Verbote doch nicht zum Spaß aus. Wenn hier jeder seine Frühstücksbrötchen an die Enten verfüttert, dann haben wir bald einen stinkenden Tümpel auf der Insel. Das wollen Sie doch auch nicht.»

Nein, das wollte Else Martineck nicht. Aber die Tiere waren doch so hungrig. Und sie hatten bereits Vertrauen zu ihr gefasst, kamen schon erwartungsvoll angewatschelt, wenn sie am frühen Abend durch den Kurpark spazierte. Zu dieser Zeit waren die meisten Gäste in den Restaurants der Insel verschwunden. Else Martineck ging dann bis zu ihrer Stelle, bis zum Holzplateau, welches einen guten Meter über das Wasser ragte, und machte mit den gespitzten Lippen ein quietschiges Geräusch, ihren eigenen, unverwechselbaren Lockruf. Im Juni waren ja auch die Küken schon da, die im Schlepptau der Entenmutter ganz eifrig nach den aufgeweichten Brotkrumen pickten. Else machte sich dann Gedanken, ob sie wohl eine Rolle spielte bei den Generationen der Wasservögel, ob das braungesprenkelte Muttertier so etwas wie eine Erinnerung an sie hatte, an die ältere Dame, die schon im letzten Jahr und im Jahr davor für ein paar Leckerbissen gesorgt hatte. Es wäre schön, dachte Else, wenn die Enten nach mir Ausschau hielten und vielleicht zu Beginn des Sommers schon in freudiger Erwartung wären, wann der Inselurlaub der Else Martineck denn endlich beginnt.

Aber wo waren heute die Enten? Gestern noch hatte sie gleich zwei Vogelfamilien auf der dunkelgrünen Teichoberfläche beobachtet, zudem noch zwei Erpel, die Junggesellen zu sein schienen. Und nun, an diesem Abend, dem vorletzten ihres Urlaubs, waren außer zwei lauten, gierigen Silbermöwen weit und breit keine Tiere zu sehen. Nein, Möwen fütterte Else Martineck nicht. Die waren ihr zu gierig, machten sich manchmal, wenn die Fütterung vorüber war, sogar am Mülleimer zu schaffen, rissen die leere Butterbrottüte hervor, zerfetzten sie auf dem Steg und kämpften bitterböse um die letzten winzigen Krumen. Zum Dank besudelten sie ihr beim Abflug noch die gute Sympatexjacke – und die Flecken waren sehr hartnäckig.

Hatten die Möwen sich hier etwa so breit gemacht, weil sich Elses regelmäßige Fütterung bis zu ihnen durchgesprochen hatte? Neben den weißen Seevögeln konnten sich die putzigen Enten einfach nicht durchsetzen. Wahrscheinlich hatten sie deshalb das Feld geräumt.

Oder lag es an der Wasserqualität? Else wusste sehr wohl, die Hinterlassenschaften der gefütterten Enten überdüngten einen kleinen Teich wie diesen, wenn man nicht aufpasste. Insbesondere bei gutem Wetter, und in den letzten Tagen hatte Petrus sich durchgehend großzügig gezeigt. Die Luft war immer noch schwül, und der Himmel sah nach einem aufkommenden Sommergewitter aus. Bei solch einem Klima wurde selbst die Milch im Kühlschrank sauer, da kippte alles schnell um, auch mit Mayonnaise musste man ja höllisch aufpassen bei Hitze. Und tatsächlich nahm Else jetzt am Kurparkteich zum ersten Mal einen modrigen Geruch war: sumpfig, vergammelt, gar nicht schön. Hatte sie es vielleicht doch zu weit getrieben? War wegen ihr die dunkle Prophezeiung des Spiekerooger Ordnungshüters wahr geworden und die hübsche Wasserstelle zu einem stinkenden Tümpel verkommen? Else Martineck schämte sich augenblicklich. Schuldbewusst biss sie nun selbst in das altbackene Brötchen und wollte gerade die Papiertüte zurück in ihre Handtasche stecken, als eine schlappe Böe sich einen Scherz mit ihr erlaubte. Der laue Wind blies so geschickt um ihren linken Arm herum, dass die Papiertüte davon erfasst wurde und nur einen halben Schritt weiter auf der Wasseroberfläche landete.

«Himmelherrgott», fluchte Else ganz gegen ihre Gewohnheit. Wenn jetzt jemand vorbeikäme. Wo sie doch schon den Teich ruiniert hatte … und nun verschmutzte sie ihn noch mit diesem unfreiwilligen Papierschiffchen. Else trat näher ans Wasser, bückte sich so tief es ging und streckte den Arm aus. Einfach war das nicht, mit siebzig Jahren und Osteoporose in den Knochen. Die kaum merkliche Wasserbewegung trieb die Tüte unter die Bretter des Holzplateaus, auf dem sie stand, also holte sie ihren Stock zur Hilfe. Sie zog ihre Jacke aus, legte sie auf das Holz und kniete sich hin.

Nein, wie weh das tat! Eine Frau in meinem Alter sollte so etwas nicht mehr machen, dachte Else.

Sie fischte mit dem Stock im Wasser, sehen konnte sie nichts, dazu war das Ding bereits zu weit unter den Steg getrieben worden. Meine Güte, der Gestank war aber wirklich eklig! Nie mehr, wirklich nie mehr wollte sie sich Verbotsschildern im Spiekerooger Kurpark widersetzen. Regeln hatten eben doch ihren Sinn.

Else machte sich lang wie ein Expander. Da war etwas. Mit ihrem Stock berührte sie etwas Weiches. Es war kein Papier. Eher ein Stück Stoff oder so. Else ächzte, als sie ihre Hand ins Wasser tauchte und daran zog. Sie spähte über die Uferkante. Nein, ein Stück Stoff hatte sie hier aber eigentlich nicht verloren. Und das, was ihre Hand zu fassen bekommen hatte, waren Haare.

Haare?

Dunkelblonde Haare. Sie schwammen wie zarte Moos-pflänzchen im Wasser. Und jetzt sah Else Martineck auch, woher die Haare stammten, und sie verstand, warum sie sich so schrecklich anstrengen musste. Für die Papiertüte, die sich in der Achselhöhle des nackten Mädchens verfangen hatte, interessierte sich Else Martineck überhaupt nicht mehr.

27.

Walnut *(Walnuss)*

🌿 Botanischer Name: JUGLANS REGIA 🌿

Blüte, die bei einer längst fälligen Entscheidung helfen kann

Axel und Wencke hatten sich für den Teil des Naturschutzgebietes entschieden, der zwar laut Brockelsen von den Internatsschülern bereits durchkämmt worden war, der sich aber auch so wild bewachsen und unwegsam zeigte, dass ein zweites Mal nicht schaden konnte. Gefunden hatten sie nicht viel, eine platt gelegene Socke, das kaputte Gestell einer Sonnenbrille und ein paar sandige Bonbons neben einem Stück weißen Papier, das sich als Kassenzettel aus dem Drogeriemarkt entpuppte. Alles Dinge, die nicht spektakulär waren, die man eben so fand in den Dünen einer sommerlichen Urlaubsinsel.

Wencke steckte das meiste mehr instinktiv in die Jackentasche. Es war Eile geboten, Gewitterwolken kündigten einen satten Regenguss an, der vielleicht ein paar wichtige Spuren fortspülen würde.

Brombeersträucher, Hagebuttengestrüpp und Sanddorn machten die Suche nach Marina Kobitzki zu einem Einsatz, der Spuren auf Armen und Beinen hinterließ. Als Wencke nach Axels Hand fasste, um ihm dabei zu helfen, seinen Fuß aus einem Kaninchenloch zu ziehen, sah sie drei feine Schrammen auf der nicht behaarten Seite seines Unterarms.

Sie stutzte. Die Verletzungen erinnerten sie an etwas. «Hast du vorhin die Narben gesehen? Hanno Thedingas nicht verbundener Arm sah aus, als hätte er schon ein paarmal an sich herumgeschnippelt.»

Axel machte einen großen Schritt und stand wieder auf gleicher Höhe. «Vielleicht kommt daher auch seine komische Verletzung. Scheint ein Borderliner zu sein. Bei seiner Vorgeschichte kein Wunder …»

«Aber die Verletzung von heute muss woanders herstammen. Sie ist am rechten Arm. Und Thedinga ist Rechtshänder, darauf habe ich vorhin extra geachtet.»

Axel sagte nichts. Er hob ein altes Brett auf und drehte es um. Ein sinnloses Unterfangen, dachte Wencke, was erhoffte er unter einem dreißig Zentimeter breiten Stück Treibholz zu finden? Seit mehr als einer Stunde suchte er nun schon mit vollem Einsatz, nachdem er die ersten sechzig Minuten eher vor sich hin gegrübelt hatte. Was seinen plötzlichen Motivationsschub ausgelöst hatte, wusste Wencke nicht so genau. War es die Standpauke gewesen, die sie ihm gehalten hatte, als sie ihn dabei ertappte, wie er seiner Kerstin SMS schrieb? Als ob sie hier nicht Wichtigeres zu tun hätten. Oder resultierte sein plötzlicher Eifer aus der Resignation, weil er sich das letzte Schiff und die Nacht im heimischen Bett abschminken konnte? Wencke hatte keine Ahnung, aber auf einmal war Axel wie angestachelt. Er suchte in den unmöglichsten Winkeln und rief in regelmäßigen Abständen den Namen des Mädchens in alle Himmelsrichtungen.

«Du hältst Hanno Thedinga für unschuldig, stimmt's?» Wencke war aufgefallen, dass sie Axel noch nicht einmal nach seiner Sicht der Dinge gefragt hatte.

«Wenn ich ehrlich sein soll: ja. Diese ganze Sache mit der toten Katze und so. Was beweist das schon? Allegra Sendhorst kann das Tier auch heimlich mitgenommen und dann aus Versehen überrollt haben. Ein Unfall also.»

«Mmh, ein tragischer Unfall, ja? Das klingt natürlich wesentlich plausibler», versuchte Wencke es mit Ironie.

Doch sie wusste, mit ihrer Theorie stand sie auf verlorenem Posten. Nicht zuletzt, weil inzwischen ein Anruf aus Norden gekommen war: Griet Vanmeer wurde seit dem Nachmittag vermisst. Man hatte ihr Fahrrad auf dem Schulweg gefunden. Von dem Mädchen fehlte jedoch jede Spur. Dafür hatte Kerstin eine weitere interessante Entdeckung gemacht: An Griets Sattel waren dieselben Stofffasern aufgetaucht, die man schon bei Allegras Rad gesichert hatte. Grüner Cord.

Ein Stoff, der zugegebenermaßen nicht in die Garderobe eines schnieken Restaurantfachmanns mit Gelfrisur passte. Außerdem besaß Thedinga für den heutigen Tag ein 1a-Alibi, daran gab es keinen Zweifel.

Bei Gernot Huckler sah das anders aus. Brockelsen hatte gemeinsam mit zwei Beamten vom Ordnungsamt sämtliche Vermieter der Insel abgeklappert, und tatsächlich: ein Georg Vanmeer hatte sich in der letzten Nacht in der Pension Michaelis einquartiert, war aber seit dem Frühstück nicht mehr dort aufgetaucht. Die Rechnung stand noch aus, das Zimmer war bis auf eine Reisezahnbürste, eine Minitube Colgate und einen Einwegkamm leer, die Wirtin entsprechend sauer. Die Personenbeschreibung des vermeintlichen Zechprellers passte eindeutig auf Huckler. Genauso eindeutig, wie die Angaben des Internatsleiters passten, der auf seiner Suche am Vormittag einem dunkelblonden Mann begegnet war, ungefähr eins achtzig groß, nicht unsportlich, Dreitagebart und seltsam nervös. Auch bei seiner Frau war Gernot Huckler bislang noch nicht aufgetaucht, zumindest behauptete Esther Vanmeer das.

Alles sah danach aus, als ob der Verdächtige einen kleinen Abstecher auf die Insel gemacht hatte, um dort ein Mädchen verschwinden zu lassen. Und dann musste er wieder in die Heimat gefahren sein, um dasselbe mit seiner Stieftochter zu machen. Wenn diese Vermutung stimmte, dann handelte der Mann tatsächlich Schlag auf Schlag. Jeden Tag ein neues Opfer.

Kein Wunder also, dass die Anfragen der Presse in der Auricher Polizei hartnäckiger wurden. Ute Sendhorst war für den Abend als Gast in einem reißerischen TV-Magazin angekündigt. Thema: *Wie verantwortungsvoll schützt die Polizei unsere Kinder.* Sogar die Chefs in Hannover hatten sich bereits persönlich bei Wencke nach dem Stand der Dinge erkundigt. Der Fall schaukelte sich hoch, und wenn hier auf Spiekeroog tatsächlich ein zweiter Mord passiert war, dann würde der Medien-Supergau seinen Lauf nehmen.

Ob auch Axel von dieser Sorge angetrieben wurde? Hatte er deswegen mit keiner Silbe protestiert, als Wencke entschieden hatte, auf der Insel zu bleiben? In Norden waren alle Kräfte im Einsatz. Selbst die Wasserschutzpolizei war unterwegs, um Griet Vanmeer zu suchen. Es gab also keine Möglichkeit, sich von den Kollegen zum Festland bringen zu lassen. Zudem war laut Meteorologen ein übler Gewittersturm im Anmarsch, der würde aus dem Wattenmeer ein ziemlich ungemütliches Fahrwasser machen.

Wencke nahm es gelassen, sie hatte ohnehin Brockelsen ihre Hilfe versprochen, wenn sich der Verdacht gegen Thedinga als falsch herausstellen sollte. Und das war wohl in der letzten Stunde geschehen.

Axel schob einige Birkenzweige zur Seite und spähte in die kleine Höhle, die sich rund um den Baumstamm gebildet hatte. «Wäre das Mädchen hier irgendwo, dann hätte sie doch unser Rufen schon längst gehört.»

«Wenn sie noch lebt, bestimmt.» Wencke hatte kein gutes Gefühl, was Marina anging. Sie würde zwar suchen, bis ihr die Augen zufielen, schließlich konnte auf einer Insel niemand so einfach verschwinden. Doch es war bereits nach acht Uhr, das Mädchen galt schon seit vierundzwanzig Stunden als vermisst.

Eine frische Windböe kam über die Dünen, und am Himmel zog ein dunkelgrauer Teppich vor die Sonne. Das Wetter schien sich Wenckes pessimistischer Stimmung angleichen zu wollen.

«Glaubst du, sie ist tot?», fragte sie.

Axel nickte. Klar, er war bei weitem pragmatischer als sie. Wahrscheinlich rechnete er ganz sachlich die Argumente zusammen, eins und eins gleich zwei, Mädchen und vorbestrafter Pädophiler gleich Mord.

«Und wer soll es getan haben?»

«Wer schon.»

Hanno Thedinga hatte sich während des Gesprächs nicht ein einziges Mal in Widersprüche verstrickt. Selbst als es Wencke um drei Ecken herum gelungen war, ihn nach seiner Kindheit, seinen bisherigen Straftaten und seiner Beziehung zu Frauen zu befragen. Ja, seine leiblichen Eltern hätten ihn windelweich geschlagen, aber dank seiner Adoptiveltern hätte er die schlimme Zeit ganz gut überwunden, wenn nicht sogar fast vergessen. Und das mit den Hühnern, meine Güte, da sei er doch noch ein Kind gewesen. Und wegen des Hundes, da hätte man ihm keine Straftat nachweisen können, wie denn auch, das mit dem Benzin und dem Feuer sei ein ganz blöder Unfall gewesen, und das Vieh hätte doch nur deswegen überlebt, weil er selbst den Brand mit einem Eimer Wasser gelöscht hatte. Und sein Verhältnis zu Frauen? Da solle die Polizei nur mal im Hotel nachfragen. Alle Mädchen, die eine rote Bombe bekämen, wenn sie seinen Namen hörten, wären schon mal mit ihm im Bett gewesen. Aber das wolle man doch nicht allen Ernstes tun, oder?

Sympathisch fand Wencke Hanno Thedinga keinesfalls,

auch wenn man ihm sein flapsiges Machogehabe aufgrund seines netten Äußeren vielleicht verzeihen konnte. Dennoch verstand sie, dass Axel unter diesen Umständen eher an das Naheliegende glauben wollte.

«Wenn es tatsächlich so passiert ist, Axel, wenn wirklich Gernot Huckler wieder einmal schneller war als ich, wenn ich ihm durch meine beschissene Bauchdenkerei einen Vorsprung verschafft habe, dann …»

«Was dann?»

Axel blieb stehen und starrte sie an. Sie waren gerade in einer Talsohle zwischen zwei Dünen angekommen, als erste dicke Tropfen in den Sand fielen und auf Wenckes T-Shirt dunkle Punkte hinterließen.

«Dann schmeiß ich die Sache.»

«Den Fall?»

«Den Job.»

«Quatsch.» Er griff nach ihren Händen. Machte er das wirklich? Wencke schaute erstaunt an sich herab, aber selbst ihr skeptischer Blick hielt Axel nicht davon ab, seine Finger mit den ihren zu verschränken.

«Kein Quatsch. Was soll das denn noch? Ständig laufe ich mit offenen Augen gegen Wände, weil ich meine, dort eine sperrangelweit geöffnete Tür zu fühlen. So arbeitet doch keine gute Kommissarin.»

«Wie kommst du darauf?»

«Du hast es mir selbst schon tausendmal vorgeworfen, falls du dich erinnerst.»

Seine Hände rutschten bis zu ihren Ellenbogen und wischten zärtlich ein paar Regentropfen weg. «Wencke.»

Es war keine Frage und keine Aufforderung. Er sprach einfach nur ihren Namen aus. Aber noch nie hatte so ein besonderer Ton darin mitgeklungen. Was war los?

«Lass uns weitersuchen.» Wencke machte Anstalten, sich

von ihm abzuwenden. Es tat weh, wenn er sie so festhielt. Nicht an den Armen. Eher im Herz.

«Ich suche doch schon wie ein Verrückter.»

Wencke schaute ihn verständnislos an.

«Ich suche nach Worten, die dich von diesem Unsinn abbringen sollen.»

«Es ist kein Unsinn. Sag mal, Axel Sanders, wie blind bist du eigentlich? Ich fühle mich nicht mehr wohl in meiner Haut. Jeden Morgen wache ich auf und habe das Gefühl, nicht das Richtige zu tun. Keine richtige Mutter zu sein, keine richtige Kripobeamtin, keine richtige Kollegin … und vor allem keine richtige Frau.»

Wenckes Herz randalierte. Da hatte sie gerade etwas über die Lippen gebracht, was sie sich selbst noch nie in dieser Klarheit eingestanden hatte. Sicher, eine Ahnung davon hatte sie schon gehabt. Aber Axel Sanders wäre trotzdem der Allerletzte, dem sie sich offenbaren wollte. Nur rückgängig zu machen war das Gesagte jetzt nicht mehr. Sie hörte sein trockenes Schlucken.

«Du bist die richtigste Frau, die ich kenne.»

«Und für wen?»

«Für mich.»

«Das sind ja ganz neue Töne. Wie willst ausgerechnet du das denn überhaupt beurteilen, ob ich richtig bin oder falsch?»

«Na hör mal, Wencke Tydmers. Ich denke, ich kenne dich ziemlich genau. Vielleicht besser als jeder andere.»

«Womöglich noch besser als ich mich selbst?» Sie lachte mit etwas zu bitterem Nachklang.

Doch Axel verzog keine Miene. Er wollte die Situation nicht bagatellisieren und duldete keinen Sarkasmus. Das hätte alles irgendetwas weniger ernst gemacht, als es in Wirklichkeit war. Der Regen wurde stärker, machte sie beide nass.

«Ich würde nie an dir zweifeln, Wencke, eben weil ich dich besser kenne, als du dich selbst. Aber wundert dich das?»

Wencke hielt den Atem an. Sie blieb ihm die Antwort schuldig.

«Überleg doch mal, wir haben zusammengelebt. Unter einem Dach, ganze drei Jahre lang, und es war nicht die schlechteste Zeit, denke ich. Und wir machen zusammen diesen Job hier. Was haben wir alles gesehen … Damals, als du dich ein bisschen in diesen Hotelkoch verliebt hast …»

«Damals konnten wir uns nicht ausstehen.»

«Aber wir waren uns schon irgendwie ziemlich wichtig. Immerhin haben wir uns ein paar Jahre später, als ich auf Juist war und dieser Antiquitätenhändler ums Leben gekommen ist …»

«Was haben wir da?»

«Uns geküsst. Und in einem Bett übernachtet.»

«Da war ich total betrunken.»

«Und auf Norderney standen wir schon mal gemeinsam im Regen, erinnerst du dich?»

«Wolltest du mich da nicht suspendieren lassen?»

«Wir haben Emil mehr oder weniger zusammen aufgezogen. Sein erstes Wort war Mama, sein zweites Attel, weil er kein x aussprechen konnte.»

«Sein zweites Wort war Auto.»

«Blödsinn.»

Was sollte das hier? Was hielt Axel Sanders für eine ausschweifende Rede? Versuchte sich dieser Mann gerade in Gefühl? Und wie konnte sie das stoppen? Wollte sie es überhaupt stoppen?

Der Platzregen, der sich jetzt über ihnen ergoss, wäre sicher Grund genug gewesen, Reißaus zu nehmen, und trotzdem blieb sie wie angewurzelt stehen.

«Lag da nicht vor zwei Tagen so ein schicker hellblauer

Umschlag, so ein ganz beschissener Brief in meinem Büro?»
Mein Gott, das habe ich jetzt nicht wirklich gesagt, dachte
Wencke.

«Das war ein Fehler», gab Axel kleinlaut zu.

«Was? Dass du mich zu eurer Hochzeit eingeladen hast?
Oder dass ihr diese kitschige Farbe und dieses saublöde
Sträflingsfoto von euch ausgesucht habt?»

Nach einer Sekunde perplexen Schweigens lachte Axel auf.
«Du findest es albern, stimmt's?» Seine Hände wagten sich
noch weiter hinauf zu ihren Schultern. Es gab keine andere
Erklärung für diese Bewegung als die, dass er gerade dabei
war, sie zu umarmen.

«Axel, das Bild ist so albern, dass es jedem Eingeladenen
das Recht gibt, ohne schlechtes Gewissen dem großen Tag
fernzubleiben.»

«Du wirst nicht kommen.» Wencke fiel auf, dass Axel den
Satz nicht als Frage formuliert hatte.

«Emil wird an dem Tag eine schlimme Erkältung bekommen, das weiß ich jetzt schon. Mit unerklärlichem Fieber,
hochgradig ansteckend.» Wenckes Schulterblätter kribbel-
ten, als wüchsen Flügel heraus, bloß weil seine Finger über
das nasse T-Shirt streichelten.

«Auf meiner Hochzeit will ich niemanden lieber dabei-
haben als dich und Emil.»

Wencke schnaubte. «Das lass Kerstin lieber nicht hören.»

«Ich sagte: Auf meiner Hochzeit …»

Es war so weit: Seine Hände hatten sich hinter ihr geschlossen, er umfasste sie vollständig. Jeder, der sie nun beobachten würde, wäre sicher, ein Liebespaar im Regen vor
sich zu sehen. Waren sie ein Liebespaar? Seit wann eigentlich?
Hatte die Blütenfrau nicht heute Morgen schon etwas davon
gesagt? Von Spannungen und Erotik und einer gefährlichen
Mischung, die sie beide abgaben?

Aber eigentlich, dachte Wencke, eigentlich weiß ich es doch schon seit ganz vielen Jahren.

Sie stellte sich auf die Zehenspitzen, Axel beugte sich zu ihr herunter. Fünfundzwanzig Zentimeter konnten furchtbar weit sein.

«Wenn ich dich richtig verstanden habe, Axel Sanders, dann …»

«Tu doch nicht so, als ginge es hier um den Verstand. Du hörst doch sonst auch immer auf dein Gefühl.»

Seine Lippen waren weicher, als sie gedacht hatte. Seine Arme sanfter, sein Blick verlorener.

Jetzt küssen wir uns, dachte Wencke. Das kann doch nicht wahr sein. Wir küssen uns. Der Regen fließt in Rinnsalen über unsere Lippen. Und ich werde jetzt meine Hände aus den Hosentaschen nehmen, damit er weiß, es ist kein Versehen.

Das Piepen aus der Jeansjacke war das schlimmste Geräusch, welches sie jemals gehört hatte. Der Klingelton hieß Nostalgie. So ein scheiß Klingelton.

«Mein Handy», sagte Wencke und begann nach dem Gerät zu suchen.

«Du weißt schon, wenn du da jetzt drangehst, wird aus uns beiden nie was werden», nuschelte er.

Das ist jetzt die Entscheidung, dachte Wencke. Bin ich eine richtige Frau – oder eine richtige Kriminalkommissarin?

Axel ließ langsam los und schaute sie an. Sie lächelte ihm zu.

Dann drückte sie auf den grünen Knopf. Im nächsten Moment wusste sie, dass ihre Suche in den Dünen umsonst gewesen war.

28.

Heather *(Heidekraut)*

❦ Botanischer Name: CALLUNA VULGARIS ❦
Blüte für Menschen, die sich selbst
zu wichtig nehmen

Wieso drei, hatte Tillmann Erb sich immer wieder gefragt. Er zerbrach sich regelrecht den Kopf darüber. Auch jetzt, wo er schon so gut wie im Bett lag, ließ ihn dieser Satz nicht los: «Ich glaube, wir haben hier schon das dritte vermisste Mädchen.»

Kerstin Spangemann von der Spurensicherung war fest bei der Version geblieben, sie hätte sich aufgrund von Überarbeitung versprochen, und natürlich wären es nur zwei Mädchen – Allegra Sendhorst und Griet Vanmeer. Aber Erb hatte die ganze Zeit über das Gefühl, dass ihm hier etwas verschwiegen wurde. Zudem war diese Spangemann zwar sehr apart und auch nicht dumm, aber beileibe keine Meisterin, wenn es darum ging, jemanden hinters Licht zu führen. Ihn schon gar nicht.

Ihm war schon lange klar, dass nicht alle Spuren, die man in diesem Fall verfolgte, für seine Ohren und Augen bestimmt waren. Von dieser überrollten Katze zum Beispiel hatten ihm weder Riemer noch Spangemann ein Sterbenswörtchen erzählt. Vielleicht hatte dieses Indiz sich inzwischen auch als völlig belanglos herausgestellt, zumindest hatte er nichts weiter darüber in Erfahrung bringen können. Dass er in seinem Täterprofil den Begriff «Tierquälerei» hatte fallen lassen, war mehr Zufall gewesen – er wusste ja, dass Sexualstraftäter oft auch durch derartige Delikte in Erscheinung treten. Und, was noch viel wichtiger war, er wusste, dass Gernot Huckler sich noch nie etwas Derartiges hatte zuschulden kommen lassen. Nun hatte also dieses Kätzchen vielleicht seine etwas luftleere These bestätigt. Und das war ja nicht schlecht.

Wencke Tydmers und ein Kollege namens Sanders waren gegen Mittag spurlos aus seinem Blickfeld verschwunden. Stattdessen hatte man ihn zur Spurensicherung geschickt. Das war im Grunde genommen auch sehr gut, denn hier fand er, was sich für seine Zwecke eignete. Auch sonst lief alles wie am Schnürchen – wie gut, wenn man mächtige Freunde hatte.

Es gab für Tillmann Erb auch eigentlich keinen Grund, daran zu zweifeln, dass er seinen Kopf gerade noch rechtzeitig aus der Schlinge gezogen hatte. Sie würden ihn nicht entlarven. Nicht, solange den Männern in Hannover wichtig war, dass nie herauskam, wer und was er wirklich war. Sie setzten alles daran, Gernot Huckler zu entlasten. Und damit entlasteten sie auch ihn. Schnell, präzise und ohne unnötiges Blutvergießen.

Und doch war Erb sich seiner Sache nicht mehr ganz so sicher. Wieso hatte diese Spangemann von drei Mädchen gesprochen? Musste er etwa mit weiteren Komplikationen rechnen?

Ausgerechnet diese schreckliche Katharina Zwolau von der *Zeitlupe* bestätigte dann sein ungutes Gefühl. Die Journalistin kam anscheinend nie zur Ruhe. Das Handy klingelte, als er sich in sein Hotelbett legen wollte. Erb trug bereits seinen Pyjama und bemühte sich gerade, mit dem Alarmsystem des altmodischen Radioweckers zurechtzukommen. Einen Moment lang dachte er, er hätte vielleicht den falschen Knopf gedrückt, erst dann bemerkte er, dass es sein Handy war. Um elf Uhr abends.

«Ich bin es schon wieder», erkannte er die Stimme der ungeliebten Gerichtsreporterin. Woher hatte diese Frau in Dreiteufelsnamen seine Mobilnummer? War seine neue Sekretärin vielleicht doch nicht so diskret?

«Was rufen Sie mich kurz vor Mitternacht an? Sollte ich Ihnen jetzt irgendetwas zu sagen haben, dann käme es sowieso nicht mehr rechtzeitig in die morgige Ausgabe. Soweit ich weiß, haben Sie um halb zwölf Redaktionsschluss.»

«Aber nicht, wenn in Ostfriesland ein Serienkiller herumläuft. Noch dazu einer, der eigentlich noch hinter Schloss und Riegel sitzen könnte.»

«Serienkiller …», hustete Erb. «Blödsinn. Die Stieftochter von Gernot Huckler gilt bislang lediglich als verschwunden. Sie ist wahrscheinlich weggelaufen.»

«Das dachte man von Marina Kobitzki auch.»

«Marina wer?» Die Frage war nur vorgeschoben. Erb wusste gleich, dass sie über das dritte Mädchen redete – den angeblichen Versprecher der Spurenfrau. Er stand auf, zum Sitzen auf der Bettkante war er jetzt einfach zu unruhig, schlüpfte in die Pantoffeln und trat ans Fenster. In den Auricher Straßen lief der Regen über den Asphalt, ein entferntes Gewitter flackerte über den Dächern. «Würden Sie mich bitte mal aufklären?»

«Gernot Huckler war auf Spiekeroog, und dort hat man vor ein paar Stunden die Leiche einer zwölfjährigen Schülerin aus dem Ententeich gefischt. Und kaum ist unser gemeinsamer Bekannter wieder auf dem Festland, fahndet man nach Griet Vanmeer. Alles sehr dicht gewebt, finden Sie nicht, Dr. Erb? Zumindest lückenloser als Ihr dürftiges Psychogutachten.»

«Woher haben Sie diese Informationen?»

«Betriebsgeheimnis. Würden wir Journalisten uns darauf verlassen, von den offiziellen Stellen mit Wissenswertem versorgt zu werden, dann wären die Zeitungen ziemlich dünn.»

«Und was wollen Sie jetzt von mir wissen?»

«Was Sie den Eltern der ermordeten Kinder sagen wollen, wenn die Ihnen eines Tages gegenüberstehen. Werden Sie sagen: Es tut mir leid, zu dem Zeitpunkt, als ich das Gutachten über den Kinderschänder machen sollte, war ich gerade damit beschäftigt, einem Politiker die Weste weißzuwaschen?»

«Das eine hat mit dem anderen doch überhaupt nichts zu tun. Mit Gernot Huckler habe ich vor über einem Jahr gearbeitet. Und der Webcam-Skandal, auf den Sie gerade anspielen, beschäftigte mich vor drei Wochen.»

«Trotzdem wäre es für unseren Ministerpräsidenten sicher alles andere als günstig, wenn der Gutachter, der ihm den angeknacksten Ruf gerettet hat, auf einmal als inkompetent dasteht, meinen Sie nicht?»

«Das ist eine Unverschämtheit sondergleichen. Wenn ein Magazin wie die *Zeitlupe* jetzt anfängt, diese grauenvolle Geschichte hier in Ostfriesland für ihre politischen Zwecke zu nutzen …»

«Ich bitte Sie! Die Gegenkandidatin wird es auch ohne solche Spielchen schaffen, im Herbst die Wahlen für sich zu entscheiden. Da mache ich mir keine Sorgen. Aber das ist doch auch gar nicht unser Thema.»

«Sie haben damit angefangen. Mit diesen hanebüchenen Unterstellungen!»

«War doch nur eine kleine Spitze von mir. Sie kennen mich doch, Dr. Erb, ich kann es einfach nicht lassen. Und Sie fahren ja auch immer so schön aus der Haut …» Die Frau lachte kurz und furchtbar schrill ins Telefon. Dann räusperte sie sich. «Aber jetzt mal im Ernst: Was werden Sie sagen, wenn die Eltern wissen wollen, warum Sie diesen Kerl auf freien Fuß gesetzt haben?»

«Verdrehen Sie nicht die Tatsachen, Zwolau. Das Gericht hat ihn vorzeitig entlassen.»

«Aber nur aufgrund Ihres Gutachtens.»

«Ich bin nach wie vor der Meinung, dass Gernot Huckler mit dem Mordfall …»

«… den Mordfällen!», korrigierte Katharina Zwolau.

«Meinetwegen mit den Mordfällen … Ich bin sicher, er hat es nicht getan.»

«Sie haben meine Frage nicht beantwortet.»

«Ich mache mir keine Gedanken darüber, was ich den Eltern sagen muss, weil ich weiß, dass dies nicht passieren wird.»

«Sind Sie gewissenlos, Dr. Erb?» Diese Schlange hörte einfach nicht auf. Was versprach sie sich davon? Und warum schwitzte er bloß so entsetzlich?

«Hören Sie, ich bin nach Aurich gefahren, um mit meinem Wissen und meinem Kenntnisstand zu helfen, den Mord an Allegra Sendhorst aufzuklären. Die Kripo ist froh, dass sie mich hat. Ich tue alles in meiner Macht Stehende, um in diesem Fall aktiv mitzuhelfen. Kommen Sie mir also nicht mit Gewissensfragen, Zwolau. Machen Sie lieber Ihren Job und schreiben wahre Geschichten, statt mich mit Ihren überdrehten Hirngespinsten aufzuhalten.»

«Auch Sie sind nur ein Mensch, Dr. Erb.» Die schneidende Stimme der Journalistin war unerträglich. «Und Menschen irren sich nun mal.»

«Warum lassen Sie mich nicht in Ruhe? Was habe ich Ihnen eigentlich getan?» Diese Frage – so armselig sie auch klingen mochte – hatte er Zwolau schon immer stellen wollen.

«Ich habe damals mit Hucklers Opfern gesprochen. Mit diesen beiden Mädchen. Carina und Jennifer. Ich habe mir bei diesem Interview schreckliche Dinge angehört. Ich weiß genau, was dieser Mensch getan hat. Es ist widerlich.

Schrecklich. Nicht wiedergutzumachen. Und ich gebe ehrlich zu, Dr. Erb, seit dem Tag, an dem der Richter zu Hucklers Gunsten gesprochen hat, nehme ich Sie ganz besonders ins Visier.»

Erb atmete einmal tief durch. «Kann es sein, dass Sie hier ganz scheinheilig so tun, als ginge es Ihnen und Ihrem Schmutzblatt um das Leiden der Kinder, aber in Wirklichkeit sind Sie auf einem ganz persönlichen Rachefeldzug?» Die Empörung ließ ihn zittern, und er hoffte, dass dies am anderen Ende der Leitung auch deutlich ankommen würde. «Frau Zwolau, was haben Sie erlebt, dass dieser Fall Sie derart in Rage versetzt, dass Sie Ihren Journalistenkodex über Bord werfen? Denn was Sie hier machen, hat mit objektiver Berichterstattung nicht mehr das Geringste zu tun.»

«Hören Sie auf, bei mir herumzupsychologisieren. Ich bin keiner Ihrer Patienten, der begutachtet werden muss. Ich will nur die Wahrheit herausfinden. Ich will wissen, warum Menschen wie Sie die Macht darüber bekommen, ob ein Schwein wie Huckler wieder in Freiheit leben – und morden darf.»

Das war zu viel für ihn. Erb legte auf. Schon wieder hatte er ein Telefonat mit Zwolau auf diese Art und Weise beendet. Es war einfach unerträglich, wie sie ihm zusetzte.

Er schaltete das Handy auf lautlos. Ganz abstellen konnte er den Apparat nicht, er würde gleich noch ein paar Telefonate führen müssen. Doch erst einmal war es wichtig, dass er sich selbst einen Überblick verschaffte.

Wie sicher war er sich eigentlich, dass nicht vielleicht doch Gernot Huckler hinter all dem steckte? Wie gut kannte er den Mann wirklich? Zwar hatte er sein Gutachten in dem Glauben gemacht, dass Huckler unschuldig war, aber inzwischen war er sich eben doch nicht mehr hundertprozentig sicher. Was also bedeutete das? Was würde die Welt mit ihm anstellen, wenn er sich geirrt hatte?

Er hatte Gernot Huckler damals in einer mehr als hundert Seiten umfassenden Studie für erfolgreich therapiert erklärt. Der Mann in der JVA Meppen war ihm ruhig und beherrscht vorgekommen. Aber – wenn er ganz ehrlich war – hatte er in erster Linie mit seinem Gutachten für Furore sorgen wollen. Hätte er Gernot Huckler damals im Knast sitzen lassen, hätte kein Mensch über diese Geschichte berichtet. In keiner Zeitung hätte gestanden, dass die vorzeitige Entlassung eines Pädophilen aufgrund eines negativen Gutachtens abgelehnt wurde. Gut, der *Deister- und Weserzeitung* wäre es vielleicht eine Randnotiz wert gewesen, dass das «Monster von Hameln» weiterhin hinter schwedischen Gardinen saß. Aber sonst hätte sich kein Mensch dafür interessiert.

Doch das positive Gutachten hatte ihn über Nacht berühmt gemacht. Zugegeben, nicht immer war der Rummel angenehm gewesen, die Presse machte ihm zwischenzeitlich das Leben schwer, und seine Sekretärin hatte mit einer satten Abfindung das Weite gesucht. Aber alles war besser, als verkannt und unbeachtet im Niemandsland zu verkümmern. Nein, dorthin gehörte er nicht. Dort hatte er nie hingehört. Wie hart hatte er kämpfen müssen, um endlich angemessen in Erscheinung zu treten.

Und nun war er sogar in einen politischen Fall involviert. Die PR-Mannschaft des Politikers Ulferts hatte nicht von ungefähr seine Meinung zum Webcam-Skandal eingeholt. Er war jetzt weit und breit der wichtigste Experte auf diesem Gebiet, und seine Stellungnahme zu Wolfgang Ulferts war entscheidend gewesen, dass sich die Stimmung im Bundesland wieder zugunsten des konservativen Politikers entwickelt hatte. Der Plan der Parteispitze war aufgegangen. Dank ihm, dank dem Psychologen Dr. Tillmann Erb.

Nur diese Schreckschraube von Journalistin, die ihn eben um seinen Schlaf gebracht hatte, schien einfach keine Ruhe geben zu wollen. Wahrscheinlich war sie selbst als kleines Mädchen …, na ja, zumindest vermutete Erb das. Nur deswegen wollte sie ihn hier und heute zu Fall bringen. Es ging Katharina Zwolau wahrscheinlich gar nicht darum, wer nun tatsächlich diese armen Kinder getötet hatte. Es ging ihr nur um ihn.

Oder vielleicht doch um Politik?

Was sollte er also tun? Wie konnte er sich dagegen wehren? Klar, die Sache mit dem Mädchen auf der Insel war nicht vorhersehbar gewesen. Wer hätte denn ahnen können, dass Gernot Huckler – wenn er denn tatsächlich dahintersteckte – auf einmal ein derartiges Tempo vorlegte? Niemand.

Tillmann Erb wusste, er würde in dieser Nacht kein Auge zukriegen. Zu viel stand auf dem Spiel. Er würde Hilfe brauchen. Noch einmal Hilfe brauchen.

Über dem Schreibtischstuhl lag ordentlich und glatt seine Kleidung. Er stand auf und näherte sich seinen Sachen. Irgendwie wollte er die anstehenden Telefonate lieber nicht im Schlafanzug führen. Auch wenn ihn hier kein Mensch sah. Im Schlafanzug war er der unbedeutende Tillmann Erb, der Verlierer, der Unverstandene, der unscheinbare Mann von nebenan, nicht mehr und nicht weniger. Erst in Sakko, Hemd und Bundfaltenhose glaubte er wieder den eigenen Lügen, die in den letzten Jahren zu seinem Leben geworden waren. Die Lügen, die niemals ans Tageslicht kommen durften. Weil sonst alles vorbei wäre.

Er zog sich an, als wollte er noch ausgehen. Er kämmte seine Haare, tupfte sich Aftershave ins Gesicht und putzte sich sogar noch einmal gründlich die Zähne. Dann begegnete ihm im Spiegel wieder der studierte Herr Psychologe. Erb begrüßte ihn erleichtert.

29.

Viel Zeit bleibt nicht mehr. Sie sind schon ganz nah dran.

An Flucht denke ich nicht. Das wäre Schwachsinn. Die kriegen mich sowieso.

Obwohl ich gerade zu dem Entschluss gekommen bin, mit dem Ganzen aufzuhören. Ich möchte das nicht mehr tun. Ich will das alles nicht mehr. Ich fühle mich nicht besser, wenn ich es mache. Es bringt mir keine Erleichterung, es befriedigt mich nicht. Es ist weder schön, noch macht es Spaß. Und ich kann mir gar nicht erklären, warum ich es überhaupt getan habe.

Jetzt gerade, in diesem Augenblick bin ich mir hundertprozentig sicher, dass ich nie wieder ein Mädchen in die Finger bekommen will. Ich würde meinen rechten Arm dafür abhacken. Aber hundertprozentige Sicherheit bedeutet einen Katzenschiss, wenn man zwei Seelen hat.

Ich wünsche, dass sie mich endlich finden. Vorhin waren sie so knapp dran, da dachte ich schon: Das war's. Feierabend. Und es war nicht der schlechteste Gedanke. Aber sie haben meine Lügen geglaubt.

Die zweite Seele will wieder raus, das spüre ich ganz deutlich. Ich muss ihr einen Ausgang verschaffen. Am Hals. Nur ein wenig. An dieser Stelle hab ich es noch nie gemacht. Das Blut läuft hier schneller heraus als an den Armen. Ich mache einen zweiten Schnitt. Irgendetwas führt mir die Hand. Meine Seele? Macht meine Seele den Schnitt? Tiefer soll er sein. Und länger. Die Seele will raus aus meinem Körper. Es ist so eng da drin. Es gibt keinen Platz mehr.

Mann, ist das viel Blut. Schön. Ich spüre Erleichterung.

Habe ich eigentlich noch etwas zu erledigen? Habe ich irgendetwas vergessen? Ich glaube nicht.

Gut wird es aussehen. Wenn die mich finden, werden sie verstehen. Es ist alles geschafft.

Endlich.

30.

Rock Rose *(Gelbes Sonnenröschen)*
🌿 Botanischer Name: HELIANTHEMUM NUMMULARIUM 🌿
Blüte gegen Panik, Verzweiflung und Todesangst

«Es regnet, Gott segnet, die Erde wird nass …» Nie hätte Gernot gedacht, dass er sich einmal so gern an ein Kinderlied erinnern würde. Dass er sich so verzweifelt an diese paar vertrauten Worte klammern würde. An die simple Melodie, Töne wie Tropfen, die sich wiederholten, plätscherten, harmlos klangen. Doch der Regen, der gerade über Spiekeroog niederging, war alles andere als harmlos.

«Es regnet, Gott segnet …»

Ihn segnete er nicht. Ihn wollte er ersaufen lassen. In einem Brunnenloch, in dem das Wasser bereits an seinen Beinen emporstieg. Kalt war ihm nicht. Und da es in den letzten Wochen so gut wie keinen Niederschlag gegeben hatte, war der Wasserstand auch nicht allzu hoch. Noch nicht. Natürlich konnte er die Leiter hinaufklettern. Bis zum verschlossenen Deckel würde das Wasser heute nicht mehr steigen. Gernot klammerte sich an die Sprossen. Er würde Durchhaltevermögen beweisen müssen. Wie lange reichte seine Kraft? Und wie lange würde er die Schmerzen in seinen Armen und Beinen ertragen können?

Gernot hatte keine Ahnung, ob und wann er hier unten gefunden und befreit werden würde. Der Einzige, der wusste, wo er steckte, war Hanno Thedinga. Und an dessen Einsehen glaubte er schon lange nicht mehr. Der Kerl war kein Mensch. Von ihm durfte man kein Mitgefühl erwarten. Auch die Katze hatte das schmerzlich erfahren müssen.

Gernot hatte sich zu Tode erschreckt, als er vor endlos erscheinenden Stunden den feuchten Boden des Brunnens erreicht hatte. Das Jammern und Wimmern war mit jeder Stufe lauter geworden. Dass es sich dabei nicht um ein junges Mädchen handeln konnte, war ihm schnell klar geworden, zu schrill und zu unmenschlich waren die Laute gewesen. Als sein Fuß den Grund erreicht hatte, waren urplötzlich scharfe Krallen in seine Hose gefahren, ein Biss in die Hacke hatte ihn aufschreien lassen. Mit dem freien Fuß hatte er nach dem Angreifer getreten, bis dieser von ihm abließ. Hektisch war Gernot nach oben geflüchtet, hatte gewartet, bis er selbst sich wieder beruhigte und auch das Wesen da unten Ruhe gab. Als er wieder einigermaßen atmen und klar denken konnte, hatte er dann auch den Geruch wahrgenommen: Kot und Urin. Katzenurin! Und nach etwas Fleischigem hatte es gerochen. Tierfutter?

Die Erkenntnis, dass Hanno Thedinga in diesem feuchten Loch ein Tier eingesperrt hatte, welchem er zwar die Freiheit und das Tageslicht verwehrte, das er aber mit Futter am Leben hielt, diese Erkenntnis war Gernot beinahe grausamer erschienen als die Tatsache, dass er selbst hier gefangen war. Doch in alle Verzweiflung mischte sich auch die Erleichterung, dass es kein Mädchen gewesen war, das ihn am Brunnenboden erwartet hatte. Es bestand also noch Hoffnung, vielleicht, bestimmt …

Mittlerweile stand das Wasser zu hoch für das Tier. Wie hätte Gernot es retten können, wenn jeder Versuch ihm schmerzende Krallenhiebe einbrachte? Zehn Minuten hatte der Kampf der Katze gedauert, dann hatte das Regenwasser gesiegt.

War er nun das nächste Opfer der sich ausbreitenden Nässe?

«Es regnet, Gott segnet, die Erde wird nass …»

31.

Wild Rose *(Apfelrose)*

❦ Botanischer Name: Rosa canina ❦
Die Blüte gegen Resignation, Frustration
und Apathie

Es war mitten in der Nacht. Wencke hatte noch nicht eine
Sekunde geschlafen, und sie wusste, der Versuch, die Augen
für einen Moment entspannt zu schließen, wäre zwecklos.
Hinter ihren Schläfen bohrte und dröhnte es, als würde eine
Horde Bauarbeiter ihre Schädeldecke neu asphaltieren. Um
kurz nach drei stand sie schließlich auf, zog die Jeansjacke
über und verließ das trostlose Personalzimmer der Polizeidienststelle. Da drinnen war es zu eng.

Axel schlief im Zimmer nebenan. Sie lauschte an seiner
Tür und hörte ihn leise schnarchen. Wencke verstand nicht,
wie er jetzt schlafen konnte. Er hätte ebenso aufgewühlt sein
müssen wie sie.

Das Gewitter hatte sich entfernt, dafür war der Regen
stärker geworden. Aber das war ihr egal. Nichts würde sie
davon abhalten können, jetzt einen ausgiebigen Spaziergang
zu machen. Vielleicht half ein bisschen Seeluft gegen den
Druck im Kopf, eine frische Meeresbrise gegen den Gedan-
kensturm. Schaden konnte es nicht.

Die ohnehin schon schmale Straße verengte sich und
wurde zu einem Fußweg, der laut Schild Slurpad hieß und
zum Hauptstrand führte. Dünensand und Regen vermeng-
ten sich dort zu einem Brei, der die Pflastersteine bedeck-
te. Wenckes Schuhe wurden nass. Sie zog sie aus und ging
barfuß weiter. Egal. Alles war egal.

Was war passiert?

Axel hatte sie geküsst, freiwillig und im voll zurechnungs-
fähigen Zustand.

Doch darüber wollte sie nicht nachdenken. Es gab nichts,
worüber sie sich hier den Kopf zerbrechen sollte. Axel war
mit Kerstin verlobt, und es gab tausend Gründe, warum er
hervorragend zu dieser Frau passte. Er war ein vernünftiger,
besonnener, rationaler Typ. Morgen früh würde er den Kuss
bereuen und sich an all die Situationen erinnern, in denen
er und Wencke sich spinnefeind gewesen waren. Feuer und
Wasser. Tag und Nacht.

Aber niemals Frau und Mann.

Sollte sie es also dabei belassen? Sollte sie versuchen, eine
halbwegs gute Kriminalbeamtin zu sein? Jein. Die Drohung,
den Job an den Nagel zu hängen, wenn sich Gernot Huckler als Täter herausstellen sollte, war ihr ernst gewesen. Und
selbst wenn ihre Intuition sie nicht im Stich gelassen hatte
und ein anderer, zum Beispiel Hanno Thedinga, der Mörder war, auch dann sollte sie vielleicht über eine neue Perspektive nachdenken. In Aurich bleiben konnte sie ohnehin
nicht, wenn Axel einen Ring am Finger trug, auf dessen
Innenseite *Kerstin* eingraviert war. Ja, genau das war es, was
sie vom Schlafen abgehalten hatte. Die Erkenntnis, dass sie
hier und mit diesem Fall an der Endstation angekommen
war.

Sie würde herausfinden, wer Allegra Sendhorst und Marina Kobitzki auf so scheußliche Art und Weise hatte sterben
lassen. Und dann würde sie gehen. Wohin auch immer. Gern
hätte sie geglaubt, dass ein neues Ziel schon gesteckt und
die Frage nach dem Wohin bereits beantwortet war. Aber
Wencke sah nur ein großes Fragezeichen, wenn sie an die
Zukunft dachte. Sonst nichts.

Also der Reihe nach: Erst einmal musste sie die Fragen in

diesem Fall sortieren und sie, soweit es möglich war, beantworten.

Marina Kobitzki, deren Leiche sie und Axel am Ententeich für einen kurzen Moment hatten in Augenschein nehmen dürfen, war offensichtlich an inneren Blutungen gestorben, die ebenfalls durch Blutegel ausgelöst worden waren. Eine widerliche Methode. Einfach unvorstellbar. Was hatte den Täter dazu veranlasst, seine Opfer auf diese Weise zu töten? Was wollte er damit bezwecken?

Die Alternativmediziner setzten Egel zur Heilung ein. Und der Mädchenmörder nutzte die Blutsauger zum Töten. Oder war das ein Trugschluss? Was, wenn der Täter ebenfalls so etwas wie eine Linderung von Leiden hervorrufen wollte?

Wenckes Kopfschmerz war allgegenwärtig, er hielt sie vom Schlafen ab, er ließ sie taumeln, er bremste ihre Gedanken und machte sie blind und taub. Sie war nur noch ein einziger Schmerz. Wenn es doch nur eine Öffnung gäbe, eine Art Abfluss im Kopf, wo das Zuviel in ihr heraustropfen könnte! Das wäre wunderbar. Eine Wohltat, zumindest in der Vorstellung.

Druck ablassen … War es vielleicht das, was auch den Täter antrieb? Wollte er eine innere Spannung lösen? Hatte er die Mädchen dazu benutzt, seinen eigenen Druck loszuwerden? Als Stellvertreter sozusagen. Weil er selbst zu feige war, den inneren Druck zu bekämpfen. Vielleicht fügte er auch sich selbst Verletzungen zu, im kleinen und harmlosen Ausmaß natürlich nur. Ein Mensch mit ausgeprägter Persönlichkeitsstörung. Voller Wut, die er gegen sich selbst oder andere richtete. Dann suchten sie einen Borderliner. Auch Axel hatte diesen Begriff aus der Psychiatrie heute fallen lassen.

Die Charakterisierung passte hervorragend zu Hanno

Thedinga: Die Narben an seinen Armen erzählten ohnehin eine eigene Geschichte, und sein Lebenslauf hätte als Schablone für traumatische Schicksale verwendet werden können.

Aber passte die Beschreibung auch auf Gernot Huckler? Niemand, der ihn kannte, hatte jemals Selbstverletzungen erwähnt. Auch schien er nichts Brutales an sich zu haben, sah man von seiner sexuellen Neigung einmal ab, die zwangsläufig eine subtile Gewaltebene beinhaltete.

Dr. Erb hatte in seinem Vortrag behauptet, dass Gernot Huckler die Ermordung seiner Opfer nicht zuzutrauen wäre – und schon gar nicht auf eine Tötungsart wie die vorliegende. Das hatte einleuchtend geklungen. Huckler hatte seine damaligen Opfer ja gekannt, sie hatten so etwas wie ein Vertrauensverhältnis zueinander aufgebaut. Was war es denn, das Huckler bei den Minderjährigen suchte? Nähe wahrscheinlich, ein bisschen Liebe, körperliche Befriedigung, Hingabe. Alles Dinge, die er von gleichaltrigen Frauen damals nicht bekommen konnte. Bei den beiden Mädchen, mit denen er zelten gegangen war, war er sich sicher gewesen, der Stärkere zu sein. Deswegen hatte er auch den Mut gehabt, seine Wünsche auszuleben. Nichts gab es da zu entschuldigen oder zu verharmlosen, Gernot Huckler hatte zwei Kinderseelen zerstört. Aber was er damals in seiner Heimat getan hatte, war etwas anderes als das, was man ihm nun anlasten wollte. Diese Verbrechen trugen eine andere Handschrift. Sicher, irgendwie war es schon verlockend, alle derart gelagerten Taten über einen Kamm zu scheren. Wencke zweifelte jedoch, ob diese Gleichfärberei von Nutzen war, wenn es – wie in diesem Fall – darauf ankam, die feinen Nuancen, die individuellen Schattierungen der Taten zu erkennen.

Gernot Huckler hatte viele Jahre wegen des Missbrauchs

gesessen. Und ob die Zeit im Gefängnis lang genug und er erfolgreich therapiert war, wie sollte Wencke das beurteilen? Gernot Huckler kreiste die ganze Zeit lediglich wie ein Phantom über ihr. Immer, wenn sie sich an seine Spuren heftete, war er schon verschwunden, um dann ganz woanders wieder aufzutauchen. Begegnet war sie diesem Menschen nie.

Was wusste sie denn eigentlich über ihn? Abgesehen davon, dass er pädophil veranlagt war. Zugegeben, es handelte sich um eine verhängnisvolle sexuelle Orientierung. Aber war das seine einzige Charaktereigenschaft? Das erschien ihr eindeutig zu wenig.

Komisch, dachte Wencke, bisher habe ich mir keine Gedanken darum gemacht, wer oder was Gernot Huckler noch sein könnte. War er ein freundlicher Mensch? Hatte er Humor? Ging es in seinem Leben eher chaotisch zu, oder war er ein Ordnungsfanatiker?

Und welche Bachblüte hatte Esther Vanmeer ihrem Mann verordnet? Abgesehen von Cherry-Plum, Kirschpflaume, der Essenz, die ihm helfen sollte, nicht den Verstand zu verlieren?

Wencke kramte ihr Handy hervor. Das Display zeigte vier Uhr nachts, aber in diesem Fall würde Frau Vanmeer sicher nicht auf ihre Nachtruhe bestehen. Immerhin waren sowohl ihr Ehemann – ein flüchtiger Mordverdächtiger – als auch ihre Tochter verschwunden. Tatsächlich meldete sich die Blütenfrau nach dem zweiten Freizeichen. Verschlafen hörte sie sich nicht an.

«Frau Vanmeer, hier ist Wencke Tydmers. Was ist Ihr Mann für ein Typ?»

«Wie bitte?»

«Sie haben bei unserem Gespräch im Garten den Nagel auf den Kopf getroffen, als Sie mir und meinem Kollegen eine Blüte zuordneten. Rock Water und Larch, soweit ich mich erinnere. Und da hatten Sie uns gerade mal drei Minuten gesehen. Aber Ihren Mann kennen Sie viel besser …»

«Da bin ich mir jetzt nicht mehr so sicher.» Wencke hörte ein trauriges Lachen. «Aber wenn Sie mich so fragen: Zu Gernot passt Centaury, Tausendgüldenkraut.»

«Und was bedeutet das?»

«Mein Mann ist schrecklich unterwürfig, kann nie nein sagen, selbst zu mir nicht. Ich muss immer aufpassen, dass ich ihn nicht unterbuttere, denn ich bin eher ein Chicory-Typ, setze also meinen Willen ganz gern mal ohne Rücksicht auf Verluste durch.»

«Aber ich dachte immer, Sie wären in Ihrer Ehe die barmherzige Samariterin …»

«Weil ich mit einem Mann zusammenlebe, der schon mal wegen einer Sexualstraftat gesessen hat?»

«Das ist zumindest das Klischee …»

«Ich habe auch schon die Hoffnung aufgegeben, erfolgreich dagegen zu wettern. Aber Sie haben natürlich recht, mein Helfersyndrom ist ziemlich ausgeprägt. Doch im Vergleich zu Gernot bin ich eindeutig die Dominantere, die Egoistischere und die, nun, wie soll ich das ausdrücken, die Schwierigere.»

Eine nasse Windböe streifte das Handy, und Wencke musste ihre Finger schützend um den Apparat legen.

«Frau Kommissarin, ich hatte ehrlich gesagt gehofft, um diese Uhrzeit würden Sie mir Fragen beantworten – und nicht ich Ihnen. Haben Sie meine Tochter gefunden?»

«Soweit ich weiß, war die Suche bisher erfolglos. Aber ich rufe auch von Spiekeroog aus an. Bin also nicht vor Ort.»

«Ich habe schon gehört. Es gab ein zweites Opfer. Und Gernot soll auf der Insel gewesen sein.»

«Und Hanno Thedinga.»

Esther Vanmeer zögerte. Der Name schien eine Reaktion bei ihr hervorzurufen. Was war es? Misstrauen?

«Hanno ist ein ganz armer Junge.»

Also empfand sie eher Mitleid für ihn, dachte Wencke. «Würden Sie ihm die Mädchenmorde zutrauen?»

Die Blütenfrau wurde lauter. «Sie werden von mir keine Aussage in der Art bekommen. Nicht nur, weil Hanno mein Patient ist, sondern auch, weil ich durch meine Beziehung zu Gernot die Lektion gelernt habe, wie fatal solche pauschalisierten Verdächtigungen für einen Menschen sein können.»

«Aber wie fatal ist es, wenn Sie vielleicht jemanden schonen, der bereits auf der Suche nach einem weiteren Opfer ist?»

«Für mich gibt es keinen Anhaltspunkt, dass es bei Hanno so sein könnte.»

«Aber vielleicht hat er Ihnen nicht alles erzählt?»

«Meine Patienten kommen freiwillig zu mir, sie wollen sich helfen lassen. Aus welchem Grund sollte jemand zu einer Heilpraktikerin gehen und dann Lügen erzählen?»

Wencke überlegte, ob sie Esther Vanmeer von den Vorstrafen erzählen sollte, von der Tierquälerei und der Theorie, dass einem Borderliner wie Thedinga das Zerschnippeln der eigenen Handgelenke irgendwann nicht mehr genügt. Aber sie wusste, eine solche Preisgabe der Details wäre zu riskant. Immerhin sprach sie mit der Ehefrau des Hauptverdächtigen, da musste man mit derlei Informationen mehr als geizig sein. Also wechselte sie das Thema. Vielleicht tat sich ja noch eine Hintertür auf. «Haben Sie inzwischen eigentlich etwas von Ihrem Mann gehört?»

«Nein. Kein Sterbenswörtchen.» Esther Vanmeer sprach jetzt sehr langsam, fast klang es, als würde sie anfangen zu weinen. «Ich werde wahnsinnig hier … Griet ist weg, Gernot ist weg. Ich weiß nicht mehr, wo mir der Kopf steht.» Leiser fügte sie hinzu: «Und ich weiß nicht mehr, wem ich noch trauen und was ich noch glauben kann …»

Wencke fiel nichts ein, was sie hätte sagen können. Sie schwieg in ihr Handy und lief weiter Richtung Strand. Vor ihr tat sich in der Dünensilhouette eine breite Lücke auf. Die Wolken waren an dieser Stelle ein aufgewühltes Durcheinander aus verschiedenen Grautönen, zwischen denen das Wetterleuchten flackerte, als hätte die Himmelsbeleuchtung einen Wackelkontakt.

«Ich lese gerade in Griets Tagebuch», hörte sie Esther Vanmeer plötzlich in die Stille sagen. «Das wollte ich nie tun, und ich schäme mich so dafür …»

«Ihre Tochter ist verschwunden. Es ist richtig, dass Sie nach Hinweisen suchen.»

«Sie hatte da einen Mann …» Die Frau stockte. «Ich weiß nicht, wer er ist, sie hat ihm einen Phantasienamen gegeben, wahrscheinlich hat sie immer irgendwie damit gerechnet, dass ich in ihren Sachen herumschnüffele.»

«Wie hat sie ihn genannt?»

«Samael.»

«Komischer Name.»

«Ich habe im Internet danach geforscht. Das ist ein Dämonenname. Wissen Sie, meine Tochter hat einen Hang zur schwarzen Romantik.»

«Und Sie haben keine Ahnung, wer das sein könnte?»

«Nein. Aber mein Mann weiß es.»

«Wie bitte?»

«Da steht: *Gernot hat uns gesehen. Jetzt schlägt er Alarm. Samael meint, er ist nur eifersüchtig …* Und so weiter.»

«Hat Ihr Mann mal mit Ihnen darüber gesprochen?»

«Ich weiß es nicht.»

«Wie, Sie wissen es nicht?»

Sie zögerte. «Es kann sein, ich glaube, ja. Er hat es zumindest versucht.»

«Wie versucht? Und warum ist es ihm nicht gelungen?»

«Ich … also, es liegt an mir, fürchte ich. Ich wollte das nicht hören. Gernot und Griet, wissen Sie, ich wollte irgendwie gar nicht, dass die beiden ein engeres Verhältnis haben, auch kein Vater-Tochter-Verhältnis. Ich wollte das nicht. Es erschien mir unnatürlich. Und ich hatte Angst.»

«Um Griet?»

«Ich glaube ja.»

«Sie haben Ihrem Mann also nicht wirklich getraut. Und als er mit Ihnen über Ihre Tochter reden wollte, da haben Sie schnell das Thema gewechselt.»

«So könnte es gewesen sein.» Sie schluchzte leise, als wolle sie nicht, dass die Kommissarin etwas von ihrem Weinen mitbekam. Doch ihr zitternder Atem war zu hören, wenn sie Luft holte.

«Frau Vanmeer, was steht noch in diesem Tagebuch?»

«Sie … Sie hat sich geritzt.»

«Griet hat sich selbst Verletzungen zugefügt? Aber … entschuldigen Sie, das müssten Sie als Mutter doch gesehen haben!»

«Ich hab es auch gesehen. Obwohl Griet immer lange Ärmel getragen hat, um es zu vertuschen. Einmal habe ich sie auch darauf angesprochen. Aber meine Tochter hat sich rausgeredet.»

«Sie hätten hartnäckiger sein müssen!»

«Das sagen Sie so leicht. Die Kraft hatte ich einfach nicht. Mir geht es beschissen. So ist es. Das ist die Wahrheit. Ich lebe mit einem Mann zusammen, den ich liebe, wirklich liebe. Und der mich nicht anfassen will …» Sie atmete immer hektischer, und ihre Worte waren nur schwer zu verstehen. «Und dann denke ich immer, er will vielleicht eine andere …, eine Jüngere, er will vielleicht meine Tochter … Und dann … Verdammt nochmal! Ich bin fix und fertig. Ich habe keine Kraft mehr.»

«Frau Vanmeer?» Wencke bekam keine Antwort. «Frau Vanmeer, hören Sie mich? Bitte, überlegen Sie, kann es sein, dass es Hanno ist, der sich mit Ihrer Tochter getroffen hat?»

«Was?»

«Ich habe an seinen Armen auch Schnittwunden gesehen. Es könnte doch sein, dass Griet und er zusammen geritzt haben. Und wenn Ihr Mann von dieser Verbindung wusste, ist er vielleicht deswegen nach Spiekeroog gefahren. Er wollte zu Hanno Thedinga. Er hat sich Sorgen gemacht. Um Griet.»

«Das … ja, das könnte sein.»

«Vielleicht wollte er Hanno ins Gewissen reden.»

«Es würde …», sie räusperte sich, das Weinen wurde leiser. «Es würde zu meinem Mann passen.»

«Aber warum zeigt er sich dann nicht? Er muss doch mitbekommen haben, dass es eine zweite Tote gibt. Spätestens dann hätte er sich doch melden müssen, wenn er sich nicht weiter verdächtig machen will.»

«Ich kann mir nicht vorstellen, dass er von dort abgehauen ist. Sein Motorrad hat er zumindest noch nicht beim Abschleppdienst einlösen wollen.»

«Sie glauben, er ist noch auf Spiekeroog?»

Esther Vanmeer bestätigte ihren Verdacht. Aber Wencke war skeptisch.

«Sein Zimmer ist bis auf ein paar Kleinigkeiten leer, und seit heute Mittag hat ihn kein Mensch mehr gesehen. So etwas gelingt im Mikrokosmos Insel nur, wenn man sich gezielt versteckt, oder –» Wencke stockte. «Oder versteckt wird …»

Natürlich! Wenn Hanno Thedinga der Mörder von Allegra und Marina war, dann kam es ihm doch gerade recht, dass Gernot Huckler einen 1a-Verdächtigen abgab. Er musste nur verhindern, dass Huckler Gelegenheit hatte, das Missverständnis aufzuklären. Es konnte sogar sein, dass das Verschwinden von Griet Vanmeer damit zusammenhing. Zwar war Hanno die ganze Zeit über auf der Insel geblieben und konnte das Mädchen nicht selbst verschleppt haben. Aber es war ja nicht auszuschließen, dass er mit anderen Menschen zusammenarbeitete, die ihm einen Gefallen schuldeten oder dieselben Interessen hatten wie er. Gab es nicht diese Netzwerke, in denen sich pädophile Männer zusammentaten und gemeinsame Sache machten?

«Sagen Sie, Frau Vanmeer, hatte Hanno Thedinga Kontakt zu anderen … äh, Männern seiner Art?»

«Was meinen Sie damit?»

«Wer auch immer Griet heute nach der Schule abgefangen hat, musste doch Bescheid wissen über ihre Gewohnheiten, über ihren Stundenplan und den Schulweg, den sie gewöhnlich nimmt. Vielleicht hat Hanno da …»

«Meine Tochter … Sie glauben doch nicht, dass sie …? Ich hatte die ganze Zeit gehofft, sie sei vielleicht nur abgehauen.»

«Ich würde Sie gern beruhigen, Frau Vanmeer. Aber was ist, wenn Hanno Thedinga dieser *Samael* ist?»

«Das wäre vielleicht möglich.» Wencke hörte, dass ihr Atem schneller ging. «O Gott, er hat, also … Hanno hat immer meine Blutegel zur Entsorgung mitgenommen. Er sagte, er würde sie dort in einen Graben … Also, wenn er das getan hat, das mit dem Mädchen. Mit den Blutegeln … Er hat immer davon gesprochen, dass er so einen Druck verspürt. Und er hat sich selbst verletzt … Und vielleicht auch Griet? Bitte nicht!» Esther Vanmeers Stimme sprang eine Oktave nach oben. «Sie müssen etwas unternehmen! O

Gott, ich habe schreckliche Angst. Vielleicht … um Himmels willen … vielleicht war Hanno ja auch nur in meiner Praxis, weil er Griet nahe sein wollte. Aber in Wirklichkeit … Ich mag gar nicht daran denken …»

Wencke hatte bereits kehrtgemacht und ihren Schritt beschleunigt, sie hastete durch den Regen, ohne nach links und rechts zu schauen.

«Mein Gott, bitte, Frau Tydmers, ich flehe Sie an. Sie müssen sofort etwas unternehmen, hören Sie?»

«Das werde ich tun, Frau Vanmeer. Ich muss jetzt auflegen, damit ich meinen Kollegen anrufen kann. In Ordnung?» Wencke drückte das Gespräch weg. Wo befand sie sich hier eigentlich? Sie hatte keine Ahnung, wie weit sie gelaufen war. Es kam ihr vor, als habe sie einmal die Insel umrundet – aber erschienen einem Wege nicht immer länger, wenn man es eilig hatte? Sie war nass bis auf die Knochen und rannte durch den Wind.

Ein paar Mal versuchte sie, Axels Nummer zu wählen. Doch im Laufschritt war es unmöglich, zudem rutschten ihre Finger von den Tasten, denn alles, wirklich alles war vom Regen in Mitleidenschaft gezogen worden. Sie musste kurz stehen bleiben, und endlich klappte die Verbindung. Wencke ließ es unbarmherzig klingeln und gab Axel keine Gelegenheit, schlaftrunken seinen Namen auszusprechen, als er nach einer halben Ewigkeit ans Telefon ging.

«Wir treffen uns in zehn Minuten vor dem Hotel Inselnest.»

«Wencke? Bist du das? Und wieso kann das nicht bis morgen warten?»

«Weil wir keine Zeit haben.»

«Was ist denn … Wo steckst du überhaupt?»

«Ich bin schon unterwegs. Du musst sofort kommen. Allein gehe ich da nicht rein.»

«Wo rein?»

«In Hanno Thedingas Zimmer.»

Wencke setzte sich wieder in Bewegung. Sie rannte über den nassen Sand und die vom Regen abgekühlten Steine. Es blieb keine Zeit, sich die Schuhe anzuziehen. Irgendwie hatte sie das Gefühl, keine unnötige Sekunde verstreichen lassen zu dürfen. Hanno Thedinga wusste, wo Gernot Huckler steckte, da war sie sicher. Er wusste auch, welches Spiel hier gespielt wurde. Und wenn sie ganz viel Glück hatte, dann würde er auch verraten, wo Griet Vanmeer abgeblieben war.

Tatsächlich hatte Axel es geschafft, genauso schnell anzukommen wie sie. Zwar sah er nur halb so wach aus, wie sie sich fühlte, dafür hatte er bei weitem noch mehr Atem als Wencke. Der Regen schien ihm zu missfallen, aber er verkniff sich jegliche schlauen Sprüche, als er seine völlig geschaffte und bis auf die Knochen durchnässte Kollegin sah. Er fragte nur: «Was machen wir eigentlich hier?»

Wencke zog ihn zum Hintereingang des Hotels und klopfte heftig gegen die Tür. Einen Klingelknopf gab es nicht.

«Wir müssen zu Hanno Thedinga. Und zwar sofort!» Die Erklärung lieferte Wencke ihm zwischen lautstarkem Poltern und Rufen, mit dem sie wahrscheinlich die ganze Insel aufweckte. Axel hörte wortlos zu. Ob sie ihn hier und jetzt überzeugen konnte, war ohnehin egal. Spätestens wenn sie Thedinga zur Rede gestellt und ihn nach Gernot Huckler und Griet Vanmeer befragt hatte, würde Axel die Aktion für gelungen halten.

«Hallo? Aufmachen! Hier ist die Polizei!» Wenckes Fäuste begannen zu schmerzen.

Endlich wurde die Tür geöffnet. Der Hoteldirektor, in dessen Gesicht Empörung und Schlaftrunkenheit konkurrierten, ließ sie herein.

«Was in Dreiteufelsnamen …» Hektisch band er sich den Bademantel zu.

Wencke lief barfuß im engen, schummrig beleuchteten Flur an ihm vorbei. Sie hinterließ eine nasse Spur auf dem Teppichboden. «In welchem Zimmer schläft Hanno Thedinga?»

«Ich wüsste nicht, warum ich Ihnen das um diese Uhrzeit verraten sollte.»

«Vielleicht, weil ich bei meiner Suchaktion sonst nicht vor dem Gästebereich haltmachen werde – und zwar in voller Lautstärke?»

«Ich hole die Polizei!»

«Guter Witz, Herr Meyerhoff. Wo ist das Zimmer?»

Er gab auf, schleuste sie über eine knarzende Treppe in den ersten Stock und zeigte auf die erste Tür. Wencke klopfte an, wartete aber keine Antwort ab und drückte die Klinke nach unten. Verschlossen. Sie schlug mit der flachen Hand auf das Holz. «Thedinga? Machen Sie auf!» Doch es tat sich nichts.

«Haben Sie einen Ersatzschlüssel?», fragte sie den Hotelier.

«Haben Sie einen – wie heißt das so schön im Fernsehen – Durchsuchungsbefehl?»

«Nein, habe ich nicht. Aber wenn Gefahr im Verzug ist …»

«Was für eine Gefahr? Im Moment sind Sie hier die Einzige, vor der man sich fürchten muss.»

«Machen Sie keinen Scheiß!», mischte Axel sich nun ein. «Holen Sie endlich den Schlüssel, verdammt nochmal.» Der Satz wirkte. Meyerhoff zog ohne Widerrede einen klimpernden Bund aus der Tasche seines Bademantels, suchte das passende Exemplar und schloss die Tür auf.

Im Raum war es fast dunkel. Lediglich eine dicke, tiefschwarze Kerze mit drei brennenden Dochten warf ihr flackerndes Licht ins kleine Zimmer. Die Luft war gesättigt vom Wachsgeruch und der Hitze, die sich im Sommer unter schlecht isolierten Dachschrägen sammelt. An den Tapeten klebten Bilder, Schwarz-Weiß-Aufnahmen, Haut und Leder, Feuer und Fesseln. Ein seltsamer Engel war auf einem Poster abgebildet, mit Ziegenkopf und Schwert. Wencke entzifferte die verschlungenen Buchstaben darunter: Samael. Der Dämon. Sie hatte also recht gehabt. Samael war Griets Freund. Samael war Hanno Thedinga.

Regen trommelte auf das Veluxfenster. Sonst war nichts zu hören. Keine Musik, kein Schnarchen und auch keine Beschwerde, dass so rabiat in die Privatsphäre eingedrungen wurde.

Wencke zögerte. Doch noch bevor sie den ersten Schritt in das düstere Reich von Hanno Thedinga setzte, war ihr klar, was sie erwartete. Sie waren zu spät gekommen.

Hanno Thedinga lag auf dem Bett, mit dem Gesicht zur Wand. Der Spiegel, den er sich gegenübergestellt hatte, zeigte ein erschlafftes Gesicht, einen zerschnittenen Hals und einen riesigen roten Fleck auf dem Kissen.

Hanno Thedinga musste sich selbst beim Sterben zugeschaut haben.

Beleuchtet vom Schein der Kerzen.

32.

Sweet Chestnut *(Edelkastanie oder Esskastanie)*
❧ Botanischer Name: CASTANEA SATIVA ❧
Die Blüte gegen die totale Verzweiflung
und Hoffnungslosigkeit

«Habe ich dich geweckt?», fragte Ute. Es war sechs Uhr morgens.

«Ich habe seit drei Nächten nicht mehr geschlafen, und es kommt mir vor, als werde ich es wohl nie wieder können.» Peter Sendhorst hätte seiner Exfrau am Telefon auch erzählen können, dass er seit Stunden damit beschäftigt war, Allegras Kleider auf dem Fußboden im Wohnzimmer auszubreiten, sie mit Kissen auszustopfen und Spielsachen dazuzulegen. Aber er behielt es für sich. Er wollte nicht, dass Ute sich auf den Weg machte, ausstaffiert mit ihrem umfangreichen Medikamentenkoffer, in dem sie dann stundenlang nach den passenden Wässerchen oder Pillen suchen würde, die ihm angeblich auf die Beine helfen sollten. Wie denn auf die Beine helfen, wenn ihm der Boden unter den Füßen weggezogen wurde. Wie denn?

«Sie haben ihn.»

«Was?»

«Ja, Gott sei Dank, stell dir vor, sie wissen jetzt, wer unsere Alli ermordet hat.»

War das gut? Oder schlimm? Oder egal? Peter Sendhorst konnte nichts fühlen außer Schmerz, und der veränderte sich vorerst nicht durch diese Neuigkeit.

«Peter, hörst du mir zu?»

«Wer? Wer ist es?»

«Ein Arbeitsloser, soweit ich weiß. Ach ja, nicht Gernot Huckler übrigens.»

«Woher …?»

«Ein anonymer Anruf bei mir. So gegen fünf Uhr hat das Telefon geklingelt. Ich dachte, es wäre die Polizei, aber es war ein Mann, mit verstellter Stimme. Er hat mir Name und Adresse genannt und behauptet, er habe Alli am Mordabend mit diesem Typen gesehen.»

«Warum gerade bei dir?»

«Was meinst du damit?»

Peter räusperte sich. Seine Stimme war keineswegs belegt, er wollte einfach ein paar Sekunden Zeit gewinnen, um alles auf die Reihe zu kriegen. Mein Gott, das ging so schnell auf einmal. Zu schnell für ihn. Ihm kam es vor, als sei bereits eine Ewigkeit vergangen, seit er damals mit dem Abendbrot auf Allegra gewartet hatte. Aber die schlimmsten Tage seines Lebens hatten gerade erst angefangen. Die ersten drei Nächte lagen schon hinter ihm – die Unendlichkeit würde noch kommen. Doch das hier ging zu schnell.

«Ich meine … Warum hat sich der Anrufer bei dir gemeldet und nicht bei der Polizei?»

«Weiß ich nicht, keine Ahnung. Ist mir auch im Grunde genommen egal. Vielleicht hat er meinen Appell im Radio gehört oder gestern Abend die Sendung im Fernsehen geguckt, da habe ich auch zur Mithilfe aufgerufen. Wer laut ist, wird eben gehört. Und wer viele Fragen stellt, erhält irgendwann eine Antwort. Die Polizei war auf dem Gebiet ja eher sparsam …»

Peter hätte gern aufgelegt. Die Aggression und Abgebrühtheit seiner Exfrau war ihm zuwider. Diese schreckliche Hetze in den letzten Tagen, gegen die Kommissare, gegen Gernot Huckler, gegen Gott und die Welt. Es war ihm alles viel zu schrill gewesen. Seine Trauer um Allegra saß sehr viel tiefer. Er fühlte sich wie ausgehöhlt und wieder aufgefüllt mit unerträglichem Schmerz.

«Und dann?», brachte er hervor.

«Ich habe natürlich gleich der Kripo Bescheid gesagt. Die Kommissarin ist ja irrtümlicherweise nach Spiekeroog gefahren. Aber dieser Kollege von ihr, dieser Britzke hat innerhalb von zehn Minuten reagiert. Er hat gesagt, sie machen sich sofort auf den Weg. Stell dir vor, vielleicht schnappen schon in diesem Moment die Handschellen. Das Schwein sitzt in der Falle. Mein Gott, wie froh und erleichtert ich bin.»

Nein, Peter war nicht froh, ganz und gar nicht. Er wusste, dass auch Utes Enthusiasmus, diese unbändige Genugtuung, nicht lange anhalten würde. Früher oder später würde seine Exfrau zusammenbrechen und dann vielleicht endlich Zeit finden, um das Kind zu trauern.

«Ich danke dir, dass du mir Bescheid gegeben hast», sagte er wie ein wohlerzogener Junge und legte auf.

Regungslos hockte er im Flur neben dem Telefon. Durch die geöffnete Tür konnte er auf den Wohnzimmerboden blicken. Dort lag Allegras Sommerkleid, das sie im Mai gemeinsam gekauft hatten. Alli hatte es nicht wirklich gefallen, das wusste er. Sie hatte es ihm zuliebe genommen. Rote und gelbe Blümchen auf hellblauem Stoff. Angezogen hatte sie es nie. Daneben erkannte er die abgetragene Latzhose mit den ausgefransten Nähten. Das T-Shirt, welches sie im letzten Urlaub auf Gran Canaria gebatikt hatte. Die Turnschuhe für den Sportunterricht – sie hatte neue gebraucht, weil ihre Füße so schnell gewachsen waren, dass man zugucken konnte, Größe 39. Das Sprungseil. Der iPod mit den Ohrstöpseln. Sie hatte versucht, ihm das Downloaden aus dem Internet beizubringen. Die neuesten Hits auf die Speicherkarte runterladen. Er hatte sich dumm angestellt, Neandertaler hatte sie ihn genannt, aber mit einem Lächeln auf dem Gesicht. Diesem bezaubernden, einzigartigen Lächeln, welches sie mitgenommen hatte, auf Nimmerwiedersehen.

Allegra … Er wusste, sie hätte ihn bald verlassen. Mit vierzehn hatte sie das Recht, frei zu wählen, bei welchem Elternteil sie leben wollte, und sie hatte sich gegen ihn entschieden. Vor ein paar Tagen hatte sie es ihm gesagt, da hatten ihre Worte gebrannt und gebohrt in seinem Herz, er hatte geglaubt, niemals einen schlimmeren Schmerz erleben zu können. Aber der Schmerz, den er nun angesichts dieser ausgestopften Kleidungsstücke empfand, übertraf alles bislang Gefühlte bei weitem.

Peter Sendhorst hätte um sie gekämpft, wenn sie noch leben würde, wenn sie ihre Sachen gepackt hätte, um zu Ute nach Oldenburg zu ziehen. Er hätte gekämpft, ja, das hätte er. Auch wenn es nicht zu seinem Naturell gepasst hätte, er wäre zum Jugendamt gegangen, hätte gegen seine Exfrau gewettert und ihr alle möglichen Vorwürfe gemacht. Er hätte seine Tochter angefleht, er hätte sie an all die schönen Zeiten erinnert. Ja, er hätte gekämpft.

Aber der Mörder seiner Tochter hatte ihm nicht die Gelegenheit dazu gegeben. Dieses Monster hatte ihm sein Kind, die Liebe und den Sinn seines Lebens einfach entrissen. Peter hatte keine Chance gehabt, Alli zu zeigen, wie stark er sein konnte, wenn es um seine Tochter ging. Sie war gestorben, ohne zu wissen, wie wichtig sie ihm war. Diese Tatsache würde ihn wahnsinnig machen, das wusste Peter Sendhorst.

Er war kein Mensch, der nach außen zeigte, was in ihm los war. Vielleicht würde er öffentlich weinen können, vor anderen Menschen trauern und zeigen, wie sehr ihn der Verlust schmerzte. Aber dieses andere Gefühl würde er nicht äußern können. Diese Wut. Diese rasende, brennende, würgende Wut. Die trug er tief in sich verborgen. Doch jetzt wollte er sie herauslassen. Ja, er musste sie befreien. Die Wut hatte ihre Berechtigung. Er konnte nicht immer nur der still leidende Peter Sendhorst sein, wenn es in ihm tobte.

Endlich schaffte er es, aufzustehen. Auf einmal wusste er, was er zu tun hatte. Er ging in den Keller, an den Schrank und holte die alte Waffe hervor. Sie stammte noch aus der Bundeswehrzeit. Gebraucht gekauft von einem Kollegen. Damals war Peter Sendhorst noch ein anderer Mensch gewesen. Noch kein Vater.

Wer hätte gedacht, dass er die Walther PPK nochmal brauchen würde.

33.

Gorse *(Stechginster)*

🌿 Botanischer Name: Ulex europaeus 🌿

Blüte für Menschen, die keine Lebensperspektive
mehr haben

Rüdiger Wesselmann blinzelte. Scheiße, das Tageslicht
schmerzte in seinen Augen. Dies war nicht sein erster Kater
und würde mit Sicherheit auch nicht sein letzter sein. Aber
er konnte sich nicht daran erinnern, nach einer durchzech-
ten Nacht jemals so fix und fertig gewesen zu sein.

Inzwischen war es sechs Uhr zwölf. Wahnsinn, so früh.
Vor drei Stunden hatte er mal ernsthaft versucht, aufzustehen. Pissen musste er. Und was trinken. Gegen den Nach-
durst. Aber sobald er sich aufgesetzt hatte, gab es hier in Ostfriesland ein Erdbeben der Stärke sechs auf der nach oben
offenen Richterskala. Da hatte er eben in die leere Colaflasche gemacht, die neben seinem Bett lag. Das Zielen war verdammt anstrengend gewesen, danach war er gleich wieder in
einen Tiefschlaf gefallen. Oder er war kurzfristig gestorben,
es fühlte sich zumindest so an, als wäre er tot gewesen.

Ob das überhaupt jemanden interessieren würde, wenn es
so wäre? Er war doch sowieso das Arschloch der Nation.

Seine Exfrau hat ihn abgezockt. Im Mittelhaus hat er Lo-
kalverbot. Und die Stelle beim Callcenter war nur befristet
gewesen. Und dann die Sache mit dem Mädchen …

So eine junge Göre starb unter komischen Umständen,
und die Polizei fiel bei ihm ein. Vorgestern war das gewesen.
Sie hatten neugierige Fragen gestellt, sich misstrauisch in
seiner Bude umgeschaut und noch mehr neugierige Fragen

gestellt: Sie haben also alleine vor dem Fernseher gehockt? Können Sie das beweisen? Was ist in der Serie passiert? Finden Sie nicht auch, das Alibi ist etwas mau?

Wäre vielleicht gar nicht so schlecht, das mit dem Totsein, dachte Rüdiger Wesselmann. Aber man stirbt ja nicht so mir nichts, dir nichts. Stattdessen hatte er sich gestern mit seinen Kumpels beim Marktplatz getroffen. Die Gegend rund um den alten Friedhof war ihr Revier. Früher einmal hatte Rüdiger die Penner auf den Parkbänken verachtet, ganz dunkel konnte er sich noch daran erinnern. Früher, das war vor dem ganzen Dilemma gewesen. Heute waren diese Leute seine besten – seine einzigen – Freunde.

Aber etwas war gestern komisch gewesen. Ein Fremder, angeblich ein Kumpel von Wolle und Knut, hatte einen ausgegeben. Das war an und für sich nichts Ungewöhnliches, seine Freunde waren oft spendabel. Auch Rüdiger schmiss manche Runde Bier oder Korn, wenn er gerade mal Geld übrig hatte. Aber gestern war es anders gewesen. Sie hatten direkt neben der Trinkhalle gehockt, nicht wie sonst hinten zwischen den Bäumen. Der Unbekannte hatte ziemlich viel vertragen und immer wieder neues Bier geholt. So einer sollte öfter mal zu Besuch kommen, hatten alle gemeint. Es war ein unglaubliches Gelage gewesen. Als hätten sie etwas zu feiern gehabt.

Niemand wusste hier von Rüdigers schlechter Angewohnheit. Die kannten alle nur die offizielle Version seines Schicksals: von der Frau verlassen, Kind mitgenommen, Job verloren, Hartz IV. Dass er mal wegen Fummeleien mit kleinen Jungs vor Gericht gestanden hatte, dass diese Sache sogar der Auslöser für die ganzen anderen Geschichten gewesen war (echt, er konnte Reinhild verstehen, dass sie ihn Knall auf Fall sitzen ließ, als es rauskam), das wusste keiner in der Runde. Zum Glück.

Sie hatten schon am Mittag gesoffen ohne Ende. Das Zeug hatte reingehauen wie Hulle. Und ehrlich, er konnte sich gar nicht mehr erinnern, wie er eigentlich nach Hause gekommen ist. Hatte er sich nicht gegen den Heimweg und für ein Schläfchen auf der Parkbank entschieden? Warum lag er also in seinem Bett? Hatte er sich vielleicht sogar noch brav die Zähne geputzt, bevor er sich hingelegt hatte? Die Haare gebürstet? Bescheuerte Vorstellung. Aber die Erinnerung war weg. Er hatte keine Ahnung, wie das gestern geendet hatte. Er würde die Jungs gleich mal danach fragen. Sobald er es schaffte, die Matratze zu verlassen.

Es klingelte an der Tür. Erst dachte Rüdiger, das Geräusch wäre nur in seinem Kopf, Glockenschläge des Jüngsten Gerichts oder so. Aber es war tatsächlich die Tür. Jetzt klopfte es auch. Es bollerte regelrecht.

«Wesselmann? Wir wissen, dass Sie da sind, machen Sie auf!»

Wem soll ich aufmachen?, wollte er fragen, aber verdammt, seine Stimme war völlig belegt und unbrauchbar. Das krächzende Flüstern würde man draußen im Treppenhaus wohl kaum hören.

«Hier ist die Polizei!», kam trotzdem eine Antwort. «Wenn Sie nicht öffnen, dann müssen wir die Tür eintreten.»

Rüdiger versuchte, sich aufzurichten. Mit aller Kraft, aber das war leider nicht besonders viel. Erst hob er das eine Bein, dann das andere. Zeitlupe war nichts dagegen. Am Heizkörper zog er sich schließlich hoch.

«Dies ist unsere letzte Aufforderung: Öffnen Sie die Tür!»

Wie ein Idiot stolperte Rüdiger Wesselmann über das Chaos seines verpfuschten Lebens hinweg, die Colaflasche mit der tiefgelben Flüssigkeit ergoss sich auf den Teppich. Wahrscheinlich roch es hier wie im versifften Hauptbahnhof einer Großstadt, dachte er, aber wahrnehmen konnte er nichts. Seine Schleimhäute taugten nichts mehr. Die Nase schmerzte, als sei sie von innen ausgeschält worden. Wo kam auf einmal diese widerliche Magensäure her? Er spuckte aus, was ihm eben den wunden Hals hochgekrochen war. Dann endlich gelangte er an die Tür. Das Schlagen von der anderen Seite war noch heftiger geworden. Gleich würde das alte Holz brechen. Das Schloss war sowieso schon museumsreif und würde nicht lange standhalten.

Rüdiger Wesselmann drehte vor lauter Aufregung den Schlüssel falsch herum, verdammt nochmal. Wenn sie ihm die Tür eintraten, dann wäre er zu guter Letzt auch noch sein Dach über dem Kopf los. Der Vermieter hatte ihn eh schon auf dem Kieker. Der schmeißt mich jetzt hochkant raus nach der Randale, da war er sich sicher. Und dann wäre sogar Hartz IV für'n Arsch.

Doch das Gepolter war ruhiger geworden, wahrscheinlich hatten sie gemerkt, dass sich hinter der Tür etwas tat. «Wesselmann?»

Langsam drückte er die Klinke nach unten. Irgendwie hatte er Schiss, dass sie ihn standrechtlich erschießen könnten. Warum auch immer. Die Sache mit den Jungs damals, echt, die war doch schon eine Ewigkeit her. Und wegen der Pornoseiten im Internet? Den PC hatte er sowieso schon vor Wochen verkaufen müssen. Es gab also nichts zu entdecken bei ihm. Gut, die Fotos, mein Gott, ja die Fotos …

Zack, plötzlich wurde die Tür aufgerissen, ein fremdes Bein schob sich in die Wohnung, zwei Männer erwischten ihn von hinten, bogen seine Arme auf den Rücken, stemmten ihn ins Hohlkreuz. So rasend schnell war in dieser Wohnung schon seit Jahren nichts mehr passiert.

«Wo ist sie?», fragte einer mit rotem Gesicht und Uniform. Rüdiger konnte nicht antworten. Sein Hals war trocken, mehr als ein Husten kam da nicht raus.

Ein anderer Mann, in Zivil gekleidet und wesentlich ruhiger, trat vor ihn. Rüdiger kannte ihn, es war derselbe, der ihn vor zwei Tagen wegen des Mädchenmordes nach einem Alibi gefragt hatte. «So sieht man sich wieder, Wesselmann. Diesmal suchen wir Griet Vanmeer.»

«Wen?», brachte Rüdiger mühselig hervor.

«Wir haben einen konkreten Hinweis erhalten, dass Sie mit einem Mädchen …»

«Was?»

Er spürte Handschellen an den Gelenken. Wahrscheinlich – ganz bestimmt sogar – war das hier einfach ein völlig verquerer Traum im Delirium. Das konnte alles nicht wahr sein.

Eine junge Polizistin, es war die Frau mit dem kurzen, weißblonden Haar, die er auch schon mal gesehen hatte, drang jetzt in seine Wohnung vor, hielt ihm kurz irgend so einen amtlichen Wisch vor die Nase und murmelte: «Durchsuchungsbeschluss.»

Danach hörte er es klappern und scheppern, Möbel wurden zur Seite geschoben, Papierstapel auf den Boden fallen gelassen, bissige Kommentare über den Zustand seiner Wohnung gemacht. Er konnte einfach nicht reagieren. Sicher gab es da eine Möglichkeit, den Mist hier zu beenden. Er konnte auf einen Anwalt bestehen oder so. Aber er brachte keinen Mucks über die Lippen.

Sie suchten ein Mädchen? Griet Sowieso … Nie gehört!

Aber das hätten die ihm wohl ohnehin nicht geglaubt.

Der Typ mit dem Schnauzbart, Britzke hieß er, soweit Rüdiger sich erinnerte, blieb neben ihm stehen. Sein angewiderter Gesichtsausdruck war nicht zu übersehen. «Herr Wesselmann, nochmal ganz langsam und zum Mitschreiben.»

Zum Mitschreiben, haha, wie lustig.

«Es gab einen Hinweis aus der Bevölkerung, dass Sie am Mordabend mit Allegra Sendhorst beobachtet wurden.»

«Schwachsinn. Wer …»

«Und seit gestern Nachmittag wird die dreizehnjährige Schülerin Griet Vanmeer vermisst. Ihr Fahrrad wurde am alten Friedhof im Gebüsch gefunden. Da haben Sie, soweit wir informiert sind, ja sozusagen Ihr zweites Wohnzimmer.»

«Wollen Sie mich verar…» Der Hals brannte, er musste würgen.

«Einige Stoffpartikel auf dem Sattel stimmen mit den Spuren überein, die wir auch am Fahrrad der ermordeten Allegra Sendhorst gefunden haben. Sie erinnern sich? Das ist das Mädchen, wegen dem wir Ihnen bereits vorgestern einen Besuch abgestattet haben.»

«Klar erinnere ich mich. Ich krieg ja nicht jeden Tag Besuch von der Polizei.» Endlich funktionierte das Sprechen wieder.

«Wir werden uns mal Ihre Hosen ein bisschen genauer ansehen. Vielleicht finden wir auch ein paar Hautschuppen. So eine DNA-Analyse dauert heutzutage keine achtundvierzig Stunden mehr.»

«DNA-Analyse?»

«Mensch, Wesselmann, einer Ihrer Freunde von der Trinkhalle hat gesehen, wie Sie gestern zur entsprechenden Zeit am alten Friedhof herumgeschlichen sind.»

«Wer?»

Die Beamten blieben ihm eine Antwort schuldig.

«Wer? Ach, egal, wer's war, er lügt!» Quatsch, dachte Rüdiger im selben Augenblick. Keiner von meinen Freunden würde derart lügen. Was war hier eigentlich los?

«Igitt … Britzke!», hörte er die Stimme der ausgeflippten Polizistin mit der Punkfrisur. Jetzt haben sie die Fotos, dachte Rüdiger, so eine Scheiße. Doch die Kripofrau hatte ein Glas in der Hand, eine Art Marmeladenglas mit einer hellen Flüssigkeit darin. Rüdiger hatte dieses Ding noch nie gesehen. Vor allem nicht in seiner Wohnung.

«Rate mal, was darin herumschwimmt …»

Rüdiger schaute genauer hin. Erkennen konnte er nichts, außer ein paar dunklen Klumpen, die zuckende Kreise drehten.

«Blutegel», sagte der Polizist.

Rüdiger war erleichtert. Immerhin hatten sie nicht die Fotos entdeckt. Dennoch hatte er das ungute Gefühl, dass dieser seltsame Fund ihn nicht eben entlastete. Die beiden Beamten warfen sich ernste Blicke zu.

«Leute, wir haben die grüne Cordhose!», rief plötzlich ein Mann aus dem Schlafzimmer.

Die junge Frau kam jetzt direkt auf ihn zu. Sie konnte böse gucken, sehr böse. «Wo ist Griet Vanmeer?», zischte sie.

Er zuckte die Achseln. Ihm war zum Heulen zumute. Hatte er eben noch gedacht, sein Leben sei ein Haufen Schrott, war es jetzt noch weniger wert. Es war überhaupt nichts mehr wert. Mit dieser Aktion hatte er nicht gerechnet. Die wollten ihm hier was anhängen. Und er hatte noch nicht einmal die leiseste Ahnung, was gestern los gewesen war. Alles weg. Er saß ganz schön in der Scheiße.

Die Frau drehte das Gesicht zur Wand. «Britzke, guck mal.» Mit einer schnellen Handbewegung griff sie zum Schlüsselbrett. Viel hing da nicht an den provisorisch ins Holz genagelten Haken. «Ich denke, wir sollten mal die Treppe runter, ich glaube, zu der Wohnung gehört ein Keller.» In ihrer Hand baumelte ein länglicher Schlüssel.

«Ist es so?», fragte Britzke ihn.

Rüdiger nickte. «Aber da ist nichts. Nur mein altes Fahrrad und leere Regale. Ich brauch den Raum gar nicht, bin doch allein, hab hier genug Platz.»

«Würden Sie uns Ihren Kellerraum zeigen?»

«Warum nicht.»

Einer der Polizisten, den er noch gar nicht richtig zu Gesicht bekommen hatte, weil er in seinem Rücken stand und ihn in Schach hielt, schubste ihn unsanft ins Treppenhaus.

«Vorsicht, Leute», mahnte Britzke. «Ich glaub, er ist noch nicht ganz nüchtern. Hinterher knallt er uns noch die Treppe runter.»

Rüdiger nahm dem Bullen ab, dass er sich echte Sorgen machte. Er war so ein ruhiger Typ, ganz ausgeglichen, bestimmt Familienvater. Früher war Rüdiger mal so ähnlich gewesen, ganz ganz früher.

Sie schoben sich durch die schwere Metalltür, die in den Kellerflur führte. Von dort aus gingen die vielen einzelnen Kabuffs ab. Rüdiger wusste nicht auf Anhieb, welches zu seiner Wohnung gehörte. Er hatte nicht gelogen, er kam so gut wie nie hier runter.

«Die hier isses glaube ich», sagte er und zeigte mit einem Kopfnicken zur Tür hinten links.

«Hallo? Griet, bist du hier?», rief die Polizistin. Ihre Hände zitterten, als sie den Schlüssel ins Loch steckte. Sie schien schrecklich aufgeregt zu sein. Hatte sie tatsächlich Angst? Warum? Was erwarteten sie in seinem alten Kellerverschlag? Ein Horrorkabinett, oder was?

«Hilfe!» Rüdiger Wesselmann meinte ein leises Flehen zu hören. Das konnte doch nicht wahr sein. «Ich bin hier, Hilfe!», kam es aus dem Raum.

«Sie lebt!», kreischte die Polizistin und fummelte hilflos am Schloss herum. «Verdammt, helft mir mal. Ich bin völlig fertig, ich kann nicht mehr …»

Britzke trat zu ihr, drehte den Schlüssel um, schob die Tür auf und ging geduckt hinein. «Griet?»

Je weiter die Tür sich öffnete, desto mehr Licht fiel in

das Kabuff. Und obwohl Rüdiger Wesselmann blieb, wo er stand, konnte er langsam ausmachen, was sie soeben in seinem Kellerraum gefunden hatten: Ein junges Mädchen saß auf dem Boden. Sie war schwarz gekleidet und offensichtlich ziemlich am Ende mit den Nerven. Sie hielt sich die Hände vor das Gesicht, um nicht geblendet zu werden. Ihr Körper zuckte, doch ein Weinen hörte er nicht.

Rüdiger Wesselmann hatte dieses Mädchen noch nie gesehen. Bei seinem Leben würde er das schwören. Bei seinem Leben, welches zu diesem Zeitpunkt eigentlich auch schon nichts mehr wert war.

34.

Gentian *(Herbstenzian)*
🌿 Botanischer Name: GENTIANA AMARELLA 🌿
Die Blüte gegen Zweifel und Pessimismus

Es war einfach nicht zu glauben. Das konnte beim besten Willen nicht wahr sein.

Noch immer war Wencke wie vor den Kopf geschlagen. Vom Frühstück in der Inselbäckerei bekam sie keinen Bissen herunter. Die Tasse Milchkaffee und das Croissant blieben unangetastet vor ihr liegen. Der Anruf von Britzke hatte ihr einen dermaßen dicken Kloß in den Hals gesetzt, dass sie nicht schlucken konnte. Und auch kaum reden. Ausnahmsweise war es also Axel, der das Gespräch – es glich eher einem Monolog – in Gang hielt.

«Griet Vanmeer ist Gott sei Dank nahezu unverletzt, bis auf eine schmerzhafte Schleimhautreizung im Rachenraum. Dies dürfte die Folge des Desfluran-Inhalats sein, mit dem der Entführer sie eingeschläfert hat. Ein Krankenhausaufenthalt ist zum Glück nicht erforderlich. Jetzt ruht sich das Mädchen zu Hause erst einmal richtig aus. Später wird sie noch eine Aussage machen. Obwohl die Beweislage auch so schon nahezu lückenlos ist.»

Axel Sanders hatte noch feuchtes Haar, denn nach dem nächtlichen Einsatz und diesen unerfreulichen Nachrichten am Morgen hatte er erst einmal ausgiebig geduscht. Er blinzelte, als die Morgensonne durch die Scheiben des Stehcafés strahlte. Wenn man ihn so sah, konnte man meinen, er sei ein Geschäftsmann und habe gerade einen gewinnversprechenden Vertragsabschluss gemacht. Wencke dagegen war fassungslos. Sie hatten heute Nacht einen Selbstmörder gefunden, einen jungen Mann in seiner Blutlache liegen sehen. Und Axel tat, als sei alles bestens. Selbst während die Spurensicherung der Kripo Wittmund das traurige Dachzimmer untersuchte, war ihm keinerlei Niedergeschlagenheit anzumerken gewesen. Wahrscheinlich weil seiner Verlobten und den anderen Kollegen daheim angeblich der Supercoup gelungen war.

«Ich habe Kerstin gerade nochmal nach den Details gefragt. Sie ist auch vollkommen perplex. Alles passt. Es sind eindeutig dieselben Kleidungsfasern auf den Kinderrädern und der Hose von diesem Wesselmann. Und in seinem Schrank sind Pal gleich stapelweise Nacktfotos entgegengefallen. Alles Aufnahmen von Kindern. Und dann die Blutegel. Meine Güte, was hätten wir uns für einen Ärger ersparen können, wenn wir diesen Scheißkerl nicht von der Verdächtigenliste gestrichen hätten. Rüdiger Wesselmann, erinnerst du dich? Das war der Typ, der angeblich *Gute Zeiten-Schlechte Zeiten* geguckt hat.»

Axel nahm einen Schluck Orangensaft und biss in sein belegtes Brötchen. Im Gegensatz zu Wencke schien er erleichtert zu sein, jedenfalls ließ sein Appetit darauf schließen. Oder es war die Vorfreude, weil er gleich die Fähre Richtung Festland betreten würde. Und er wieder bei Kerstin wäre, mit der er vorhin fast zwanzig Minuten geplaudert hatte. Verboten war das nicht, dachte Wencke. Aber hatte er nicht gestern gesagt, die Sache mit ihr sei ein Fehler gewesen?

Wencke wusste nicht mehr, was sie denken oder fühlen sollte.

Axel rührte weiter in seinem Tee. «Aber verständlich ist es schon, dass wir ihn nicht verdächtigt haben. Wesselmann konnte nun mal sonst eher was mit kleinen Jungs anfangen ... Obwohl, hat Dr. Erb nicht gesagt, es könne auch ein

Täter sein, dem das Geschlecht der Opfer eher unwichtig ist? Wencke, wahrscheinlich ist dieser Psychologe doch nicht der Hanswurst, für den du ihn hältst.»

Er schaute sie an, und zum ersten Mal an diesem Morgen schien er zu bemerken, wie mies es Wencke ging.

«Was ist los? Du solltest froh sein, Wencke. Die ganze Zeit hast du recht gehabt – es war nicht Gernot Huckler. Du kannst deinen albernen Schwur von gestern Abend also getrost vergessen und bei deinen Kollegen in Aurich bleiben. Die bewundern dich.» Sie reagierte nicht, was Axel wohl dazu veranlasste, seine Hand auf ihre Schulter zu legen. Sie schüttelte ihn ab.

«Was ist denn los mit dir?» Er zog seine Hände zurück, was auch besser war, fand Wencke. «Mir ist klar, es sind noch ein paar Fragen offen …»

«Ein paar?», blaffte sie.

«Ja, vielleicht auch ein paar mehr.» Axel hatte zu Ende gefrühstückt, knüllte die Serviette zusammen und stellte das Geschirr auf den Tresen. Wencke kaute gerade am zweiten Bissen.

«Dass der Fahndungserfolg auf einem anonymen Hinweis basiert, der ausgerechnet bei Ute Sendhorst einging, fanden die Kollegen auch komisch. Der Anruf konnte aber zurückverfolgt werden. Er kam von einem öffentlichen Fernsprecher am Norder Marktplatz. Ist doch anzunehmen, dass einer von Wesselmanns Kumpel diese Fernsehsendung mit Allegras Mutter gesehen und deswegen angerufen hat. Ärgert dich das? Weil die Sendhorst immer so herumposaunt hat, dass sie alles besser kann und die Polizei nichts tut? Mensch, Hauptsache, der Fall wird bald zu den Akten gelegt. Es war ein schrecklicher Fall, Kindermorde sind unerträglich. Ich bin froh, dass es vorbei ist.»

Wencke schaute aus dem Fenster. Da draußen erwachte

die Insel zum Leben. Mit kleinen Elektroautos wurden Waren und Gepäckstücke hin- und hertransportiert. Kinder spielten mit einem Bollerwagen.

«Okay, wenn du nichts sagen willst … Ich weiß sowieso, was dir im Kopf herumspukt. Ich kenn dich doch. Du fragst dich, wie der Mord an Marina Kobitzki in die Story passt. Du findest es wohl ziemlich unwahrscheinlich, dass Wesselmann auch zufällig einen Trip nach Spiekeroog gemacht hat?»

Ja, unter anderem, dachte Wencke und beobachtete einen Mann, der sich schwertat, für die ganze Familie die passenden Frühstücksbrötchen zu kaufen. Zwei Mohn, zwei Milch, zwei Schokoquark – die sind aus – hm, was konnte er denn dann nehmen? Wie alltäglich hier alles war.

«Wenn du meine Meinung hören willst: Hanno Thedinga ist ein Trittbrettfahrer gewesen. Hat von dem Mord an Allegra Sendhorst gehört …»

«Die er zufällig ganz kurz vor ihrem Tod beim Katzenstreicheln trifft? Und danach beobachtet, wie sie das arme Tier auch noch überfährt? Pah!» Wencke klang wie ein kläffender Hund.

«Nun lass mich doch mal zu Ende reden!» Axel hatte die Arme zur Verteidigung hochgerissen. Da waren sie wieder: Axel Sanders und Wencke Tydmers, wie eh und je. Sie gingen in Stellung und waren gleichzeitig auf Verteidigung und Angriff aus, wie zwei abgebrühte Kriegsstrategen.

«Hanno hat das Mädchen auf Spiekeroog auf dieselbe Art getötet, wie Allegra gestorben ist. Er fand die Idee mit den Blutegeln reizvoll. Als er dann merkte, dass sowohl die Polizei wie auch Gernot Huckler ihn verdächtigten, die Morde begangen zu haben, hat er sich das Leben genommen. Was sagst du dazu?»

«Woher wusste er denn von den Blutegeln? Das ist, soweit

ich weiß, nicht an die Öffentlichkeit gedrungen. Esther Vanmeer hat bestimmt nicht mit einem von der Presse gesprochen …»

«Hm. Vielleicht kannten Thedinga und Wesselmann sich. Wer weiß, kann doch sein, dass sie sich über ihre Leidenschaft ausgetauscht haben …»

«Britzke sagt, Rüdiger Wesselmann sei eine ganz arme Socke. Alkoholprobleme, keinen Job. In der Wohnung muss es chaotisch ausgesehen haben. Und mit so einem Typen soll sich unser piekfeiner Restaurantfachmann freiwillig abgegeben haben? Axel, ich bitte dich!»

«Hm.»

«Und wo steckt Gernot Huckler?»

«Was weiß ich, wo er ist und was er macht? Vielleicht geht er spazieren? Will seine Freiheit genießen?»

«Nachdem er festgestellt hat, dass Hanno Thedinga ein Mädchen umgebracht hat, geht Gernot Huckler spazieren?»

«So etwas in der Art …»

«Und wie passt es zusammen, dass Rüdiger Wesselmann sich ausgerechnet die Tochter der Blütenfrau als neues Opfer ausgewählt hat?»

«Zufall. Oder der besondere Reiz. Kann ja auch sein, dass er ebenfalls Patient im Hause Vanmeer gewesen ist.»

«Für den Besuch bei einer Heilpraktikerin fehlt ihm wahrscheinlich das nötige Kleingeld. Und wenn es da einen Zusammenhang gäbe, dann hätte Griets Mutter mit Sicherheit schon etwas erwähnt. Schließlich hat ihre Tochter eine ganze Nacht bei diesem Menschen im Keller gehockt. Diese Gleichung geht also auch nicht auf. Und wie kommt ein Typ wie Wesselmann an ein Betäubungsgas?»

«Das werden wir schon noch herausfinden. Es ist doch gerade mal drei Stunden her, dass sie in seine Wohnung gestürmt sind. Vernommen wird er erst gegen Mittag. Er war nämlich noch blau wie 'ne Haubitze, als sie ihn aus dem Bett geschmissen haben.»

Wencke hörte gar nicht mehr richtig hin. Dafür schien sich jetzt ihre Zunge gelöst zu haben. «Eine beschissene Erklärung schusterst du dir hier zusammen, Axel. Wo die Wahrheit nicht passt, da wird sie passend gemacht, oder was?» Wencke schob das kaum angefangene Frühstück zur Seite, nahm ihre Jeansjacke und verließ die Bäckerei.

Axel stolperte hinterher. «Wo willst du hin?»

«Ins Inselnest.»

«Unser Schiff geht schon in einer halben Stunde.»

«Ich habe noch etwas vor.»

«Und was, wenn ich fragen darf?»

«Gernot Huckler ist noch hier auf der Insel.»

«Wie kommst du bloß darauf?»

«Wie wohl. Ich habe mir Gedanken gemacht. Heute Nacht. Während du geschnarcht hast.» Wencke hastete über die Straße und legte eine Eile an den Tag, die auf Spiekeroog verpönt zu sein schien. Die Passanten blickten ihr mit mürrischer Verwunderung hinterher. Axel kam kaum nach.

«Gernot Huckler ist noch auf der Insel. Er hat ein Helfersyndrom.»

«So ein Schwachsinn. Wie kommst du darauf? Du kennst ihn ja noch nicht einmal.»

«Frau Vanmeer hat gesagt, er sei schrecklich unterwürfig, könne nie nein sagen. Er ist nach Spiekeroog gekommen, um Hanno Thedinga ins Gewissen zu reden. Er wollte ihn vor sich selbst retten, und er wollte die Mädchen retten. Insbesondere seine Stieftochter Griet, die mit Hanno eine seltsame Verbindung hatte.»

«Warum sollte er das tun?»

«Weil er ein schlechtes Gewissen hat! Weil er nicht das böse Monster sein will, für den ihn alle halten. Weil er in der JVA gelernt hat, sich in die Rolle der Opfer hineinzuversetzen. Was würdest du denn tun, wenn jeder von dir wüsste, dass du ein Pädophiler bist?»

Axel blieb abrupt stehen und stemmte die Fäuste in die Hüfte. «Ich bin aber kein Pädophiler!»

Wencke stellte sich ihm gegenüber. «Siehst du, schon wie du reagierst. Gleich auf hundertachtzig, bloß weil du diesen Begriff hörst. Überall schrillen die Alarmglocken: Hilfe, Hilfe, da ist einer, der könnte unseren Kindern etwas antun. Auch wenn dieser Mensch sich mittlerweile im Griff hat und Methoden kennt, um es nie wieder so weit kommen zu lassen. Statt Unterstützung zu bekommen, erfährt er Ablehnung und wird stigmatisiert. Dies war seine Chance, sich zu beweisen. Er wollte den Mörder stellen und zwei unschuldige Mädchen retten. Er wollte eine Heldentat vollbringen, die seine Vergangenheit überstrahlt. Das war es, worauf Gernot Huckler gehofft hat. Er wollte nicht mehr der Bösewicht sein, sondern der Held.»

Sie gingen weiter, das Tempo etwas gedrosselt. Axel hatte jetzt etwas zum Nachdenken, das merkte man ihm an. Jedenfalls sagte er kein Wort und schaute auch nicht mehr vorwurfsvoll auf die Uhr. Ein zum Einsatzwagen umfunktionierter Rollcontainer der Kripo Wittmund stand am Hintereingang vom Hotel Inselnest. Das ganze Technik-Equipment wirkte auf der so ursprünglichen Insel fremd wie ein Raumschiff.

«Was willst du eigentlich hier? Huckler wird sich kaum im Hotel versteckt haben.»

«Vielleicht finden wir in Hanno Thedingas Zimmer einen Hinweis auf seinen Verbleib.»

Wencke stieß die Tür auf und lief durch den bereits abgesperrten Flur die Treppe hinauf. «He, junges Fräulein, stehngeblieben!», rief ein aufgebrachter Polizist. Wencke ignorierte ihn. Der leitende Beamte der Wittmunder Einsatztruppe trat auf den Flur, erkannte sie und ließ sie ins Zimmer. Brockelsen, der Inselpolizist, war ebenfalls anwesend, er schien wenig begeistert zu sein, Wencke noch einmal über den Weg zu laufen. Seiner Meinung nach hatte es seit der Ankunft dieser verrückten Kommissarin so viel Unfrieden auf dem Eiland gegeben wie seit Jahren nicht mehr. Zumindest hatte er einen entsprechenden Kommentar abgelassen, als er in aller Herrgottsfrüh die Leiche im Inselnest zu sehen bekam.

«Darf ich mich auch ein bisschen umschauen?», fragte Wencke, ohne wirklich eine Erlaubnis abzuwarten, denn schon während sie diesen Satz aussprach, spähte sie in alle Ecken.

«Sie tragen keine Handschuhe, Frau Kollegin. Und keinen Schutzanzug. So wird das nix.»

«Ja, ja … Was ist denn im Kleiderschrank? Vielleicht eine grüne Cordhose?»

Ein sehr großer Polizist öffnete die quietschende Sperrholztür. «Schauen Sie rein. Alles schicke Sachen. Bundfaltenhosen. Gestärkte Hemden. Krawatten. Und so weiter.»

Der Kleiderschrank von Hanno Thedinga war tatsächlich pingelig bestückt. Wencke musste an die Adoptiveltern des toten Jungen denken. An die karierten Hemden und Lederwesten. An die Gummistiefel, die im Flur des Wohngebäudes ausgezogen werden mussten. Was mochten die Bauern in diesem Moment empfinden? Sie hatten die traurige Nachricht wahrscheinlich schon erhalten. Ob sie so etwas hatten kommen sehen? Ob sie das Gefühl hatten, ein Teil von ihnen sei gestorben – auch wenn ihr Pflegesohn in vielen Dingen ganz anders gewesen war? Bei der Garderobe angefangen? Aber diese hellbraune Jacke in der Ecke – Wencke stutzte –, die hätte auch zu Bauer Thedinga gepasst. Seltsam, das abgetragene, unmoderne Stück hing wie ein Fremdkörper zwischen den Sakkos.

«Kann ich mir dieses Teil da mal näher anschauen?»

Der Mann holte den kurz geschnittenen Wildlederblouson heraus. «Haben wir schon untersucht. Nichts Besonderes. Auch in den Taschen nichts Spektakuläres. Ein bisschen Öl am Ärmel …»

«Öl?», hakte Wencke nach. «Was für Öl?»

«Keine Ahnung.» Er schnupperte daran. «Schmieröl. Könnte von einem Motorrad stammen.»

«Das ist Hucklers Jacke!», triumphierte Wencke. Doch Axel hatte sofort einen Haufen Gegenargumente parat: Die Jacke könne jedem gehören, und das beweise nichts von Wenckes Theorie, und warum sollte Thedinga sich diese Jacke überhaupt in den Schrank hängen … Aber Wencke war sich absolut sicher. Sie entriss dem Beamten das Lederteil, jeglichen Protest von seiner Seite erstickte sie im Keim. «Sie sagten doch, die Jacke sei bereits untersucht worden.»

«Ja, aber trotzdem muss ich Sie bitten …»

«In diesem Fall geht es um Gernot Huckler, und das ist Angelegenheit der Kripo Aurich. Es kann sein, dass er in Gefahr schwebt, und da wollen wir doch nichts aufgrund dieser lächerlichen Dienstwege vermasseln, oder?»

Widerstand war zwecklos. In der Tasche fand Wencke eine silberne Dose, in der Bonbons aufbewahrt wurden. Honiggelbe Bonbons. Die hatte sie doch schon mal gesehen? Als Wencke die Ärmel auf links zog, rieselte ein wenig Sand heraus. Sie betrachtete die Körnchen und entdeckte kleine hellgrüne Krümel, die sie zwischen den Fingern zerrieb. «Moos», stellte sie fest. «Wo auf der Insel gibt es Moos?»

«Am Teich im Kurpark», stellte Axel trocken fest. «Unweit der Stelle, wo Marinas Leiche gestern gelegen hat, sitzt das Moos millimeterdick auf dem Holzsteg.»

«Aber wieso hängt dieses Zeug in der Innenseite der Jacke? Normalerweise beschmutzt man sich doch außen. Es sei denn, man zieht die Jacke hektisch aus, das weiß ich von meinem Sohn. Wenn er es eilig hat, stülpt er die Jackenärmel immer um.» Axel konnte damit augenscheinlich nichts anfangen. Doch Wencke ließ sich nicht beirren und untersuchte das Kleidungsstück weiter. In Höhe der Achseln hatten sich strohige Gräser verhakt. «Dünengras, möchte ich wetten. Das haben wir bei unserer Suchaktion gestern zur Genüge gesehen.» Wencke wandte sich um. Der Spiekerooger Inselsheriff stand immer noch unbeteiligt in der Tür, als ginge ihn das hier alles nichts an. «Brockelsen, sagen Sie, gibt es in den Dünen auch irgendwo Moos?»

«Ich bin kein Botaniker.»

«Da haben Sie recht. Wir können natürlich auch ein paar Spezialisten hier antanzen lassen. Aber ich dachte, Sie als Insulaner kennen sicher jeden Grashalm …»

Brockelsen murrte. Zwei Tote in zwei Tagen und nichts war wirklich geklärt, Wencke gestand ihm die schlechte Laune zu, ja, sie hatte sogar Verständnis. Aber keine Geduld. «Gibt es auf der Insel einen kleinen Teich, einen Tümpel … irgendeine Wasserstelle?»

«Hm, vielleicht im Wasserschutzgebiet. Da gibt es Brunnen. Aber die sind verschlossen. Sie waren ja schon dort, gestern mit Ihrem Kollegen bei der Suchaktion …»

«Ja, aber da haben wir nicht viel gefunden.» Wencke fasste in ihre Jackentasche. Wie gut, dass sich so viel Platz in dieser Jeansklamotte fand. Eigentlich war das Stück viel zu schade für die Altkleidersammlung, entschied sie spontan. Sie zog die Fundstücke der Dünenwanderung hervor: eine kaputte Brille, ein Kassenbon, die honiggelben, versandeten Bonbons …

«Na bitte!» Triumphierend verglich Wencke die Lutschpastillen mit denen aus Hucklers Tasche. «Eindeutig dieselbe Sorte. Ich glaub, ich spinne!» Die anderen Sachen legte sie auf den kleinen Tisch, der unter dem Dachfenster stand.

«Passen Sie auf», motzte einer der Wittmunder Beamten, «da haben wir noch nicht alle Spuren genommen.» Wencke stellte die Ohren auf Durchzug. Gernot Huckler trug keine Brille, zudem sah das Ding so alt aus, dass es wohl kaum vor wenigen Tagen noch auf einer Nase gesessen haben konnte. Wencke strich den Kassenbon glatt. Er war vom Drogeriemarkt in der Dorfmitte. Nicht gerade ein Großeinkauf ist da getätigt worden: eine Reisezahnbürste, eine Colgate, ein Kamm. Was? Genau die Sachen, die man im verwaisten Pensionszimmer gefunden hatte …

«Mein Gott!», entfuhr es Wencke. «Axel, wir sind gestern direkt auf Hucklers Spuren gestoßen und haben nichts bemerkt.»

«Wie kommst du darauf?»

«Das Moos und das Dünengras an der Jacke, die Bonbons, der Kassenbon, der wahrscheinlich herausgefallen ist, als Huckler sich ausgezogen hat – oder ausgezogen wurde …»

«Und?»

«Er muss da gewesen sein.»

«Wencke, falls du dich erinnerst, ich habe die ganze Zeit gerufen, und du auch. Sollte deine Theorie stimmen und Gernot Huckler war dort, dann …», Axel stockte, «meine Güte, wenn ich das ausspreche, klingt es schon furchtbar lächerlich …»

«Vielleicht konnte er uns nicht hören.»

«Da war aber weit und breit keine Hütte, kein Verschlag, und erst recht keine schalldicht isolierte Kabine!»

«Und diese Brunnen?»

«Die sind verschlossen, sagte ich doch bereits», mischte sich Brockelsen ein.

«Kann man die Schlösser knacken?»

Brockelsen stutzte. «Jetzt wo Sie es sagen …»

«Was?»

«Wir hatten in den letzten Monaten dreimal Meldung vom Wasserwerk. Sachbeschädigung bei den Brunnendeckeln.»

«Und? Haben Sie etwas herausgefunden?»

«Nein, keine Spur von den Tätern. War 'ne unschöne Sache. Jedes Mal lag ein Tier da unten. Ein Fasan, ein Kaninchen, soweit ich mich erinnern kann auch mal eine Möwe. Das war komisch, stimmt. Die Tiere waren nämlich noch nicht tot, nur verwundet.»

«Und warum haben Sie uns bislang noch nichts davon erzählt?», fauchte Wencke. «Immerhin haben wir erwähnt, dass Hanno Thedinga bereits wegen Tierquälerei aktenkundig ist.»

«Ach wissen Sie …» Jetzt geriet Brockelsen ins Schwitzen, auch wenn er durch seine Körperhaltung und seinen lockeren Tonfall noch immer eine gewisse Lässigkeit demonstrieren wollte. «Also wissen Sie, da habe ich jetzt echt keinen Zusammenhang vermutet. Dieser Kerl, dieser Hanno, mein Gott, er war eben kein echter Insulaner …»

«Keine weiteren Fragen», motzte Wencke. «Aber sorgen Sie dafür, dass eine ganze Mannschaft in die Dünen ausrückt. Sanitäter und Feuerwehr dabei. Immerhin hat es die ganze Nacht in Strömen geregnet, und der Mann, den wir suchen, sitzt vielleicht in einem Brunnen.»

Bitte nicht, dachte Wencke. Nicht noch einmal zu spät sein. Bitte nicht!

35.

Vine (Weinrebe)

🌿 Botanischer Name: VITIS VINIFERA 🌿

Die Blüte gegen Kompromisslosigkeit, Machthunger
und Dominanz

Tillmann Erb war schrecklich nervös. Wie lange dauerte das
denn noch? Die Blondierte, die von allen Pal genannt wurde,
legte den Hörer auf. «In frühestens neunzig Minuten ist er
hier», teilte sie Erb und den anderen Wartenden mit.

«So lange noch …» Einer der Kollegen gähnte, drei andere
streckten sich, als seien sie soeben geweckt worden.

Das 1. Kommissariat saß wieder im Sitzungszimmer. Fast
vollständig, denn Wencke Tydmers und ihr Kollege verließen
gerade erst die Insel. Das erste Schiff zum Festland hatten
sie offensichtlich verpasst, nun erwartete man sie innerhalb
der nächsten Stunde. Auch die Spurensicherung war bereits
hierhin unterwegs. Viel wurde nicht gesprochen in dem
Raum mit den vielen Fenstern. Die sich überschlagenden
Ereignisse und das plötzliche Ende der Suche hatten allen
zugesetzt. Erleichterung über die Verhaftung von Rüdiger
Wesselmann hatte sich dagegen noch nicht eingestellt. Es
war wahrscheinlich alles zu schnell gegangen. Jeder blieb ein
paar Momente für sich. Greven holte gerade Kaffee, Britzke
sortierte gemeinsam mit einem Kollegen einen Blätterwald,
und diese Pal telefonierte mit der Pressestelle. Alle warteten
darauf, dass Wesselmann vernehmungsfähig war und zum
Fischteichweg überführt wurde. Und nun war gerade der
Anruf gekommen, dass es noch eine Weile dauerte. Erst in
anderthalb Stunden käme der Bulli am Hinterausgang an.

Die ganze Zeit war Tillmann Erb jetzt mit von der Partie. Und die ganze Zeit überlegte er, wann wohl die richtige Gelegenheit war, sich aus dem Staub zu machen. Offiziell hatte er hier nichts mehr zu suchen. Sein Auftrag, Gernot Hucklers Rolle in diesem Fall zu klären, war erledigt.

Rüdiger Wesselmann stand als Mörder fest. Für die Presse, für die Beamten, für den Mob. Und fast hätte Tillmann Erb inzwischen sogar selbst daran geglaubt. Wenn er es nicht besser wüsste. Nein, er hatte keine Ahnung, wer der wahre Mörder war. Aber er wusste, wer es nicht war.

Trotzdem hatte der völlig aufgelöste Wesselmann laut Grevens Erzählung schon so etwas wie ein Geständnis gestammelt, vorhin in der U-Haft-Zelle der Auricher Behörden, die nur ein paar Ecken weiter am Schlossplatz neben den Gerichtsgebäuden lag. Die Sache von Spiekeroog würde man auch noch irgendwie aufklären können, hatte sich der Staatsanwalt optimistisch geäußert, nachdem er offiziell Haftbefehl gegen Wesselmann erlassen hatte. Ob der Selbstmord von Hanno Thedinga im direkten Zusammenhang mit dem dortigen Mädchenmord stand, würde noch untersucht. Doch die Beweislage im Mordfall Allegra Sendhorst sowie bei der Entführung von Griet Vanmeer spräche eindeutig für Rüdiger Wesselmann, oder vielmehr gegen ihn, je nachdem, wie man es sah. Immerhin konnten seine Stofffasern an beiden Mädchenrädern sichergestellt werden. Wesselmann war im Besitz von Blutegeln, und in seinem Küchenschrank hatte man sogar eine Flasche Desfluran gefunden, das Zeug, mit dem Griet Vanmeer betäubt worden war. Er verfügte zudem über kein taugliches Alibi und war einschlägig vorbestraft.

Erb fand, es war Zeit zu verschwinden. Bald waren Ferien. Vielleicht würde er mit seiner Frau und seiner Tochter ein paar Wochen ganz weit wegfahren. Hier war es zu heiß für ihn geworden, hier in Deutschland. Er würde lieber in die Dominikanische Republik fliegen, bis sich alles beruhigt hatte. Und dann vielleicht mal was anderes machen, keine Gutachten mehr, keine Patienten. Vielleicht bot sich ihm eine Chance in der Forschung. Wenn Wolfgang Ulferts die Wahlen gewann, würde man ihm sicher einen attraktiven Posten anbieten.

Doch wenn Erb jetzt auf einmal die Runde machen, jedem die Hand reichen und verschwinden würde, wäre das viel zu auffällig. Er hatte sich dem Kriminalteam als engagierter Psychologe präsentiert, da konnte er den Showdown, das Happy End nicht einfach ausfallen lassen. Zudem stand draußen vor dem Haus eine Ansammlung von Schaulustigen und Journalisten. Unter ihnen sicher auch Katharina Zwolau, und die hielt in erster Linie nach ihm Ausschau, daran bestand kein Zweifel. Also musste er bis zum Ende durchhalten. Nur noch neunzig Minuten, dachte er, dann war es geschafft. Und außerdem würde er noch einmal ins Labor müssen. Auf Wiedersehen sagen. Und die letzten Dinge regeln.

«Entschuldigen Sie mich einen Augenblick», sagte er in die Runde und verließ den Raum. Die Zeit reichte für das, was er noch zu erledigen hatte. Während er durch den langen Flur ging, grüßte er links und rechts die Polizeibeamten. Alles war ihm hier vertraut geworden in den letzten zwei Tagen. Diese enge Zusammenarbeit mit den Ordnungshütern hatte ihm fast ein klein wenig Spaß gemacht. Nette Leute, trotz dem ganzen Stress. Er wählte die Nummer seines Büros.

Gleich würde sich Beatrix melden, mit glockenheller Stimme und immer eifrig bemüht, alles richtig zu machen. Keine Ahnung würde sie haben, was sie erwartete. Und doch wusste sie viel zu viel. Sie hatte sich sicher Notizen gemacht, die sie lieber vergessen sollte. Sie hatte Kontaktpersonen kennengelernt, die ihr besser fremd geblieben wären. Und obwohl sie alles, fast alles zu seiner Zufriedenheit geregelt hatte, war es Zeit, sie zu entsorgen.

«Praxis Dr. Tillmann Erb, Beatrix Former am Apparat. Oh … Sie sind es, Dr. Erb. Ich habe jetzt erst auf das Display geschaut, entschuldigen Sie.» Sie kicherte kurz. «Gibt es Probleme? Ich habe meinem Mann schon gesagt: Rechne nicht damit, dass ich zum Abendessen zu Hause bin. Also, was kann ich für Sie tun?»

«Sie können Ihre Papiere zusammensuchen und gehen.»

«Wie bitte?»

«Sie sind entlassen.»

«Ist das ein Witz, Dr. Erb?»

«Nein, ich bin bei solchen Angelegenheiten immer völlig humorlos.»

«Was für Angelegenheiten? Ich kann mich nicht erinnern, dass ich irgendetwas …» Ihre Stimme war verrutscht. Sie tat ihm leid. Aber das nutzte nichts.

«Gestern Abend hat mich schon wieder diese impertinente Person von der Presse belästigt. Um elf Uhr! Ich wollte mich gerade hinlegen. Und ich weiß genau, dieser Journalistin habe ich niemals meine Handynummer gegeben. Nie im Leben. Aus gutem Grund.»

«Wollen Sie damit sagen, dass Sie mir eine solche Indiskretion zutrauen? Dr. Erb, Sie sollten mich wirklich besser kennen.»

«Ich wüsste nicht, woher Katharina Zwolau sonst meine Privatnummer haben könnte.»

«Ich doch auch nicht.» Beatrix atmete heftig. Er konnte sich vorstellen, wie sie gerade aussah, die Haare nach oben gesteckt, die Lippen rot geschminkt, die Wimpern akkurat getuscht und doch hässlich, weil der Schrecken über die Entlassung ihre Gesichtszüge entgleiten ließ. Zu Recht, denn seine Beschuldigung entbehrte jeder Grundlage. Die Gerichtsreporterin konnte seine Nummer sonst wo aufgegriffen haben, die Presseleute waren in so etwas ziemlich clever. Aber der Vorfall war ein ausgezeichneter Grund, eine ansonsten perfekt arbeitende Vorzimmerdame zu feuern.

«Herr Dr. Erb, Sie müssen mir glauben, ich gebe doch nicht einfach Ihre Handynummer raus!»

«Es kommen aber nur Sie in Frage.»

«Aber Sie können doch nicht einfach … Was soll ich denn … Ich habe doch immer …»

«Liebe Beatrix, keine Sorge, ich werde diesen Vorfall nicht in Ihrem Zeugnis erwähnen. Wenn Sie wollen, stelle ich Ihnen eine grandiose Empfehlung aus, denn im Grunde genommen war ich auch einigermaßen zufrieden mit Ihrer Arbeit. Aber ein solcher Vertrauensbruch … Sie müssen mich verstehen.»

«Ich verstehe gar nichts mehr.»

«Wenn ich heute Nachmittag wieder in Hannover bin, will ich Sie dort nicht mehr antreffen, haben wir uns verstanden?»

Sie antwortete nicht gleich, sondern schluchzte erbärmlich in den Hörer. Wahrscheinlich rann das Schwarz ihrer Wimperntusche gerade unschön über das Rouge. Erb konnte sich noch genau daran erinnern, wie ihre Vorgängerin ausgesehen hatte, als sie von einem Tag auf den anderen arbeitslos geworden war. Schön war das nicht gewesen.

«Ich habe mir doch extra den Wagen gekauft. Und die Kredite … Dr. Erb? Wie soll ich auf dem Arbeitsmarkt … Ich bin doch schon über vierzig …, wie soll ich denn …»

«Beatrix», sagte er mit möglichst weicher Stimme. «Bitte, regen Sie sich nicht so auf.»

«Wie bitte? Nicht aufregen? Sie haben mich soeben rausgeworfen!»

Ihre Stimmung schwenkte um, und Erb meinte, schon einen aggressiven Unterton zu hören. Es war Zeit, die zweite Runde seines Entlassungsgespräches einzuläuten. «Hören Sie, Beatrix, ich bin ja kein Unmensch. Und ich weiß schon, dass Sie durch diese Entwicklung in einen finanziellen Engpass geraten. Zwar müsste ich das nicht, nachdem, was Sie sich geleistet haben, aber ich biete Ihnen eine Abfindung an. Damit Sie nicht so ganz ohne dastehen.»

Nach diesem Satz wurde das Schluchzen immer leiser, nun musste man nur noch langsam bis zehn zählen, bis die obligatorische Frage kam … 8, 9, 10.

«Und an wie viel …», ein Räuspern, «an wie viel hatten Sie da gedacht, Dr. Erb?»

«Sechs Monatsgehälter, brutto. Daran gebunden sind, aber das muss ich Ihnen als Fachkraft ja eigentlich nicht erzählen, Diskretion und Loyalität über das Arbeitsverhältnis hinaus. Sollte mir etwas zu Ohren kommen, was nur aus Ihrem Munde stammen kann, dann, na ja, dann sehe ich mich natürlich gezwungen …»

«Das wird nicht passieren, Dr. Erb, ganz sicher nicht.»

Er schickte noch einen lapidaren Satz hinterher, dann legte er auf. Er hatte eine Mitarbeiterin und ein Problem weniger. Schade um Beatrix. Aber manchmal gab es eben keine andere Möglichkeit. Früher oder später hätte sie sich gefragt, was sie da in den letzten Tagen für ihn eigentlich alles hatte erledigen müssen. Oder sie hätte im Zusammenhang mit den Landtagswahlen Lunte gerochen. Sie wäre vielleicht misstrauisch geworden und eventuell, auch wenn er es ihr im Grunde genommen nicht wirklich zutraute, eventuell hätte sie sich mal seine persönlichen Akten vorgenommen und festgestellt, dass es da diese riesige weiße Fläche in Tillmann Erbs Lebenslauf gab.

Erb war jetzt im Labor angekommen und stieß die Tür auf.

Der Geruch nach Chemikalien und Arbeitsschweiß schlug ihm entgegen. Er wusste, Riemer und Spangemann würden mittlerweile ebenfalls oben in der Dienststelle sein, um die letzten Beweise abzugleichen. Es war noch reichlich zu tun. Der andere Mitarbeiter hatte heute frei. Nur der Praktikant war noch hier unten. Und zu ihm wollte Tillmann Erb.

36.

Larch *(Lärche)*

🌿 Botanischer Name: Larix decidua 🌿

Blüte für die Stärkung des Selbstvertrauens

Wencke würde den Anblick nie mehr vergessen.

Irgendwo in diesem ewigen Auf und Ab bewachsener Sandberge hatten sie ihn gefunden. In einem jämmerlichen Zustand. Völlig entkräftet, mit blauen Flecken, Knochenbrüchen und Schürfwunden am ganzen Körper, so hatten sie Gernot Huckler aus dem Brunnen gezogen.

Er hatte sich notdürftig oben an der Leiter festgemacht, die Arme waren um das Metall gelegt und die Hände mit den Schnürsenkeln seiner Schuhe zusammengebunden. Zusätzlich hatte er eine Leitersprosse durch den Hosenstall geschoben und den Knopf seiner Jeans wieder zugemacht. Er war erfindungsreich gewesen, und nur das hatte ihn über Wasser gehalten. Als sie den Brunnendeckel zur Seite schoben, hing Gernot Huckler am Eisengestell. Sein Oberkörper war nach hinten gebogen. Die dunkelblonden Haare klebten nass und voller Schmutz im Gesicht, die Augenlider waren halb geschlossen. Wirklich nur dieser winzige Knopf und die Schnürsenkel am Handgelenk hatten ihn davor bewahrt, in das unter ihm lauernde Wasser zu rutschen. Er hätte sich selbst nicht festhalten können, denn er musste für eine ganze Zeit das Bewusstsein verloren haben. Als Wencke ihm ins Gesicht blickte, hatte es einige Sekunden gedauert, bevor er blinzeln, die Augen öffnen und die Situation begreifen konnte.

«Bin ich gerettet?», hatte er gefragt. Dann hoben ihn vier

Feuerwehrleute aus dem feuchten Loch, ganz sachte, denn er schien sich einige Knochen gebrochen zu haben. Trotzdem war Wencke sicher, er weinte nicht aus Schmerz, sondern vor Erleichterung.

Dass sie mit dieser Vermutung falsch lag, erfuhr sie erst später. Aufgrund seiner Verletzungen, die nicht lebensbedrohlich waren, aber dennoch einen behutsamen Transport notwendig machten, hatte der Arzt entschieden, Gernot Huckler auf der Passagierfähre zum Festland zu bringen. Er würde den Transport persönlich beaufsichtigen. Aber Hubschrauber und Seenotretter wären zu strapaziös für seinen Patienten. Nun lag Huckler auf einer Trage, die man in eine Ecke des Schiff-Salons geschoben und mit aufgehängten Gardinen behelfsmäßig vor neugierigen Blicken geschützt hatte. Er weinte noch immer. Aber nicht die Erleichterung trieb ihm die Tränen in die Augen, sondern die Verzweiflung.

«Sie sind jetzt in Sicherheit», beruhigte Wencke, die an seinem Kopfende auf einem Hocker saß und mehr aus Versehen ihre Hand auf seine Schulter gelegt hatte. «Es ist alles gut.»

«Nichts ist gut», presste er hervor. «Was ist mit dem Mädchen …?»

«Sie meinen Marina Kobitzki?»

Er nickte, was ihm Mühe zu bereiten schien.

«Sie haben recht, nichts ist gut. Marina wurde gestern tot aufgefunden.»

Huckler schluchzte auf. Er tat ihr leid.

«Wir wissen, dass nicht Sie es gewesen sind.»

«Das ist doch egal. Ich hatte gehofft, sie retten zu können.»

«Sie haben alles getan. Sie wussten, wie gefährlich Hanno Thedinga war, und haben dennoch versucht, ihn zur Vernunft zu bringen. Es ist nicht Ihre Schuld, dass es nicht geklappt hat. Immerhin hat er Sie in diesen Brunnen gesteckt.»

«Zu spät. Ich war zu spät.»

Axel, der an der Gardine stand und aufpasste, dass kein Unbefugter diese kleine Nische betrat, mischte sich ein. «Wir waren auch zu spät.»

«Aber mich haben Sie gerettet, ausgerechnet mich.»

«Ja, seien Sie doch froh! Dass wir Sie überhaupt gefunden haben, verdanken Sie einem Kassenbon, Ihren Bonbons und dieser Frau.» Er schaute Wencke an. Die drehte den Kopf zu Gernot Huckler.

«Warum haben Sie sich die Mühe gemacht?», fragte er.

Wencke hatte mit dieser Frage gerechnet. «Weil Sie ein Mensch sind. Und weil es Menschen gibt, die Sie brauchen. Ihre Frau wartet auf Sie. Ihre Tochter auch.»

Er seufzte. «Sie sind mir so fremd.» Es war nicht klar, ob er damit Wencke meinte oder seine Familie. Wahrscheinlich beides.

«Griet hat auch eine schwere Zeit hinter sich. Sie wurde entführt.»

Huckler schreckte hoch, wurde aber von den Schmerzen auf das schmale Nackenkissen zurückgeworfen. Der Arzt beugte sich über ihn. Doch Huckler war nicht zu beruhigen. «Was … Was ist passiert?»

«Kennen Sie einen Rüdiger Wesselmann?»

Er schüttelte den Kopf.

«Wir gehen davon aus, dass er Ihre Stieftochter auf dem Heimweg entführt hat. Nach einem anonymen Hinweis haben wir seine Wohnung in Norden durchsucht und dabei neben Ihrer unverletzten Stieftochter auch etliche Beweise gefunden, die ihn als Mörder von Allegra Sendhorst überführen könnten. Er wird derzeit vernommen.»

«Nein, das kann nicht sein. Es war Hanno Thedinga.» Huckler regte sich auf, ein Hustenanfall mischte sich in die nächsten Worte. «Hanno … er hat die Mädchen … ganz sicher …!»

«Das haben wir auch gedacht. Aber wie passt dann Griet in die Geschichte? Thedinga war zur Zeit der Entführung auf Spiekeroog.»

«Hanno und Griet kennen sich.»

«Das wissen wir inzwischen auch. Sie nannte ihn Samael.»

«Ja …» Das Sprechen setzte ihm zu, der Arzt schaute schon vorwurfsvoll in Wenckes Richtung. Aber es schien Huckler wichtig zu sein, alles zu erzählen. «Ich habe die beiden gesehen.»

«Ja, erzählen Sie.»

«Sie trafen sich am alten Friedhof.»

«Eine Liebesbeziehung?»

«Hanno Thedinga führt keine Liebesbeziehungen. Ihm geht es um …» Er schloss kurz die Augen.

Der Arzt beugte sich zu Wencke vor und flüsterte: «Könnten Sie die Vernehmung nicht auf später verschieben? Sie sehen doch …»

Gern wäre sie dem Rat des Mediziners gefolgt und hätte Huckler Zeit gelassen. Doch wahrscheinlich war seine Aussage eines der letzten Puzzleteile in diesem Fall. Gleich, wenn sie in Aurich ankamen, würden sie ihr Wissen mit dem der Kollegen teilen – und vielleicht endlich die Übersicht gewinnen, was tatsächlich geschehen war.

«Schon gut», stammelte Huckler. «Hanno Thedinga geht es um Macht und Gewalt.»

«Sie meinen, es *ging* ihm darum.»

Huckler stutzte.

«Ich sagte: Es ging ihm darum, weil Hanno Thedinga

nicht mehr lebt. Er hat Selbstmord begangen, heute Nacht. Auch da waren wir wieder einmal zu spät.»

«Es ist besser so», sagte Huckler. Und es klang nicht nach grausamer Rache, eher nach Erleichterung. «Ich habe mir Hanno einmal vorgenommen. Ihm ins Gewissen geredet. Weil ich Angst hatte, er könne sich an Griet vergreifen.»

«Und warum wusste Ihre Frau nichts davon?»

«Ich habe es einmal versucht, aber sie hat …» Die Schmerzen hinderten ihn am Weiterreden.

«Sie hat abgeblockt. Weil sie mit der Situation überfordert war», vollendete Wencke seinen Satz.

«Stimmt.»

«Aber was in aller Welt hat Sie denn veranlasst, nach Spiekeroog zu fahren und keiner Menschenseele ein Wort darüber zu sagen? Das hat Sie mehr als verdächtig gemacht. Und zumindest Ihre Frau hätte doch sicher Verständnis gehabt.»

«Ich habe morgens im Radio diese Nachricht gehört, von dem vermissten Mädchen und so. Und ein paar Tage vorher hatte ich dieses Gespräch mit Hanno … wegen Griet.»

«Hat Hanno Thedinga Ihrer Stieftochter etwas angetan?»

«Sie war wahrscheinlich nicht sein Typ. Vielleicht wollte er sich Griet für …» Er hustete wieder, und der Arzt trat mit besorgter Miene ans Bett. «Hanno brauchte sie für schlechtere Zeiten. Als Vorrat quasi. So etwas in der Art hat er mir auch gesagt. Ich krieg jede, hat er behauptet. Ich habe Griet gewarnt, habe von meiner Geschichte erzählt und meine Vermutung über Hanno geäußert. Aber sie war verliebt. Wirklich verliebt. Das ist ja das Schlimme, dass es eben auch Mädchen gibt, die sich in Männer wie uns verlieben. Und wenn ein Erwachsener das dann ausnutzt …» Seine Augen schlossen sich einen Moment. «Man macht alles kaputt. Man macht vor allem die Kinder kaputt! Ob man sie tötet oder nicht, sie sind … zerstört.»

«Und was war nun an diesem Morgen? Warum sind Sie allein aufgebrochen?»

«Ich dachte gleich, bei dieser Allegra, da steckt Hanno hinter. Er war frustriert, weil ich ihm … weil ich ihm den Umgang mit Griet untersagt habe … Aber ganz sicher war ich nicht. Also hab ich in Esthers Praxis die Patientenkarteien durchsucht und alles über Hanno Thedinga gelesen. Das war ein Vertrauensbruch, verstehen Sie? Bei meiner Frau in den Akten schnüffeln … Sie sollte nichts davon erfahren. Ich hatte Angst, sie wirft mich raus. Ich hatte sowieso Angst … um meine Ehe, um meine Stieftochter …» Wieder hustete er, «… auch um mich selbst. Dass ich das alles nicht schaffen kann.» Dann schwieg Gernot Huckler.

Wencke dachte schon, er sei vor Erschöpfung eingeschlafen. Doch er flüsterte noch einen weiteren Satz, ganz leise, kaum zu verstehen, und wahrscheinlich nicht mehr bei vollem Bewusstsein. «Ich … hätte … sie so gern … gerettet.» Dann kippte sein Kopf zur Seite.

Der Arzt griff nach Hucklers Handgelenk und fühlte den Puls. Er drehte an der Apparatur, die gerade die wichtigsten Nährstoffe via Infusionsschlauch in Hucklers Körper beförderte. «Das sollte wirklich reichen, Frau Kommissarin. Ich muss Sie bitten, das Séparée zu verlassen.»

«Wann, meinen Sie, ist er vernehmungsfähig?», fragte Axel.

Der Arzt schien genervt zu sein. Statt einer Antwort schob er beide durch den Vorhang. Einige Passagiere hatten sich dort versammelt und stürzten sich jetzt mit einer Mischung aus Sensationsgier und echter Betroffenheit auf Wencke.

«Ist da drinnen der Mörder?», fragte eine ältere Dame, die eine Tageszeitung in der Hand hielt, auf deren Titelblatt ein Foto der lebendigen Marina Kobitzki neben einem überdimensionalen Kreuz abgebildet war.

«Der Kinderschänder? … Ist er da drin?»

Axel wollte Wencke fortziehen, Richtung Oberdeck. Frische Luft unter freiem Himmel würden sie gut gebrauchen können. Aber sie blieb kurz stehen, positionierte sich wie eine Pressesprecherin und sagte laut: «Bitte geben Sie Ruhe. Hinter der Absperrung liegt ein schwer verletzter Mann. Er hat sein Leben riskiert, weil er dem Mädchen helfen wollte. Aber leider kam er zu spät.»

Sie hoffte, Huckler hatte ihre Worte gehört und der Sinn ihrer Aussage erreichte ihn irgendwo in den Tiefen der Bewusstlosigkeit. Dann folgte sie Axel.

Das Gewitter der vergangenen Nacht hatte die Luft merklich abgekühlt. Obwohl die Sonne schien, hielten sich nur wenige Menschen an Deck auf. Schuld daran war ein kühler Wind, der über das Wattenmeer fegte und dabei an den Haaren, den Mänteln und Mützen zerrte. Ein Mann gab gerade das Zeitunglesen auf, weil die Böen ständig die Seiten verblätterten. Hinten beim Schornstein, wo der Schiffsmotor spürbar unter Deck vibrierte, saß niemand. Wencke und Axel setzten sich auf eine Kunststoffbank und blickten eine Weile auf die Wattenlandschaft. Kormorane saßen auf der Sandbank und trockneten ihre Flügel, bevor sie zum nächsten Raubzug in das graue Wasser tauchten. Auf dem trockengefallenen Wattboden türmten sich kleine Kleckse, spiralenförmige Sandhaufen. Es waren pittoreske Kunstwerke der Wattwürmer, die immer nur bis zum nächsten Hochwasser überlebten.

Wencke zog die Jeansjacke dichter. Ihr war kalt. In der Innentasche knisterte etwas, sie zog es heraus. Es war der Brief aus Hannover, der vor drei Tagen auf ihrem Schreibtisch gelegen hatte. Endlich fand sie Zeit zu lesen, was die oberste Landespolizeibehörde – so viel verriet nach dem Öffnen schon mal der Briefkopf – von ihr wollte.

«Was ist das?», fragte Axel, der dicht neben ihr saß und ein paar Mal probiert hatte, auf das Blatt zu schielen. «Eine Beförderung?»

Wencke überflog die Zeilen mehrmals, denn sie konnte nicht glauben, was da stand. Und das hatte sie die letzten Tage mit sich herumgetragen! Ausgerechnet in einer Zeit, in der sie stark an sich gezweifelt und nach neuen Wegen gesucht hatte, ausgerechnet da hatte sie die ganze Zeit diese Nachricht bei sich gehabt.

«Wencke, was ist los?»

Sie reichte ihm wortlos den Brief.

«Wow!», sagte Axel nach wenigen Sekunden. «Das gibt's doch nicht. Das ist ja Wahnsinn!» Er freute sich für sie. Seine Augen glänzten für seine Verhältnisse beinahe überirdisch, und er schlug ihr kumpelhaft auf den Rücken. «Unsere Wencke wird zur Profilerin weitergebildet. Mannomann. Wer hätte das gedacht?»

Sie fand es rücksichtslos, dass er ihr gratulierte und immer wieder ganze Sätze aus dem Schreiben vorlas. Fast übertrieben betonte er die wichtigsten Worte und lachte dabei: «… Da Sie insbesondere durch Ihre *intuitive Ermittlungsarbeit* immer wieder unter Beweis gestellt haben, dass die Polizei in Deutschland auch einmal jenseits der Aktenordner ermitteln muss … Ich lach mich kaputt, Wencke! … Wir würden uns *sehr freuen*, wenn Sie unserer Bitte nachgehen würden … Der niedersächsische Innenminister bittet dich, meine Güte!»

Wieso freute Axel sich so für sie? Es tat ihr weh.

Denn immerhin stand in dem Brief, dass der Polizeipräsident ausgerechnet sie – Wencke Tydmers aus Aurich – auserwählt hatte, bei einem Auswahltest für eine Weiterbildung zum Fallanalytiker mitzumachen. Aus jedem Bundesland wurde nur ein Kandidat ernannt, den man für würdig hielt.

Sie bekam damit die Möglichkeit, für drei Jahre nach Amerika zu gehen. In die legendäre FBI-Academy in Quantico, Virginia. Und das lag verdammt weit weg von Aurich. Verdammt weit weg von Axel.

Und er freute sich.

«Du wirst jetzt Profilerin, Wencke. Wenn wir dann das nächste Mal in Ostfriesland einen Mord haben, rufe ich dich an, sage dir Tatzeit, Tatort, Opfer und Methode, und du antwortest wie aus der Pistole geschossen: Der Täter ist Mitte dreißig, hat Abitur gemacht, das Studium abgebrochen, isst gern Sauerkraut mit Eisbein, hat Angst vor Spinnen, hört gern Rockmusik aus den Siebzigern, bohrt ständig in der Nase … Und Britzke und ich ziehen dann los und picken den Schurken heraus, ohne uns auch nur einmal die Finger schmutzig machen zu müssen.» Axel lachte über diese Vorstellung.

Wencke lachte nicht. «Du guckst zu viele schlechte Serien.»

«Dann würdest du ja eine Kollegin von Dr. Tillmann Erb werden! Der hat doch auch dort die Schulbank gedrückt. Oder nicht?»

«Ich mag keine Psychologen. Die sind alle komisch.»

«Du bist doch auch komisch, Wencke, dann passt das doch.»

Sie wollte seine Witze nicht mehr hören.

37.

Centaury *(Tausendgüldenkraut)*
🌿 Botanischer Name:
CENTAURIUM ERYTHRAEA (UMBELLATUM) 🌿
Blüte für Menschen, die sich oft herumkommandieren
und ausnutzen lassen

Nein, Kerstin Spangemann war alles andere als ein intuitiver
Typ, nicht mit einem sechsten Sinn ausgestattet, wirklich
keine zweite Wencke Tydmers. Und doch hatte sie schon den
ganzen Morgen ein ungutes Gefühl im Magen. Entweder war
das eine Gastritis oder eine dunkle Vorahnung. Beides war
möglich, denn dass Axel sich seit gestern irgendwie komisch
benahm, am Telefon distanziert mit ihr sprach und es nicht
für nötig hielt, sie über die verpasste Fähre zu informieren,
diese Tatsache war ihr wirklich auf den Magen geschlagen.

Etwas lag in der Luft. Kerstin hatte so eine Ahnung, dass
am Abend alles anders sein würde, als es am Morgen gewesen war. Beinahe wie vor einer großen Fahrt, wenn man sich
im grauen Alltag nicht vorstellen kann, in wenigen Stunden
unter Palmen zu liegen, ja, mit Reisefieber war Kerstins Gefühl am ehesten zu vergleichen. Nur ohne Vorfreude.

Zum Glück hatte sie Ricarda in dieser Nacht bei der
Mutter schlafen lassen. Denn in unmenschlicher Frühe war
heute Morgen ein Anruf gekommen. Riemer hatte sie nach
Norden bestellt, in eine widerliche Wohnung voller Dreck
und Elend. Acht Stunden hatten sie für die Spurensicherung
gebraucht, und zwar nur für ein winziges Zimmer, hatten alles abgeklebt auf der Suche nach Stofffasern und überall mit
Rußpulver gearbeitet, falls sich ein frischer Fingerabdruck

fand, der nicht zum Verdächtigen gehörte. Sie hatten Bilder von kleinen Jungen gefunden, die noch weit ekelhafter waren als die Essensreste in der Spüle und die schmutzige Bekleidung querbeet. Es war ein harter Job gewesen, und Kerstin hätte eine Mittagspause nötig gebraucht, doch mehr als ein unbequemes Nickerchen im Tatortwagen auf der Rückfahrt war nicht drin. Und die ganze Aufregung hielt sie sowieso gegen ihre Erschöpfung gnadenlos wach.

Nun saß sie wieder in Aurich, im Sitzungssaal, gemeinsam mit den anderen Kollegen. Das erste Verhör von Rüdiger Wesselmann stand auf dem Plan. Es war Kerstins Aufgabe, der Vernehmung beizuwohnen, um eventuelle Widersprüche oder Übereinstimmungen zu den ihr bekannten Indizien aufzudecken. Gerade noch hatte sie mit Greven und Britzke die wichtigsten Ergebnisse durchgesprochen und Wesselmanns Überführung aus dem Untersuchungsgefängnis geplant. Sie und Riemer waren als Begleitpersonen beim Gefangenentransport eingeteilt. Wesselmann sollte im Wagen der Spurensicherung Platz nehmen, während der offizielle Gefangenentransporter mit ein paar Kollegen von der Streife bestückt war. Ein Ablenkungsmanöver, eine komplizierte Aktion, aber wahrscheinlich sinnvoll, wenn man die Menschenmenge gegenüber dem Polizeigebäude berücksichtigte: Etliche Protestierende hatten sich dort eingefunden, ihre Transparente forderten Kastration, lebenslänglich oder gleich die Todesstrafe für Kinderschänder.

Kerstin war hundemüde und hatte keine Ahnung, wie sie in weniger als einer Stunde wieder volle Konzentration bringen sollte. Vielleicht brauchte sie nur einen Kaffee und ein paar Augenblicke Ruhe. «Ich geh nochmal kurz ins Labor», sagte sie zu Greven.

«Du weißt, in einer Viertelstunde kommt der Bulli, der Wesselmann abholen soll.»

«Bis dahin bin ich wieder da.»

Die Flure erschienen ihr seltsam leer. Die Hektik der letzten Tage war einer abgekämpften Ruhe gewichen. Kerstins Schritte klackerten durch das Treppenhaus. Ein paar Momente allein sein, ja, das brauchte sie. Am Schreibtisch sitzen, auf die Straße gucken, vielleicht an nichts denken – wenn sie das schaffte.

Sie hatte jedoch nicht damit gerechnet, Stimmen in den Laborräumen zu hören. Wer konnte jetzt noch dort sein? Ach ja, der Praktikant. Den hatte sie vergessen. Aber er war ein stiller Typ, er würde sie in Ruhe lassen. Wenn es ihr gelang, sich an seinem kleinen Büro vorbeizuschleichen, bemerkte er sie vielleicht noch nicht einmal. Mit wem sprach er da eigentlich?

Kerstin schob sich an der angelehnten Tür vorbei und erkannte den grauen Ärmel von Dr. Erbs schickem Anzug. Was machte der denn da? Wollte er sich etwa von der ganzen Polizeibehörde persönlich verabschieden, bevor er endlich wieder nach Hannover verschwand? Und da fing er ausgerechnet beim kleinsten Praktikanten an.

«Nein, nehmen Sie doch morgen den Zug», hörte sie Erbs Stimme.

«In Aurich gibt es aber keinen Bahnhof.»

«Dass wir zusammen mit dem Auto gekommen sind, ist zwar niemandem aufgefallen. Aber wenn ich Sie wieder mit nach Hause nehme ... Wir können uns keine neugierigen Blicke leisten.»

Ein seltsames Gespräch. Was hatte Erb mit ihrem Praktikanten zu schaffen? Kerstin blieb stehen und versuchte, kein Geräusch zu machen. Irgendwie wusste sie, es war besser, wenn die beiden nicht mitbekamen, dass sie beobachtet wurden.

«Wegen des Geldes machen Sie sich mal keine Gedanken. In den nächsten Tagen wird die abgemachte Summe schon auf Ihrem Konto landen. Sie haben ja wirklich gute Arbeit geleistet. Man ist mit Ihnen zufrieden.»

«Ich will lieber gar nicht wissen, wen Sie mit *man* meinen …»

«Keine Sorge, Sie haben für einen guten Mann gearbeitet. Und wenn alles glatt läuft, werden Sie schon bald eine angenehme Polizeikarriere beginnen. Männer, denen man vertrauen kann, werden von den Entscheidungsträgern geschätzt.»

«Danke für das Lob.»

«Keine Ursache. Also … War nett, Sie kennengelernt zu haben.»

Kerstin hörte Schritte auf die Tür zukommen. Sie beeilte sich, um hinter einem voll gepackten Regal Stellung zu nehmen, und hielt die Luft an. Aber gerade als Erb auf den Flur trat, klingelte das Telefon an der Wand direkt neben ihr. Sie erschreckte sich furchtbar. Kein Wunder, ihre Nerven waren zum Zerreißen gespannt. Was sollte sie tun? Einer dieser beiden Männer würde gleich an den Apparat gehen. Und der Anruf war wahrscheinlich sowieso für sie bestimmt. Ihr Versteck war damit aufgeflogen. Sie tat so, als sei sie gerade ums Eck gekommen und nahm den Hörer ab.

«Kerstin hier.»

Erb stand jetzt direkt vor ihr und starrte sie an. Sicher glaubte er, mit seinem durchdringenden Psychologenblick erkennen zu können, ob sie etwas mitbekommen hatte, und wenn ja, wie viel. Doch Kerstin lächelte ihn einfach nur an und winkte ihm zu. Wahrscheinlich hielt er sie sowieso für ein Dummchen, so wie er sich die letzten Tage ihr gegenüber verhalten hatte. Sollte er ruhig weiter glauben, sie sei zu blöd, um etwas mitzukriegen.

Pal war am Apparat und informierte sie darüber, dass der Bulli bereitstand.

«Bin schon unterwegs», sagte Kerstin und legte auf.

Erb stand immer noch breitbeinig im Flur. Zu gern hätte sie gewusst, was in ihm vorging. Überhaupt, wenn sie richtig darüber nachdachte, konnte sie sich nicht erklären, warum er überhaupt hier unten war. Sie könnte ihn fragen, das wäre das Einfachste. Aber sein Blick, seine Körperhaltung … etwas Bedrohliches ging von ihm aus. Plötzlich kamen ihr auch die letzten Tage in den Sinn, diese komischen Spuren, die auf einmal aufgetaucht waren, diese Flusen am Sattel. Seit Dr. Erb im Fall mitmischte, waren die Beweise immer eindeutiger geworden. Fast so, als hätten sich die Indizien der Polizei genähert, normalerweise war es aber umgekehrt. Dieser Erb war ein undurchsichtiger Mensch, und Kerstin musste Wencke Tydmers ausnahmsweise zustimmen: Man sollte ihm besser nicht trauen.

Trotzdem – oder gerade deshalb – zauberte sie jetzt ihr wundervollstes Lächeln aufs Gesicht. «Dr. Erb, ich muss dringend los. Falls wir uns nicht mehr sehen …»

«Ja?»

«Ich danke Ihnen für Ihre Mitarbeit. Sie waren uns eine große Hilfe.»

«Und mir war es ein besonderes Vergnügen!» Er schien erleichtert zu sein. Gott sei Dank hatte er nichts bemerkt. Kerstin rief noch ein «Tschüs» in den Raum des Praktikanten und lief davon. In ihrem Kopf arbeitete es wie wild. Was, wenn dahinter mehr steckte? Wenn Erb und dieser Praktikant, der vor zwei Tagen wie aus dem Nichts aufgetaucht war, aus irgendeinem Grund gemeinsames Spiel machten? Aber warum? Um was ging es denn hier? Na ja, um Erbs guten Ruf als Gutachter vielleicht. Aber wie sollte es ihm gelingen, einen waschechten Polizisten, auch wenn er noch so jung war, in die Sache einzubeziehen? Er hatte dem Praktikanten eine Karriere in Aussicht gestellt als Belohnung für seinen Job. Von *Entscheidungsträgern* war die Rede gewesen... Meinte er damit etwa das Innenministerium? Wie kam er dazu?

Kerstin blieb jetzt keine Zeit zum Grübeln, der Bulli wartete im Hof, und Riemer, der schon auf der Rückbank saß, deutete ihr, sich zu beeilen. Sie nahm links außen neben ihm Platz und schnallte sich an. Lange würden sie nicht fahren, das Untersuchungsgefängnis, in dem der mutmaßliche Täter seinen Rausch ausgeschlafen hatte, lag ganz in der Nähe. Wesselmann würde mit ihnen gemeinsam zurück Richtung Polizeigebäude fahren. Hinter ihnen wäre dann ein Hochsicherheitsfahrzeug mit allem Drum und Dran, das hoffentlich die gesamte Aufmerksamkeit auf sich ziehen würde. Auch wenn darin nur zwei Beamte mit schusssicheren Westen saßen, die aufgebrachte Meute auf der Straße würde einen Schatten im Gefangenentransporter ablichten und beschimpfen, während Rüdiger Wesselmann hier bei ihnen im Bulli saß – zu seiner eigenen Sicherheit, so hatte sich der oberste Chef das ausgedacht.

Gerade bogen sie beim Hotel ab und nahmen den Schleichweg zum Schlossplatz.

Kerstin hatte heute bereits viel von diesem Wesselmann zu sehen bekommen. Wer eine Wohnung gründlich durchsuchte, der durchsuchte auch die Seele ihres Bewohners. Schön war es nicht, was sie gesehen hatten. Keiner freute sich auf den neuen Mitfahrer.

Beim Blick durch die Rückscheibe konnte Kerstin den Lockvogelwagen sehen. Mit vergitterten Fenstern und Panzerglas machte er richtig was her. Ihr Fahrzeug hingegen war ein stinknormaler VW-Transporter, wie ihn auch Großfamilien oder Partyservices benutzen. Die Aufmerksamkeit würde auf den imposanten Pseudo-Gefangenentransporter hinter ihnen gelenkt, und wenn jemand den Schwindel bemerkte, wären sie schon längst im abgesperrten Innenbereich. Drei Beamte stiegen jetzt in das gepanzerte Fahrzeug ein. Wie Schießbudenfiguren, dachte Kerstin.

Dann wurde Wesselmann aus dem Gebäude geführt.

«Nehmt ihn vorn in die Mitte», befahl Riemer, und seine Stimme klang gereizt. «Kerstin, du bleibst bei mir.» Sie war die einzige Frau im Wagen. Natürlich gab man ihr den Platz, der am weitesten entfernt war von Wesselmann, damit nichts passierte. Die Gleichberechtigung in ihrer Abteilung trieb schon seit jeher seltsame Blüten. Arbeiten konnte sie so viel und so hart wie alle anderen, aber wenn es spannend wurde, warfen sich die lieben Kollegen in ihre Ritterrüstung, um sie zu schützen.

Als Kerstin den abgekämpften Kerl sah, der, geführt von zwei Justizbeamten, gerade auf ihren Wagen zusteuerte, war sie jedoch ganz froh um das Zuvorkommen ihrer Kollegen. Rüdiger Wesselmann gab ein jämmerliches Bild ab: das Sweatshirt fleckig, die Haare mit irgendeinem filzigen Zeug verklebt, die Haut nikotingelb. Neben oder direkt hinter ihm hätte sie wirklich nicht gern gesessen. Irgendwie fand sie es erleichternd, dass dieser Kinderschänder so furchtbar aussah, sicher wäre kein Kind freiwillig in seine Nähe gekommen …

Kerstin stutzte über ihre eigenen Gedanken. Komisch, alles hatte doch danach ausgesehen, als ob Allegra Sendhorst ihrem Peiniger nichts ahnend ins Gebüsch gefolgt war, wahrscheinlich wegen der Katzen. Aber nie und nimmer hätte sie sich vertrauensselig an diesen Mann gehalten, selbst wenn er ein ganzes Dutzend niedlicher Tiere bei sich gehabt hätte.

Irgendetwas stimmte da nicht, denn die Beweislage war eindeutig. Die Spuren, die sie selbst gesichert hatte, machten Rüdiger Wesselmann klar zum Täter. Daran gab es nichts zu deuteln. Es sei denn, ihr Verdacht gegen Erb …

Die Schiebetür ging zur Seite, und Wesselmann stieg ein. Die Wachmänner an seiner Seite waren mit Handschellen an ihn gekettet. Man sah ihnen an, dass sie sich ekelten.

«Moin», sagte Wesselmann schüchtern. Niemand reagierte.

Er war es nicht, dachte Kerstin. Vor ihren Augen erschien die tote Allegra am Seeufer. Das blasse, einbalsamierte Kind, so blutleer und doch äußerlich unverletzt. Wie eine Porzellanpuppe. Sie konnte sich nicht vorstellen, dass dieser Mann sein Opfer so hinterlassen würde. Nicht, nachdem sie das Chaos in seiner Wohnung, in seinem Leben gesehen hatte. Wesselmann hätte auch als Mörder Verwüstung hinterlassen … Hatte es also irgendjemand darauf angelegt, diesen Mann hier zum Mörder zu machen? Nein, nicht irgendjemand, dachte Kerstin, eigentlich war ihr Verdacht doch schon konkret genug, seit sie eben dieses Gespräch im Labor belauscht hatte. Um seinem guten Ruf nicht zu schaden, hatte Erb einen Unschuldigen verdächtig gemacht. Es klang gleichzeitig plausibel und irreal.

Sie musste mit einem der Ermittler sprechen.

Die Fahrt zur Vernehmung würde allerhöchstens vier Minuten dauern, normalerweise gingen die Verdächtigen diesen Weg zu Fuß, doch bei Rüdiger Wesselmann wäre das zu riskant. Schnelligkeit war gefragt, damit man ihn bei seiner Ankunft weitestgehend abgeschirmt ins Gebäude bekam. Das hieß, Kerstin würde wahrscheinlich nicht eine Sekunde bleiben, in der sie sich mit einem der Kommissare austauschen könnte. Dennoch war es wichtig, ihre Beobachtung und den daraus resultierenden Verdacht mitzuteilen. Es war sogar schrecklich wichtig. Das Magendrücken wurde heftiger. Telefonieren konnte sie in Anwesenheit des Verdächtigen allerdings nicht. Sie holte ihr Handy raus und begann, eine SMS zu tippen. Es gab nur eine Person bei der Polizei

Aurich, der sie ihre Nachricht zukommen lassen wollte. Jemand, von dem sie wusste, die wenigen Silben, die in eine SMS passten, würden ausreichen, und die Sache war klar. Zeit blieb ohnehin nur für eine Nachricht. Kerstins Finger waren geübt, und zum Glück zeigte die Ampel an der letzten Kreuzung zum Fischteichweg ein stures Rot. Nur kurz schaute sie hinaus, erblickte die Menge auf dem Bürgersteig, entzifferte die Plakate, erkannte den Hass in den Gesichtern. Drei oder vier Fernsehkameras thronten auf Podesten. Fotografen mit gigantischen Teleobjektiven an ihren Apparaten gingen in Stellung. Die Leute tobten, hatten die Fäuste erhoben und riefen etwas, was man im Wageninnern jedoch nicht verstehen konnte. Doch Gott sei Dank hatte der Mob sein Gesicht dem nachfolgenden Wagen zugewandt. Das Ablenkungsmanöver funktionierte. Die Menschenmenge bestürmte den unechten Gefangenentransporter. Der Fahrer in ihrem Wagen atmete erleichtert auf. Kerstin schaute nach unten, um weiterzutippen. Und deswegen bemerkte sie auch den stillen, regungslosen Mann am Rande des Geschehens nicht. Er fiel ihr nicht auf, obwohl er der Einzige war, der sich nicht hatte täuschen lassen. Mit versteinerter Miene nahm er den richtigen Wagen ins Visier. Und folgte ihm mit langsamen Schritten.

Als der Bulli schließlich in den Hinterhof der Polizeibehörde einbog und Kerstin im Augenwinkel Axel und Wencke auf den Eingangsstufen wahrnahm, hatte sie gerade auf «Senden» gedrückt.

38.

Pine *(schottische Kiefer)*

🌿 Botanischer Name: PINUS SYLVESTRIS 🌿

Die Blüte gegen Schuldgefühle

Rund um das Polizeigebäude herrschte ein irrsinniges Chaos. Da draußen gibt es Ärger und hier drinnen jede Menge Arbeit, dachte Wencke. Sie wusste, der oberste Chef hatte ein Täuschungsmanöver für die Leute auf der Straße angeordnet, und gerade traf der unauffällige Bulli ein, in dem der mutmaßliche Mörder von Allegra Sendhorst saß.

Doch Wencke glaubte nicht daran, dass sie mit Rüdiger Wesselmann den Richtigen gefasst hatten. Es passte nicht zusammen. Für sie stand fest, dass der wahre Täter sich heute Nacht selbst gerichtet hatte. Und das hier konnte nichts anderes sein als ein ganz großes Versehen. Oder irgendetwas anderes, von dem sie alle noch keine Ahnung hatten. Eine Verschwörung? Das klang zwar auch unrealistisch, aber immer noch plausibler als das, was man ihnen hier und heute als Wahrheit verkaufen wollte.

Wencke war nervös.

Der Wagen stoppte etwa fünf Meter vor der Treppe, auf der sie stand. Von der Rückbank winkte Kerstin. Nicht in ihre Richtung, das war eindeutig. Axel stand steif wie ein Plastik-Ken ein Stück weiter links. Eigentlich wollte Wencke etwas sagen, eine giftige Bemerkung loslassen, aber dann bremste sie sich. Jetzt nicht. Wenn überhaupt, dann später.

Sie blickte sich um. Die Leute aus ihrer Abteilung hatten sich neben dem Tor positioniert. Für einen Fahndungserfolg wirkten sie alle viel zu niedergeschlagen. Pal nickte in Wenckes Richtung, sie sah müde aus. Die Durchsuchung von Wesselmanns Wohnung und das Auffinden der verstörten Griet Vanmeer hatten ihr zugesetzt. Trotzdem hatte sich die neue Kollegin bei ihrem ersten Mordfall gut geschlagen, da waren alle sich einig.

Weiter hinten, auf dem Parkplatz bei seinem protzigen Mercedes, stand Dr. Erb mit seiner Aktentasche. Die Begrüßung war mehr als kühl ausgefallen, und er hatte betont, so bald wie möglich zurück nach Hannover zu müssen, seine Sekretärin sei krank geworden und die Praxis verwaist. Es war Wencke herzlich egal, wann und wohin er verschwand, Hauptsache, er tat es. Eine große Hilfe war er ohnehin nicht gewesen. Sollte sie tatsächlich diese Ausbildung in den USA machen (und in diesem Moment zog sie es tatsächlich ernsthaft in Erwägung), dann würde sie nicht so werden wie dieser Möchtegernprofiler, der außer Plattitüden nichts aus seinem gebildeten Hirn zur Auflösung beigetragen hatte. Eine Randfigur in diesem Fall, mehr war er nicht gewesen, auch wenn er noch so gern eine entscheidende Rolle gespielt hätte.

Zwei Beamte schoben jetzt die Wagentür auf. Wencke hielt den Atem an. Der Mann in Handschellen wirkte teilnahmslos. Er hatte schon aufgegeben. Aber war Resignation mit einem Geständnis gleichzusetzen? Vielleicht war Wesselmann einfach nur ein Verlierer, ein Pessimist, der es gewohnt war, nicht allzu viel vom Leben zu erwarten.

Beim Aussteigen stolperte er über seine Beine und ging zu Boden wie ein schwerer Sack. Der Abtransport geriet ins Stocken. Die hektischen Beamten, mit denen Wesselmann durch die Handschellen verbunden war, verhakten sich untereinander und fielen ebenfalls hin. Sie fluchten entsprechend laut. Kerstin war gerade dabei, den Wagen zu verlassen, doch der Tumult versperrte ihr den Weg. Sie wartete in der Türöffnung und schaute hinüber, nicht zu Axel diesmal, nein, sie blickte Wencke direkt in die Augen. Mit fragendem Blick. Erst dachte Wencke, sie hat vielleicht etwas mitbekommen von dem Kuss und dem, was auf Spiekeroog geschehen ist. Doch dann sah sie, dass Kerstin ihrem fragenden Ausdruck eine Geste hinzufügte. Sie tippte sich auf die Handfläche, hielt sie dann ans Ohr und formte mit ihren Lippen etwas Undefinierbares. Was wollte sie? Telefonieren?

Als Wencke sich gerade zu Axel umdrehte, um zu sehen, ob er vielleicht in der Lage war, diese Zeichen zu deuten, blieb ihr Blick an etwas hängen. Ein Mann näherte sich vom Tor aus dem Wagen mit langsamen Schritten. Sie konnte ihn nur von hinten sehen, er war nicht allzu groß und hatte eine Halbglatze. Er gehörte dazu und auch wieder nicht. Er war Teil des Falles, und auch wieder nicht. Und ganz bestimmt war nicht geplant, dass er hier nahezu unbewacht in den Innenhof spazierte.

Wenckes Körper reagierte schneller als ihr Bewusstsein. Das Bauchgefühl hatte wieder einmal die Steuerung übernommen, und so rannte sie bereits hinter diesem Mann her, als ihr klar wurde, dass es Allegras Vater war. Und er hatte eine Waffe in der Hand. Das konnte nicht wahr sein. Der sanfte Peter Sendhorst ... Warum hatte niemand auf ihn achtgegeben?

Der Mann bewegte sich wie in Zeitlupe. Und zwar zielgenau auf Rüdiger Wesselmann zu, der noch immer halb am Boden hockte und erst einmal seine Beine sortieren musste.

Wencke schrie irgendetwas. «Nein! Nicht schießen! Bitte nicht, er ist unschuldig, nicht schießen! Halt!» Sie schrie laut. Und doch nicht laut genug, denn inzwischen passierte der zweite Wagen die Sperre in den Innenhof. Wahrscheinlich hatte der Fahrer damit gerechnet, dass Wesselmann schon längst ins Gebäude verschwunden und die Luft somit rein

war. Das Rufen und Protestieren der Menschen war jetzt
ohrenbetäubend. Oder kam es Wencke nur so vor? Jedenfalls schien keine der Warnungen aus ihrem Mund gehört
zu werden. Von niemandem. Peter Sendhorst machte große
Schritte. Er stolperte nicht. Er zitterte nicht. Er wurde auch
nicht langsamer. Peter Sendhorst wusste genau, was er tat.
Er war dabei, den Mann zu erschießen, den man ihm als
Mörder seiner geliebten Tochter präsentiert hatte.

Wencke rannte weiter, gleich war sie bei ihm, konnte ihm
die Pistole aus der Hand schlagen oder ihn umrennen, damit
er nur in die Luft oder auf den Boden schoss. Es sollte nicht
noch ein Mord geschehen. Nicht noch einen Toten geben.
Nicht noch einmal wollte sie zu spät sein.

Wesselmann hatte sich hochgerappelt. Im selben Moment
riss er die Augen weit auf. Er musste nach Wencke der zweite
gewesen sein, der die Gefahr erkannte. Aber er schrie nicht.
Er blieb stumm. Fast so, als habe er damit gerechnet, gleich
erschossen zu werden.

Peter Sendhorst streckte jetzt bereits den Arm. Auf einmal
schrien alle durcheinander. Sie hatten verstanden. Die Aktion war schiefgelaufen. Das verdammte Ablenkungsmanöver
hatte alle unaufmerksam werden lassen. Zu sicher hatten sie
sich gefühlt. Aber die Verzweiflung ließ sich nicht so leicht
austricksen. Und Peter Sendhorst war verzweifelt. Er hätte
sich niemals so einfach täuschen lassen. Er kniff ein Auge
zusammen. Keine Frage, dieser Mann hielt nicht zum ersten
Mal eine Waffe in der Hand. War er nicht beim Militär gewesen? Er zielte. Und er würde treffen.

Wencke war bei ihm angekommen, sie spürte die Hitze
des Mannes, der sich zum Richter und Henker erhoben hatte. Sie stand jetzt genau hinter ihm und konnte über seine
Schulter sehen, sein Blickfeld einnehmen. Sie sah, was er
sah:

Wesselmann, der wie angewurzelt vor dem Bulli stand. Ein unfehlbares Ziel. Daneben Kerstin, die nichts mitbekam, die Axel erblickt hatte, die sich auf ihren Verlobten freute, die die Gelegenheit des kurzen Durcheinanders nutzen wollte, um ihm entgegenzurennen. Als sie vor Wesselmann den Weg kreuzte, hatte sie ein Lächeln im Gesicht.

Der Schuss war so laut, dass er das Chaos ringsherum übertönte und all die aufgebrachten Menschen zum Schweigen verdonnerte. Niemand rührte sich, nur Rüdiger Wesselmann griff sich ans Herz, als suche er das Einschussloch. Doch er war unverletzt. Erst als er das begriff, sah er die Frau vor sich auf dem Boden liegen. Und sah das Blut aus ihrem Kopf rinnen.

Wencke hatte Peter Sendhorsts Arme nach hinten gebogen und hielt ihn fest mit all der Kraft, die ihr beim Anblick der leblosen Kerstin noch übrig blieb. Viel war das nicht, aber wahrscheinlich brauchte sie den Schützen auch nicht weiter zu fixieren. Er war im Augenblick des Abdrückens in sich zusammengesunken, war weich und klein und müde geworden.

«Ich habe einen Unschuldigen getroffen», stammelte er immer wieder.

«Auch Wesselmann wäre der Falsche gewesen», antwortete Wencke leise. Zwei Beamte eilten jetzt auf sie zu, nahmen Sendhorst in Gewahrsam und zerrten ihn fort. Fast war sie traurig, dass er nicht mehr bei ihr stand, dass sie sich nicht mehr hinter seinem Rücken verstecken konnte.

Denn nun musste sie mit ansehen, wie Axel die Treppe hinabstürzte, wie er vor Kerstin auf den Boden fiel, sich über sie beugte und sie berührte, als würde er etwas suchen. Ja, er suchte ein bisschen Leben in ihr, ein wenig Hoffnung in dem Körper dort auf den Pflastersteinen. Er gab nicht auf. Selbst als zwei Sanitäter kamen und auch der Notarzt seinen Koffer bereits auspackte, selbst da blieb Axel neben ihr sitzen, streichelte sie hier und berührte sie dort und redete in leisen, unverständlichen Sätzen auf sie ein. Und er weinte. Aber das merkte er wahrscheinlich nicht.

Pal kam auf Wencke zu, legte den Arm um sie und zog sie an sich. Wortlos. Das tat gut.

«Mein Gott, Kerstin … Nein! …» Sie konnte nur noch stammeln.

«Du hättest es fast geschafft, Wencke. Nur um ein Haar, und du hättest ihm die Scheißwaffe aus der Hand geschlagen.»

«Aber ich war immer noch zu langsam», sagte Wencke.

«Aber du hast Sendhorst als Einzige gesehen. Bei dem ganzen Gewühl … Woher wusstest du, dass er da ist?»

Darauf konnte Wencke keine Antwort geben. Sie wusste es selbst nicht. Und es war jetzt auch egal. «Ist sie tot?»

«Ich weiß es nicht. Sie versuchen noch …»

«Verdammt, sie wollte mir irgendetwas sagen. Vorhin, beim Aussteigen, sie hat dauernd so gestikuliert, als gäbe es etwas ganz Dringendes.»

«Beruhig dich doch. Komm, wir gehen in dein Büro.» Pal schob sie an.

Da piepte es in Wenckes Jackentasche. Ein Memo-Ton. Irgendjemand musste ihr in den letzten Minuten eine Nachricht geschickt haben. War es das, worauf Kerstin sie hatte aufmerksam machen wollen? Dass sie eine SMS aufs Handy geschickt hatte?

Hektisch holte Wencke den Apparat vor. Tatsächlich, eine Nachricht von Kerstin. Sie drückte auf «Lesen».

hab gespräch gehört erb und der praktikant irgndwie komisch wesselmann nicht der mörder glaub ich später mer kerstin

Die Botschaft war offensichtlich eilig ins Telefon getippt

worden, es musste Kerstin wichtig gewesen sein, diese Sache loszuwerden.

«Wo ist Dr. Erb?», fragte Wencke scharf.

«Wie bitte? … Keine Ahnung. Er wollte fahren …»

«Aber doch nicht nachdem, was gerade passiert ist.»

Pal stellte sich auf einen Mauervorsprung und versuchte, den Tumult im Innenhof zu überblicken. «Ist wohl schon weg. Sein Kapitalistenschlitten steht auch nicht mehr da.»

«Das gibt's doch nicht. Hier stirbt ein Mensch, und er macht sich auf die Socken? Immerhin hat er die letzten Tage an Kerstins Seite verbracht. Das kann ihn doch nicht unberührt lassen, wenn sie vor seinen Augen …»

«Worauf willst du hinaus?»

Wencke konnte es noch nicht in Worte fassen, aber ihr Eindruck von diesem Mann … dann diese Nachricht von Kerstin, in der sie ebenfalls über Ungereimtheiten schreibt … und nicht zuletzt sein Verschwinden, einer Flucht nicht unähnlich, das alles …

«Er spielt keine Nebenrolle.»

«Was?» Pal konnte nicht folgen. Wie denn auch, Wencke kam ihren eigenen Gedankengängen ja selbst nicht richtig hinterher.

«Dr. Erb tut so, als wäre er unfähig. Er gibt sich als nerviger, unnützer Berater aus, der im Grunde nur im Wege herumsteht. Aber in Wahrheit steckt er viel weiter drin, als wir vermuten.»

«Du hältst ihn doch nicht allen Ernstes für den Mörder, Wencke?»

«Nein, das nicht. Aber ganz unschuldig ist er auch nicht.»

Die Sanitäter hatten jetzt eine Wärmedecke um Kerstin gewickelt, hoben sie auf eine Trage und schoben sie in den Wagen. Axel stieg mit ein. Er drehte sich nicht nach Wencke um. Er brauchte sie in diesem Moment nicht. Wencke wür-

301

de ihm sicher die beste Hilfe sein, wenn sie herausfand, was hinter der ganzen Geschichte steckte.

«Pal», sagte sie. «Wir gehen nicht ins Büro. Britzke soll die Vernehmung machen. Pack deine Sachen zusammmen, wir fahren sofort los.»

«Und wohin?»

«Nach Hannover.»

39.

Olive

🌿 Botanischer Name: OLEA EUROPAEA 🌿

Die Blüte gegen Erschöpfung

Das Büro war leer. Wie verabredet hatte Beatrix den Schreibtisch geräumt, und nirgendwo gab es einen Hinweis darauf, dass hier noch vor wenigen Stunden eine Vorzimmerdame ihren Job getan hatte. Ein bisschen traurig war Tillmann Erb schon. Es war ja nicht das erste Mal, dass ihm eine gute Kraft flöten ging. Und es würde nicht das letzte Mal sein. Es sei denn, er schaffte es, sich in einem anderen Tätigkeitsbereich zu etablieren. Weg von diesen Gutachten, hin zur Forschungsarbeit, in ruhigere Gewässer also. Gleich würden die Leute kommen, die dafür sorgen konnten.

Er hatte das Radio angestellt und hörte die Nachrichten. Die Polizistin schwebte noch immer in Lebensgefahr. Ein Kopfschuss habe große Teile des Sehzentrums zerstört, man könne keinerlei Prognosen abgeben, wie die Chancen für Kerstin Spangemann standen. Eine nette und fleißige Frau, dachte Erb, sehr, sehr schade. Sechsunddreißig Jahre alt, ein vierjähriges Kind, verlobt mit einem Kollegen, in drei Monaten sollte Hochzeit sein. Daraus würde wohl nichts werden.

Es war nicht seine Schuld. Die Umstände hatten zu dieser Tragödie geführt. Wäre Wesselmann nicht gestolpert, dann hätte Sendhorst getroffen. Na ja, zumindest halbwegs. Allegras Mörder hätte er dennoch verfehlt. Denn Wesselmann hatte mit der ganzen Sache nicht das Geringste zu tun, das wusste Erb. Er war nur der richtige Mann am falschen Ort, und man hatte eben schnell jemanden gebraucht, der von Gernot Huckler ablenkte, damit die Öffentlichkeit sich nicht über den Gutachter hermachte.

Der Fall Wesselmann war sozusagen ein geplanter Justizirrtum. Der Kerl hatte weder Griet Vanmeer in seinen Keller gesperrt noch Spuren an den Fahrradsätteln hinterlassen oder Blutegel im Küchenschrank aufbewahrt. Das hatten andere für ihn erledigt. Leute mit Kontakten, die gerade mal ein paar Stunden brauchten, um wichtige Details in Erfahrung zu bringen, als hätte es in diesem Land noch nie so etwas wie Datenschutz gegeben. Infos aus Polizeiakten, Notizen aus Beratungsstellen, Medikamente aus diversen Giftschränkchen …

Das junge Mädchen hatte sich wohl ziemlich gewehrt, als man sie auf dem Nachhauseweg verschleppte. Sie sei ein härterer Brocken als Wesselmann gewesen, aber die Jungs hatten wahrscheinlich einfach mehr Mitleid mit einem Teenager, da konnte man nicht so hart vorgehen. Bis die Betäubung gewirkt hatte, mussten sie ein paar Kratzer und Bisse einstecken. Erinnern konnte sich Griet Vanmeer aber offensichtlich an gar nichts. Zum Glück. Sie glaubte wahrscheinlich selbst, dass Wesselmann es gewesen war, der sie in den Keller gebracht hatte.

Dieser Wesselmann hatte sich als der ideale Kandidat herausgestellt. Versoffen, verzweifelt und allein. Es war ein Kinderspiel gewesen, in die marode Wohnung einzudringen und falsche Spuren zu legen. Sie hatten zum Beispiel gestern Morgen bereits die Cordhose dort entwendet, als Wesselmann schnarchend auf dem Sofa gelegen hatte. Der Kerl hatte nichts mitbekommen. Als diese dann hinterher von diesem hilfreichen Mitarbeiter der Spurensicherung wieder in den Schrank gelegt worden war, hatte die Auricher Polizei ohnehin schon die Übersicht verloren gehabt.

Und Wesselmann – wirklich wahr – schien sich nicht einmal mehr selbst über den Weg zu trauen. Absolutes Blackout … Mit manipulierten Bierdosen hatten sie ihn schnell ins Alkoholnirwana gefegt, ohne dass er etwas davon mitbekommen hätte. Eine Dosis, die Normalsterbliche für Tage aus dem Leben geworfen hätte – Wesselmann musste es für seinen üblichen Morgenkater gehalten haben. Dann ein anonymer Anruf bei der aufgedrehten Ute Sendhorst und ein paar bestochene Zeugen am Norder Marktplatz, schon ließ sich der Stein, der ins Rollen gebracht worden war, nicht mehr aufhalten. Tillmann Erb war mulmig bei dem Gedanken, wie schnell so etwas gehen konnte, wenn nur die richtige Macht dahintersaß. Bei einem anderen Menschen als Wesselmann hätte er vielleicht auch Skrupel gehabt, so etwas zu tun, aber um diese Gestalt war es sowieso nicht schade gewesen. Wer weiß, vielleicht hatte der Typ gerade wieder vor, sich einen kleinen Jungen zu greifen. Die Pornobilder in seiner Wohnung waren schließlich echt und nicht von den Jungs eingeschmuggelt. Ein schlechtes Gewissen brauchte Tillmann Erb also nicht zu haben. So viel stand fest.

Er hörte Schritte im Treppenhaus, es waren zwei Personen, sie klopften nicht an.

«Dr. Erb», sagte der Erste, der ins Büro trat. «Oder, wo wir unter uns sind, lassen wir den albernen Doktortitel doch einfach weg.»

«Wie Sie wünschen», entgegnete Erb.

Die Männer nahmen unaufgefordert seine Sitzecke in Beschlag. Rotes Designersofa mit Chromlehne vor einem Biedermeier-Tischchen aus lackiertem Nussbaum.

«Noble Hütte. Für einen Bademeister jedenfalls.» Beide lachten.

«Da haben wir aber gerade eben nochmal die Kurve gekriegt, mein Lieber.» Der Mann, der meistens redete, zündete sich eine Zigarette an. Als er die Kerle da so sitzen sah, gediegene Anzüge, Beine übereinandergeschlagen, den Arm selbstgefällig auf die Sofalehne gelegt, fühlte sich Erb an eine Szene aus einem klischeebeladenen Mafia-Film erinnert. Und so viel anders war es ja auch nicht, was sich hier abspielte, dachte er. Es ging um organisiertes Verbrechen. Diese Männer hatten ihm Schutz gewährt, nun war man voneinander abhängig und durch Gefälligkeiten aneinander gebunden.

«So ganz glücklich ist die Sache ja wohl nicht verlaufen», traute sich Erb einzuwerfen.

«Nicht unser Problem. Da hat die Kripo Aurich versagt. Wieso kommt der Vater eines Mordopfers auf das Polizeigrundstück, wenn der Täter vorgeführt wird?»

«Die Frau, die Schwerverletzte, sie ist eine nette Person.»

«Das glaube ich Ihnen aufs Wort, und hübsch dazu. Im Internet steht bereits ihr Konterfei auf allen Seiten.»

Nun beugte sich der kleinere Mann vor, er war für das Geschäftliche zuständig. «Wir bieten Ihnen ein Startkapital für eine Firmenneugründung. Sagen wir auf Mallorca? Gegenleistung von Ihnen: Sie praktizieren nicht mehr als Psychologe.»

Erb setzte sich in seinem Lederstuhl aufrecht hin und legte die gefalteten Hände auf den Schreibtisch. «Aber ich hatte an ein Forschungsprojekt gedacht. In Berlin arbeiten sie an der Charité mit Pädophilen, und das ist doch mein Spezialgebiet.»

«Das Problem ist nur: Da nehmen die keine Schwimmmeister.»

Tillmann Erb versuchte es mit Lässigkeit: «Haben Sie etwa damals meine Zeugnisse mit der Lupe untersucht?»

«Leider nicht», gab der Mann zu. «Hätte uns eine Menge Ärger erspart. Aber Sie konnten das damals so gut: vom FBI erzählen, diesem Spezial-Camp in Virginia, und wie Sie dort mit Kusshand aufgenommen wurden. Alle Achtung, damit haben Sie uns ganz schön beeindruckt. Dann noch die Referenzen bei den Strafgerichten, die waren ja im Gegensatz zu Ihrem Lebenslauf nicht mal gefälscht. Ihr Name war also bekannt, Ihr Ruf als Gutachter für Sexualstraftäter exzellent. Wir dachten, da hätten wir eine ganz große Nummer an Land gezogen.»

«Haben Sie doch auch.»

«Wie man's nimmt. Immerhin hat Ihr Gutachten unserem Ministerpräsidenten wieder mächtig auf die Beine geholfen.»

Nun mischte sich der andere Kerl ein: «Sollte aber die Presse oder die Gegenpartei Wind davon bekommen, dass dieses rettende Stück Papier von einem Nichts-und-Niemand verfasst wurde, der sich seine Zeugnisse aus dem Internet gezogen hat … Nun, ich denke, das würde Wolfgang Ulferts das Genick brechen. Da spielt sein kleiner Sexskandal nur noch eine sekundäre Rolle. Dann werden die uns Betrug nachsagen …»

«Meinen Eindruck von diesem Mann habe ich wahrheitsgemäß zu Papier gebracht. Meiner Meinung nach steckt in Wolfgang Ulferts wirklich kein überdurchschnittlich sexuell gesteuerter Mann. Auch ohne Hochschul-Studium und Auszeichnung kann ich das erkennen.»

«Kommen Sie, Erb. Wir wissen doch, dass Sie Ihr psychologisches Wissen auf einer dieser unsäglichen Privatakademien erlangt haben. Eines dieser Institute, die immer mit grandiosen Karriereversprechungen auf den Rückseiten der Yellow Press werben. Da haben Sie damals Ihr bescheidenes Angestelltengehalt auf den Kopf gehauen und zu spät erkannt, dass ein Privatdiplom weniger zählt als 'ne Rolle zweilagiges Toilettenpapier. Klar waren Sie sauer.»

«Die Kurse waren in der Tat exzellent, und ich habe immerhin drei Jahre dort …»

«Jetzt sagen Sie nicht *studiert*, sonst lach ich mich tot!»

«Ich bin trotz allem ein guter Psychologe. Ich kann mich in Menschen hineinversetzen.»

Der Mann zog nur die Augenbrauen in die Höhe.

«Sie brauchen Leute wie mich. Der Ministerpräsident … Nun hat er einen ganzen Stab an Personality-Betreuern, wie Sie es sind, und gerät trotzdem noch in so eine Affäre. Käuflicher Sex auf Dienstreise … egal, ob da was dran ist oder nicht, Sie müssen nun seinen Ruf polieren.» Erb schüttelte den Kopf. «Sie machen einen merkwürdigen Job.»

«Haben Sie schon mal versucht, einen Mann in der Öffentlichkeit besser aussehen zu lassen, als er in Wirklichkeit ist?» Er lachte kurz und trocken. «Ach ja, ich vergaß, das machen Sie ja schon seit Jahren. Mit sich selbst.»

«Ich bin nicht der Schlechteste auf meinem Gebiet», verteidigte sich Erb.

«Na, wenn einer von uns sein Seepferdchenabzeichen machen will, kommen wir gern wieder auf Sie zu. Aber als Psychologe sind Sie weg vom Fenster, Erb. Machen Sie sich nichts vor. Wenn Wolfgang Ulferts Ministerpräsident von Niedersachsen bleibt und dann seinen Gutachter mit einer Belobigung nach Berlin schickt, wird die Presse sich an Ihnen festbeißen. Und zwar gnadenlos. Da können wir nicht noch einmal unsere Kontakte spielen lassen. Dann wird herauskommen, dass Dr. Tillmann Erb nichts weiter ist als einer der genialsten Hochstapler unserer Zeit. Ach ja, und staatlich geprüfter Schwimmmeister.»

Der Mann, der zuerst gesprochen hatte, mischte sich wieder ins Gespräch. «Wir raten Ihnen daher dringend: Nehmen Sie das Geld und verschwinden Sie aus Deutschland. Bringen Sie den Touristen auf Mallorca das Schwimmen bei. Aber eröffnen Sie keine Klinik für plastische Chirurgie, keine Finanzberaterfirma oder sonst einen Scheiß, wofür Sie gefälschte Zeugnisse auf den Tisch legen müssten. Wenn irgendjemand irgendwann herausfindet, dass Sie ein gottverdammter Betrüger sind, gehen wir alle den Bach runter. Kapiert?»

Erb schluckte. Sie meinten es ernst.

Die beiden erhoben sich gleichzeitig wie auf ein unhörbares Kommando. «Sie entschuldigen uns?» Dann rauschten sie ab.

Erb blieb sitzen. Auf seinem Schreibtisch grinsten ihn Ehefrau und Tochter an. Zwei wunderschöne Frauen. Sie waren so stolz auf ihn. Sie himmelten ihn an. Was würde geschehen, wenn Sie erfuhren, dass er ihnen die ganze Zeit etwas vorgespielt hatte? Eva liebte es, mit Frau Doktor angesprochen zu werden. In der Schule hatte Erb im Unterricht einmal erzählt, was ein ganz großer und wichtiger Psychologe so den ganzen Tag macht, Annas Mitschüler hatten bewundernd zu ihm aufgeschaut, und seine Tochter hatte ihn anschließend mit einem dicken Kuss belohnt.

Es gab keine Alternative. Und was war eigentlich so schlecht an Mallorca?

Langsam räumte er die Unterlagen zusammen. Die Akten seiner Patienten. Diese Menschen hatten ihm wirklich etwas bedeutet. Es war ihm bei der ganzen Sache doch letztlich nicht darum gegangen, sich zu profilieren. Er war ein guter Psychologe. Auch wenn sein mittelmäßiger Hauptschulabschluss ihm die Möglichkeit genommen hatte, dies mit einem ordentlichen Diplom offiziell zu bestätigen. Aber er hatte für Fachzeitschriften Aufsätze geschrieben, die der Kollegenschaft als Wegweiser dienten. Er hatte an der Universität im vollbesetzten Audimax Vorträge gehalten. Er hatte Menschen geholfen.

Was er getan hatte, war doch bei weitem nicht so schlimm wie das, was die Politiker trieben. Von Steuergeldern bezahlte Sexskandale … Das war widerlich! Und diese ganze Geschichte in Ostfriesland sollte doch auch nur ein Ablenkungsmanöver sein, damit nicht irgendein eifriger Journalist Lunte roch. Zugegeben, bei Katharina Zwolau war es tatsächlich knapp geworden. Aber was taten die Politiker nicht alles nur aus Machtgier. In was war er da eigentlich hineingeraten?

Plötzlich stand eine Gestalt vor ihm. Wie aus dem Boden geschossen. Klein, energisch, rothaarig.

«Noch nie was von Anklopfen gehört?», raunzte er die Kommissarin an.

Doch Wencke Tydmers ließ sich nicht aus der Ruhe bringen. «Ich habe nirgendwo Ihr Namensschild entdeckt. Da stand nur Dr. Tillmann Erb, Diplom-Psychologe und Psychoanalytiker. Und da ich inzwischen weiß, dass Sie das nicht sind, dachte ich mir, komme ich einfach mal so rein.» Sie grinste unverschämt. Hinter ihr stand die Blondierte mit ähnlichem Gesichtsausdruck.

«Wie bitte?»

Sie knallte ihm einen Zettel auf die Arbeitsfläche. «Schauen Sie mal, was ich vor ein paar Tagen auf meinem Schreibtisch liegen hatte.»

Er sah sich den Brief an. Es war irgendein offizielles Schreiben von der Polizeibehörde. Aber noch ehe er die ersten Sätze entziffern konnte, zog Wencke Tydmers ihm den Brief mit schadenfrohem Grinsen wieder weg. «Eine Einladung nach Virginia, FBI-Academy. Da dachte ich, wenn die mich schon einladen, kann ich da ja mal anrufen und mich so nebenbei über einen gemeinsamen Bekannten informieren. Einen gewissen Dr. Tillmann Erb.»

«Aha», brachte er hervor. So ein beschissener Zufall.

«Leider habe ich keine lustigen Schülergeschichten von Ihnen erzählt bekommen. Sie wissen selbst, warum.»

Erb nickte.

Wencke Tydmers setzte sich mit einer Pobacke auf seinen Schreibtisch und verschränkte die Arme. Wie eine überschlaue Lehrerin, ärgerte sich Erb.

«Vielleicht freut es Sie ein bisschen, dass ich Sie die ganze Zeit unterschätzt habe.»

«Nein, das freut mich nicht im Geringsten.»

«Ich dachte, Sie seien eine Pappnase. Irgend so ein Seelenklempner, der mal ein bisschen bei einem spannenden Kriminalfall mitmachen will. Dass Sie aber in Wirklichkeit Drahtzieher einer groß angelegten Verschwörung sind, ist doch schon fast wie eine Beförderung für Sie.» Trotz ihres Bestrebens, das Ganze ins Lächerliche zu ziehen, blieb sie bei jedem Satz todernst. «Wir hatten in Hanno Thedinga schon unseren Mörder gefunden, bevor Sie angefangen haben, Wesselmann verdächtig erscheinen zu lassen. Durch Ihre Aktion haben Sie alles noch schlimmer gemacht. Hätten Sie nur Ihre Profilneurose aus dem Spiel gelassen, wäre weniger Blut geflossen. Hanno Thedinga würde vielleicht noch leben, und Gernot Huckler wäre auch ohne Manipulation von jeglichem Verdacht befreit.»

«Hätten Sie mich von Anfang an wirklich in den Fall integriert, dann hätte ich das Ablenkungsmanöver mit Wesselmann doch gar nicht gestartet», versuchte Erb sich zu rechtfertigen. Doch bei den beiden Kommissarinnen biss er auf Granit.

«Wissen Sie, Erb, Hochstapler sind im Grunde genommen sehr talentierte Menschen. Sie schaffen es immer, für ihre narzisstische Störung die ganze Welt verantwortlich zu machen.» Nun kam sie mit ihrem Gesicht ganz nah. Sie tat so selbstsicher, so abgebrüht, so unangreifbar. Doch Tillmann

Erb war Psychologe genug, um zu erkennen, wie aufgewühlt diese Frau war. Sie schaute ihm direkt in die Augen. «Aber was mit meiner Kollegin Kerstin Spangemann passiert ist, geht auf Ihre Kappe. Ganz allein auf Ihre. Peter Sendhorst kann ich den Schuss irgendwie verzeihen. Ihnen nicht!»

Die Blondierte zog auf einmal Handschellen hervor, und plötzlich war das Büro voller Polizisten. Sie nahmen ihn fest, ihm wurden die Rechte aufgesagt.

Doch Erb kam es so vor, als passierte das alles wie in einem Traum. Ja, das war alles nur reine Einbildung. In Wirklichkeit saß er schon längst mit seiner Familie im Flugzeug und hob ab Richtung Balearen.

40.

Rote Rosen
🌿 Botanischer Name: Rosa spec. 🌿
Die Blüte, mit der man jemandem sagen kann,
dass man ihn liebt

«Bin ich zu spät?», fragte Gernot. Er stand in seltsamer Position im Türrahmen, die Hände versteckt, den verlegenen Blick auf einen Punkt irgendwo zwischen Esstisch und Kühlschrank gerichtet. Er war mager geworden im Krankenhaus. Zahlreiche Knochenbrüche bedeuteten zwei Wochen auf Station, danach vier Wochen Rehaklinik. Nun war er seit einem Monat wieder zu Hause. So langsam ging es ihm besser.

«Nein, die Lasagne braucht noch eine Weile, und Griet kommt auch erst in fünfzehn Minuten von der Schule.»

«Das meinte ich nicht.»

«Sondern?» Esther Vanmeer stellte gerade die Teller auf den Tisch.

«Bin ich zu spät, uns zum Jahrestag zu gratulieren?»

«Jahrestag?», fragte sie, obwohl sie wusste, was er meinte. Seit einem Jahr lebte er nun bei ihnen, na ja, seit einem Jahr und zwei Tagen, wenn man es genau nahm. Esther hatte das Jubiläum zwar im Kopf gehabt, ihn aber nicht darauf angesprochen, weil sie sich nicht wirklich sicher sein konnte, ob dieser Termin für ihn ein Grund zum Feiern war. Sie spülte das Schneidebrett unter fließendem Wasser ab.

«Hast du es eigentlich nur mit Bachblüten?», fragte er jetzt.

«Was ist das denn für eine Frage?»

«Ich meine ja nur …» Langsam nahm er seine Arme nach vorn. Groß war er nicht, der Blumenstrauß, der jetzt zum Vorschein kam, aber sie mussten Geld sparen für den Umzug. Sie hatten beide kurz nach den tragischen Ereignissen beschlossen, das Haus in der Rosenthallohne zu verkaufen und in eine andere Stadt zu ziehen. Nur weit genug weg, das war für alle drei eine gute Perspektive. In zwei Wochen ging es los. Deswegen hatte Gernot das Geld zusammengehalten und nur drei Blumen gekauft. Dafür hatte er sich aber für Rosen entschieden. Rote Rosen.

Esther schluckte.

«Ich … Ich hole eine Vase», stammelte sie. Das meiste an unnützem Kram aus dem Wohnzimmer war bereits in Kartons verstaut. Blumenvasen gehörten auch dazu. Esther konnte sich nicht erinnern, wann sie das letzte Mal Rosen geschenkt bekommen hatte. Sie wickelte eine Glaskanne aus dem Zeitungspapier. Es war eine Ausgabe des Ostfriesischen Kuriers, auf der Titelseite prangte das Gesicht der neu gewählten Ministerpräsidentin. Esther Vanmeers Hände zitterten leicht.

Als sie in die Küche zurückkam, stand Gernot am Fenster. So viel Verlegenheit war in diesem Raum – wie bei frisch Verliebten, dachte Esther.

Es klingelte an der Tür. Erst dachte Esther: Wie schade, gerade jetzt, aber dann erkannte sie durchs Fenster, dass es Wencke Tydmers war. Sie hatte ihren Sohn an der Hand. Komisch, mit diesem Kind an ihrer Seite wirkte sie wie ein ganz anderer Mensch. Sie öffnete gern.

«Wie schön, dass Sie noch Zeit finden, Frau Kommissarin», begrüßte Esther ihren Besuch, und nach kurzem Zögern fiel sie der Frau um den Hals. Wahrscheinlich wusste Wencke Tydmers nicht, wie ihr geschah, aber Esther hatte ihr einiges zu verdanken.

«Das ist Emil», stellte sie ihren Sohn vor, doch der hielt sich nicht lange am Eingang auf, sondern rannte in den Flur, wo ein altes Schaukelpferd stand, auf dem Griet früher einmal geritten hatte.

«Wie geht es Ihnen?», fragte Wencke Tydmers.

«Ganz gut. Wir sitzen auf gepackten Koffern.»

«Genau wie wir», sagte die Kommissarin. «Deswegen wollte ich Ihnen heute auch noch schnell Ihr Buch zurückbringen.» Sie reichte ihr das grüne Bachblütenbuch. Die Lesezeichen steckten an anderen Stellen, sie musste also darin geschmökert haben. Darüber freute sich Esther.

Gernot war jetzt ebenfalls in den Flur getreten und half dem kleinen Jungen auf das Pferd, das Holztier wippte gefährlich weit hin und her. «Pass auf, nicht zu wild», mahnte Esther.

Doch Wencke Tydmers lachte. «Ist schon gut, Emil hat doch Spaß.»

«Wann geht denn Ihr Flieger nach Amerika?»

«Nächste Woche.»

«Und was sagt Ihr Sohn zu dieser Veränderung?»

Sie rief ihrem Sohn zu: «Hey, Cowboy! What about America?»

«Great!», antwortete der Knirps.

«Sie lernen so schnell, unsere Kinder …» Schneller als wir, fügte Esther in Gedanken dazu. Obwohl sie wusste, sie waren auf einem guten Weg. Gernot und sie. Vieles hatte sich verändert. Und vor ein paar Tagen hatte er abends den Arm um sie gelegt. Ganz behutsam, nicht fordernd, und mehr war auch nicht passiert. Aber er hatte es nun jeden Abend wiederholt. Und es war wunderschön.

«Wissen Sie etwas über Frau Spangemann?»

«Nicht viel. Nur, dass sie wohl blind bleiben wird und auch sonst auf Hilfe angewiesen ist.»

«Und Ihr Kollege? Dieser Rockwater-Typ?»

«Es ist … Ich habe mich auch seinetwegen entschieden, das Angebot in Amerika anzunehmen.»

Esther wusste, warum. Auch wenn sie der Kommissarin, deren Eigensinn ihrem Mann das Leben gerettet hatte, bis heute nur einmal begegnet war, hatte sie das Gefühl, diese Wencke Tydmers zu kennen. Ein Larch-Typ eben. Diese Menschen wollen sich keinem Konkurrenzkampf stellen, suchen lieber das Weite und verzichten auf die Erfüllung ihrer Wünsche und Träume. Und wenn die Konkurrenz in Form einer hilfsbedürftigen Frau daherkam … Es war schade um Wencke Tydmers. Aber es war wohl ihr Weg.

«Na ja, ich will dann mal … Emil, kommst du?» Nur ungern folgte der Junge. Fast ein wenig verlegen drehte sich die Kommissarin noch einmal um. «Ich glaube, er hätte lieber noch ein bisschen mit Ihnen gespielt, Herr Vanmeer.»

Mehr sagte sie nicht. Aber sicher wusste sie, wie gut dieser letzte Satz den Menschen in diesem Haus tat. Esther wünschte ihr alles Glück der Welt.

«Wie geht es dir?», fragte Gernot, als sie wieder allein in der Küche waren. Das hatte er noch nie gefragt. Esther musste überlegen. Eine ganze Weile lang.

Natürlich hatte sie gelitten, weil ihr die Entwicklung der eigenen Tochter so aus den Händen geglitten war. Nichts hatte sie bemerkt von den Selbstverletzungen, von der verhängnisvollen Beziehung zu Hanno Thedinga, sie hatte sämtliche Hilfeschreie überhört. Und sie schämte sich dafür. Doch inzwischen war sie gnädiger zu sich selbst. Die ganze Familiensituation war ungesund gewesen, ein bisschen verlogen und schöngeredet. Es ließ sich eben nicht alles mit inneren Energieströmen erklären und heilen. Manchmal war das Leben auch einfach nur beschissen.

«Es geht mir gut, Gernot. Und zu deiner vorherigen Frage:

Nein, es müssen nicht immer Bachblüten sein. Ich glaube, rote Rosen haben auch eine spezielle Wirkung.»

Esther füllte die Glaskanne mit Wasser, dann stellte sie die langstieligen Rosen hinein. Drei Blumen. Für jeden eine.

Nachwort und Dank

Pädophilie ist ein Thema, von dem ich eigentlich nie gedacht hätte, dass ich es je in einem meiner Romane verwenden würde. Ich möchte in meinen Büchern keinen Voyeurismus, keine Sensationsgier, deshalb wollte ich mit dieser Materie eigentlich nichts zu tun haben.

Erst das Projekt «Kein Täter werden» (www.kein-taeter-werden.de) der Berliner Charité hat mir gezeigt, dass die Medien (auch die Kriminalromane) im Grunde zu einseitig berichten: Es stehen nur die Fälle in den Schlagzeilen, bei denen ein Übergriff stattgefunden hat. Doch den straffällig gewordenen Pädophilen steht auch eine ganze Reihe Betroffener gegenüber, die ihrer Veranlagung nicht nachgehen, die sich Tag für Tag mit ihrer sexuellen Präferenz- und Verhaltensstörung auseinandersetzen und Hilfe in Anspruch nehmen, um nicht übergriffig zu werden. Präventionsarbeit sollte demnach auch bei potenziellen Tätern geleistet werden. Und dies geht nur, wenn man pädophil veranlagte Männer und Frauen nicht automatisch mit Sexualstraftätern gleichsetzt.

In diesem Buch gibt es keine Darstellung von Missbrauch und keine ausgiebige Opferperspektive, und dies aus gutem Grund: Es geht um den Umgang der Öffentlichkeit mit einem tabuisierten Thema. Und nicht um das Delikt an sich.

Um nicht missverstanden zu werden: Ich spreche mich ganz klar gegen jegliche sexuelle Unterdrückung aus. Eine intime Beziehung muss von zwei gleichberechtigten Partnern freiwillig eingegangen werden. Alles andere ist ein unentschuldbares Verbrechen.

Ich danke allen, die mich bei der Arbeit an diesem Roman unterstützt haben:

meiner Lektorin Ditta Kloth,
meinem Agenten Georg Simader und seiner Mitarbeiterin Vanessa Gutenkunst,
dem Psychologen und Psychologischen Psychotherapeuten Rainer Meyer von der JVA Meppen,
der Heilpraktikerin Birgit Creutzfeldt,
dem Kriminalhauptkommissar a. D. Peter Veckenstedt,
der Ärztin Dr. Christiane Freese,
Marco von www.schicksal-und-herausforderung.de
und meinen Liebsten.

Sandra Lüpkes

«Ein Nachwuchsstar der deutschen Krimiszene.»
Jürgen Kehrer in der Süddeutschen Zeitung

Fischer, wie tief ist das Wasser
Küstenkrimi
rororo 23416

Halbmast
Kriminalroman
rororo 23854

Inselkrimis mit Kommissarin Wencke Tydmers:

Die Sanddornkönigin
rororo 23897

Der Brombeerpirat
Norderney. Die 14-jährige Leefke: tot, Wenckes Bruder: verschwunden. Besteht ein Zusammenhang?
rororo 23926

Das Hagebutten-Mädchen
Shantychöre und Döntjeserzähler der sieben ostfriesischen Inseln treffen sich auf Juist. Doch der feuchtfröhliche Abend endet tödlich. Die impulsive und oftmals chaotische Kriminalkommissarin Wencke Tydmers versucht, den Mörder zu finden ...
rororo 23599

Die Wacholderteufel
rororo 24212

Das Sonnentau-Kind
Küstenkrimi
Wie schafft man es nur, Job und Kind unter einen Hut zu bekommen? Die Auricher Kommissarin Wencke Tydmers zwischen Mord und Mutterpflichten.

rororo 24408

Weitere Informationen in der Rowohlt Revue *oder unter* www.rororo.de